西部生物志

王族 —— 著

植物呼吸，动物奔跑

SPM 南方传媒　花城出版社
中国·广州

图书在版编目（CIP）数据

植物呼吸，动物奔跑：西部生物志 / 王族著. --广州：花城出版社，2025. 9. -- ISBN 978-7-5749-0356-2

I．I267

中国国家版本馆CIP数据核字第20255YX440号

植物呼吸，动物奔跑：西部生物志
ZHIWU HUXI, DONGWU BENPAO: XIBU SHENGWU ZHI

王族/著

出版人	张 懿
责任编辑	蔡 安
责任校对	张 申
技术编辑	凌春梅
封面设计	乐 翁
出版发行	花城出版社
经　　销	全国新华书店
印　　刷	广州市岭美文化科技有限公司
开　　本	889毫米×1194毫米　32开
印　　张	15.375　36插页
字　　数	390,000字
版　　次	2025年9月第1版　2025年9月第1次印刷
定　　价	88.00元

版权所有·侵权必究。如发现印装质量问题，请与出版社联系。
联系电话：020-37604658　37602954

序

植物呼吸
动物奔跑

　　胡杨与戈壁、骆驼与沙漠、桑树与丝绸之路、牦牛与雪山，甚至是猎人用来投毒的开着美丽花朵的草乌、被神化为在夏天是草在冬天是虫的冬虫夏草等。这些近乎传奇的植物和动物，以其脍炙人口的奇闻逸事，成为中国西部的典型生物。

　　生物，一般是指具有鲜明生命体形或功能，在自然环境中能够展示自我的生命个体。简言之，就是说在自身功能或者外部事物刺激下，具有明显生命反应的物体。人们通常说的生物，是指与非生物相对的植物、动物和微生物。其内涵是：在自然条件下，通过化学反应生成，能够生存和繁殖的生命物体。通常情况下，人们习惯把生物分门别类称为"兽""树""草""菌"等，它们的谱系十分丰富，亦颇为复杂，即使进一步细分如"马""胡杨""麻黄""蘑菇"等，仍然不是明确的分类，仅是"兽""树""草""菌"等动植物的具体称谓。

因为东方与西方不同的文化观念，人们对生物世界的探索各自不同，又意趣横生。中国人很早就使用了生物这一词语。比如《礼记·乐记》说："土敝则草木不长，水烦则鱼鳖不大，气衰则生物不遂。"《荀子·礼论》又说："天能生物，不能辨物也；地能载人，不能治人也。"认识事物本质并从中总结道理，中国人在这方面做出的贡献有目共睹。在西方世界，人们也孜孜不倦地去探求和总结生物。譬如莎士比亚在《哈姆雷特》中说"我们必须能够辨别老鹰与苍鹭的不同"，可见认知动物必须严格区分。而科林·塔奇在《树的秘密生活》中说，"农田和森林一直被看作是不能两全的竞争对手。森林被砍伐，林地被改成农田，这种情况至今依然在发生"，则道出了植物的生存状态，亦让人看到某种忧患。

植物的繁衍是机遇下的产物，一场风刮起，一粒种子被卷入眩晕的流浪中，只要风一停就会落进土层，获得水分和泥土滋养，生长出幼苗。植物虽然生于一地必死于一地，却充满灵气，常常让人触手可及却不忍打扰。人与植物的关系，常常体现为依赖的方式，比如人依赖庄稼、森林、果树等为生；而植物却只挨着植物，像是用根抓着大地，用枝叶望着天空。

在大地上，每一种植物都找到了自己的位置，并且以静止状态创造出诸多传奇神话——因为菩提给了佛祖释迦牟尼灵感，他故而在那棵树下开悟；一棵看起来毫不显眼的小紫杉树，也许还能活2000年；海椰子的种子，是最大的植物种子，它们能够漂洋过海，是走得最远的种子水手；沙漠中鲜有树木，仙人掌却能够长成一片沙漠森林；王棕树即使长到30米高，也仍然是一棵小树；榕树从枝条上垂下根须，扎入土层又长出一棵棵榕树，但即使是庞大的榕树家族，一棵与另一棵也只是邻居而已……

在中国西部，常常能见到胡杨、骆驼刺、红柳、柳树、槐树、芨芨草、杨树、葡萄、松树、枣树、杏树、白桦和榆树等植物。西部的地域开阔辽远，有时候你停下脚步不打算再往前走了，前面却仍是绵延至天边的绿色——草原、牧场，或者长着密集树木的森林。这些生长在辽阔之地的植物证明了一个道理——悍然出现的生命就那样逼视着你，要让你明白有些植物穿越了时间，在这里等着你，也等着世界。

西部的动物则具有更明显的繁殖、生长、行动和死亡特征。动物有一定的思维和行为能力，它们受到刺激后更容易做出具体反应。人亦是动物的一种，所以人们悉知动物的习性，与动物构成更密切的关系。比如，有的动物被人驯服后，成为专门为人类服务的家畜；有的动物成为猎物，被长期以狩猎为职业的猎人追逐、围捕和杀戮；还有的动物难以进化，数亿年沿袭古老的方式生存，成为地球上最古老的物种之一。如果仔细观察，就会发现许多的动物在生存环境和生存模式影响下，压抑着它们天生的兽性。比如供人骑乘的马，不能按照它们的意愿奔跑；耕地的牛，哪怕骄阳似火，绳子已经勒进了肉里，它们也不能自己做主停下；还有一些动物虽然很自由，但是它们知道接近人类很危险，比如陷阱、猎枪、捕兽器、含毒的诱饵等，都会让它们丧命，所以它们始终与人类保持着距离。其实，真正自由的只能是想象的动物，在现实中很难见到。苏格拉底的弟子色诺芬（雅典人），对此有过精彩的论述："埃塞俄比亚人说他们的神祇鼻子扁平、皮肤黝黑，色雷斯人则说他们的神祇长着一双蓝眼睛和一头红发。倘若牛马也像人类一样有两只手，并打算用双手绘画或者制作艺术品，那马匹也会仿照自己的模样来绘制它们的神像，牛的神像自然也一定像牛，它们都会依自身的模样塑造神祇的身体。"

西部孕育出的长江和黄河，是悬在高处的"水塔"。这两条江河的名字广为人知，无论是中国还是世界的历史学家，都乐此不疲地叙述这两条江河的历史，从而使它们名扬四海，但是很少有人关注这两条江河对植物和动物的影响。一棵高大的树，或者一簇低矮的野草，它们其实都是附生植物，其根须都在地底下吸收水分，枝叶从空气中获取气体，从而得以生存下去。但是，如果缺水导致空气质量下降，无论是植物或动物都会受到影响。塔里木河边的一棵胡杨，因为河水断流便在短时间内枯死、腐朽和倾倒在地，用活生生的例子否定了"生三千年不死，死三千年不倒，倒三千年不朽"的胡杨神话。再比如草原因为缺水便严重沙化，连狼那样的肉食动物，也不得不放弃草原上的牛羊，在夕阳尽头悄无声息地消失。至于接近水域的动物，则与江河有着密不可分的关系。青藏高原上的黄羊在下大雪的前夜会下山喝水，以确保大雪封山时不至于被饥渴折磨；新疆虎因为塔里木盆地气候变化，沿着塔里木河离去，它们的依靠是河流，但不知它们在最后倒毙于何处。那些直接依赖于江河生存的动物，比如水獭、鱼和水鸟，还有两栖动物，则更敏感于江河的变化。哪怕水质发生不太明显的变化，也会改变它们的命运。水对动物的恩泽，以及造成的灾难，甚至导致它们消失的原因，似乎都是极难解释的。谁也不知道，水还会给植物和动物带来什么样的命运变化。

在历史中，植物和动物留下了诸多传奇故事。从西域传入中原的葡萄、核桃、枣椰、菩提、娑罗、郁金香等植物，曾让中原王朝的王公贵族和寻常百姓都喜不自胜，并将它们运用到他们的生活中。至于动物进入中原后，则留下更多的故事。西域人把马、牛、骆驼、绵羊、驴、骡子、犬、大象、犀牛、狮子、豹、黑貂、白貂、羚羊、土拨鼠、猫鼬、鼬鼠、白鼬、鹰、鹤、孔雀、鹦鹉、鸵鸟等带入中原，换取丝绸、食物和茶叶。据说，西域的一个游牧民族派使者给中原皇帝敬献了一头狮子，令文武百官惊叹不已，他们从未见过那样威风和高大的动物。史传曹操带兵征伐匈奴，经过白狼山时遇到一只大狮子。曹操命令士兵去杀那狮子，结果那狮子凶猛扑咬，士兵伤亡甚多。曹操带贴身护卫百人再次去杀，那狮子哮吼而起，贴身护卫因为惧怕不敢向前。危急时，一只狸从林中跳到曹操车辕上，狮子扑来，那狸又跳到狮子头上，狮子便一动不动。曹操命人趁机将狮子杀了，捉得一幼狮带回。到了都城，周围三十里鸡犬皆伏，不鸣一声。

植物和动物，在古代没有将其与确切的生物概念相联系，也没有被重视和深入研究，但它们与人类的关系密不可分，一直延续至今。北方有一些游牧民族敬树木为神，认为自己和狼都是天的儿子。他们以西部典型的动物励志，又逐水草而居。在边塞诗人的诗歌中，植物和动物常常成为边地光芒；李时珍尝遍百草，遂知晓其中可用做药材的种类；乾隆皇帝留下的文字中，也多提及植物和动物，尤其是当时北方的诸多物种，让他为之着迷。生长于塔里木河流域的罗布麻，成为对人体极为有益的茶叶，传入西方后被称为"东方的叶子"；遍布新疆的无花果，因为果肉太甜，被人们称为"树上的糖包子"；大熊猫因其独特性和稀有性成为中国的国宝；雪域高原的牦牛，成为西藏人无时不用、在那里随处可见的生活帮手；新疆阿尔金山的普氏野马，从中国辗转于欧洲，后又回归并恢复原有生殖本性；古尔班通古特沙漠中的长眉驼，因其长眉覆面，且有三层眼帘，被誉为"动物中的美人"……诸多植物和动物以其趣事和传奇，曾在历史中占有重要的位置，在今天依然以鲜活的生命，影响和改变着人类。

它们是大地之子。

王族

2020.8.2

目录

【植物呼吸】

冬虫夏草 / 037

青冈 / 049

胡杨 / 061

骆驼刺 / 076

草乌 / 084

桑树 / 096

杨树 / 106

松树 / 111

葡萄 / 121

红柳 / 135

核桃树 / 144

芨芨草 / 157

杏树 / 166

榆树 / 178

玫瑰 / 190

白桦 / 199

枣树 / 205

薰衣草 / 215

附录一：甜果之树 / 227

附录二：有香味的叶子 / 247

附录三：醒来的根 / 265

【动物奔跑】

马 / 313

狼 / 321

鹰 / 329

骆驼 / 341

雪豹 / 349

牦牛 / 356

熊 / 367

鹿 / 375

绵羊 / 383

旱獭 / 391

雪鸡 / 400

鸽子 / 404

狗 / 410

蚂蚁 / 420

蜜蜂 / 429

牛 / 434

驴 / 443

蚊子 / 451

青蛙 / 460

老鼠 / 468

麻雀 / 478

乌鸦 / 485

附录一：驯鹰 / 495

附录二：工业边缘的狼 / 509

附录三：猎痛 / 519

附录四：边地生灵 / 533

后记 / 542

参考书目 / 545

冬虫夏草 / 037

这是一种被神化了的真菌——冬天为虫,夏天为草。也可以说,这是一个美丽的误传。

青冈 / 049

青冈树大都长得笔直修长,枝条如剑,而密布其上的枝叶看上去像一把把巨大的扇子,树叶间结出的坚果则像可爱的小陀螺。

胡杨 / 061

不论远近，胡杨看上去都像一只手，似乎上抓天空、阳光和空气，下抓土地、风和飞落的鸟儿。它们的枝条像指缝，风或从中迅疾穿过，或猛烈吹刮出声响。

骆驼刺 / 076

它是戈壁或沙漠中硬汉式的植物，典型的西部植物，被称为防风固沙的卫士，也是令人望而生畏的"刀"。

草乌 / 084

一种含有剧毒但巨美的植物。它不会伤害所有生命,反之却会与某些生命构成联系,进行不为人知的秘密狂欢。草乌作为中药,其功效是以毒攻毒。

桑树 / 096

西部的桑树不少,亦在丝绸之路上留下不少传奇故事。从桑树到丝绸,是一条从暗淡到鲜艳、从寂静到热闹的演变路途。

杨树 / 106

在西部，人们最看重的树木是杨树。在房前屋后栽几棵杨树，可增加庭院内外的生机。如果有喜鹊等鸟儿在杨树上筑巢，就会更有生机。除此之外，杨树还可遮阳和挡风沙，所以在有戈壁和沙漠的地方，便必然有杨树。

松树 /111

松树在西部随处可见，大多长得笔直，是众多植物中最挺立的一种。

葡萄 / 121

在诸多瓜果中,果皮最薄的是葡萄,只需轻轻一咬就会出来汁水,让口舌在一瞬间体验到幸福。在新疆,有庭院便有葡萄架。

红柳 / 135

　　红柳是一种并不高大,也不健壮的植物,但它是西部最安静的植物。红柳的枝叶会跟随季节不停地变换色彩,最初是绿色,接着为白中透粉,后又是粉中透黄,再接着是黄中透红,到最后则红中透褐。它就是孤独中的艳丽,寂寞中的风景。

核桃树 / 144

　　站在核桃树下,望着树上密集的核桃,我常常会产生被慷慨赠予的幸福感觉。西部到处都有核桃树,它长得高大,枝条密集,树冠广阔。

芨芨草 / 157

在西部的戈壁或荒野里,芨芨草是必须走近才能看清楚的一种植物。它们颇为细密地长在一起,在远处看是一簇绿色,直到走近后才看清,有多得数不清的芨芨草紧挨在一起,茎秆和叶片互相叠加,一副密不透风的样子。

杏树 / 166

　　据考证,杏树原产于古代新疆,是中国最古老的栽培果树之一。如此说来,杏树也走过了一条自西向东的延伸之路。

榆树 / 178

春天来了,人们采来榆树芽,用于做榆钱饼吃。榆钱一说是因为榆树芽的外形圆薄很像铜钱,故而得名,同时它又是"余钱"的谐音,寓意吃了榆钱会有"余钱"。

玫瑰 / 190

在众多开花植物中,只有玫瑰可以建立起一座灵魂宫殿。而新疆和田的玫瑰,自有一种遥远又神秘的鲜艳,以及一种孤独中的自足。

白桦 / 199

白桦树因为树皮龟裂,会长出像眼睛一样的纹样。走近白桦树的人,会感觉到有一双双"眼睛"在注视着自己。

枣树 / 205

人们在居所附近栽种枣树,然后吃它们结的果子,使用由它们的木材做成的器具。枣树因此成为离人最近、用处最多的植物之一。

薰衣草 / 215

　　西部甚至整个中国，新疆是较早也是大规模种植薰衣草的地方。从法国的普罗旺斯出发的薰衣草翻山越水，最后在新疆的伊犁河谷，终于找到了适合它们生存的地方。

无花果 / 227

无花果在水果界有一个洋气的名字：水果皇后。新疆人称它是"树上的糖包子"，其花隐藏在囊状花托中，不仔细只能看见果实而难以发现花，所以得名"无花果"。

冰糖心 / 231

我们吃苹果,都习惯手捧一个啃着吃,但是吃新疆的冰糖心最好是切开吃,而且一定要从中横切开来,对着中间那块"糖心"一口咬下去,满嘴甘甜,犹如吃了一坨蜂蜜。

香梨 / 234

　　香梨出自库尔勒,有时又叫"库尔勒香梨"。因其具有色泽悦目、味甜爽滑、香气浓郁、皮薄肉细、汁多渣少、耐久贮藏、营养丰富等特点,被誉为"梨中珍品""果中王子"。

石榴 / 236

新疆有句谚语:手里有石榴的人,心里一定很甜。可见石榴味美形美,引人愉悦。

巴旦木 / 240

巴旦木又名巴旦杏,也有俗名叫薄壳杏仁,是新疆人最喜欢吃的干果。巴旦木看上去有诗意,吃起来有美感。看巴旦木,有两个时节最好,其一为巴旦木开花的春天,其二为采摘巴旦木果的秋天。

枸杞 / 244

无论是野生或种植的，枸杞树最吸引人的是果实。枸杞圆如樱桃，红润饱满。如果是清晨或下过雨，便有水珠凝悬于果实顶端，欲坠不坠，是难得一见的画面。

藿香 / 247

藿香的叶子纹理细致，手感柔软，香气浓烈，堪称调味之王。

椒蒿 / 249

新疆人将椒蒿称为"麻烈烈"。椒蒿入口有一股异香,近似薄荷和藿香,但又比此二者的味道浓烈,麻烈烈地搅缠舌头和味蕾,故得此名。

苜蓿 / 253

苜蓿被称为"牧草之王"。人们在其青嫩时,将细小尖芽炒后食之,亦可凉拌、做苜蓿饺子。苜蓿可谓极为有用的植物。

罗布麻 / 257

新疆塔里木河流域多罗布麻,亦多百岁老人。他们鹤发童颜,耳聪目明。他们得益于天赐大漠神物——罗布麻茶,长年用罗布麻叶和花瓣泡茶饮用,抵抗衰老,从而得以延年益寿。

莫合烟 / 261

莫合烟是苏联产物,在 20 世纪 30 年代传入新疆伊犁,成为新疆男人的最爱。抽莫合烟有一套常规的动作——递烟纸、撮烟粒、卷烟卷。一套娴熟的动作便是日子的味道。

地软 / 265

地软生长范围广,适应性强,有木耳之筋道,却比木耳更脆;有粉皮之绵软,但比粉皮更嫩。常用于炒、凉拌、熘、烩和做羹等,可荤可素,味道极佳。

头发菜 / 269

头发菜在甘肃的河西走廊为最多,此菜鲜美可口。唐代诗人白居易吃过后写下了诗句:"仰窥不见人,石发垂若鬟。"

恰玛古 / 273

新疆人说,恰玛古是羊肉的伴侣,意思是炖羊肉时,一定要放恰玛古,那样才好吃。

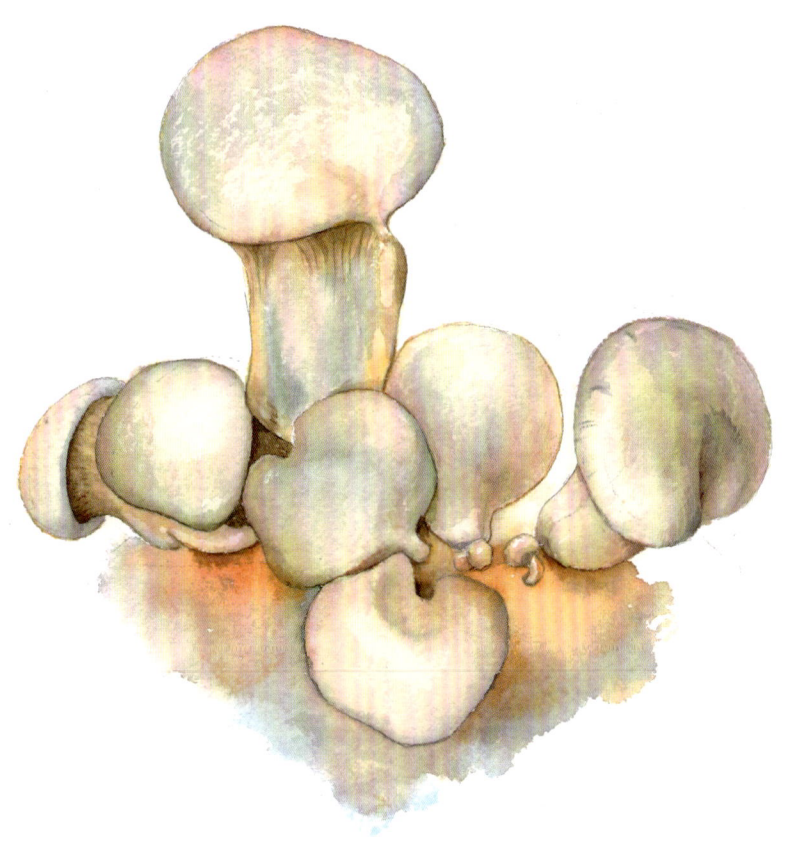

阿魏菇 / 276

在中国,阿魏菇主要产地在新疆。它可成药,可美容,还可吃,营养极高,被冠以"食用菌皇后"的称号,与羊肚菌并列为姐妹菌。民间把它叫作"西天白灵芝",可看出人们因为钟爱阿魏菇,把其生产地西域赞誉成了西天。

皮芽子 / 279

洋葱到新疆后,被另起一名,叫"皮芽子"。新疆人喜欢吃皮芽子,吃得久了便总结出一个关于"三秒"的说法:吃皮芽子,一秒甜,一秒辣,一秒晕。

任何一种植物
都像母亲
因为它经历了一切

冬虫夏草

美丽的误传

阳光像移动的大手，把整个山坡拽进明亮之中。弥漫了一早晨的大雾，像是经受不了这只大手的拽扯，很快便消失殆尽。这时候，有一个人的目光犹如闪电，盯住了山坡上的一根草。他内心涌起狂热的激流，迫不及待地把那根草挖出。那根草就是人们常说的冬虫夏草，因为价格诱人，得到可卖一个好价钱。

冬虫夏草是被神化的真菌。

最常见的说法是，它们在冬天是虫子，到夏天就变成了草。如此一来，冬虫夏草在人们的述说中，便犹如魔幻的神物，满足着人们的精神需求。神化冬虫夏草的事古已有之，清朝吴仪洛在《本草从新》中说："冬虫夏草，四川嘉定府所产者最佳，云南、贵州所出者次之。冬在土中，身活如老蚕，有毛能动，至夏则毛出土上，连身俱化为草。"同是清朝人的赵学敏，在《本草纲目拾遗》中也说："出四川江油县化林坪，夏为草，冬为虫。"他们二人说四川出产冬虫夏草，从此人们便以为冬虫夏草仅在四川。经他们二人那样一说，冬虫夏草在冬天为虫、夏天为草的说法，亦从此便根深蒂固，误导了很多人。

这是一个美丽的误传。

其实，冬虫夏草是一种菌类。如果要细说冬虫夏草，便不得不提蝙蝠蛾，此物的不凡之处是能在地下产卵，然后将其孵化成为幼虫。幼虫刚孵化出不久，有一种真菌孢子，随着水汽渗透到地下，先是寄生在幼虫身上，然后吸收幼虫的营养繁殖出真菌。菌丝在生长的同时，幼虫也一起长大，然后钻出地面。但菌丝会一直缠满虫体，直到幼虫被折磨得死去。幼虫死亡时正值冬天，所以人们将它们称为冬虫。到了气温回升的夏天，菌丝又从冬虫顶部萌发长出，看上去像草一样，于是人们又将其称为夏草。这就是冬虫夏草的生命更迭，亦是大自然中颇为神奇的生命循环。

身上笼罩幻影的植物，最好生长在雨雾多的地方，那样才会使其秉性与环境相符。反之，如果生存在日照时间长，或早晚温差大的地方，反而会因为太容易被了解而丧失神秘。冬虫夏草多产于西部的四川、西藏、青海、新疆、甘肃、云南等省份和自治区的海拔三千至四千米的草甸地带。从分布区域而言，其中的西藏和青海两地，因为海拔很容易达到三四千米，几乎每一山区都能生长冬虫夏草。而云南的迪庆州和滇川交界处，四川的甘孜州、阿坝州和凉山州，甘肃的玛曲县和文县，新疆的南疆和北疆，都是冬虫夏草的集中生长地。在这些地方，常有晶莹的雪山，而自雪线向下生长的绿色，或者雪线之下的山坡，便有冬虫夏草生长。

积雪从白色峰顶反射下光芒，照亮了那些挺拔的大树，甚至镶嵌在半山腰的岩石,散布在半山、大小不一的石头,还有高低不一、开花或不开花、葱郁或不葱郁的野草,都一一沐浴着那样的光芒。但是,冬虫夏草却像害羞似的一直躲在土层中,从不在享受光芒之列。出现在这些地方的人,常常都是放牧的人,人们称他们为牧民,他们从事的是古老的职业——牧业。

放牧是这个时代仍然延续下来的传统,它以某种固守的方式应对着现代文明,并满足着特殊境地中的精神和现实需求。在牧区,人们每每提及冬虫夏草,语气中便透出珍贵的意思。每年春天积雪融化,牧场或山坡上的青草冒出嫩芽,冬虫夏草已悄悄长出。牧民们在早上出门时想,今天也许会碰上几根。他们到达牧场后一边放羊,一边寻找冬虫夏草。挖冬虫夏草的人大多吃住都在山上,但牧民显得更为随意,认为某个斜坡或山洼中有冬虫夏草,便过去看一看,找到几根便轻轻拔出装入口袋,没有也不失落,或去继续寻找,或躺在草丛上轻声哼几句民歌。偶尔有羊脱离羊群,或者想跑向别处,他们便向羊群喝喊一声,走散的羊便归入羊群。听说有一次,一位牧民的羊跑到一个小山包跟前,任凭那牧民怎样喝喊都不回来,他走过去一看,那个地方长着好几根冬虫夏草。看来羊对冬虫夏草有灵异感应,牧民为此留意起羊的反应,常常从羊的异常反应判断出有冬虫夏草。有时候,一个挖冬虫夏草的季节结束,牧民挖到的冬虫夏草,比那些专门挖冬虫夏草的人多出很多。

远离大地,并不一定就会离天空更近,哪怕生活在高耸入云的高山雪峰之上的人,也一定在脚踏大地生活。比如,居住在海拔三四千米处的多为少数民族,他们更懂冬虫夏草,并且能让冬虫夏草体现出经济价值。比如四川、西藏、青海和甘肃的藏族,新疆的哈萨克族和蒙古族，就是挖到冬虫夏草最多的人。以前，川西的少数民族学生，在挖冬虫夏草的季节会放假，美其名曰"虫草假"。学生与大人一起上山，在山坡上成片或成排搜索。有些地方的人坚信，童男和处女与冬虫夏草有灵异感应，所以让他们走在最前面，一趟过去会挖出不少。

曾经，在四川阿坝州的一个藏族小村庄，人们带着放了"虫草假"的学生去挖冬虫夏草，一天下来没有什么收获，还弄得鞋子和裤脚一直湿着。实在冷得受不了，他们便生了一堆火。有几个小女孩脱掉鞋袜放在火边烤，然后光脚绕着火堆跳舞。刚跳了一会儿，两个小女孩便叫了起来，原来她们的光脚丫踩到了冬虫夏草上。

更多挖虫草的人，则经受着艰难和不易。有一年刚入春，新疆阿勒泰的白哈巴村后面的山坡上便是一片挖虫草的场面。那时积雪消融，地上冒出了绿色，正是挖冬虫夏草的好时节，如果再晚些时候，冬虫夏草混杂于绿草中便很难寻找。挖冬虫夏草不易，因其只冒出小芽，人们或跪或趴，在山坡上一点点前行寻找，一天下来腰酸背痛。如果运气不佳，在晚上返回时，手中也就攥着三五根冬虫夏草而已。

山中地形恶劣，亦有狼打人的主意。曾有一人寻找冬虫夏草时，因贪恋长在崖边的一根，不慎坠崖身亡。另一人在山中转了一天，在黄昏时找到了人们常说，但谁也没见过的"虫草窝"。所谓虫草窝，就是在山坡上有一窝冬虫夏草，或者在一地密集生长一二十簇冬虫夏草。那人很高兴，只顾埋头挖冬虫夏草，没有觉察到有三只狼悄悄围住了他。那三只狼突然向他发起攻击，他来不及逃命，手捏着冬虫夏草傻在了那儿。不知为何，那三只狼看见他手里的冬虫夏草,怪异地叫了几声后转身走了。

为何会那样,谁也不得而知。

"灵山"味觉

"灵山",是具有中国文化色彩的一个说法。如果要追寻其具体位置,则绕不开四川,亦与冬虫夏草有密不可分的关系。在川西藏区,每到挖冬虫夏草的季节,人们像寻觅宝贝一样睁大眼睛,弯着腰,低着头,在山坡或草地上缓慢寻找。明代名医张景岳在《景岳全集》中写道:"四川灵山有虫草,味甘、性平、色黑,强肾最佳,金虫入药,益肺补肾,化痰止咳。"张景岳在书中说的"灵山",指的是川西,在诸多文学作品中又被称为"川西坝子"。今天的川西,从大范围而言是指阿坝、甘孜和凉山等高原地区,具体包括马尔康、康定、九寨沟、黄龙、桃坪、四姑娘山、米亚罗、黄河首曲、木格措、稻城等。按今天的地理划分,川西还包括成都、乐山、德阳、眉山、雅安等地,但这些地方处于四川盆地之中,且丘陵纵横,所以不产冬虫夏草,显然不在张景岳所说的"灵山"范围内。

李时珍与冬虫夏草有过一段趣闻。一天,他听说有一位百岁老人居于长江之滨,身体如青壮年一般健硕,不禁感慨:"自古以来,六十曰老,七十曰耆,八十曰耄,九十曰鲞,活到百岁号称期颐或人瑞。此老虽然已超过了期颐之年,怎么仍像青壮年般健硕,像青少年般阳光?"待李时珍找到老人一看,仍为老人的神态、走路时刚劲轻捷的步伐而吃惊。李时珍向老人讨教不老的秘诀。老人说他一百零六岁，六十年前有一老僧告知他，在川藏高原的阴山和深峡地带，生长有一种在冬天为虫、夏天为草的"雪蚕"，采来食之可延年益寿，返老还童。他采回雪蚕用米酒泡之，每日早晚各服一碗，一个月后便呼吸顺畅，三个月后则体恙渐去，半年后浑身血气逐增，体如青年。李时珍听后便去川藏高原的阴山和深峡地带寻找，几经周折终于采得雪蚕，经过研究和尝试，断定雪蚕确实对人体有益，遂在《本草纲目》中对雪蚕做了详细表述："雪蚕生于阴山以北及峨眉以北，人谓之雪蛆，二山积雪，历世不消，其中生此，大如瓠，味极甘美。"李时珍发现的雪蚕，就是人们后来所说的冬虫夏草。

医学书籍《藏本草》对冬虫夏草有记载，称其有"润肺、补肾"之功效。明代中期，冬虫夏草被人带到日本，被广泛食用。清朝雍正时期，冬虫夏草的食疗作用被认可，遂被列为药材。在两百多年前，一位欧洲传教士看见中国人食用冬虫夏草的好处颇多，便将其带到法国，使冬虫夏草的声名再度远扬。

较之西藏和青海，四川生长冬虫夏草的地方海拔较低，所以川西的藏族人挖冬虫夏草，要比其他地方容易一些。加之多山地和草原，气候变化明显，川西是生长冬虫夏草的理想之地。在高处，是巍峨壮观的冰川和雪山，而在低处，则是地势平坦的草地，这些地方长出的冬虫夏草饱满、颀长且鲜嫩，有很高的药用价值。

古时的蜀人挖草药，背一个竹篓，手持一把小锄头便出门。越是山高路险，越能寻找到名贵珍稀的药草。许多珍贵的药材都是在深山峡谷中采到的，冬虫夏草也是如此。

甘孜一带的气候在高处和低处悬殊，往往到了山顶骤然降低二十多摄氏度。曾有一人的一头牛丢了，他跟着蹄印一直找到山上，看见那牛正把嘴伸向一根刚冒出嫩芽的冬虫夏草。他忙把那牛拦住，然后去挖那根冬虫夏草，但是它立马不见了影子。他在周围也没有找到，因为有时候就是那样奇怪，明明看见有一根冬虫夏草，一眨眼睛就不见了。而有时候一根普通草，因为无意间多看了一眼，它就变成了一根冬虫夏草。寺庙里的一位喇嘛说，冬虫夏草与人有前世的因缘，今世能否相见，就看缘分是否够长。缘分长，隔百里千里也一定能见；缘分短，近在眼前也会像风一样一闪而过。

冬虫夏草之所以金贵，是因为其药用价值极高，可抗寒、抗疲劳、调节肝脏、补肺益肾、止咳润肺、壮阳和提高免疫力等。人们将冬虫夏草泡水喝，泡一根续水四五次。也有人将冬虫夏草研磨成粉，用温水或盐水空腹送服，每日服两到三次。无论是泡水还是直接服用，都是为了健体。随着功效的显现人的依赖心理也日渐巩固。

冬虫夏草亦能食用。据说，武则天年老时身体欠佳，尤其到了冬天便足不出户，手里少不了暖炉。御膳房有一位姓康的厨师，给她做了一道冬虫夏草全鸭汤。她喝下后全身发热，再也不冷了。这道冬虫夏草全鸭汤流传至今，《本草纲目拾遗·卷五》对此有专门记载："用夏草冬虫三五枚，老雄鸭一只，去肚杂，将鸭头劈开，纳药于中，仍以线扎好，酱油酒如常，蒸烂食之。其药气能从头中直贯鸭全身，无不透浃。凡病后虚损人，每服一鸭，可抵人参一两。"到了民国，朱枫在《柑园小识》中详细介绍了虫草鸭的做法："将虫草纳入鸭肚内，佐料如常，扎好蒸烂，药气透贯全鸭，病人食之抵服人参一两。"冬虫夏草可成为滋补食材的消息，遂在民间流传开来，各式各样用冬虫夏草做成的滋补菜品应运而生。

甘肃、青海、新疆等地的人，在炖雪鸡、羊肉或其他骨头汤时，会放几根冬虫夏草进去。待汤被煮沸腾，冬虫夏草便慢慢舒展开来，呈现出洁白的色泽。人们在汤中放入冬虫夏草是为了提味，等肉炖熟后边吃边喝汤，其味道分外不同。有的人喝汤时会将冬虫夏草咀嚼吞下，一脸欣喜之色。

招魂之事

物以稀为贵，亦会因为稀少而生发离奇的传奇故事。西部每一个生长冬虫夏草的地方，都有让人们津津乐道的事件。新疆的白哈巴村后面，有一大片绿色山坡，一直向上延伸至雪山。于是，雪线与绿色山坡白绿相对，构成一道漂亮的风景线。人们在早上把牛羊赶到山坡上，任由它们自由吃草，到了下午再把它们赶回来。到了挖冬虫夏草的季节，人们到山坡上大面积翻开土层，这样一则可多找到冬虫夏草，二则可避免尚未长出的冬虫夏草的根被弄断。找出冬虫夏草后，人们又将土层复原。由此，今年有收获，也为明年留下希望。

白哈巴村有一所小学，这里的学生与四川阿坝州等地的藏族学生不一样，没有所谓的"虫草假"，但因为离山坡近，学生放学后便去帮大人们找冬虫夏草。他们自小便知道冬虫夏草值钱，长大了便会加入挖冬虫夏草的人群中去，用挖出的冬虫夏草换钱补贴家用。

我与村里人闲聊，听到村里的一个少年在某一日运气颇佳，一上午便挖出二十多根冬虫夏草。这样的收获让小伙伴们都羡慕地看着他。他抑制不住兴奋，便双手捧着冬虫夏草往家跑，想赶紧回去交到大人手里。他知道新鲜冬虫夏草好吃，母亲一定会给他炖冬虫夏草羊肉吃。意外的收获和小小少年的喜悦，让他一路上浮想联翩，过村中的那条河时，在桥上不小心一趔趄，手中的冬虫夏草便掉进了河中。他急得哇哇大叫，冬虫夏草在河水中起伏了几下便不见了。他哭着回家。父母问及情况，他哭着只哽咽出四个字：冬虫夏草。

我那一年去白哈巴村，人们用冬虫夏草炖羊肉给我吃。但因为那少年的事情，大家从做到吃都神情肃穆，生怕因为一两句话引起不愉快。羊肉炖熟后端了上来，汤中有特别的味道，肉也与常吃到的不一样，想必是冬虫夏草入味后提鲜的缘故。与人们说起在汤中放冬虫夏草，大家都说主要是为了防病和健体。他们在平时炖羊肉时其实什么也不放，只要一把盐即可。他们似乎放冬虫夏草并不只是为了让羊肉汤提味，如果只倾向于调味，可能他们会舍不得放虫草。

我想去那少年家看看，但人们都劝我不要去，有人用一句谚语劝我：见了骏马不要过分赞美，见了瘸马不要恶意嘲笑。我仔细问及情况，才知那少年因为那件事受了刺激，回到家说出冬虫夏草四个字后就不正常了，至今神志不清，如果我去他家会让他们难堪。那一刻我在内心感慨，冬虫夏草本是大自然中的生物，因为人们对其赋予了意义，它便影响人的生活如此之深。

那条河亦有负重之事。它从村庄中流过，村里人早上出去放牧或种地，只能骑马或脱鞋涉水而过，极为不便。几年前，一位领导批款在这条河上建一座水泥桥，桥建成后领导去村里住下，准备第二天上午剪彩。孰料当晚一场大雨让河流改道，第二天那座桥被扔在了一边，至今那座桥也发挥不出作用。改道后的小河在旁边缓缓流淌，而那座桥下的桥洞因为长久闲置，黑乎乎的，像一张合不拢的嘴。

道法自然，人又怎能左右自然规律？与大自然相比，人因为有思维优势，便变得狂妄以至目中无一物，觉得自己的征服范围宽大无边。但大自然捉弄人时，人的力量是多么渺小。所以，"人定胜天"是一句谎言。

我跟村里人去村后的山坡上挖冬虫夏草，没想到上上下下找了两遍，都没有找到一根。有一人不解地说：真是奇怪，每年的这几天都能挖出冬虫夏草，今天却为什么一根也不见，冬虫夏草在躲什么呢？他们说着下意识地看我，我从他们眼里看到了他们视我为外人的眼神，便心里一阵纠结，难道冬虫夏草真的会躲一个从外面来的人吗？如果是，那么这些在村里出生并长大的人，在很多年前就与山坡上的虫草有了某种感应，所以他们能找到。这样一想我便有些不好意思，找了个借口下山了。晚上他们回来后，我得知他们果然挖出了不少冬虫夏草。在这件事情上，我并不认可人与冬虫夏草有感应的说法，但是这件事让我觉得很有意思。在这个雪山下的村庄里，人们因为信服有关冬虫夏草的说法，在心理和实际上获得了满足，这其实就是一种幸福。

几年后，传来那少年的消息，说是他有一天胡言乱语走到河边，有一个少年刚好挖冬虫夏草回来，便逗他说找到了他掉进河里的冬虫夏草，他扑过去抢得几根冬虫夏草，大叫几声后居然恢复了神智。他愣怔片刻后把冬虫夏草还给那个少年，默默回家去了。

自那天起，他恢复成了正常人。

藏北的祈祷

每个人心中都有一个西藏。去过西藏的人，他心中装着的是他看见的西藏；没有去过西藏的人，他心中装着的是他想象的西藏。

在西藏，冬虫夏草更是被视为神奇之物。神奇的事物，因为对人的心灵会起到影响，所以常常会以传说的方式流传开来，并且越流传越神奇，这就是传说的魅力。

西藏是神奇的地方，尤其在阿里地区，人们处处敬神，也敬世间万物，敬畏生物的生命。比如，人们在挖冬虫夏草之前，会朝着神山冈仁波齐祈祷念经；上山去挖冬虫夏草时，不论发生什么事也不转身返回；哪怕一天挖不到一根冬虫夏草，也要心怀感激，虽然今天错过了冬虫夏草，但也许在更为神奇的时刻还会遇见。如果做不到这些，便不能随意挖冬虫夏草，否则会两手空空。

在阿里的神山冈仁波齐一带，经常会看见从远处一路磕等身长头而来的人，正围着冈仁波齐在转山，尤其是马年，因为有"马年转一圈神山可抵平时十三圈"的说法，所以在这一年转山的人更多。在神山周围的山坡和前面的草甸中，亦有男人们在挖冬虫夏草。在一旁的神湖玛旁雍错中，有女人们将木质模具不停地伸入水中，复又举起，一直重复做着那一动作。有人问她们在做什么，她们回答，在做"水擦擦"。西藏有"泥擦擦"一说，是指掌心大小的泥佛。"擦擦"一名，是藏语对浮雕佛像的音译。擦擦是由软泥嵌入木质模具，定型后制作而成，所以人们多称其为"泥擦擦"。在阿里的多个佛塔下，可见到专门放置泥擦擦的小洞，里面的泥擦擦往往成堆摆放。

有人没有见过水擦擦，于是便细看那几位妇女的操作，只见她们手中的器具是做泥擦擦的模具，但他向湖中看来看去，都不见她们说的水擦擦。那些妇女见那人诧异，便说她们每将模具提起，便是做了一个水擦擦，待模具落下，便将水擦擦放入了湖中。为了强调其神圣性，她们对那人说：我们心中有佛，能看见一湖都是水擦擦；你心中没有佛，便一个水擦擦也看不见。那人羞愧，遂转身离去。她们在那人身后说，你如果留下，不但会看见湖中的水擦擦，还可以看到你的前世今生。

那人只是路人，想必不会留下。他离去时，那些在山上和草甸中挖出冬虫夏草的男人发出欢呼，而在玛旁雍错湖中的那些妇女，亦不停地做着水擦擦，湖水在模具的起落间，发出美妙动听的声音。

青　冈

硬朗的气质

　　中午，突然下起一场大雨。云贵高原的大雨，其倾盆之势像密集的拳头在往下砸，将树叶击打得啪啪作响。但雨水似乎击打得不够尽兴，从树叶上落下后，又在地上弄出一阵声响。地上很快就积了一摊雨水，等到水波向外一涌，便顺着山坡向下流淌。这时，一位在树林里挖草药的农民，用手抹去脸上的雨水，从背篓里掏出一块塑料布披在身上，躲在了一棵大树下。雨越下越大，但那棵树枝叶密集，加之农民身上有一块塑料布，雨水便对他构不成威胁。他抬头向上张望，那棵树密集的树叶宛若一把大伞，挡住了从天而落的雨水。

　　那棵大树是青冈。

　　在西部，青冈分布于云南、贵州、四川、重庆、陕西、甘肃和西藏等地。新疆、青海和内蒙古等地的气候太冷，加之又太过于干燥，所以不适合青冈生长。植物学家仔细研究过青冈后，给出一个准确的说法：青冈在海拔六十至两千六百米的山坡或沟谷都能生长。这样的生存环境水分充足，是青冈的理想生存之地。从植物的生存条件而言，青冈更适合在温湿地带存活，在陕西和甘肃这样偏北的地方，青冈仅仅生存在水分充足的秦岭地段，在别处则不见影子。

无论是云贵高原，还是川渝盆地，再或者秦岭一带，青冈都有一个共同的特点，那就是它们的树干都长得笔直修长，到了分杈的地方，则又向四周伸展出枝条。那枝条无论粗细都颇为笔直，像是要从树上挣脱出去，用力刺入树林深处。密布于树枝上的枝叶，看上去像一把把巨大的扇子。如此观看一棵青冈，便觉得此类树很有阳刚之气，仅从外观就显出硬朗的气势。

在那棵青冈树下避雨的人，是贵州山区的一位农民。他的家在这片树林后面的草地中，门前有一棵高大的青冈树，所以他对青冈树了如指掌，知道在青冈树下避雨是最好的选择。这几天是一种草药开花的日子，容易分辨，也容易挖掘，不料一场大雨却让他在树林里寸步难行，只能蜷缩在树下挨着时间。他终于熬到雨停，但是天色不早了，他必须返回。他将塑料布折叠好放入背篓，用手中的砍刀磕碰了一下面前的青冈树，便有一层水珠从树叶上落了下去。常年在云贵一带山林中谋生计的人都经验丰富，知道在这时候要把树叶上的雨珠磕掉，否则走不了几步就会浑身湿透，等于又淋了一场雨。那把砍刀的用途很广，可用于砍柴、攻击野兽、切菜、削制生活用具等。此时那人挥舞着砍刀，把小树磕出一片翻滚的细浪，就是砍刀的一种用法。

那人从山顶下到山脚，才出了一口气。有老话说：晴天上山，像背着石头一样难；雨天下山，像在泥潭中一样难。那人喘了口气，皱着眉头望了一眼山顶，将砍刀插入腰带，神情黯淡地下山。一场大雨改变了他的打算，他不得不空着手回家。但就在他刚要转身离去时，却发现山脚有一大片青冈嫩苗。他脚边有一层小陀螺一般的青冈坚果，便明白今天的大雨让青冈的坚果落下后，滚落向下到了山脚，到了明年开春后便会生根发芽，又长出一片青冈嫩苗。

青冈的坚果像小陀螺，从树上落下后，则会开始一条流浪的路途。那人看到的，只是青冈坚果最为常见的漂泊状态。此外，还会被大风吹刮，滚动到不可知的角落；或被一只野猪用舌头卷入口腔，咀嚼几口吞入了腹腔；再或者是最喜欢坚果的松鼠，它们闻到了坚果的味道，或者算好了坚果落下的日子，用两只小前爪将坚果收拢成堆，准备运回树洞或地穴中过冬。但是，一只哈熊经过时，看见那堆坚果泛着青翠的光芒，便扭动肥胖的身躯走过去，举起大掌将坚果拍得粉碎，然后低下头用舌头舔食干净。哈熊的食量太大，松鼠辛苦了半天得来的一堆坚果，被它在短短时间内便吃得一干二净。第二天，那只松鼠发现自己的果实不翼而飞，生气地叫了几声。满山都长着青冈，每棵青冈树上都密集悬挂着坚果，但是哈熊是松鼠的天敌，松鼠必须得去更安全的地方继续寻找。

其实，很多人都不熟悉青冈这个名字。只有生存在林区，经常用青冈木做家具或做柴火烧的人们，才会一直这样叫它们。准确地说，青冈这个名字是民间最为普遍的叫法。青冈的别称还有青冈栎、铁栎、铁椆等。

青冈树亦有神奇的传说，在西藏的巴松措湖的中心岛上，有一棵树龄一千三百多年的青冈树。据岛上的错宗工巴寺中的香灯师说:"这棵树是空行母来此洗头梳发时,把掉落的头发塞进石缝后长出来的。"这棵千年青冈树颇为奇特,它的树叶纹理,有的是生动的动物图像,有的则是藏文字母。当地的藏族人说,走到那棵青冈树下的人,如果看见树叶上出现与他的属相颇为相似的图形,就会吉祥如意,一生富贵;如果看见树叶上出现藏文字母,则会平安一世,事事遂意。

关于那棵青冈树的树叶,还有一个神奇的传闻,《西藏神话与传说故事集》一书中对此有专门记载:"传说很久以前有一个人来到工布地区,听说这棵树的神奇之处,便特地来到湖心岛摘取树叶。说来奇怪,他每摘到一片叶子,都会惊奇地发现叶子的络脉要么有藏文字母,要么有生肖图案。他欢喜异常,便命令手下人将树上的叶子全部摘了下来,装了几大箱,准备作为贵重礼物敬献给官员,并将一部分叶片赠送给亲朋好友。因为此人心狠手辣,经常鱼肉百姓,等他到了拉萨打开箱子时,只见所有的叶子都变成了蝎子。他欲讨好的人对此十分震怒,认为他在戏弄他们,便将那个人革职查办。从此以后,那人一病不起,再也没有力气祸害百姓。而那棵树因为被摘去了全部叶子,有好几年都长得不好,有几次还差点死去。那人被革职查办的事一经传出,当地百姓们纷纷拍手称快。为了保护那棵青冈树,他们告诫过往游人,只许拾取从树上自然落下来的叶子,而不准用手去摘。"

储存的火焰

当贵州的那个人在一棵青冈树下，因为大雨带来的寒凉而瑟瑟发抖时，在陕西的汉中、甘肃的陇南和天水，或者西藏的林芝等地的山区，人们也许正在家中用青冈木炭取暖。

炭是火焰和热量的储存，也是木头的第二次燃烧。

在生长青冈的地方，人们但凡要烧制木炭，都会选用青冈。青冈的木质坚硬，纹理紧密，烧出的炭不但不生烟，而且燃烧时间长，产生的热量也高。有的地方对青冈炭的称呼匪夷所思，明明是黑色炭，却称其为白炭。烧炭有一套严格的程序，人们先在山上顺着斜坡挖一个炭窑，在上方留有出烟口，下方则有添柴口，以便掌控窑内的火候和温度。炭窑挖好后，人们便砍伐一些青冈，截成长短一致的木棒，密集摆放于炭窑内，然后从窑口点起火，很快引燃密集摆放的青冈。等到所有青冈木都燃起大火，便封死窑口，让窑内的青冈在高温中生成木炭。木炭冷却需要一天一夜，人们先在窑顶的通烟口试试，如果没有热气，就可以开窑取炭。烧成的青冈木炭仍一根根保持完整，人们将其放入"背夹子"中，背起就下了山。背夹子是利用天然树杈做成的一种背东西的农具，背木炭最为合适。

一个炭窑往往会用很多年，烧完炭的人会把窑门封好，用树皮堵住窑顶的通烟口。去年烧过炭的人今年就不用烧了，而去年没烧炭的人在今年会烧一窑，所以一个炭窑在每年都会被使用几次。很多人家的屋角都堆放着木炭，用时抽出一根在地上磕碎，放入火盆用细草点燃，不一会儿就燃起一盆炭火。木炭燃烧时并不像柴火那样会升起火焰，木炭只有明晃晃的火光，但是如果你把手凑近，马上会有灼烫的体感。

生炭火有专用的火盆，盆中有摆放木炭的圆形凹底，底端还有四个支腿，挪动时端起，或放在屋中央，或放在炕上，十分方便。人们在冬天的早晨生一盆炭火，煨茶或烤馍馍，就解决了早餐。到了晚上再生一盆炭火，一家人围坐在一起谈论天气、村里的人和事，或者商议家中的事情。屋外的寒风在呼啸，院子一角的玉米秆，屋后落光了叶子的大树，被吹得像是发出了暗夜中的低语。偶尔有不眠的夜鸟发出几声鸣叫，屋内的人扭头从窗户往外看，但窗户上一片漆黑，夜晚因此显得更加寂寥。

在一户人家，火盆中的青冈炭火燃烧得很旺，午夜时光因此没有丝毫倦意，反之却有了一股要急于表达什么，或者要说出什么的气氛。其他人都已经睡了，只有两位上了年纪的男人各持一个罐罐茶壶，在一杯一杯地喝着茶。两位男人中的一位是主人，另一位是他的亲家，今天晚上他们要谈论孩子的说亲之事。在西北，给孩子成家或托媒人介绍婚事，被称为说亲。主人往火盆中增加几块青冈木炭，给亲家的罐罐茶壶中添上水，终于引出今晚的话题。亲家因为白天要烧一窑青冈木炭，只有晚上才有时间过来。刚才他们谈论了青冈木炭的好处，也交流了烧炭的经验，亲家从主人的神情中似乎猜出了什么，但主人不说他不好问，于是便闲聊喝茶。现在，主人终于酝酿足了情绪，对亲家说出了他在今晚所要表达的意思。其实话题内容很简单，亲家的女儿虽然长得很漂亮，尤其是那双眼睛颇有几分妩媚之态，但是她有狐臭，在媒人上门提亲、双方谈妥彩礼，乃至举行订婚仪式后，都一直隐瞒着对方。前几天，女儿的父亲因为一件事与村里的一个人发生争执，他冷嘲热讽对方太穷，并说了一句狠话：只要有金锄头，没有一根青冈木，也能配上一根有用的把子。把子，就是农具的柄。那人被那般讥刺后气不过，便将他女儿有狐臭的消息传了出去，很快便被这家主人听到，于是便捎话请亲家来坐坐。坐坐是一个包含很多说法的代名词，今天主人说的坐坐，是要与亲家退婚。亲家在来的路上曾有过预感，所以有一定的心理准备，而且因为自觉理亏，便对主人说：从提亲到现在你们家一共花了多少钱，三天后我一分不少如数退回。说完便下炕穿鞋要回去，主人劝他住一晚，天亮了再走。他摇了摇头说：天亮后还要给那一窑青冈木炭灭火呢，去晚了就烧过了，会浪费一窑的好青冈。主人只好任由对方离去。他准备睡觉，却看见那一盆青冈木炭燃烧得很旺，便把火盆端下炕放在地上，心想后半夜会暖和一些。

他躺下后想，从今晚开始，他与那人就不再是亲家了。他捉摸不透，那人离开时说要赶回去照看一窑青冈木炭，是真话，还是为离开找了一个理由。

百年不熄之火

植物与人类一直保持着紧密的关系，其现实意义亦彰明较著。人类因为最早居住在森林中，所以发现并利用了植物的诸多功用——钻木取火、制作渔猎网具、制作衣服、盖房建屋、制作器具等等。当原始先民在外或追逐动物，或在河中捕鱼一天，在傍晚回到那个以山洞为家的地方，坐在洞口望着彤红的夕阳时，他的家人正在一堆火上烤着一块兽肉或几条鱼。那火也许就是用青冈木点燃的，而男主人用于狩猎和捕鱼的器物———一块尖利的兽骨或石块，绑在一根木质柄上，那木柄或许也是青冈木。

如今，青冈仍然是西部湿润山区的人们首选的柴火。

用青冈木烧火一般分为两种：一种是在屋子中央的火坑子（类似于南方的火塘，西北人多称呼为火坑子），架起一堆木柴点燃后，一边烤火取暖，一边还可烤馍馍、烤嫩玉米、煨罐罐茶、烧土豆、用一个吊锅煮野猪肉和鹿肉；另一种则是在冬天将青冈木砍伐拉下山，截成整齐划一的长条，用斧子劈开后码放成堆，待干透用于烧火做饭。青冈木坚硬脆烈，一斧子下去，并不用斧子的劈力起多大作用，青冈木受力后顺着纹理便会裂开。在陕西的汉中、甘肃的陇南和天水，人们在每年冬天都要备好第二年一年的柴火，每家每户的屋后都有码放得颇为整齐的一堆青冈柴。甘肃的陇南和天水人常常把"堆"称为"架"，所以他们把屋后的一堆柴，又称为"一架柴"，或者"架子柴"。

甘肃天水有一个山区，其位置处于秦岭山脉的末端，那里流淌向下的河水汇入白龙江、嘉陵江后进入长江。虽然人们常常说长江发源于青海的唐古拉山脉，但是沿途却有大小不一的河流，与唐古拉山脉雪水汇合在一起向南流淌。所以说，西北的那些流出水的山涧、岩石和泉眼，也可以算是长江源头。那个山区对于天水人来说也是遥远而模糊的，一则因为一直不通路，长久没有人涉足；二则因为接近陕西和四川，是一个难以在情感上接纳的三省交界之地。但那个地方山高林密，站在山顶向下一看，才发现仅有一条狭窄的峡谷流淌着河水，两壁皆为悬崖，罕有人至。

在那样的地方，人们只能住在山顶，外出则必须翻山。西部的甘肃、陕西、四川、重庆和贵州的一些山区，大致都是如此。

偏僻的地方常常蕴藏着意想不到的事情，也会隐藏让人震惊的传奇。在天水的那个山区有一户人家，至今仍燃烧着一堆一百多年未熄的火。历时数代人，每代人都肩负着守护那堆火的使命，可谓真正的火焰守护者。人们其实都不知道那户人家姓甚名谁，具体在哪个位置，但是对那堆百年未熄的火却一清二楚——从天京出走后，石达开率领的军队在四川大渡河畔溃败，将领和士兵散落于民间。但是，有一个将领却心有不甘，他命令一名士兵在当地一户人家入赘（当地又称上门女婿），唯一的任务是保护好火种，以待日后东山再起有火做饭和取暖。火种在当时的情形下是重中之重。那士兵怕保护不当，索性从山上砍下很多青冈树木，在屋中央点燃一堆火，然后放进去一根长条青冈木，燃烧一会儿便往火堆里面推一下，使其一直燃烧。就那样，那堆火便一直不熄，一天又一天，一年又一年，一代又一代人维持了下来。因为地处偏僻之地，所以知道这件事的人寥寥无几，但是那件事中的时间、人物和地点都无比清晰，仿佛是刚刚发生在人们眼前的事情。

我有一年从新疆去天水，听说了那件事后为之心动，遂决定前去探寻。我请一人给我当向导，不知翻过了多少座山，过了多少条河，穿过了多少片树林，只是记得沿途看到的树几乎都是青冈，长得高大笔直，枝繁叶茂。我们脚下的路只是狭窄的羊肠小路，走过出山进山的人，也走过牛羊和骡子。有的地方杂草丛生，需要把草丛用脚踩倒才能向前。但那样的路却是最为灵活和顽强的路，有时候悬崖陡立，也能盘旋延伸上去；有时候遇上斜坡或险滩,也能绕行而过。在险要的隘口或崖边,总有那么几棵青冈树屹立,树干因为被人们用手多次抚过,显得油光发亮。看着那几棵青冈树,心想它们真是长对了地方,人们伸出手拉住它们,就可以稳住重心顺利通过。顺着它们的树冠往山上看,满山皆为青翠的青冈,是一整山漂亮的青冈林。

本以为还要走很远的路,不料山坡上出现一户人家后,带路的向导轻描淡写地说:到了,就是这家人。虽然是上坡,但脚下的步子快了很多,待进入那户人家,便赶紧往屋中央的火坑子望去——有一堆火,并不大,但有一根很长的青冈木在火中,露出明晃晃的火苗。这就是百年未熄的那堆火,与人们说的一模一样。那一刻,我为传说和现实终于叠合在一起而兴奋,也为证实了一段历史而欣慰。

那家人对那堆火无动于衷,对那段历史亦一无所知,即使在我们仔细把那段历史告诉他们之后,他们也面无表情。也难怪,他们与世隔绝,在他们的认知和观念中,一堆火的历史与他们的生活又有什么关系呢?不知从哪一代人开始,因为遗忘了一堆火的来历,所以也就遗忘了他们作为守火人的使命。至于往火坑子中塞一根长条青冈木,只是出于习惯而已。

后来与那家人闲聊,得知那一带的人都有用长青冈木续火的习惯,家家户户的火坑子都长年不熄。问及原因,那家人说山里凉,又经常下雨,家里有一堆火,一进门就烤一烤多好;至于天寒地冻的冬天,则更少不了要烤火。

那家的主人从外面抱进来几根青冈柴,进门时身体遮住了火坑子,我看见那堆火和火坑子变得模糊了。那一刻,人的生活变得清晰,一个古老的话题变得遥远而模糊。于是便明白,一个人或一家人，哪怕没有肩负重大使命，也依然能够生活下去。

我们返回时，一路又见很多青冈树。阳光从树叶上反射过来，犹如明亮的光芒在山间弥漫，又像无数双眼睛在默默对视。

木耳棒子

从甘肃天水到陕西汉中，再到重庆和四川等地，青冈树还有一个共同的用途，即用于种植木耳。人们发现青冈木有此作用后，便把青冈树砍倒锯成段，将木耳种子种进去，放到山上任凭大雾、露水、湿气浸润，便可使木耳种子发芽。在甘肃天水一带，人们把种了木耳的青冈木叫作"木耳棒子"。下一场大雨，便可让木耳疯长，雨停后不久便可见木耳棒子上长满肥厚的黑木耳。木耳在平时犹如在沉睡，一被水浸润便苏醒过来，随即在一夜间便可长出，它们的生命因此焕发出与众不同的生机。

雨甫一停止，人们便将木耳从根部掐断摘下，放到木笆筐内晒干。木耳必须晒干后才能存放，否则会腐烂坏掉。等到要食用时，木耳被放入水中浸泡半小时，即可舒展开来，且复又膨胀成原来的肥厚样子。

木耳被摘走后，木耳棒子则还留在原地，虽然一早一晚经受湿气浸润，却长不出木耳。湿气的水分不够，不足以使木耳棒子长出木耳，直到又一场大雨倾盆而下，木耳才会获得生长机会。

甘肃天水一带把种木耳叫"养木耳"，从一个"养"字上可感受到人与木耳之间有情感。那年我去当兵离开天水前的一个月，与一位同学上山砍了十余棵青冈树，意欲购买木耳种子后，也养木耳。但我很快就当兵去了新疆，忘了养木耳的事情。过了两年我探亲回天水，与那位同学谈及那十余棵青冈树，同学的神情顿时一愣，想说什么但又忍住没说。我回新疆时他赶来送我，塞给我几斤木耳，什么也没说就转身走了。我将那几斤木耳带回新疆，每吃一顿都想起同学的神情，并猜测他当时的心思——他一定怕我多想，当初是我们二人共同砍了十余棵青冈树，他不能一人独自占有，便给了我几斤木耳。我想，那几斤木耳应该是那十余棵青冈树产出的一半。他给我后什么也没有说，但我觉得他什么都说了。每每想到这些，我的心情就会沉重，以至于三十年过去了，我多次回天水时想跟那同学谈谈此事，但话到嘴边却总是说不出口。

因为天水多青冈，像烤火取暖、养木耳、烧木炭等，我经历过的与青冈有关的事着实不少。以后走到外地，发现长有青冈树便觉亲切。有一年在重庆的大足看完精美的石刻后，在返回停车场时兜兜转转却迷路了。无意一瞥，看见一个摊位上有卖佛像的，一问价格合适，而且细看之下是青冈木的，便决定请一尊回家。旁边的人催我说已经迷路了，先问路吧，摊主一笑说：一眼看中的东西都有缘，请一尊回去会大吉大利，所有不解的事和不知的事，都会清清楚楚，了如指掌。我付了钱，他帮我包好佛像，我带着和同行的人去找路，不料拐了个弯就到了停车场，而且一眼就看见了我们的那辆大巴车。那一刻，我心存感激，觉得是请回的一尊佛像为我们引了路。

新疆没有青冈，我从重庆大足请回的那尊青冈佛像，此时就摆在书架上，似乎在注视着我，等待我完成这部书稿。

胡　杨

沙漠中的矗立

在干旱的戈壁或者沙漠中，如果出现矗立的植物，一定会让人欣喜，忍不住走过去仔细观看一番。那样的植物往往是胡杨。不论远近，胡杨看上去都像一只手，似乎上抓天空、阳光和空气，下抓土地、风和飞落的鸟儿。它们的枝条像指缝，风或从中迅疾穿过，或猛烈吹刮出声响。风因此成为胡杨的陪伴，但胡杨有时候为风而动，比如枝条摆动，叶片飘零，有时候哪怕被狂风撕扯得粗粝斑驳，也一动不动地经历着生与死的无声更迭。

与其他植物相比，胡杨是最耐旱和耐涝的树种。它们扎根于缺水的地方，不论高矮粗细，都在春天长出绿色叶子，在秋天又悄无声息地凋零。入冬后的寒风大雪疯狂肆虐，胡杨似乎被挟裹着倒了下去，但是当寒风大雪过后，就看见一棵棵胡杨还站立在原来的地方。生长于苦寒之地的植物，其生命状态往往非凡奇异，胡杨也是如此。它们的外观看上去斑驳粗壮，但木质却纤细柔软；树叶虽然缺少光泽，却有好闻的清香。熟悉胡杨的人走到胡杨树下，会伸出手抚摸一下树身，还会拽一片叶子到鼻子跟前闻一闻，神情颇为愉悦。

西部的内蒙古、甘肃、青海和新疆的戈壁和沙漠中，多长有胡杨。

十余年前，在新疆沙雅县见到一位老人坐在一棵胡杨树下，让一群孩子数他的胡子，谁能数清就给谁一串葡萄。没有一个孩子能数清他的胡子，但他给了每一个孩子一串葡萄，抚着长长的胡须笑得很幸福。离那老人不远，有一棵二百余年的胡杨树，当地人称其为树王。它的树干通直，高度有近二十米。最奇特的是树叶，因为那一带极为旱荒，周围的小胡杨树只长着狭小的叶片，但那棵树王枝条上的叶片，却长得圆润翠绿。当地人说，胡杨的根能延伸数十米，而且对盐碱有极强的忍耐力，更能从根部萌生幼苗，所以树王附近的小胡杨树，都是树王的子女。听他那么一说，便觉得干旱的荒漠环境，其实是胡杨最好的生存之地，就连有裂口的树皮，都是难得一见的生命景象。也就是在那次，听人们说胡杨极能抗热、抗干旱、抗盐碱、抗风沙。当时想，当风沙呼啸而来时，胡杨迎头矗立的姿势，那就是一种战斗，一种无声的呐喊。

在新疆见到的最为壮观的胡杨，是在塔里木河边。那天，我们的车子出库车向草湖方向行驶，走不多远，便看见成片的胡杨在前面林立，像是欢迎的队伍正在等候着我们。胡杨，这西部大地上的雄性之树，往戈壁或沙漠中一站，不管扎根之处的沙石被大风吹走了多少，甚至连根也已裸露出来，还掉了皮，断了支系，好像已经倒了，但仔细一看，呵，还稳稳地立着。

不远处是塔里木河。我以为耐旱的胡杨与河流没有关系，不料朋友说，怎么能没有关系呢？沙漠中的河流流向哪里，胡杨就跟随河流长到哪里。沙漠中的河流不像常见的河流那样固守一个河道，沙漠中的胡杨也基本上都与河流保持同一方向。胡杨靠根系吸收水分，只要地下水位在四米左右，便可从容存活；如果地下水位跌到六米以下，胡杨就会萎靡不振，甚至死亡。说话间，听到一阵流水的声音，空气中也传来一股湿意。我们的车子到了塔里木河边，没看见河水，倒先看见河边有大片胡杨林，林边的河流就是塔里木河。

当晚宿于河边的乡政府。第二天早晨，我刚走到胡杨林边，便发现胡杨在一夜之间绿了。大多数时候，胡杨的树身和枝干都是斑驳的，看上去像是快要枯死，但是在春天，胡杨犹如得到了宽纵，于是发芽生绿，又疯狂地勃发一次生命。那天，我发现胡杨在初春迅速焕发的绿中，显示出了一种撼人的生机——粗大的绿色枝叶和斑驳的树身形成了强烈的对比，像是一位画家画到这里突发灵感，在树身上涂了几块绿颜色。或者说，这几块绿色就是胡杨轻盈的思绪。春天使人亢奋，而胡杨却一直在春天练习生命。

这时候，胡杨林里传来了歌声。胡杨林太密，看不见唱歌者的身影，只能听见歌声："花朵的脸庞给太阳，姑娘的脸庞给小伙……"我正陶醉于这美妙的歌声，便看见一棵胡杨的树枝突然倒向一边，一个人一步便跨了出来。他肩扛一把坎土曼（挖土农具），身着袷袢，像一只慢慢走动的黑羊。他对马路上的我们视而不见，唱着歌迈上一个沙梁，身子一晃便不见了。等我们走到那个沙梁前面，向前一看，他正背靠一棵胡杨，低着头在抽莫合烟。抽完烟,他便在胡杨树下又开始唱歌。

这是我看见的人与胡杨最贴近的一幕。他或许从一上路就开始唱歌了,一路走,一路唱,一直到胡杨林的尽头。胡杨正绿,一个老人随心所欲地唱着歌,这是沙漠里难得的恬静的一幕。那个早晨,我无比激动。我看见人和胡杨犹如太阳,自己把自己照亮了。这种光明是来自内心的,由内向外,像是一次快乐的行进。多少年过去了,我至今仍记着那个唱歌的老人。我一直觉得,那个老人就是一棵胡杨,他的歌声,就是胡杨的声音。

诗中胡桐泪

胡杨是有历史的树木。在西域,它们被称为"胡桐"。有关胡杨的记载很多,我从众多史书中挑拣,在《汉书·西域传》中找到了最早记录胡杨的文字:"鄯善国多葭苇、柽柳、胡桐。"这里所说的"胡桐"就是胡杨。可以肯定,西域大地上到处林立胡桐,而且极有可能像今天的胡杨一样,是较为醒目的植物。要不然,《汉书》如此慎重提到的鄯善国的三种植物,胡桐怎么能位居其中呢?

我在塔里木河边看完胡杨,返回库车县城后,在巴扎(集市)上买了一个胡杨根雕,回乌鲁木齐后摆在书架上,便开始查阅胡杨历史。顺便说一句,西域的鄯善王国离龟兹王国(约今库车市范围)不远,所以,鄯善国多胡桐,想必龟兹国也有不少的胡桐。

一种重要的植物，在一块土地上生长的时间长了，必然在人的心理和感情方面会产生影响。古人多以诗抒怀，所以，今天我们能读到不少与胡杨有关的诗。清朝的诗人宋伯鲁不怎么出名，但写胡桐的两句诗却颇显才气："胡桐万树连天长，交柯接叶万灵藏。"另一位诗人李銮宣，与宋伯鲁相比，显得更现实一些，因而诗也写得更富画面意味："荒原雨滴胡桐泪，老树风吹榆荚钱。"

我一路把写胡桐的诗读下来，其中有不少好作品，都传递出了浓烈的地域气息，亦把胡杨作为精神和感情寄托而进行抒情。看得出，诗人们在诗中给予胡桐独特的精神品质，使它们在特殊场地中凸显出更明朗的形象。读到最后，有一首由满族诗人写的诗使我为之一振。这位满族诗人叫宝廷，我不知道他是否在西域长久地生活过，或者说，胡桐是不是在他的生命中起到过重大的影响，但他的诗却是生命状态的直接呈现："枯尽胡桐泪，寒销鬼魅氛。"

除了诗歌，其他文字对胡杨的记载也颇多。唐朝的训诂学家颜师古是个严肃的人，其文字除了学术上的深刻外，还颇显文华。他曾这样描述胡桐："胡桐……虫食其树而沫出下流者，俗名为胡桐泪。"

清朝的国子监祭酒王先谦，也是一位很敬业的人。他除了干本职工作外，还喜欢钻研民俗文化和地理历史等。他这样叙述胡桐："胡桐，译言柴也，其树遍满沙滩。举可取作烧柴。夏日火蒸，其津液自树杪流出凝如琥珀者，为胡桐泪；自树身流出色白如粉者，名胡桐碱。"这一段文字，是我见到的古人叙述胡杨最详尽的文字。

到了晚清，人们已知道胡杨是易燃的树木。易燃之树在沙漠中多矣。康熙在《康熙御制文》中，记录了一种叫"查克"的植物，便是例证。查克易生长，有高有低，但都较细，与沙漠中常见的红柳、沙棘和梭梭等极为相似，都是耐旱之物。奇怪的是，查克不长树皮，光裸着树身。人们诧异，树无皮怎可存活？但它们迎风雪，逾寒冬，却无一受损。更为奇怪的是，查克的枝干却一点就燃，比枯槁枝丫还易燃。人们每将查克点燃，便见其升起火焰，但却无烟。不仅如此，还经久不息，很像木炭。无论是胡桐还是查克，当中原人认识到它们可做柴火时，西域人已经广泛使用它们了。

20世纪，人们将胡桐改名为胡杨。据有关资料说，胡杨是世界上最古老的杨树品种，根据在各地发掘出的胡杨化石判断，胡杨在六千五百万年前就在陆地上出现了。岁月已识胡杨泪，诗歌留住了时间留不住的东西。

三个三千年的谬论

新疆少树，因此树便显得珍贵。一棵树在干旱之地能够活下来十分不易，一场场大风把它根部的沙子刮走，但它却裸露着根活了下来。因此，人们便觉得这样的树身上有顽强的精神，并对它发出赞颂。赞颂在很多时候有明确的指向性，所以受赞颂者往往都会价值陡增，显得与众不同。

胡杨便是常常被赞颂的植物。因为胡杨多年来一直被人们赞颂，所以胡杨在人们的认知中始终保持着一致的形象，胡杨的生命也被给予充分的肯定，"胡杨"二字因此便变得像符号，代表着刚毅、执着、顽强等。胡杨原本就是普通的树，而且像所有树一样，并不具备精神和意志的外在行为，但人们赋予了它们精神，所以它们便变成了人们精神上需要的一种树。于是乎，人们对胡杨发出"生三千年不死，死三千年不倒，倒三千年不朽"的赞颂。人们像朗诵诗歌一样讲着这句话，不少人被感动，以为三个三千年加在一起就是九千年，胡杨的生命力是多么顽强，它们的意志是多么伟大。

在塔里木盆地，胡杨附近的牧羊人的头脑很清醒，他们说：三个三千年的事情，谁看见了，说这话的根据在哪里？是啊，有什么根据呢？三个三千年，不死，不倒，不朽。如此整齐的排比，不是人为的美化又是什么？后来发生的一件事便是最好的说明。夏天在塔里木河畔的一个地方，有一大片胡杨，先是树叶发黄飘零，继而又干枯，树身腐朽，接着一一倒地。有专家去调查，得出的结论是因塔里木河水流失严重，那片胡杨林干死了。前后几个月时间，那片胡杨便经历了死、倒、朽的全过程，彻底否定了人们一贯高唱的三个三千年的胡杨赞歌。可惜这件事知者甚少，所以对胡杨的赞叹仍随处可见。去年，我在一家报纸副刊上看到一位散文家写的关于胡杨的文章。我想以他的见地该不会也赞叹胡杨吧，不料整篇文章仍是三个三千年的格调。

有一件关于树的事更有说服力。在天山的很多地方，有一个令人费解的现象，山坡的阳面不见一丁点儿绿意，而阴面却长着郁郁葱葱的树。于是，人们又发出赞叹，天山上的树喜欢选择绝地而生，富有挑战精神，总是能够在阴面生长。更多的人听到这样的赞叹后，应和着把这种赞叹传播开去。牧民们在山里生活了很多年，对这种事情烂熟于心，所以很快就给出了答案——阳面容易被风吹到，树的种子一落到这里就被风吹走了，所以不长树。我问他们：难道一粒种子也留不下吗？牧民们回答：留倒是可以留下，但还是因为风大，刚发芽不久就被风吹走了根部的土，最后又被连根拔去，死了。原来是这样，我为树苗惋惜的同时，也为山坡上的这些充足的、派不上用场的阳光惋惜。

另外一个答案是，阴面冬天积雪多，即使到了酷夏也有冰雪，冰雪多，雪水自然就多，所以对阴面的土地滋润得好，就长出了树。牧民的答案依据的是科学，但他们却讲得轻松自然，就像在讲一只羊的事。

后来与当地的人们说起胡杨，他们说人从来看不到胡杨的生，也从来看不到胡杨的死。细问之下才知道，胡杨的根须在土层延伸时，除了会生出小胡杨树苗外，还会给骆驼刺、芨芨草、梭梭、红柳等提供水分。所以说，胡杨要活，周围便活一大片；胡杨要死，周围亦死一大片。他们祖祖辈辈在这里生活，看到的和听到的当地物事，一定比外人要多得多，所以讲述言简意赅，会用朴素的话语讲出至深的道理。

他们赶着羊群去胡杨林里放牧，走远后便被胡杨淹没。而有关胡杨的话题，一定会被他们讲出新的内容。

胡杨林

我们的车子缓缓开进了胡杨林。塔里木河绕着这片胡杨林而过,悄悄流向下游。一条河和胡杨,像是听从一个命令,一起向沙漠深处延伸而去。塔里木河是一条寂静的河,它的流动几乎不发出任何声响,但在沙漠中,你又时时能感觉到它的流动,对空无一物的沙漠发出了吟唱。顺着河道走,就会发现胡杨绵延开了一片葱绿,将人的目光吸引了过去。说具体一点,凡是有水的地方,便有大片的胡杨;水一直向下游流去,胡杨也跟着向前。

进了胡杨林,脚下的沙子变得松软起来,仔细一看便发现了奥秘——这块土地在生长了胡杨的同时,也得到了胡杨的保护。浓密的胡杨像一张大网,将脚下的土地裹住。所以,在胡杨林里,你很少看见起伏的沙丘和坎坷不平的沙坎。

胡杨一棵一棵在这里矗立。从外表上看,它们都很刚强,似是正在坚持着什么。它们到底在坚持着什么呢?这块雄性的土地,似乎要让生长在它上面的生命都挺立起坚强的身躯,不为迎接什么,只要挺立起来就完成了一切。这种使自己的躯体成为象征的姿态,就是人们常说的"精神"吧。

走到几棵胡杨树跟前细看,发现有三棵不同年龄的胡杨,它们的叶子犹如将不同的生命展现在了你面前。第一棵胡杨不超过十岁,叶子狭长,酷似柳叶。第二棵在十岁以上,树冠上生出许多卵形叶子,像是生命内部的某种激素鼓胀,要撑破似的。由此断定，一棵胡杨生长了十年以后，才算是刚强起来了。第三棵大概在三十年以上，树皮已经裂开，树冠上长着稀疏的椭圆形树叶，新抽出的幼枝上，叶子稀少。看着这三棵胡杨树，觉得它们分别是一棵树的少年、青年和中年时期。不远处有一棵已经掉光了叶子，枝条也已断掉，只留下树身的胡杨，大概是胡杨的老年时期。

　　四棵胡杨树，就这样呈现出一生的状态。

　　后来，我们发现了一棵奇特的胡杨。它根细身粗，越是向上越粗。向树顶一望更是吓人，它的由椭圆形树叶组成的树冠，更像一个大脑袋。这是一棵难得一见的胡杨，一般的树都是下面粗、上面细，为何这棵树倒了过来呢？真疑心是什么人故意弄出这么一棵树，放在这儿，等着让你来看。

　　我曾在甘肃天水见过几棵奇特的柏树。它们的树身全都倾斜，且都已枯干，更奇怪的是，在树冠上又长出小柏树，高高在上，怡然自得。那个地方有一个伏羲庙，是敬拜人祖之地。后来我想，是因为仙气熏陶，那些柏树才会长成那样吗。

　　但眼前的这棵胡杨就不同了，它毫无仙气，而且生长的地方也不容易让人发现。它就这样在这里生长着，哪怕长得奇形怪状，也要使劲保持现在的这种样子。陪伴它的，是周围的树和脚下的土地。偶尔有风吹来，它的枝叶便发出一些声响，风过后，又恢复平静。

　　风从这里走向了远处。有一句老话说：风刮过，必带大树之声。从胡杨林里刮过的风，会给别处带去怎样的声音？

胡杨汁

胡杨本是树木,但它有两种东西却和吃有关。一种是古人称之为"胡杨汁"的树液(也就是"胡杨泪"),如今在南疆被称为"胡杨碱",主要成分是小苏打,被人们用于发面蒸馒头。在甘肃敦煌一带,人们用胡杨碱和面做出的酿皮子,绵软润滑,爽口开胃。而用胡杨碱和面做出的面条,则柔韧筋道,厚薄均匀,汤汁鲜香。

另一种是胡杨流出的水,可直接饮之。有一种胡杨树极富水分,却不易辨识,往往数百棵中才有一棵。熟知此类胡杨的人说,那样的一棵胡杨就是一摊水,在树身上凿一个窟窿就能流出水,不但能喝,而且还能治病。有一年,一家电视台在阿克苏的一户人家拍专题片,对着他家门口的一棵大胡杨树拍来拍去,觉得拍不出什么意思。后来,那户人家的小儿子指着那棵大胡杨树说:喝胡杨的水,好喝得很。原来那棵大胡杨树的根部有一小眼,平时用木头塞子塞着。要喝胡杨的水时取下塞子,从那小眼中便可流出胡杨的水,用瓶子或碗接上就可以喝了。那天拍得很顺利,亦很意外地拍出了一棵胡杨树的传奇。

胡杨树有这两种功能,有人干脆说,胡杨是让人的嘴享福的树。有人说胡杨的水是降血压的好东西。那些在胡杨林里放牧的牧民宰杀一只羊后,连吃好几顿羊肉,比如烤羊肉串、清炖羊肉、手抓羊肉、平锅羊肉等,羊肉吃多了会让血压上升。于是,他们在胡杨树上凿开一个小洞，不一会儿就有胡杨的水流了出来。有的胡杨树水量很大，会呈弧线形喷涌而出。他们把嘴对着胡杨树的水喝上一通，浑身便舒坦了，不用说，血压自然已经降了下去。

我在沙雅县吃过一次用胡杨碱蒸出的馒头，面质酥软，味道醇香，尤其是外面的一层薄皮，居然能无比顺滑地揭下来，酷似一张近乎透明的纸。这层薄皮好看得让人不忍心吃，但它毕竟是吃食，我轻轻将其吃掉，口感比一般的馒头皮要绵柔很多。细问之下，才知道用的是胡杨碱。胡杨的一组特殊基因可以改变自身细胞膜结构的通透性，使外界的盐分可以进入细胞内部，当体内盐分积累过多时，便从节疤和裂口处泄出，看上去形似眼泪，"胡杨泪"一名由此得来。

好吃的东西总是吸引人探究其根源，胡杨碱也不例外。吃胡杨碱馒头的那天，我刚提出想看看出胡杨碱的胡杨，一位中年人便对我说：走，我带你去，没有人比我更熟悉胡杨了。我跟着他走到一片胡杨林中，发现只有有节疤和裂口的胡杨，才能流出白色或淡黄色的块状结晶。我以为这就是胡杨碱了，不料他说：这只是孩子一样的胡杨碱，真正能用的是爸爸或者爷爷一样的胡杨碱。我们把这些孩子一样的胡杨碱弄回去，加工后才能让它们变成爸爸或者爷爷一样的胡杨碱。

胡杨多传奇，并有不少鲜为人知的故事。比如，人们对它们赋予的诸多说法，便很有意思，在此不妨列举三例。第一个说法，在沙漠中，水流不了多远就会干枯，但不是彻底干枯，有些地方不见水的迹象，却矗立或活或死的胡杨。人们由此坚信，长胡杨之处一定曾有水流过。

另有一说法，胡杨跟着河流走，水流到哪里胡杨就长到哪里。在塔里木河流域，常见两岸长有成片的胡杨，每到春季便一片翠微，此时的塔里木河的水位一定很高。而到了秋天，胡杨如果是一片通红倒也正常，如果枝条早早地干枯，叶子早早地凋谢，塔里木河的水位一定下降了很多。

还有更形象的说法，说胡杨是"不负责任的母亲"。它随处留下子孙，却不顾它们的死活。所以，有的胡杨早早地便死了，有的虽然活着，却只长出稀少的枝叶，很难随季节变换身姿。

想起能流出水的胡杨，便又为它们的神奇所感动，亦迫切想见到一棵。我刚把这一愿望说出口，带我来的那人先是一惊，然后便骄傲地一笑说：没想到这个事情你也知道，但是光知道不亲眼看一下，和不知道没什么两样。我觉得他肯定知道那样的胡杨长在哪里，便央求他带我去看一下，不然我就跟不知道一样。他带我穿过一片胡杨林。前面的戈壁上独长一棵胡杨，我以为那就是能流出水的胡杨。等走到跟前，他却没有停下的意思。于是，我们又往前走。待进入一片胡杨林，快到尽头了，心想能流出水的胡杨一定还在前面，他却突然在一棵不起眼的胡杨跟前站住，伸出手颇为深情地抚摸了一下树身说：到了，这就是能流出水的胡杨。说完，他用小刀剥去一块树皮，然后掏出了一个小洞。我在一旁等待，眼见树洞是掏出了，却不见水流出来。他发现我着急，便说：这个事情急不得，要等水慢慢挤到树洞口才能流出来。你应该见过洪水决堤吧，那也是水一点点冲淹堤坝，到了最后就一下子决堤了。于是我又等，过了一会儿，突然听见树洞口发出一声响，便看见一股水喷了出来。果然和他说的一模一样，我看呆了。他用手一推我说：这水不是看的，赶紧喝，不然还是和没有看见一样。我赶紧凑到树跟前喝了一口，寒凉，微涩，还有一股怪味。他见我疑惑，便让我再喝一口。喝下第二口后感觉好多了，那股微涩和怪味不见了，只剩下了微凉。他从地上捡起木块迅速把树洞堵上，然后对我说：这水不容易，喝两口就可以了，不然树就死了。

返回的路上，他叮嘱我不要把这件事说出去，村里只有他一人知道这棵胡杨，他不希望别人也喝它流出的水。我点头承诺，和他离开那里。

卡　盆

听说库车发现过胡杨的化石，我想看看，但费尽周折都没有见到。据说，那些化石是人们从第三纪渐入第四纪的地层中发现的。由此，科学家才断定最早的胡杨，距今有六千五百万年之久。

在塔里木河边，我们看到了胡杨在现实生活中的巨大作用。人们将粗壮的胡杨伐倒，刨成独木舟在塔里木河上打鱼。人们将这种独木舟称为"卡盆"。汉唐有许多出使西域的人，曾乘过卡盆。现如今当地的农民打鱼和渡河，仍用卡盆。走近卡盆，见它们已被河水浸泡出另一种颜色。一棵树一旦被伐倒，它作为树的使命便宣告结束，随后它被制作成另外的器物，进入社会的大齿轮，然后遵从其规则运转。

我碰到过一个刨制卡盆的场面。人们的手艺都很精湛，一棵粗壮的胡杨很快就刨制完毕,变成了一个卡盆。但胡杨从裂缝流出的津液却更吸引我们。那一刻,我惊异于胡杨身上流出的这种液体,就是胡杨泪。

前面已经提到,颜师古和王先谦都在文章中提到了胡杨泪。当时读他们的文章,我觉得那并不是泪水,但现在看着一棵胡杨被刨制,便觉得是它疼痛的泪。一棵在干旱的沙漠中能够抗风沙的胡杨,这会儿却离开了沙漠。它也许伤感至极,就流出了眼泪。人们一点一点地刨出卡盆形状,胡杨多余的部分被刨掉,扔进河中,悄无声息地漂走。一棵胡杨至此,也许泪已干,心已死。

几个人将卡盆放入河中,它晃晃悠悠地在水中漂动起来。多么像人,在坎坷命运中哭完后,仍然要振作起来上路。

骆驼刺

防风固沙卫士

有时候在戈壁或沙漠中一低头,会看见脚边有绿色生命。比如骆驼刺,一定会是你仰望高处的苍穹。或远处的雪山觉得疲惫时,一低头就看见的生命。那一刻你明白,造物主在并不那么高大也不那么显眼的地方,却暗自安排了同样也能让人惊喜的生命。

骆驼刺是属于西部的植物,生存于内蒙古、甘肃、青海和新疆等地的戈壁和沙漠中,在别处很难见到。从某种程度上而言,骆驼刺对生长环境的要求可谓苛刻,必须是荒漠地区的沙地、河岸和农田边,才能生根发芽,否则连影子也不会出现。加之它们因为耐旱、耐盐碱和抗涝,似乎注定只能在干旱之地生存。它们是硬汉式的植物。

骆驼刺属半灌木,最高的约四十厘米,最矮的只趴在地面上,不注意便看不出枝叶。虽然骆驼刺的主干和枝条上有刺,但从基部就开始分枝,往往一枝便是蓬勃的一大簇,在蛮荒之地倒显得富有生机。骆驼刺的茎不长,叶也不多,却直立上升,把细密的刺明晃晃地露在外面,令看见的人不敢伸出手去触碰。

虽然骆驼刺让人生畏,但其营养价值较高,所以家畜很愿意去吃它们的叶子。此外,骆驼刺的种子含油量高,常被用作药物和食物资源。骆驼刺在恶劣的生态环境中被选为防风固沙的植物种之一,对于抑制草场退化、减轻绿洲的盐渍化及沙化、保护及扩大绿洲等,起着重要作用。

骆驼刺在历史中曾有奇事。西域三十六国中,有一个车师王国。其都城处于两条河间的一个孤岛上,故得名"交河"。车师王国灭亡后,交河成为废墟,到处是残垣断壁。某一年,有人发现交河生长有羊刺。羊刺即骆驼刺,在戈壁、沙漠常见。但交河的羊刺却分泌糖汁,经过风吹日晒后凝为颗粒状。有人尝之,与蜂蜜无异,味道极佳。此为一奇,交河再度扬名。人们因长久食那糖,便多为其起名,比如刺蜜、刺糖、草蜜、甘露蜜等。此蜜不需要像蜂蜜那般酝酿,有日光即可。翻阅史书,刺蜜亦多被记载。《魏书·西域传》载:"高昌……有草,名羊刺,其上生蜜,而味甚佳。"高昌在西域为高昌王国,也出羊刺,说明当时羊刺在交河和高昌一带不少。唐朝时,刺蜜亦作为方物上贡朝廷。《新唐书》载:"西州土贡有丝、茵布、毡、刺蜜、葡萄等。"刺蜜味甘、酸,性温无毒。民间用于治疗痢疾、腹泻、腹痛、消化不良等疾病。今天的人去交河,偶尔会遇到骆驼刺,却不知其刺上有蜜。

因为骆驼刺看上去很普通,加之又生存在恶劣的生态环境中,所以长期被人们忽略和遗忘。但它们却是不动声色的卫士,一直发挥着防风固沙的作用。西部多风沙，尤其是有戈壁和沙漠的地方，一场风就掀动沙子满天飞舞。这时候唯一能防风固沙的就是植物。

几年前去看木垒的鸣沙山，在凌晨四点多就出发了，但在半路的戈壁上迷了路，折腾到天亮时已筋疲力尽，更要命的是手机在那个地方没有信号，无法判断方位。开车的朋友前往一座山上去尝试是否有手机信号。我想进入车内休息，却发现朋友离开时忘了开车门，我只好背靠车轮胎休息。我身边有几根骆驼刺，想起它们能够防风固沙，便用手刨开其根部的土细看。果然，骆驼刺的根系很发达，向下扎入得很深。有如此根系，便一定能适应沙埋。这就是它们能够固沙的原因所在。

看明白了，我轻轻将土复原到那株骆驼刺的根部。但是，它们又是如何防风的呢？我又仔细观察骆驼刺在地表上面的分枝，终于发现：它们的分枝因为多而密实，几乎每一株就是一丛，在地面上堆出较高的草层，形成明显的防风作用。这样一看我便了然了，在戈壁沙漠中最多的就是骆驼刺，正是它们用身体在保护戈壁和沙漠，亦为自己赢得了生息存命的家园。

观察了一番骆驼刺，我累了，便准备背靠车轮胎睡一会儿。因为太疲惫，我很快便睡着了。恍惚之间觉得有什么走近我，在我肩上拍了一下。我醒过来后只觉得有一团影子一闪便不见了。是狼！那一刻我神智尚未清醒，但断定那团影子是狼，于是迅速起身爬上了车顶。但是车周围什么也没有，放眼望去，戈壁上除了骆驼刺，亦别无一物。我从车顶上下来，已全无倦意。这时，朋友已从远处走来，大声告诉我已联系上同行的人，他们很快就来接我们。

我无意间一低头,看见脚边的一株骆驼刺在风中摇曳,细小的绿色枝叶上有露珠欲滴不滴。那一刻,我的眼睛有些湿润。

沙漠中的"刀"

骆驼刺的生长亦不易,它们从沙砾之间的窄小空隙长出来,虽然没有多高的身躯,却生出坚硬的枝,到了春天不但生叶,还会开出小小的花朵。

风吹过来,枝上的叶片便摇动,将阳光反射出光芒。沙漠中的草,有的是骆驼刺,有的是芨芨草,还有一些则叫不出名字。新疆的一位哈萨克族牧民曾对我说,沙漠里有一半的草没有名字。有一次我在库姆塔格沙漠中见到一株草,没有枝,叶子直接从根上长出来,在地上覆成一片,很是显眼。这么多年过去了,我一直忘不了那株不知名字的草,也许它只生长于库姆塔格沙漠,而且因为稀少,便没有名字。

有很多并不常见的草,是沙漠中唯一能看得见的绿色。在万物中,草是颇具生命力的。"野火烧不尽,春风吹又生",人类对草发出赞颂,并给予最高赞颂。如果是大山里的草,想必生得并不艰难,而草长在沙漠那样的地方,就艰难得多了。那里虽不会有野火焚烧,却有一种更长久的磨难。或许,有很多种子都落进了沙漠,只有少数的种子发芽,得以生长出嫩草。

该怎样看待这些野草呢?它们一不小心就会被死神的双手拉入黑色深渊。在它们身后站着死神,但这些野草一旦得到生根发芽的机会，则绝不放弃，哪怕只有沙砾与沙砾之间的小缝隙，也要努力生枝长叶，把生命袒露于大地之上。

我走到一株骆驼刺前，看见它的枝很是尖细，没有了叶子，伸得很直。我见过夏天的骆驼刺，叶子泛黄，几乎与沙漠是同一颜色。据说，骆驼见了骆驼刺也绕道而行，生怕那尖利的刺把它们刺中。在帕米尔的一个牧场上，一位柯尔克孜族牧民说，他一辈子走过了无数大山，但是从来没有去过门前的那个小山坡，因为那个小山坡让他"肚子胀得很"（生气）。我问他为何，他说那个山坡上长满骆驼刺，牛不敢上去，羊不敢上去，人更是不敢上去。人如果上去，不是脚被刺破，便是手被划伤，疼得很。牧民们谈骆驼刺色变，这是一个事实。

望着眼前的这一株骆驼刺，我突然想抚摸一下它。我伸出手，握住骆驼刺的一根枝，它很坚实，给我一种硬朗之感。因为是冬天，它透着一股凉意。我松开它，便感到手心一阵钻心的疼。摊开手一看，有血流了出来，隐隐约约的一道伤口出现在手心。就这么一握，骆驼刺就刺破了我的手。但我终于与骆驼刺有了一次贴近，而且如此真实。

现在，我怀念准噶尔盆地的那株骆驼刺。我终于可以说，我握过的那株骆驼刺，是沙漠中的"刀"，而且我知道它的秘密。

黑夜里的歌声

怎么说呢,看到阿克哈巴河的那一刻,我觉得它不像一条河,而是像一块被遗忘在那里的透明的布。也许它被遗忘得太久,所以停滞不前,甚至已经忘记自己还可以向前流淌。天已经黑了好一会儿,夜幕把天地裹了进去。这时候一抬头,就看见月亮像是忍受不了郁闷,急不可待地出来了。不一会儿,月光越来越大,一直涌到了我的眼前,让我惊讶于月光像大手,把黑夜掀翻在地,然后铺展开了自己的身体。

阿克哈巴河是从上游被月光照白,变得明亮后才呈现出动感的。我看见月光一经铺入河中,河水便变得透亮,而且河水似乎在向下流淌,并且越来越快,已经倾泻起来。当月光从我面前移动过去,像一支大画笔似的把阿克哈巴河逐一抹白,我便看见河流的内层也被月光照亮,显露出一层很深也很厚重的水域。月光移动过去后,河面只有一层淡淡的亮光,让人觉得阿克哈巴河就像一团白光在涌动。

这时,一位哈萨克族牧民骑着马,一边向这边走,一边唱着歌。因为有了他的歌声,夜晚的空旷便被打破,似乎走近的不仅是他和他的马,还有很多人和他一起在向这边移动。他走到我跟前,从马上跳下来,愣愣地望着月光中的阿克哈巴河。我觉得他有点奇怪,为何突然看着这条河发起了呆?过了一会儿,他表情复杂地看了我一眼,转过身准备牵马离去。我不知为何突然想和他说几句话，便用称呼朋友的哈萨克语叫了他一声：佳克斯（你好）。

他听到我的叫声后停下来，准备去牵马的手在半空中犹豫了一下，还是收了回去。他走到我跟前，也像我一样说了一句佳克斯。他的声音很有磁性，一字一顿，感觉像是有坚硬的东西在碰撞。打过招呼后，我们都不说话，望着月光中的阿克哈巴河长久沉默。此时的阿克哈巴河面仍被月光照亮，我仍然感觉到有一团白色的光在向前涌动。

在一扭头间，我发现他的右手上有血。再仔细一看，他的那只手在流血，一滴一滴的鲜血从指缝里流出，滴了黑暗里的沙土中。此时月光正亮，他的那只手掌看上去黑乎乎的，可以肯定已经有大量的血流了出来。我有些诧异，问他：你的手……他把手伸到我跟前。我看见他的手心扎着一根骆驼刺。他把手翻过来，我震惊地发现那根骆驼刺刺穿了他的掌心，在手背露出两三寸长的一截。我知道紧挨着阿克哈巴河的山坡上到处都长着骆驼刺。骆驼刺较其他沙漠植物，似乎有着钢铁铸就的枝叶，其枝坚硬无比，其叶锋利如刃。人和动物一旦碰到骆驼刺上必然会被划破皮肤，如果碰得重了，则会被刺入肉中。

我问他：你这是怎么回事？他说：刚才，我的马看见阿克哈巴河被月光照亮，就狂跑起来。我不小心从马背上掉下来，这根骆驼刺就钻到了我手心。我扭头去看犯下错误的那匹马，看它的样子。它很想向着阿克哈巴河一跃而入，但拴在它脖子上的那根缰绳被它的主人紧紧地抓在手中。它急迫地望着阿克哈巴河，鼻息在黑夜中很响，似乎它的身体里有什么要冲涌而出。他用手抚摸着马的脖子，意欲让它安静下来。他说：我本来想在河水中把手上的血洗掉,但一看见阿克哈巴河,我发现我从来都没有看见过它在月光中会是这样。它太干净了,我不洗了,我怕把河水弄脏。说完,他翻身上马,两腿用力一夹马腹,那匹马便奔腾而去。

  不一会儿,远处又传来他的歌声。我知道,此时的他跟刚才来到阿克哈巴河边时一样,正高声唱着歌,而他手上的鲜血伴着歌声,正从他的指缝里一滴一滴地落入沙漠。

草　乌

剧毒巨美的植物

毒，并不会伤害所有生命，反之却会与某些生命构成联系，进行不为人知的秘密狂欢。那些并不会中毒的生命，与含毒物种的关系就会变得密不可分，甚至还可达到至纯至美的程度。

草乌，就是这样一种植物。

草乌虽然有毒，花朵却长得极为好看。在春天，经过一场雨之后，草乌就迅速长出了绿色叶片。草乌喜欢干燥，所以多长在干旱地带，比如山坡、野滩和荒丘等地。按说，草乌在春天应该先长出白嫩的小芽，但它们一有动静便将小嫩叶片冒出，而且还绿得颇为耀眼。周围还是一片枯黄，那些在去年绿过后来便枯黄的野草和树木，此时好像还没有醒过来，倒是草乌率先为春天露出了笑脸。

草乌的生长速度很快，几乎在长出叶子后便向上蹿出一截。别的野草冒出小嫩芽时，草乌嫩枝绿叶的影子已经遮在它们身上。草乌向上生长是一种速成，直至长到三四十厘米高，便突然停止了似的不长了。但它们在这时会开始另一种"肢体"的疯狂，即生长出顶部的叶片。与秆上的叶片相比，它们顶部的叶片又大又圆，看上去像伸展开的巴掌，尤其是瓣形叶片，活脱脱地像手指。春天经常刮风，那叶片被风一吹，好像在对世间万物招手。细看那叶片，葱郁翠绿，似乎有汁液随时会滴出。春光明媚的晴天，阳光从草乌的叶片上反射出光芒，似乎里面也含着一股绿意。如果是雨天，雨水打得叶片乱颤，间或还发出动听的声响，好像在平时沉默的草乌，在雨天终于迎来了放声歌唱的机会。

在这个季节，没有人会想到草乌有毒。

到了夏季，草乌便从秆顶上长出花朵。起初，只是冒出一丁点紫蓝色。不了解草乌的人以为它们会长出紫蓝色的叶子，况且那一抹紫蓝色确实很像叶片。但是那一抹紫蓝色在一夜间迅速展开后，人们才看清那是花朵。过上几天，它们才呈现出明显的花朵形状。那紫蓝色的花瓣酷似耳朵，薄得几近透明，亦鲜艳欲滴。人们感叹，草乌还是很耐看的。但是草乌花朵的美并不仅限于此，往往在一夜之后，那花冠便像一串串鞭炮一样向下垂挂，显出硕实之状。草乌因为叶子浓绿，花冠紫蓝，加之又向下垂挂，所以总是引人注目，远远地便可辨认出它们。也有花冠略显白色的，但那类品种不多见，所以在草地或山坡上出现一两株那类草乌，也会被人忽略。

此时，仍没有人会想到草乌有毒。

美丽的花，总是会吸引人接近。不知草乌有毒的人，会用手去摸那花冠，或把鼻子凑近去闻。手摸摸无妨，用鼻子闻闻也无妨，既不会过敏也不会发烧。只要你不去动它的根，不把它的根放进嘴里咀嚼，就不会有一命呜呼的危险。

草乌不仅枝叶和花朵好看，就连含剧毒的根在刚出土时，也颇为鲜嫩，像红薯一样饱满。在秋季茎叶枯萎时，人们抓住草乌茎秆用力拔出，便会看见带须的草乌根，它生长的地方只留下一个浅坑。草乌的根大多呈长圆锥形，且略微弯曲，末端又尖又长，状如乌鸦的头颅。人们之所以能轻而易举地将草乌根拔出，是因为它们长得并不深。如果草乌根破了皮，便露出白腻的果肉，看上去很像莲藕。此时的草乌根，不会造成什么麻烦，胆大的人甚至伸出手去抚摸几下。

生长草乌的地方，亦会发生奇事。拔出草乌根的坑，在第二年又会长出草乌。想必是先一年的草乌落下了种子，即便经过一冬的雪水浸泡和大风吹刮，它都没有踏上流浪之途。可见草乌的生存能力极强。

草乌的剧毒之路，从被拔出土后开始。人们把草乌根放在阳光下暴晒，使其水分蒸发，然后枯萎，一点一点发黑，呈现出骇人的黑色，并散发出恶臭的味道。此时的草乌，其毒性正在挥发，人不可贸然接近。

其实被人拔出的草乌很少，大多数草乌就那样兀自生长，一岁一枯荣。没有人去碰它，它便不会毒人。到了花季，它高耸绽开的花朵，引得人们纷纷驻足观赏。新疆阿勒泰曾有一位牧民，发现牧场后的山坡上长着一大片草乌，自他赶着牛羊进入牧场后就一直开着好看的花朵。他每天在忙碌之中扭头看一眼那花朵，心情便很愉悦。但他知道草乌含剧毒，人和牛羊都不能接近，于是他编了一首歌：

我不走到你跟前
不把你的根拔出来
你不走到我跟前
不要让我的心害怕

你活着不愿受打扰
我活着一定要安全
我愿意做你的好朋友
你永远是我眼里最美的花朵

　　那牧民天天唱，很快便有很多人都学会了，也就都知道，只要不去触碰草乌便没有危险。人们慢慢地便明白一个道理：美丽与邪恶，有时候仅差一步。人只要能够自律，就不会让自己陷入危险境地。

　　西部的天气变化有别于南方。譬如一场倒春寒，或一场春雨，往往会引出一场雪，让刚刚泛绿的土地，以及才长出叶芽的树木，被积雪覆盖成一片白色。大多数植物会因为那样一场雪而受影响，整整一年都长势欠佳。而草乌却不一样，哪怕雪下得再大，覆盖在它们上面的积雪再厚，它们的叶子都丝毫无损，待到积雪融化后，仍然是那样嫩绿，而且还泛着亮光。

　　草乌看上去很美。

以毒攻毒

草乌会毒到什么程度?

如果人吃了草乌,会先舌麻,继而眼冒金星,头晕呕吐,直至最后一命呜呼。其实人误食草乌的时候很少,大多是听信误传,认为用草乌炖肉味道会好得出奇,于是便把草乌放进锅和肉一起炖煮,然后就吃进了嘴里。

如果是动物,吃下含草乌的诱饵后,会因为体内灼痛难忍,痛叫嘶嗥着用爪子抓破身体。动物吞噬食物的速度很快,有的甚至来不及咀嚼便风卷残云般入腹,于是便错过从味觉判断出草乌的臭味的机会,等到腹内涌起撕心裂肺般的绞痛,才知道吞下了含毒的诱饵。但它们已来不及自救(虽然狼可以把吃下去的食物吐出),更来不及反思自己的莽撞行为,很快就会觉得有巨大的黑暗覆盖了视野,然后这个世界便没有了光彩,也没有了声音,抽搐着倒在了地上。有的动物会长时间遭受折磨,无论是体内还是体外,都犹如被刀子割着一样。它们无法忍受剧痛,便乱冲乱撞,最后因为不明方向而一头栽下悬崖,在谷底摔成一朵血肉之花。其实,动物不会直接吃草乌,它们大多是吃了猎人暗藏草乌的诱饵后,被来势汹涌的毒性拽入了死亡深渊。这其实就是投毒,后面会专门说到这一情景,在此不赘。

既然草乌的毒性如此之大,人们为何不远离它们,不把伸向它们的手收回呢?原因无外乎有两个,一是草乌乃中草药,可用于治疗风寒湿痹、关节疼痛、心腹冷痛和寒疝作痛。但是，如果内服前不炮制，入汤剂前没有先煎一两个小时，毒性就不会减低。还有一种情况，就是把握不好剂量，则无异于直接服毒。关于草乌，《本草纲目》只记录了其药效，"治头风喉痹，痈肿疔毒，主大风顽痹"，但没有强调其剧毒的危害性。有人猜测，李时珍在当时已经知道草乌毒性太大，没有亲口尝试，所以没能留下文字。直至赵学敏写了《本草纲目拾遗》，也只强调了它的治疗方向，"追风活血，取根入药酒"，从中医角度而言，入药酒后则可以减低毒性。但《本草纲目拾遗》只差了一步，还是没有提及草乌的毒性。人们因为草乌吃了苦头，乃至于以命试药，才终于找到关于服用草乌的禁忌：生品内服宜慎；孕妇禁用；不宜与半夏、瓜蒌、瓜蒌籽、瓜蒌皮、天花粉、川贝母、浙贝母、平贝母、伊贝母、湖北贝母、白蔹等同用。

不过，《药性论》（唐代医家甄权著）对草乌的毒性做了明示："远志为之使。忌豉汁。"比《药性论》说得更详细的是明末医药学家倪朱谟的《本草汇言》："平素禀赋衰薄，或向有阴虚内热吐血之疾，并老人、虚人、新产人，切宜禁用。"老人和虚人本身就体弱，抵抗力不强，便不能服用含草乌的中药。而新产人则是指产妇，因为含草乌的中药的药性散发慢，服用后要过些日子，才可对孩子哺乳。到了近代，草乌的毒性便获得广泛认知。《中华人民共和国药典：2020版》记载了草乌的炮制方法："取草乌，大小个分开，用水浸泡至内无干心，取出，加水煮至取大个切开内无白心、口尝微有麻舌感时，取出，晾至六成干后切薄片，干燥。"《云南中草药》一书中记载草乌具有苦、辛、麻、剧毒的特性。草乌含乌头碱等剧毒物质，口服纯乌头碱零点二毫克会使人出现中毒症状，口服纯乌头碱三至五毫克能致人死亡。

另一个人们不远离草乌的原因，是人们多不识草乌，以为它是野生的美味菌类，吃后便中剧毒，难有办法挽救。2018年，有一位大学生被网络游戏误导，遂从网上购买回草乌泡水喝，很快便感觉浑身不适，在挣扎的同时用手机写下感受："嘴麻，手脚麻，恶心等症状。"在之后的十七分钟内，他十一次拨打110和120求助，但因为草乌的毒性太大，最后殒命。

昆明有一人在家请客，做了一道叫"草乌炖肉"的菜。大家边喝酒边吃菜，觉得舌头发麻，其中一人感到不适便躺在沙发上，过了一会儿便没有了气息。那顿饭共导致八人中毒，有两人因中毒太深不幸丧命。事后，一位医生道出食用草乌的危险："因为草乌的性味是辛、苦、热，吃了以后冬天不怕冷。许多吃过草乌的人有这样的感觉：体温升高，仿佛变成一个浑身散发着热量的年轻人，就算严寒的冬天也不容易感冒。同时，草乌有强心、兴奋心肌、促进血液循环、扩张血管、增加血流量、抗心律失常的作用，这就是吃了以后会感觉到浑身暖和的原因，草乌让你的血液循环加快了。但是，过量服用后反而会导致心律失常。"

草乌虽毒，却有良好的医疗效果。比如，《和剂局方》有载："与川乌、地龙、乳香等同用，可治寒湿瘀血留滞经络，肢体筋脉挛痛，关节屈伸不利。"《医宗金鉴》一书也说："以生品与生川乌并用，配伍羊踯躅、姜黄等同用，可麻醉止痛。"

如此说来，草乌作为中药，其功效是以毒攻毒。但至为关键的是，要把握好剂量。

给野兽送去一株草乌

因为草乌的生存能力强,所以西部多生长有草乌。

草乌生长在山坡、河谷或林间草丛。春天来了,它们发芽泛绿,开出鲜艳的花朵;秋天时,它们花枯叶落,只剩下枯竭的枝干。一年四季,它们都在寂静中更迭着生命,是最为孤独和一直被人类冷落的植物。

当人们在某一天发现草乌的剧毒有用时,一向对它们视而不见,甚至躲避不看的眼睛,就会长久盯着它们。草乌虽毒,用好的话却对人有益。

投毒的想法,由此产生。

最早产生这一想法的,是在山野或森林里与动物周旋,但又无力将动物捕获的猎人。他们将草乌用于投毒,将他们痛恨的动物毒死。那样的手段并非为了捕获猎物,因为人不能吃被毒死的动物,所以被毒死的动物,大多是因为对人构成了危害,人不得已才会下毒。

草乌不能直接拿来用,必须经过加工,比如研成粉,或切割成小块,放入肉块、浆果等诱饵中,诱惑动物吃下后使其中毒丧命。经过加工的草乌,因为水分已失,便不会发出臭味,但毒性依然厉害。有一人痛恨狼咬死了他的十余只羊,想把草乌投进狼经常喝水的小溪中。牧民们马上指责他,那小溪会流淌,如果人或羊喝了小溪中的水怎么办?那人怏怏然把准备好的草乌扔了,但他没有扔多远。草乌的味道在半夜被风吹进羊圈,他的羊便挤破门跑了出去,结果又被狼咬死了好几只。人们在事后说,草乌不吉,切不可轻易动草乌的心思。

有人为了使草乌发挥剧毒作用,用一口锅扣住一根草乌,断了它的阳光,让它在阴湿之中生长。草乌是阴性之物,黑暗和潮湿可使它的毒性剧增。一个月后,那根草乌的根盘结在一起,沁出阴森森的白色汁液,闻之有一股恶臭。那人用棍子将锅挑开,戴上手套把那草乌根拔出,晒干后磨成粉,放进作为诱饵的肉中,毒死了一只经常祸害他家鸡鸭的黄鼠狼。

人们闻之多有效仿。

以前,新疆阿勒泰一带的猎人,若是要对野兽投毒,草乌往往是首选。猎人们为此常说,野兽给人带来一场灾祸,人给野兽送去一朵草乌。这句话看似平静,却充满设计、布置、诱惑和毒杀,其过程无一不惊心动魄,充满着人与兽的生死较量。时间长了,草乌便被猎人专用,变成了特殊的猎具。将草乌用于投毒的方法很简单,在动物出没的地方,投放一包有草乌的诱饵,比如一块肉、一只兔子、一簇青草,野兽食之两三个小时后,便倒在地上一动不动,口鼻中的白沫,凝成骇人的一团。

用草乌对付的,多为狡猾的动物,比如狼或沙狐。它们把牛羊和鸡祸害得太厉害,猎人们便要想办法收拾它们。据说,狼和沙狐都懂人,它们一旦发现自己被猎人盯上,就会迅速离去,很久都不回来。它们躲得了猎人,却躲不了草乌。猎人把草乌包在诱饵中,一年不够等两年,两年不够等三年,终能等到它们返回。狼或沙狐返回后,忘了以前的事情,便被一一毒倒在地。

大多时候,猎人盯上狼或狐狸后,并不急于对它们下手。如果在洞穴附近投放含有草乌的诱饵，它们吃之后进入洞穴毙命，会导致尸体腐烂传播瘟疫。猎人也不会将诱饵放在河边，那样的话，狼或狐狸被毒死后一头栽入河中，会污染一条河流。

所以，什么时候对动物下草乌，是有讲究的。等到狼或狐狸远离洞穴、草场和河流，在沙漠、戈壁和树林里出现后，猎人就把草乌放在它们必经之处，诱惑它们吞吃。它们在那样的地方毙命后，哪怕变质腐烂，也不会传播瘟疫。我有一年在沙漠中见到一副狼骨，其皮肉早已消失殆尽，只剩下白森森的骨骸，让人看着骇然。有人说，狼感觉到自己快不行了时，会悄悄离开狼群，找一个不会被轻易发现的地方死去。所以，很少有人能见到死去的狼。我由此推断那副狼骨是一只被毒死的狼的，它吃了猎人或牧民放了草乌的东西，感到浑身充满力量，打算穿过这片沙漠，去寻找一处更美好的栖息地。但突然之间，它腹内剧烈疼痛起来，双眸中闪出密集的金星。那一刻，绝望犹如寒冷一般浸入内心，它很快便一头栽倒。之后，风沙一日日吹刮它的尸体，它慢慢变成了一堆白森森的尸骨。

野兽吃了含有草乌的诱饵后，必经受一番痛苦挣扎，才会跌入死亡深渊。有一只狼中毒后，在地上抓出了深深的爪痕。想必剧毒在它体内掀起的裂痛，让它恨不得把大地抓破，最后它浑身变得无力，慢慢没有了声息。

曾有一只沙狐，死在距毒饵一百多米的地方。它身上布满爪痕，全身的毛几乎已被拔光。不难想象，它挣扎出去的那一百多米，是怎样疼痛难忍，它又是如何抓挖自己躯体的，到了最后，体内倏然变得轻松，但紧接着巨大的黑暗包围了它。在那一刻，它的疼痛终结，生命亦终结。

有一位牧民，被狼祸害了不少羊，无奈之下遂决定使用草乌去除狼。但他担心其他牧民反对他使用草乌，因为在牧区有一个说法：毒死一只狼，十只狼会来报仇；毒死十只狼，一百只狼会来报仇。传闻有人使用草乌毒死了一只头狼，结果羊群在当晚便被狼群袭击，一下子被咬死三十多只。狼群把羊咬死后一口不吃，拖到山坡上摆成"月亮"形状，让牧民们在第二天早上看得目瞪口呆。牧民们想起，西域的游牧民族认为，狼是苍穹之子，受苍穹之命在春天驱赶草原上的动物，并将其死后腐烂的尸体吃掉，避免瘟疫传播。他们亦相信，狼在饥饿或疲惫时，对着苍穹或月亮长嗥的举动，是让身心获得力量，亦是盼望回归。牧民们看到狼群用羊在山坡上摆出的"月亮"，害怕他们的投毒会激怒神，便早早地转场。但在转场中，一位牧民见骆驼不停粗喘，且发出怪异的叫声。他仔细一看，发现驼背上的衣物中，有一只毛茸茸的耳朵。他以为羊爬到了驼背上，待掀开衣物，一只狼惊慌跳了下去。原来这只狼藏在驼背上，是想给狼群带路，引它们晚上来偷袭羊群。

虽然前述那位牧民害怕狼的诡异行为，但他的羊被狼祸害了那么多，他不除狼难以解恨，但他又担心以一人之力不能成事，于是他决定使用草乌，毒死几只狼再说。在一个早晨，他一大早便出门去找狼。哈萨克族有一句谚语：有人就有贼，有山就有狼。他上山寻找了一天，终于在太阳快落山时找到了一个狼穴，里面有几只小狼崽，而大狼则外出捕食未归。他将包有草乌的羊肉扔进狼穴，那几只小狼崽争抢吃过后，被一一毒死。

那牧民在几天后听到一个消息，说一个狼穴中的小狼神秘消失，一公一母两只大狼被毒死，有蚂蚁从鼻孔中爬出爬进，看上去很是吓人。只有他知道，那几只小狼并不是神秘消失了。它们被他毒死后不久，一公一母两只大狼回来，见它们已全部死亡，便一一将其吃掉，结果两只大狼亦中毒，倒在了狼穴中。在狼界，小狼出生后如果活不成，大狼会将其吃掉，这是狼的生存法则。那牧民坚信在那个狼穴中亦上演了这一幕。这个秘密，那牧民未吐一字，所以在那个夏天，没有一位牧民知道真相。

草乌本应用于清除恶兽，但后来使用草乌的人多了，牛羊和马，还有狗和鸡不小心也跟着遭殃。有一次，一只猫吃了毒饵，在村后的山坡上号哭了半夜，让全村人都坐卧不宁。那一夜，凡是投过草乌的人，都下决心不再碰草乌一次。

后来，真的很少有人再用草乌投毒了。

桑 树

美丽的"小偷"

从桑树到丝绸,是一条从暗淡到鲜艳、从寂静到热闹的演变路途。但丝绸遮蔽了蚕的功劳,蚕又遗忘了桑树的恩泽。当人们赞美美丽的丝绸时,很少提及桑树的源起之恩。

西部的桑树不少,亦在丝绸之路上留下不少传奇故事。丝绸之路由张骞于公元前2世纪开辟出来。当时这条路并不叫丝绸之路,曾叫"玉石之路""皮毛之路""佛教之路"等,直到1877年,德国地理学家李希霍芬在《中国》一书中首次使用"丝绸之路",这条路才得以被真正命名。丝绸之路,顾名思义就是丝绸的道路。东方的丝绸从这里传向西方,使这条路成为一条繁华的通道。当时,丝绸也许都出自南方,但在后来,丝绸之路途经的不少地方也开始养蚕种桑,有了自己的丝绸。

于阗王国(今新疆和田所在地)养殖桑蚕始于何时,没有明确的历史记载。关于蚕传入于阗的唯一原始资料,是玄奘在《大唐西域记》中，有"止麻射伽蓝故地……以桑蚕种留于此地"的记录。在于阗王国城东南五六里处，有一座麻射寺院，是此王国的先代王妃所建，而且与于阗国种桑养蚕和一件衣服的故事相关。先前，于阗王国不知道世上有桑蚕。闻听东国有之，国王便命使者去求。但东国国王保守秘密，不但不赐予于阗王国使者，而且还严令边关，不能让桑蚕种子出境。瞿萨旦那王想了一计谋，以谦卑之言辞和礼仪，求婚于东国公主。东国国王有敦睦远方的志向，遂允其求婚。瞿萨旦那王命令迎娶东国公主的使者："你可告知东国公主，我于阗王国向来没有丝绵桑蚕之种，请她带过来，以便日后为自己做衣服。"东国公主秘密求取桑蚕之种，藏在帽子棉絮中。到了东国关防，所有的人都必须接受检查，唯公主的帽子免检。东国公主到达于阗王国之后，先在麻射寺停留，礼仪准备就绪后，国王才将公主迎请宫内，举行盛大的结婚典礼。公主带回的蚕桑之种则留在了麻射寺，到了来年春天才开始种植桑树。待蚕种活动之日开始饲养，但桑叶尚未长出来时，只得先用其他树叶饲养。

几年后，桑树绿叶成荫，桑葚的芬芳飘荡在泥土之上。为了不伤害蚕，王妃在石头上刻下令制："蚕蛾飞尽，乃得治茧，敢有犯违，明神不祐。"之后，又为蚕神建立了一座寺庙。这大概就是于阗王国最初的桑种和蚕，实属来之不易。玄奘公元7世纪到达于阗时，目睹了"重点保护"的数株枯死的"本种之树"。本种一说指的是桑树，亦指养蚕离不了作为本种的桑树。玄奘记述那桑树的树龄在二三百年以上，可谓大树矣。

在于阗出土的佉卢文木简中，有人发现过这样有趣的与衣服有关的记载："彼已买妇女一名，名苏袛莎，买价为四十一匹绢。""若僧人不参加仪式，应罚丝绢一匹。""如发生打斗致人伤，轻者丝绢五匹，不轻不重者丝绢十匹，重者罚丝绢十五匹。"由此可见，丝绸在彼时已成为于阗国人贵重的衣服，不但卖价极高，就连不参加仪式的僧人和打人致伤者受罚都与丝绸有关。

  无巧不成书。英国考古学家、探险家斯坦因于1900年在于阗国的丹丹乌里克佛寺遗址中，发现了许多绘画和雕塑等艺术品，其中就有一幅被人们称作《传丝公主》的木版画。他很惊奇地谈到他在挖掘丹丹乌里克佛寺的收获时说："更奇的大约要算后来我发现的一块木板，上绘一中国公主。据玄奘所记的一个故事，她是将蚕桑业介绍到于阗的第一个人。在玄奘的时代，桑蚕业之盛不亚于今日。相传这位公主因为当时中国严禁蚕种出口，故将蚕种藏于帽中，暗自携出。画板中央绘一盛装贵妇于其间，头戴高冠，有女郎跪于两旁，长方形画板的一端有一篮，其中充满形同果实之物，另一端有一多面形东西。起初很难解释，后来我看见左边的侍女手指着贵妇人的高冠，冠下就是从中国私偷过来的蚕种，画板一端的篮中所盛的是茧，另一端是纺丝用的纺车。"桑蚕是丝绸的根源，丝绸是衣服的上等布料，所以我们再次从这幅木版画中读到了西域的衣服故事。

  斯坦因的解释，多少参照了玄奘《大唐西域记》中的相关记载。斯坦因断言，侍女手指贵妇人之冠，是暗示冠下隐藏着蚕种。对不对呢？其实斯坦因错矣。据专家考证，那画中女子头顶的圆圈，是佛教菩萨的项光。其他几人或手持金刚杵，或穿长筒靴，或莲花跏趺坐，是佛教中的护法或明王。整个壁画，乃佛教中的护法故事画。如此说来，那幅木版画的内容，并非公主偷运蚕种。

可见，斯坦因不懂佛学。

桑 葚

桑树结桑葚，众所皆知。每年的5月初，新疆吐鲁番的桑葚就熟了。在我的印象中，吐鲁番有很多与水果有关的说法，如"吐鲁番的葡萄熟了，阿娜尔罕的心儿醉了""吐鲁番的葡萄哈密的瓜，叶城的石榴人人夸"。

吐鲁番的桑葚被誉为新疆第一鲜，是新疆每年最早上市的水果。到了四五月份，北疆的阿勒泰、塔城、伊犁一带，有时仍然大雪纷飞，而东疆的哈密、吐鲁番一带，人们已经吃到了新鲜的桑葚。稍晚一点，南疆的和田、喀什、阿克苏等地，人们也开始从桑树上摘下桑葚吃了。这一时间，别的树才长出叶子，有的花亦刚刚冒出圆形花蕾，至于久负盛名的葡萄也只长出小颗粒。但桑树上的黑桑葚、白桑葚等或挂满枝头，或落于一地，很多儿童在树下跑来跑去，不用问，他们正在捡桑葚吃呢！

桑葚又叫桑果、桑枣，成熟后果质滑润，酸甜可口。桑葚除了直接食用外，还可加工成桑葚酱、桑葚酒。有人将桑葚晒干或略蒸后食用，都能吃出初夏的鲜美味道。

每年四月底五月初去吐鲁番的人，都可以吃到桑葚。吐鲁番到了六七月便酷热难当，只有四五月间是最舒服的季节，一则可看春色，二则可吃桑葚，可谓两全其美。

有关桑葚的趣事颇多，比如大名鼎鼎的火焰山东边和西边的两条沟，相隔不足十公里，东沟的桑葚已成熟，但西沟的桑葚还要等一周左右。于是乎，西沟人去吃东沟的桑葚，东沟人不高兴。西沟人说：你们不要把肚子这笔账的事情摆在脸上，我们西沟的桑葚正长着哩，过几天你们也可以去吃。

火焰山一隅的吐峪沟，是我见过桑葚树最多的地方，在村中走不了几步就碰到一棵桑葚树。每年桑葚成熟的季节，吐峪沟人都要忙碌收桑葚数天，然后卖到吐鲁番、乌鲁木齐或更远的地方。一公斤桑葚在城中可卖到五十元，但在吐峪沟的旺季一公斤才十五元，更有甚者卖到十元。

有一人去吐峪沟买桑葚，遇一位小姑娘在村口摆摊，询问后得知小姑娘一公斤要价二十五元。他与小姑娘砍价，小姑娘坚持少于十五元不卖，那人嘟囔一句：这不是卖桑葚，简直是卖金子。小姑娘在他身后说：你回来，这里有五元一公斤的。那人听之欣喜地回到小姑娘面前，她笑嘻嘻地说：你有一公斤五元的桑葚吗？有多少你卖给我，我都要！说完露出顽皮的笑意。

我曾见过吐峪沟的一位老人吃桑葚的情景。早晨，他从小屋中出来，走到一棵桑葚树跟前拽住一根树枝，摘吃桑葚约半小时便算是吃了早餐；中午，他又如此重复解决了午餐。我料定他的晚餐也一定是树上的桑葚，便在黄昏等待观察，果然见他又一如既往地摘吃了半小时左右的桑葚。

我听村里人说，那老者在守吐峪沟的圣人墓。关于他有两件奇事：一件是他为守墓，每天都为屋中的一盏油灯添油，那灯燃了很多年从未熄灭；另一件事是他手中有一根用百年大树的枝干做成的手杖，凡是身体有恙者，让他敲击几下不舒服的地方，便可病愈。我那几天腰不舒服,便去他屋中请他用那手杖敲击我几下。不料,他狠狠在我腰上打了一下,疼得我一声大叫。离开时,他见我面有不悦之色,悄悄对我说:你的腰能被打疼,说明是好腰,以后每天多走路,腰就不疼了。还有就是在每年春天多吃桑葚,腰永远都不会疼。从他家出来后我想,人们说的他那手杖的神奇,并不是真的,因为他知道只有锻炼才对身体有好处。

村中的年迈老人无事,便坐在桑葚树下闲聊,或看着对面的山和天上的云朵。仔细观察他们,便发现他们按照年龄大小挨着坐,年龄最小者自觉坐在最下方,最年长者坐在最上面。有桑葚落到他们面前,他们所有的目光会集中到其中一人身上,那人捡起桑葚吹吹塞到嘴里。

有一次,我和朋友们去吐峪沟游玩,碰上打桑葚的村民,便加入进去。打桑葚与打核桃差不多,先在树下铺一个大床单或毯子,然后用一长木杆在桑树上敲打,便听得桑葚唰唰落下,很快就是一层。后来,我们与村民走散,有的人家对桑树下的我们报以微笑,有的人家却呵斥我们远离他们的桑树。同一地,有微笑也有呵斥,这就是人世。

桑皮纸

桑树皮可制作成纸,美其名曰"桑皮纸"。有一年在新疆墨玉,听到两个关于桑皮纸的说法——"会呼吸的纸"和"能活下去的纸"。有会呼吸的纸一说,是因为桑皮纸在制作过程中,其自动吸水和挥发水分，犹如是在自由呼吸；而能活下去的纸一说，则是说桑皮纸弹性好、拉力长、柔软耐磨、耐折叠、防虫蛀、不褪色、易保存，使用百年也不朽。

桑皮纸有着悠久的历史。据《回疆志》记载："……有黑白二种，以桑皮、棉絮合作而成。"《新疆图志》中记载："咸丰中，和田始蒸桑皮造纸，韧厚而少光洁，乌鲁木齐、吐鲁番略变其法，杂用棉絮或楮皮、麦秆糅合为之。"从这个记载可以看出，清朝末年，和田桑皮纸传入了乌鲁木齐和吐鲁番。

桑皮纸的用处多矣，清代和民国时，曾用于撰写买卖契约、分家文书、信件等民间文书档案。如今，桑皮纸还用于写字、绘画、印刷、制扇、扎风筝、包装中药、裱糊酒篓和咸菜篓。民间的贴膏药医治方式，一直用的是桑皮纸。

那些与桑皮纸有关的事情，如今都已经消失或结束，唯有桑皮纸，成为岁月的见证。桑皮纸暴露着其纤维纹理，但正是这种粗糙风格，被当作特质开发，展示出了独特的文化魅力。面对普通纸张，我们常常忘记它来自一棵树，但一张桑皮纸摆在我们面前时，却会觉得是一棵树在寻找我们的眼睛，也在等待与世界一起歌唱。

几年前在墨玉县的布达村，见到制作桑皮纸的吐尔迪一家人。吐尔迪那一年整整一百岁，是当地最年长的老手艺人。他虽然年迈，但经常制作桑皮纸，所以去那里的人，有看他和看桑皮纸制作的双重目的。他们家的院子和制作桑皮纸作坊经过规划，显得干净和整齐，隐隐透着一股浆汁的味道。

这股味道是对外来者的见面礼。人们一脚迈入这个小院，首先被这股味道裹住，然后便看到延续着的古老手工艺，以及双手在这股浓郁的味道中的劳作。特殊的气味和场地会让人觉得，那忙碌的双手，沉下去便摸向久远的历史，抬起来则抓住民间工艺的生命。

吐尔迪一家正在忙着，两个孙女在用木槌砸击一堆桑树皮，砸得差不多了，便挂在旁边的铁丝上风干。院子一角有一口大锅，里面翻滚着桑皮，想必是正在进行沸煮的程序。问及桑皮纸的制作过程，颇为复杂，有浸泡、去皮、风干、锅煮、捶捣、发酵、过滤、入模、晾晒等工序。吐尔迪老人正在做桑皮纸，他将模子放入一盆浆汁中后一提，便有一层浓厚的浆汁浮于模子上，待他将模子放平，用平刷将浆汁刷平，一张桑皮纸便有了雏形。过了一会儿我们去看，那张桑皮纸已经干得差不多了，一揭便挺立而起，传出一种很强烈的质感。用手摸一下，可觉出纸质的柔韧，但因为比较厚，便又显得很结实。

院子一角的桌子上放着码好待售的桑皮纸。我挑选出十张买下，其中五张有明显的桑皮纹，似乎带着桑树的生命脉息；另有五张带有浆汁凝块，显出硬朗凝重之感，让人爱不释手。

吐尔迪做了一辈子桑皮纸，有一肚子关于桑皮纸的故事。他在七岁那年被父亲带着去找桑树，因为一场风沙迷了路，几经波折仍找不到走出困境的路。他父亲感叹说：如果不让你学做桑皮纸，就不会出来寻找桑树，也就不会遇到这样的危险。如果咱们能够回去，你就去干别的事情，不要再学做桑皮纸了。后来，他们偶然碰到一棵桑树，发现有人砍过桑树枝，便在桑树周围仔细观察，终于发现了一串脚印，他们跟着那脚印走出了困境。事后，父亲又感叹说：咱们的命是桑树给的，这辈子不要离开桑皮纸，这就是对桑树的感恩。自此之后，父亲做了一辈子桑皮纸。

他长大乃至后来到了一百岁,亦将桑皮纸做了一辈子。

另有一事,让吐尔迪因桑皮纸经历了一次心灵嬗变。从20世纪60年代开始,桑皮纸慢慢退出了人们的视野,吐尔迪做出的桑皮纸卖出的越来越少,使用的范围亦越来越窄。到了最后便没有人找他了,他孤独地坐在院子里,望着积尘的桑皮纸叹息几声,便进屋躺下睡觉。第二天早上起来,出门的一瞬,他心中涌出一股异样的感觉,觉得院子里在弥漫一股光芒。他凝目细看,昨晚做出的最后一批桑皮纸已经干透.他提起一张一看,顿时惊讶地叫了起来,那纸浆汁颁布均匀,成色饱满,柔性适当,是他做纸几十年来最好的一批。他捧着那批纸呆立良久,发出一声感叹:没有人需要纸了,却做出了最好的纸,有什么用呢?他将那些桑皮纸收入屋中,心想如果有人用得上,就分文不取地送人。

有一夜,他梦见很多人都来要他的桑皮纸,他的院子里人头攒动,热闹非凡。第二天早上起来,他仍走不出梦境的影响,居然忘了已没有人再需要桑皮纸,而是像以往一样又做起了桑皮纸。等他把一整套程序做完,才醒悟自己被神引领,又与一张纸融为一体,完成了一次嬗变。他又感叹,有时候一张纸在变,人也跟着变;有时候人变了,而一张纸却没有变,它对这个世界的忠诚,远远要比人强。他在那天重操旧业,不管有没有人需要桑皮纸,他每天都做一两张。时间长了,人们听说吐尔迪还在做纸,有需要时便来拿几张,那些年吐尔迪就靠给人送纸活了下来。

后来,人们又开始青睐桑皮纸,他的情况才好起来。一直到前几年,他已经一百岁了。人们大多谈论的是他的年龄,但他经常挂在嘴上的一句话是:我不是活了一百年,而是把桑皮纸做了一百年。布达村有不少人做桑皮纸，但做得最好的一直是吐尔迪老人。

我们离开布达村时，他起身送我们，但他毕竟是一百岁的人了，身体趔趄了一下差点摔倒。我们劝他留步，他站在那儿用眼神和我们告别。我无意一瞥，看见他的影子映在一张桑皮纸上，像浓墨写下的一个字。

杨　树

最容易活的树

　　半夜下起的一场雨，在黎明时分停了。庭院内外的树木，比如苹果树、梨树、桃树和无花果树，它们的叶片仍湿漉漉的，阳光一照便泛出光亮。在众多树木中，杨树的叶片并不大，但是长得密密匝匝，所以能泛出密集的光亮，像是谁把一堆发光的东西放在枝叶间，被一场雨淋了半夜，现在又被阳光一把抓在了手里。

　　在肥沃或贫瘠的大地上，杨树都是最容易成活的树。换言之，只要有土，杨树就能成活。

　　在西部干旱的土地上，杨树是随处可见的树——房前屋后、田间地头、道路两边，乃至荒野和草地上。在落叶乔木中，杨树是最为接近人类生活的一种树，以至于但凡是杨树，都被人们精心栽培成行或成片，看上去很是漂亮。除了新疆的额尔齐斯河流域有个别野生的杨树外，西部其他地区的杨树皆为人栽种。

杨树是普通的树,树冠宽展阔大,树皮常常是白色或灰白色,用手一摸便觉出平滑之感。树身的下半部分多较粗糙,但长得笔直。它们的枝条在季节变换时(尤其在春天)会长出白色茸毛,即使枝条猛长也还有茸毛密布其上。但枝条很快会长出圆筒形嫩芽,让人一眼就能看见灰绿或淡褐色的叶片密集堆成一片。

它们喜欢大陆性气候,很耐寒,根须长得很深,且扎伸力极强;树身抗风力也很强,属于落叶乔木中的硬汉。它们对生存的土壤条件要求不高,如果是湿润肥沃的沙质土,就会生长得更好。

在西部,人们最看重的树木是杨树。在房前屋后栽几棵杨树,可增加庭院内外的生机。如果有喜鹊等鸟儿在杨树上筑巢,就会更有生机。除此之外,杨树还可遮阳和挡风沙,所以在有戈壁和沙漠的地方,便必然有杨树。新疆等地的绿洲标志是杨树,当你乘车在戈壁、沙漠中的公路上行驶,远远看见前方有绿色,那一定是杨树。待走近,如果看见杨树浓荫形成的巨大绿色中,有村庄,也有田地,还有河流或湖泊,那就是绿洲。绿洲以树为根,在戈壁、沙漠中存活,而杨树则是绿洲的支撑。

至于道路两旁的杨树,则有调剂视野审美、维护道路的作用。新疆少树,但道路两旁却常常有成排的杨树,尤其是主干和生枝的粗壮树枝,都颇为整齐地保持在同一水平线上,与笔直的道路一起,展示出一种向纵深处延伸的美感。人们在修好路后必然要栽树,所以说,在新疆这样的地方,有路便有树,而且一定是杨树。春夏两个季节,杨树因为枝条密匝,使整个树冠显得颇为葱绿,看上去极具美感。

到了大雪飘飞的冬天,别的树落光了叶子,看上去好像陡然瘦削，在挨着漫长的寒冬。唯杨树仍然不改矗立之势，尤其是树干上的皮依然光洁柔滑，毫无干瘪枯萎之感。杨树在这个季节最吸引人的是密匝的枝条，看上去似乎密不透风，在寒风或大雪中展示出一派生机。如果站在杨树下向上眺望，就能看见杨树像是伸入了天空中。用一句诗意的话说，杨树细密的枝条，在修改天空。

在新疆，杨树往往成为标记。人们常常会说"那棵杨树的东边是吐鲁番，西边是乌鲁木齐"。很多年前，人们在草原上为了给能走得通的路做标记，就在路口放一块石头，后来石头放得多了就变成了敖包，并逐渐形成文化。如今的交通信息发达，但人们还是喜欢用老办法，于是戈壁、沙漠中的一棵白杨，便不仅仅是一棵树，也是一个标记。

杨树木的用途有很多，最常见的是当柴烧。南疆的人喜欢用杨树木烧火，不但耐烧，而且温度高，尤其是烧成炭火后，用于烤羊肉串，味道分外不同。除此之外，杨树木还可用于打造家具、做屋檩栋梁、制作农具等，可谓一木百用，浑身是宝。

人们感激杨树，亦因为它们漂亮干净，所以常常在它们的名字前面加一个"白"字，称其为白杨树。

幸福的小树

有一年在库车，我们几乎吃遍了沿街的抓饭馆。有时候，我们要烤包子、羊肉串、揪片子等混着吃。后来，我们的这种吃法被库车的朋友小兰笑话了一番。她认为我们太贪婪，吃得又太粗糙，恨不得把库车的好东西一顿全吃完。她介绍我们去吃一家大排档的汤面，说：人家的品种才叫多呢，保准你们不知如何下手。

下午，我们便直奔那家饭馆。在路上，我想先不要急着决定吃什么，到了饭馆后自然就知道了。以前有一次也是吃维吾尔族美食，我用刚学会的维吾尔语向他们要蒜。我想着他们可能会递过来一个常见的蒜，不料却是一个很大的独头蒜。我边欣赏着边扒开皮，咬了一口，立刻，我就被其强烈的辣味辣得坐不住了，眼泪也流了出来。那一刻，我真正体会到了"扬头的女人低头的汉，青色辣子独头蒜"一说的意思。

我们几人刚走到街上，天就刮起了风。刮风在新疆是下雨的前兆，不一会儿，雨就落了下来。我们在雨中快速跑向那家小饭馆。进了巷子，沿着房檐往前跑了几步就到了。店主人招呼一番，便去后堂忙了。

这时候，我看见了那棵小杨树。它贴墙而生，枝条和叶片像挂在墙上的一幅画。小巷中房屋毗连，再无树木，所以，它便显得很稀奇，我忍不住又看了几眼。

店主人很快就将饭端了上来。吃着可口的汤面，我忍不住回过头去看那棵小杨树。是谁把一棵树栽在墙根的？细问之后才知道，这棵小白杨是自己长在这里的。在一个刮风的天气，有杨树籽被刮进小巷。人们见那么多的树子在路上，踩上去不舒服，就把它们扫了出去。有一些树子漏在了小巷中，但它们都没有生根发芽，只有墙角的一粒长出了幼小的树苗。起初，人们并没有在意它，只是觉得它是一根小草而已。不料，到了夏天，它在短短的几天里就蹿出很高。人们见它长得纤细而笔直，不忍心拔去，就让它在那儿长着。它长到一米多的时候，就慢慢粗了起来。

小巷中一直放着少数民族民歌，饭馆里也透出一股羊肉香味，使小巷弥漫着那种新疆常见的迷人气氛。而坐在棚下吃饭的人一扭头，就看见了这棵小白杨，眼睛里会有舒服的神情。

店主人说，他准备让这棵小白杨一直长下去，就像他的小饭馆理应一直存在一样。说起这棵小白杨，还有很多故事。它自从长在这里后，总是遇到一些麻烦。在春天，它长出嫩绿的树叶，孩子们总想伸手去摘，店主人喝喊几声才能把他们撵走；冬天的巷子里会结冰，人们怕摔倒，总是用它当扶手，它其实还很单薄，那样的重负自然承受不了，店主人同样也得喝喊几声才能让人们把伸出的手收回。有一条狗在夏天喜欢卧在它的树荫中，时间长了，似乎对它有了感情。有一次，孩子们恶作剧，要折它的枝，狗跑过去在它的根部撒一泡尿，狗尿的臊味把孩子们都熏跑了。大人们有时候也会做出危害小白杨的动作，狗一看有情况，马上就会使劲挡住人。人被狗弄得很烦，便骂狗，骂完了也就忘了再到小白杨跟前去。

现在，小白杨已经不会受到任何伤害了，因为它已长得比人还高。人面对比自己高的东西时，只会仰视，而不会轻易去伤害。

松　树

根比树长

　　任何一棵树，不论它怎样生长都正确，因为它一定是迎着阳光向上生长，让自己矗立成牢牢扎根于土地的生命。松树就是这样，它们大多长得笔直，是众多植物中最挺立的一种。

　　松树在西部随处可见，但在内蒙古的克什克腾草原，有一片松树却给我留下了深刻印象。近距离看到那些松树，已是几天以后。先前的一天坐在马车上，一扭头看见那片松树。我不解为何在平坦宽广的草原上，会出现一片松树呢。草原被绿色覆盖得像静止的湖泊，而这片松树却是这种静止中的意外。它们笔直挺立，像是在眺望着高远的天空。

　　这片松树有很多传奇。牧民说，人们都认为它们是神树，所以没有人敢砍这里的一棵松树。据说，林子深处有五棵同根的树，远远看上去，犹如一只手掌的五根手指。想看到这样的树，还得靠缘分。很多人专门寻它们而来，转了好几圈居然不能谋面。而且它们有傲骨，只适宜在这里生长。

　　神奇的事情总是一连串。这些松树以前是8月结果，10月落子。有一年，内蒙古在10月间落了一场大雪，那些松果在雪后齐刷刷变红。人们向树冠望去，上面犹如有无数燃烧的小火球。另有一事，有一年人们砍倒一棵，欲取其根，挖了整整一天都挖不出来，后来从老人嘴里得知，这种松树的根比树身要长许多，恐怕挖不出完整的根。

　　我们走到树跟前，见它们在外面裸露着庞大的根系，根系像弯曲的手指，紧紧抓着大地。树身是挺拔的，直插云天，而树根像是有坚韧不屈的意念，盘旋着向地底下伸去。不用再细究树根到底有多长，仅此架势，就足以让人深感凝重。

　　人们对神奇的东西总是寄予格外多的愿望，这些愿望得不到实现时，就演变成传说。传说的最佳功能在于将物人化，让其按照人的愿望映衬生命。所以，传说多是人的臆想。这些松树也有不少传说，神乎仙乎，都颇为离奇。但我这个年龄已不再对传奇类的东西感兴趣，所以，我挑拣后，只复述其中一件。相传，多年前草原并没有松树，遍地长草，人们的日子过得悠闲自在。忽一日，官兵来草原驱逐人们离开，并将青壮汉子抓去充军。他们将汉子用铁链缚住，准备第二天押走。汉子们痛心疾首，当夜一个个气绝而亡。他们倒地的一瞬紧紧抓住土地。官兵们赶来，使再大的力气也无法把他们扯开。之后，他们便变成松树，树根紧抓大地。

　　这个传说并没有意外之处，与大多数传说一样借助超现实的魔幻手法，传达出人们对松树的某些肯定，也通过故事情节的转换，实现了人们心目中的某种愿望。但我总觉得这个传说和草原人的性格有关,感觉到一股气息一阵阵浸润过来,本能地一闻,便觉得这味道是从眼前的哪个汉子身上散发出的。这样便想起牧民说的一句话:这些树其实还没有长好呢!这话让人听得疑惑,但平静下来后,便看见草原向远处延伸而去,那是一种大动荡,而停留于此的这些松树,则呈现着静态的涌动。

没有再往林子深处去,也没有再细看松树,应该留下更多的回味才对。当人离去时,它的影子在人的心里就是一棵成长的树。

不能忘记的是,有一棵松树死去后,散发出了罕见的香味。它已干枯多时,但仍像活着一样笔直地挺立着。我们从它跟前走过,一股浓浓的香味钻入鼻孔。我闻了一下,发现香味独特而浓烈,犹如美酒的味道。

多么好啊!一棵松树在活着时挺拔优美,死后散发出浓烈的香味。

枯树的温暖

新疆阿勒泰的白哈巴村,从村中向上眺望,能看见牧民别里思汗家的栅栏。到了坡上,就可以看见他家栅栏里面有两座房子。坡上的人家住在高处,但村子在低处,所以,坡上人家常常向坡下会集。我多次发现,坡上人家有向下张望的习惯,有的人一张望就是半天。

到了坡上,我在别里思汗家住下来,准备过几天坡上人家的日子。别里思汗家墙壁上有一幅照片,拍的是去年的雪灾:大雪覆盖了一切,牧民们挣扎着从积雪中爬到一块石头上,抱住羊缩着身子向远处眺望着……别里思汗不知从哪个杂志上看到了这张照片,就撕下贴在了自己家墙壁上。看着照片,心里一阵阵难受。别里思汗想通过这张照片留住什么呢?怏怏地出来,迎面走来两个牧民,还带着一个孩子。我看见孩子脚上的鞋子已经开了口,便掏出十块钱塞进他的口袋。孩子和大人都因为惊恐,眼睛里出现了复杂神情。看着他们的眼睛,我更加难受,不得不赶快离去。那时节距冬天不远了,想起那幅照片,心里又不是滋味。

就在这时,看见了那棵枯死的松树。坡上实际上干旱无比,那些深深浅浅的沟坎因为长不出草,像被刀砍过一样伤痕累累。不远处是褐色的山,如同被太阳暴晒得裂开了、正流着血的伤口。几只乌鸦在低低地飞着,给山谷添了几分凄凉。

一棵枯死的松树,孤独地立在山口。它是细瘦的,只剩下为数不多的枝条,让人觉得它的死亡是完美的终结。不知它是不是经过了火烧,浑身的枝干是黑色的,被大风掀掉皮的地方,又触目惊心地变成了褐色。因为它所处地势较高,所以远远地望上去,几根细黑的枝干似乎扎入了云霄。

几只乌鸦突然从谷中飞出,怪叫着要落在枯树上面,但绕树几圈后却因无枝可依,不得不再次离去。扭过头才发现,与这棵枯树一样的事物有很多——模糊的帐篷,泥泞的小路,稀疏的行人,裂着伤口的山谷……与沉浸的时间融为一体。

我在枯树跟前站了一会儿,往别的地方走去。我想起去年的雪灾过后在村子里发生的一件事:一只羊饿得实在不行,就慢慢爬上一棵树,用嘴咬住一根树枝从树上跌下。它摔在雪地上,那根树枝同时也被折断,它爬起来去吃枝上的干树叶。那棵树在下一年一定还活着,一定又长出了新枝叶。如果那只羊再次从它跟前走过,也许会看那棵树几眼。它一定忘不了上一年的雪灾,亦牢牢记着那几片干树叶的滋味。

几天后的一个下雨天,我又向那棵枯树走去。走到它跟前时,整个山谷已被大雨裹住。此时的石头和树木,被雨水冲洗得干干净净。在大雨深处,这棵枯树仍然黝黑。我觉得在迷茫的世界中,它似乎是有生命的。

大雨哗哗,似乎要渲染出特殊的气氛。我在这棵枯树跟前一时无言。雨悄然浓密了许多,村子和草场又模糊了轮廓。我突然为此时的大雨高兴起来,它像是在浇灌着这棵枯树,哪怕无济于事,也要抚摸和安慰它。这是一种爱吗?是类似于人一样的一种关爱吗?

我离去时,听到枯树上有声音响起,抬起头便看见,那几只在山谷中低低盘旋过的乌鸦,不知何时已憩入这棵枯树的枝头,此时被我走动的声音惊起,扑棱着在绕树盘旋。几分钟后,乌鸦又轻轻落上枯树的枝干,很快,便与树融为一体。

雨下得更大了。

大树下面

一棵松树长起来,把树冠伸向天空,把影子投在大地上。在远处,我们看见的是松树高大的身躯,走近才被它们巨大的影子笼罩。

在新疆阿勒泰的那仁牧场上,有两棵大松树,相距有十多米。从远处看,两棵松树似乎是一棵树,硕大的树冠投下不小的影子,占了很大一块地方。牧民们喜欢这个地方,便为其起名"两棵树"。有时候,羊走到树荫下站一会儿,也许是在树荫下乘凉,也许是感觉到这两棵树高大,在这里站一会儿是荣耀。后来,牧民们亦受羊的影响,走到两棵树下时也要站一会儿。

多林是这次放牧中年龄最大的牧民,他说:人呀羊呀,都爱到大松树下站一站,是也想变成大松树呢!

这两棵松树的传说颇多。有的牧民说,它们在一个冬天就长了那么高。那一年,人们在秋季离开时,它们还只是矮矮的两棵小松树,等过了一个冬天,人们在春季进场时,它们就长成了这么高。还有一位牧民说,一次他走过那两棵松树,躺在树下歇息了一会儿,他的马鞭子居然从手中飞上了树。人们跑到树下去看,哪里有马鞭子的影子。他便又说,那马鞭子飞上树停留了一会儿,又飞上了天。天空高远无比,谁也看不到马鞭子到底飞去了哪里。

我没有去考证这些传说,我能够理解人们把这两棵松树说得如此神奇。人都是这样,对于高大的东西,习惯于按照自己的思维,去设想出它更完美和神秘的一面。这便是人的向往。人的生活基本上是依据向往而得以维持的。

这两棵松树在现实中,也发生过很有意思的事情。有一年,不知从何处飞过来一大群乌鸦,遮去了阳光,大地顷刻间幽暗下来。羊最先有了反应,见乌鸦飞过来扭头就跑,急促而密集的蹄声把大地敲击得一阵阵颤抖。鸦群在空中盘旋几圈,落入那两棵大松树。顿时，枝上便黑乎乎一片，好像两棵大松树在瞬间结出了黑色果实。几个年轻人围过去捡石头打乌鸦，但任凭他们怎么打，乌鸦都不离去。偶尔有一两只被打中，只是在树旁绕飞几圈便又落下；别的乌鸦则对他们视而不见，稳稳立于枝头。几个年轻人怔愣不已，不得不停住，望着乌鸦们出神。

多林把他们叫回，对他们说：不能打乌鸦，它们飞长路飞累了，在歇息呢！我们走路走累了也要歇息。如果乌鸦在我们歇息时用石头打我们，我们会怎么想呢？年轻人说：它们落在大松树上了。那是大松树，它们怎么能落呢？多林说：它们要飞很远的路，这两棵大松树是它们在中途歇息的标志，没什么不好的。年轻人便不再说什么，一一散去。乌鸦们在松树上歇息了一个多小时，便又飞走了。

后来又发生了一件事。到了秋初，别的树叶还绿着，这两棵松树的松针并没有发黄，却很快就落了下去。它们的松针细长，从枝上落下时闪闪发光。几天后，树下便落了厚厚一层。牧民们感叹说，多好的松针呀，可惜用不到地方。不料没过几天，松针就发挥出了用处。一只母羊在深夜时要分娩，跑到树下，将松针拱成一堆钻了进去。小羊羔顺利产下，母子在温暖的松针中过了一夜。第二天，牧民们看到那动人的情景后说：好松针，好松针，一切都多么好啊！

再往后，人们走过两棵大松树时便习惯了，像走过一座山，或者一块小石头，不会再在意它们。两棵大松树和牧场上所有的事物一样，亲切而又平静，平静而又从容。正是这些事物组成牧场，养育着牛羊，让人们一年又一年放牧，繁衍生息。生命就是这样，潜藏在岁月深处，始终不动声色。

一次，我从两棵大松树下走过，几根松针落到我的肩头。那一刻，我觉得有一只手在我肩头拍了一下。

树叶与泪水

在南疆喀什的一户人家院子里，我们坐在葡萄架下喝茶聊天。我无意一扭头，看见一阵风刮起，一片树叶飞了起来。我觉得它是一只鸟儿，便在心里说：再飞高一点，你就真是一只鸟儿了。果然，它又飞了起来，像是一只正在运载阳光的鸟儿，一直要飞到太阳中去。我又在心里说：飞到太阳中去吧，把大地的阳光返回给太阳。我盯着它，它越飞越高，越来越小。突然风停了，它飘摇着从空中落下，落到了后面的高台民居的一户人家院中。这是一片幸福的树叶，被风的大手抓着，享受了一次不用努力就可以飞翔的幸福。

这时候，我看见院子里有一棵小松树。大风过后，这棵小松树的枝条间还有响声。不知是不是有一些风留在了这里，只等着一切都平静后才悄悄把松枝弄响。主人说：好几年了，这棵小松树在每次刮大风后都这样响动，真是奇怪。我问他：大风刮过来时，这棵小松树是什么样子？他嘿嘿一笑说：不动也不响，枝条儿像是天天吃羊肉的巴郎子（小伙子）一样，结实得很。这是一棵神奇的小松树。我伸出手感受风。此时的风是征服者，或者说风吹小松树是征服中的一次停顿，再或者说，是它与树在寂静中交换着心灵。风和树相爱，彼此用呼吸找到对方。哦，一片爱情的森林已经开始显形。

扭头张望远处的树，它们都已长高。那曾经的征服，以及无数征服中的一次停顿，在它们身上都已结束。也许风的一生都要不停地吹动，也许让跳舞的树叶挥霍自己是风最高秘友的情意。但也许还有另一种不为人知的事实——在山顶，一棵树向风投怀送抱的枝叶，怀着内心的秘密，一次次把风踢出了火星子。

我们闲聊时，主人的妻子在用水浇那棵小松树。她一点一点地将水浇到小松树根部，然后看着水慢慢渗进去。这棵小松树是她栽的。当时大家都觉得它已经死了，要把它扔掉，但她却说试试吧，也许给它一个扎根的机会，一桶水，它就活了。结果，它真的活了。其实，很少有人在院子里栽松树，但因为它来之不易，就让它在院子里一直长到了现在。

我们闲聊着，看见一位小女孩进入院子，径直向那棵小松树走去。阳光洒在她脸上，越发显得她纯洁和可爱。因为在举行一个活动，院内人声杂乱，但她却不紧不慢地走向那棵小松树。在忙乱的大人中间，她显得更像大人。她走到那棵小松树跟前停下，抬头向树上看去，树上有一只鸟儿。她扬起脸，好奇和专注的神情在双眸中隐约可见。周围的人不少，但没有谁留意到这棵松树上的鸟儿。大人们大多时候都很忙，没有闲暇的心情打量这个世界。过了一会儿，鸟儿飞走了，它在起飞的时候将几根松针碰落。小女孩的目光追随了一会儿鸟儿，便低头盯着地上的那几根松针。那几根松针正绿，从树上掉下后躺在尘土中。小女孩走过去将几根松针捡起，出神地望着松树。过了一会儿，她把捏着松针的手举起，想把它放回树上去。但她还没有长大，而松树又太高，所以，她最终还是失望了。她站在原地不动，时不时地抬头望着树枝,眼里依然充满迷惑的神情。

母亲在远处唤她,她扭过头看了一眼母亲,忽然痛哭着跑了过去。那几根松针还被她捏在手中。

葡 萄

甜蜜之路

甜,是瓜果对味蕾最直接的刺激。当牙齿咬破果皮,舌尖就会触到果肉,亦会直接品尝到甜味。在诸多瓜果中,果皮最薄的是葡萄,只须轻轻一咬就会出来汁水,让口舌在一瞬间体验到幸福。甜是最能让人感到幸福的味道,说的就是这个道理。

在众多植物中,葡萄的历史较为丰富。仅《诗经》中就有"南有樛木,葛藟累之。乐只君子,福履绥之""绵绵葛藟,在河之浒。终远兄弟,谓他人父。谓他人父,亦莫我顾""六月食郁及薁,七月亨葵及菽。八月剥枣,十月获稻。为此春酒,以介眉寿"等描述。《诗经》中的葛藟和薁,指的就是野葡萄,可谓浓墨重彩地吟咏颂赞了葡萄。

在《周礼》中,有这样一段述说果实的文字:"场人掌国之场圃,而树之果蓏珍异之物,以时敛而藏之。"从表面上,这段文字似乎没有提到葡萄(哪怕其当时的古老称呼),但东汉的儒学大师郑玄对这段文字中的"珍异"做了一番注解,把当时的葡萄引了出来:"珍异,蒲桃、枇杷之属。葛虆、薁。"郑玄的观点是当时的"珍异"包括了葡萄。当时的另一称呼蒲桃已接近葡萄的发音,是人们采摘食用的野葡萄。

除史书外,葡萄和葡萄酒还在图经、方志和文书档案中屡屡出现。比如吐鲁番文书、敦煌文书、吐蕃简牍等,都有让人眼前一亮的关于葡萄和葡萄酒的文字。今天的人吃葡萄、喝葡萄酒已是平常事,但在古代,葡萄却让当时的人们心怀感激,所以才发生了那么多奇闻趣事。

比如,先秦时期的西域便已开始种植葡萄、酿造和传播葡萄酒。今天的很多人都认为,西汉使者张骞凿空西域,带回了大宛的上等葡萄种子,中原从此便开始种植,继而又开始酿造葡萄酒。张骞出使西域时被匈奴囚禁十三年,没有实现政治使命,但他似乎对植物和瓜果情有独钟,吃到好吃的瓜果,见到中原没有的蔬菜,便悄悄找到种子塞进包中。据李时珍总结,张骞至少从西域带回了红花、胡麻、胡豆、大蒜、胡荽(或叫芫荽,即今天的香菜)、苜蓿、胡瓜(黄瓜)、石榴、胡桃(核桃)、葡萄等十种植物种子。其实,张骞带回的应该还有芋头、豌豆、莳萝、芦荟、胡萝卜、芝麻、大葱等种子。在这些蔬菜瓜果中,汉武帝最喜欢葡萄。《史记·大宛列传》为此专门记载了一笔:"汉使取其实来,于是天子始种苜蓿、蒲陶肥饶地……"

公元383至384年,十六国时期前秦名将吕光率兵征讨龟兹,发现龟兹盛产蒲桃(葡萄):"胡人奢侈,厚于养生,家有蒲桃酒,或至千斛,经十年不败,士卒沦没酒藏者相继矣。"吕光本来是去打龟兹的,见了那么好喝的蒲桃酒,不知他内心会产生怎样的感慨。

无论是战争或艰难远途，都阻挡不了葡萄行进的步子。比如葡萄酒，从比西域更远的地方开始上路，一路经过亚历山大港、罗马、君士坦丁堡、巴格达、撒马尔罕、吐鲁番、敦煌、长安、洛阳、金陵等，让东方人惊叹。葡萄藤一路蔓延，葡萄酒亦一路在所经之处留下了清香。

到了唐朝，西征的将士从西域得来的战利品中就有葡萄种子。唐太宗在葡萄收成后命人酿成葡萄酒，与文武众臣共饮，享受到了舌尖上的幸福。《太平御览》对此有载："及破高昌，收马乳葡萄实，于苑中种之，并得其酒法，上自损益造酒。酒成，凡有八色，芳春酷烈，味兼醍盎，既颁赐群臣，京师识其味。"

西域的龟兹王国曾将葡萄称为蒲陶，曾发生过一件有关高僧醉蒲陶酒的故事。据南梁时期《名僧传》卷二十五记载，龟兹的禅僧法惠，在他的导师直月逼迫下，饮下"蒲陶酒一斗五升"后，醉卧很久才苏醒过来。僧人不可饮酒，他为此无比后悔，但直月以此事证得了禅法第三果，告诫他禅必须经过苦闷煎熬，善必须经过恶之折磨，方可顿悟。法惠之后肯定是不会再喝酒的，但对修行禅悟而言，那一场蒲陶酒他没有白喝。

葡萄自西域传入中原后便扎下了根，为此南方人颇为羡慕中原的葡萄。南梁的才子庾信，在北朝的西魏和北周为官时，与西魏的使者尉瑾有一段对话，在今天读来十分有趣，亦可看成古代版的"谁不说俺家乡好"："信曰：'我在邺，遂得大葡萄，奇有滋味。'瑾曰：'在汉西京（长安），似亦不少，杜陵田五十亩，中有葡萄百树。今在京兆（洛阳），非直此禁林也。'信曰：'乃园种户植，接荫连架。'"

三国时期的一天，魏文帝曹丕在洛阳城宴请群臣。当葡萄端上来后，他抑制不住兴奋说了一番话："中国珍果甚多，且复为蒲萄说。当其朱夏涉秋，尚有余暑，醉酒宿醒，掩露而食，甘而不饴，脆而不酢，冷而不寒，味长汁多，除烦解渴。又酿以为酒，甘于麹蘖，善醉而易醒。道之固已流涎咽唾，况亲食之耶？他方之果，宁有匹之者？"用今天的话说，曹丕当时的样子就是：不要怀疑也不要阻拦，我要放声把葡萄歌唱。

曹丕在诗和赋方面皆有成就，尤其擅长五言诗，人们将他与其父曹操和弟弟曹植并称为"建安三曹"。他留有两卷《魏文帝集》，从中可见其文学成就。但他没有为葡萄留下名诗，直到唐朝，诗人王翰才写出一首非常有名气的边塞诗《凉州词》："葡萄美酒夜光杯，欲饮琵琶马上催。醉卧沙场君莫笑，古来征战几人回？"

阳光的手

在新疆，有庭院便有葡萄架。

一阵风起，一棵葡萄树的枝叶间涌起一阵声响。必须相信，一棵葡萄树的身体里隐藏着风暴，当它确信风——这位世界的女儿，可以成为自己的恋人时，便忍不住涌动。这狂热的爱情让春天变得更为生动。

此刻，那些起伏的绿色叶片，像一场风暴的代言人。从低处看，天空被它们分割出了许多块绿色的田园。哦，一棵葡萄树身体里的风暴又种植了天空,但风很快会停。一棵葡萄树隐藏在身体里的风暴,甚至可以不动声色,柔软地下垂,或无声地延伸,变成寂静的一部分。这是真正的永远,是风暴养育着内心的伟大例证。

在春天,这些从葡萄树的身体里爬出的绿,在短短的时间里便灼热了空气,让绿色光芒一闪而过,只留下忽闪着的眼神。但这是暧昧的眼神,不停地忽闪着,有点像诗不能被写出的另一行,或者它在诗之外,但却充满诗意。因为这是春天,所以它的占有是无穷尽的。它在枝头跳舞,呼唤着更多的事物。谁爱上它,它便长到谁的心里去,让他懂得怎样去爱,怎样经由爱获得幸福。

这无法隐藏的绿色闪电,让一棵葡萄树不得安宁,让梦想飘忽不定,让疯狂的心像一只鸟儿,悬在半空,发不出任何声音。

太阳升起后,葡萄架被照亮。有一些阳光从葡萄藤间穿过,照在地上。葡萄藤错综复杂,因而地上的阳光被编织成了一幅密密麻麻的线条画。远看似有图形,近看却是粗粗的笔画,大曲大折,收得很紧。太阳慢慢升高,地上的这幅画在院子里移动,先是裹住一朵花,后又爬上台阶,最后落在了那扇门板上。这幅画移动到哪里,哪里便成了它生动的一部分。最后,这幅画在门上变成了竖条状,把门装饰得古朴而典雅。远远地看上去,好像门上挂着一件艾德莱斯裙子似的。直到下午,这幅画才消失了。院子里又恢复了平静。阳光完成了它的一次创作。阳光的这种创作只是一种手指的抚摸,一经抚过,作品便出现在土地上。太阳倾斜,余晖就把作品收走了,不留一痕一迹。

这才是大手笔。

一年冬天，一棵葡萄树被冬天的大雪压倒了。一片虚光在它原来站立的位置闪烁，仿佛是它最后的挣扎，或者是它未死的心跳。现在山坡绿了，春天已经来临。倒下的葡萄树啊，从遥远的地方有沙沙的声音又寻你而来。它是否长出了虚无的树干，是否在美好的记忆中垂直着上升？一群回家的鸟儿在它们原来站立过的地方寻找着什么。找吧，这一刻的寻找也许就是一种纪念，也许就是一种崇高。鸟儿落下，一个虚无中的巢张开了怀抱。

　　一片葡萄树的叶，本应该在秋天飘落，但它却一直坚持到了冬天，和一场汹涌的大雪一起落下。它身上的光，甚至比风还要猛烈。这推迟的典礼，或是世界延长的奔跑，让灵魂再现，让一棵树得到幸福的偿还。再向深蔓延一点，就比愿望还亲切。在寒冷的大风中，一棵葡萄树挽留着儿女。这样的时刻，甚至比春天还要显得温馨。所以，我现在更愿意依靠一棵光秃秃的葡萄树，它的身体让我感到快乐，甚至在刮着大风的日子，我和它站立不稳，却共同忍受着磨难，就像共同忍受着光明到来之前的暗淡，并把这种坚持视为从不背叛的风暴。一片葡萄树的落叶，我甚至愿意让你无声地消失，弃我在原地，让眩晕再次包围我。眩晕，又是"冬天"这棵大树悄悄生长的根。

　　冬天终于来了，我在一棵光秃秃的葡萄树跟前停留。这在春夏两个季节疯狂地绿过，在秋风中无奈地飘零过的葡萄树，在这时显得多么沉静。而靠在它怀里的我更加沉静，让我觉得我是这棵葡萄树久久等来的一个亲人。突然出现的情景也许是一个证明——一片雪像树叶一样落在了我身上，就像葡萄树在这一刻又爱上了我，一片从枝头落下的雪，是它在片刻间因无法表达爱意，而显现出的慌乱和眩晕。

吐鲁番的葡萄熟了

我有一个习惯,到了夏季,每天必吃葡萄。这么多年下来,吃着吃着便把葡萄当饭吃了,有时候不想吃晚饭,吃一两串葡萄,便就应付一顿。

吃了新疆的葡萄,便不会对别处的葡萄感兴趣。新疆早晚温差大,日照时间长,给葡萄提供了充足的花期和结果时间,所以葡萄长得颗粒大,极甜,且水分大。新疆之所以适于生长葡萄,与干旱少雨的气候有很大关系。雨水少,葡萄便少了酸性;干旱,便又促成糖分凝结,让葡萄甜得出奇。有人为此说,老天爷没有给新疆多少水,但是给了新疆很多的甜。他说的"甜"指的是瓜果,其中必包含葡萄。

我刚到新疆时曾听人说,新疆人有"葡萄就馕"的吃法,一个馕和一串葡萄便是一顿午餐。我想象人们一边吃葡萄,一边吃馕,一湿一干,一嫩一脆,会吃出不同寻常的味道。后来,在南疆看到真实情景,还是大为惊讶。人们劳动到中午,便走到水渠边,手一甩将馕扔向上游,然后开始洗葡萄,等葡萄洗干净,馕已顺水漂到面前,且已被泡软,人们从水中抓出馕,一口葡萄一口馕地吃起来。

新疆的葡萄以甜著称。有人在吐鲁番买了半公斤葡萄,一尝之下大呼,这简直是一颗葡萄一包蜜嘛!他转身又去买半公斤,摊主不耐烦地说:别人都是一次买一公斤,你买一公斤还分两次,害得我算账麻烦。摊主说的是实话,新疆人买卖东西都论公斤,从不说斤,如果遇到买半公斤者,真不好算账。那人听摊主那么一说,便说那就买一公斤,摊主说:你想好,半公斤只要一张嘴一个肚子就装下了,一公斤要两张嘴两个肚子才能装下。那人被摊主逗得开心,说:请朋友们吃,三张嘴三个肚子还装不下吗?

每年三四月,人们给葡萄树培土,然后等待它们发芽。农民们说,其实种葡萄很幸福,一年只关心两件事情。其一,葡萄在春季萌芽,如果天气热得早,就会让枝条疯长,所以要及时把多余的斜枝剪去;其二,葡萄在生长初期和结果初期需要水,须经常放水,如果耽误了水,不但葡萄长不大,而且还会泛酸。这两个时节,人们天天守在葡萄园中,用他们的话说,和葡萄吃在一起住在一起,把葡萄当亲人一样对待。

新疆盛产葡萄,常见每户人家的房前屋外、田间地头都有葡萄树。至于成片的葡萄园,亦是处处遍布。天赐新疆,因此就有五百多种葡萄,尤以吐鲁番为多,如葡萄王子、葡萄公主、无核白、马奶子、喀什哈尔、玫瑰香、百家干等。

有一次我在叶城买葡萄,向卖葡萄者提出尝一颗的请求,不料他不高兴地拒绝了我。我疑惑,不尝怎么能知道葡萄好坏。正为他小气准备离去,他叫住我说他卖五种葡萄,我只尝一颗怎么能知道他所有葡萄的好,要尝就尝五颗,只尝一颗的事情不能发生!他说的是新疆人常用的倒装句,我听得明白,逐一尝过他的五种葡萄,挑最甜的买了一公斤。

有民谣说,葡萄好吃树难栽。要我说,葡萄好吃洗亦难。常见的葡萄上面,总是有一层灰蒙蒙的白霜和灰尘残留物,虽然用水冲可以去掉，但还是去不干净。有一年，在英吉沙的一个葡萄园，一位种葡萄的农民说：你们吃葡萄吃得都不干净。说完亲自示范了一番他的洗葡萄妙招，从此我便学会了洗葡萄。说来，那个洗葡萄的妙招很简单，在盆中盛入清水，放一勺面粉进去，将面粉和水搅拌均匀，将葡萄放入水中，手捉葡萄柄来回摆动，等到面粉水呈混浊状，葡萄就洗干净了。取出葡萄后，用清水冲一下，就可以放心吃了。用此妙招洗过的葡萄，不但干净，而且晶莹剔透，会泛出光泽。为什么用面粉水可以洗掉葡萄上的脏东西呢？因为面粉水的黏性大，会将葡萄上的脏东西粘下来带走。用这个妙招还可以清洗葡萄干、干枣、枸杞等干果。

　　葡萄与人之间的故事，可谓多矣！有一年，在和田的一家葡萄园玩，主人做好饭后，发现大家已在葡萄园中走散，便让他女儿古丽去叫大家回来吃饭。过了一会儿，古丽回来说，那些人在吃葡萄。主人便让古丽去把大家催回，葡萄多的是，什么时候都可以吃。过了一会儿，古丽回来说，葡萄太多了他们吃不动了，在数葡萄呢！主人再次让古丽去催，又过了一会儿，古丽回来说，葡萄太多了他们数不过来，现在他们在看葡萄呢！

　　我有一棵属于我的葡萄树，生长在离我二百多公里的吐峪沟。2004年夏，我曾在吐峪沟的买买提家住过一周。白天酷热难当，我把脚浸泡于他家屋后的水渠中，偶尔抬头看见土崖上有一残留壁画的佛眼。我看书时，感觉佛在看我。买买提的女儿也叫古丽，当时是十二岁的初中生。每天她奶奶做好饭后让她来叫我，我进屋便看见揪片子或拌面已摆在桌上。吐峪沟的晚上仍然酷热，我便睡在买买提家平房的房顶。偶尔有风，先是刮得葡萄叶子发出声响，然后刮到我身上，倒也舒坦。

一天，买买提家移植葡萄树，我闲待着没事便加入进去。买买提说：你干脆在这里栽一棵属于你的葡萄树，也有意义。他那么一说，我便独自挖坑，移树，培土和浇水，把一棵葡萄树移栽在了院子一角。买买提说：以后我们就替你收葡萄了，你如果能来你就吃，你如果来不了我们就替你吃。我很高兴，在这里栽下一棵葡萄树，留下念想，真好！

几年后我再次去买买提家，一位漂亮的少女远远叫着"王叔叔"迎了上来。她发现我面露陌生神情，便笑着说她就是六七年前天天叫我吃饭，给我端茶倒水的买买提的女儿古丽。对呀，六七年过去了，当年的小古丽长成了十八九岁的大姑娘。古丽带我去看我栽下的那棵葡萄树，它长得青翠欲滴，每一根枝上都硕果累累。树在长，人也在长。此时的古丽面如满月，身材窈窕。这是我亲身经历的人与树的成长，颇让我欣慰。

古丽的奶奶年长，对吃葡萄的事知道得更多。从她的讲述中得知，葡萄不仅仅是水果，还有食疗的功效，可强筋骨，益肝阴，利小便，舒筋活血，暖胃健脾，除烦解渴。她说，要了解葡萄还是那句老话：吃葡萄不吐葡萄皮。记住这句话的同时，也应该记住葡萄皮是一种良药，可防癌和降血压。

盛夏的夜晚燥热，吃过饭后，古丽在葡萄架下给大家跳舞。她的一双小皮靴伴着鼓点，旋转，扭转，长长的辫子亦随之飞舞。她奶奶颔首微笑，她也有过古丽这样的年龄，也像古丽一样跳过舞，如今看着孙女，也许想起了她的少女时代。待鼓声骤停，古丽一个漂亮的转身定格，双手缓缓翻转，扬起精致美丽的面孔，然后将柔美的睫毛缓缓抬起，露出一双黑葡萄般的眼睛。

又快到盛夏了，不久便可听到人们常说的那句话：吐鲁番的葡萄熟了。古丽现在在乌鲁木齐读大学，她回家后看见我栽的那棵葡萄树，可能会带给我它结出的一两公斤葡萄吧。

葡萄干

有朋友曾问我：新疆每年的葡萄成熟后，人们是吃新鲜葡萄多呢，还是做葡萄干的多？我估计了一下，大概有一半葡萄被运往各地销售，另一半则运入晾房，一串串挂起来晾干，然后做成了葡萄干。

葡萄干肉软清甜，营养丰富。最重要的是，葡萄干易于贮存，放一两年都不成问题。有一句谚语说：去年的葡萄，属于去年的嘴；去年的葡萄干，能和今年的嘴见面。有一次，见一人买葡萄干，尝了一颗后说：这是前年的葡萄干，好是好，但水分不够了，只剩下甜，没有了营养。摊主又端出一盘葡萄干，他尝过后大声称赞，认为那是去年的葡萄干，水分和糖分都足，正是好吃的时候。

做葡萄干少不了晾房，在吐鲁番等地随处可见外观像蜂窝、多有细密透气孔的葡萄晾房。每年八九月葡萄成熟后，人们选择皮薄、外观或丰满或颀长、果肉柔软、含糖量高的葡萄，剪去损坏的部分，在清水中冲洗干净，然后放在晒盘曝晒十天左右，之后提进晾房挂起阴干成葡萄干。如果天气好，全部过程用二十天左右即可完成。

晾房的作用是使葡萄避开酷热的阳光，同时又通风透气，可保证葡萄的水分被适当晾干又保持糖分。那样的葡萄干吃起来才柔软甘甜。葡萄晾房的使用期并不长，其他时间均为闲置。吐鲁番的一位农民说：晾房发挥出的作用那么大，像出了很大力气的男人一样，空闲下来让它们好好休息一下不行吗？另一个种葡萄的农民则说：其实它们也没有闲着，它们的那些眼眼（透气孔）不是让风在认路吗？明年的葡萄下来了，风不又像最好的朋友一样来了吗？

葡萄干有近百种，比较出名的有无核白、红马奶、绿香妃、玫瑰香、红香妃、黑玫瑰、千里香、黑加仑、沙漠王、巧克力、酸奶子、梭梭等。包括有籽、无籽，绿的、红的、金黄的、黑红、紫的、黑的，各种各样。有香甜、酸甜、特甜等各种口味。葡萄干每公斤从十元到五百元不等。有经验的人买葡萄干不选最贵的，亦不选最便宜的，选中间价的便可吃到称心的葡萄干，也不至于花太多的钱。

葡萄干的吃法有多种，除了洗干净当零食吃之外，还可用于做抓饭和清炖羊肉，味道会大不同。另外，还可用于奶酥、玛芬、面包、蛋糕、酸奶、沙拉、稀粥、冰激凌、粽子、月饼和司康（酵母）等的制作。至于葡萄干的好处，则是养生者的福音。它们对神经衰弱、疲劳过度、消化不良、心悸盗汗、手脚冰凉、水肿、贫血、腰痛、高脂血症等均有疗效。但糖尿病患者须忌食葡萄干，否则充足的糖分会凶如猛虎，让他们招架不住。

我曾见过一人抓一把葡萄干放入碗中，然后倒醋进去浸泡一晚上，次日早上用筷子一颗颗夹着吃。细问之下才知道，醋泡葡萄干可调理肠道。我回家尝试了一次，被醋浸泡过的葡萄干仍不失甜味，但又多了一股酸爽，口感颇为独特。因为是第一次尝试，没敢多吃，仅吃了七八粒，第二天便感觉肠道蠕动，效果明显。

　　有一次，与一位朋友聊天，分析葡萄干能够千搭百配的原因有两个：一个是果肉柔软，食之舒服；另一个是其甜味泛开，给味蕾带来愉悦。谁不喜欢甜呢？无论是吃还是品，都会让人觉出幸福感。再者，与葡萄干的颗粒小亦有很大关系。犹如指甲盖那么大的葡萄干，刚好用于调剂口感，增加趣味。如果是大形状，入了饭菜便没有搭配美感；如果小如芝麻，则常常又被忽略，放了等于没放。

　　有一年在和田，连续多日在农民家吃饭，早上吃得简单一些，核桃、馕、黑砖茶，一份小菜或一碗面条，吃完出门去办事。到了中午，便要吃一顿扎实的饭，如果前一天中午是拌面，那么第二天中午便会是抓饭，第三天中午则是炒面。一天中午，得知要吃抓饭，便想：今年的葡萄干已制作完毕，会不会放葡萄干进去？等抓饭端上来，见上面有一大块羊肉，还有两颗红枣，但不见葡萄干。主人发现了我失落的神情，笑着说：我想让你的嘴甜一下，能不给葡萄干吗？他说的给，是放进去的意思。我听得明白，用勺子一翻抓饭，便看见里面有莹润饱满的绿色葡萄干，咬一颗在嘴里咀嚼，马上觉出温热的甜味。

　　葡萄干来自乡间，最会吃葡萄干的是种葡萄的人。他们吃葡萄干什么也不搭配，说吃葡萄干，便只是吃葡萄干。二十世纪八九十年代，南疆上了年纪的老人都习惯在口袋中装一把葡萄干，走在路上口渴了或饿了，掏出几粒吃下后精神倍增。如今，仍有人保持这一习惯，他们听说城里人在口袋里装的是速效救心丸，便说装那东西干啥，换成葡萄干没事的时候吃几颗，啥问题都解决了。

　　我曾在吐峪沟见过一位姑娘在院子里分拣葡萄干，当时阳光暴晒，我问她为什么不到屋子里去分拣，她笑着摇了摇头。我细问原因，她告诉我挑拣葡萄干最好在光线明亮的地方，那样才能把好葡萄干挑出来拿到巴扎上去卖，然后把次一些的留下让家里人吃。我看着小姑娘认真挑拣的样子，不由得在内心感叹，每一颗葡萄干都蕴藏着劳动者的心意。

红　柳

红色波浪

没有风的日子，不论是大树还是小树，都岿然不动，枝叶也不会发出声响。但是，一只鸟儿却像是不甘寂寞似的，突然飞向一丛低矮纤细的树木，并落了下去。它踩得那些细小的叶片哗哗作响，枝条也掠起一团幻影。待它在枝条上站稳，那幻影复又落了下去。那团幻影在起落之间，涌起了一层红色波浪，引得那只鸟儿扭头去看，像是害怕会有火烧到它身上。

那涌起红色波浪的树木，是红柳。红柳是一种并不高大，也不健壮的植物，但它是西部最安静的植物。如果赶上恰当的季节，便能够看见所有的红柳一片寂静。

红柳耐旱、耐寒、耐涝，经刈割和折断后，可迅速恢复原状。因生存不易，故常常是孤独中的艳丽，寂寞中的风景。

红柳的枝叶会跟随季节不停地变换色彩，最初是绿色，接着为白中透粉，后又是粉中透黄，再接着是黄中透红，到最后则红中透褐。红柳一年的生命就那样在色彩过渡中度过，如果你有幸在一年中都能看到红柳，便会享受到红柳多彩的颜色变化。至于它们为何会有那么旺盛的变幻生命力，谁也捉摸不透。那些密密匝匝、盘根错节的红柳，就是语言，在诉说着一切。

红柳虽然是成片生长的植物，但牛羊和马却不吃其枝叶。其原因是戈壁、沙漠中的植物多含碱，其枝叶便有咸味，故动物们不喜欢。但红柳却被早先的人们重视，多制成扦子去烤羊肉串。用红柳扦子的好处有二：其一，就地取材，极为方便；其二，在缺盐的年代，其枝上的咸味可增加口感。如今已不缺盐，可人们已习惯红柳烤肉扦子最长、肉块最大的风格，吃时用双手举起，颇为豪迈。

红柳因其枝条柔软，便被多用于编织篮子、筐子和农具等。有人垒墙，将红柳枝放入泥土中，多年后那墙不裂不斜。后因房屋太旧拆除，掘开土墙，里面的红柳枝完好如初。

高原的火焰

我们去西藏阿里，车子在荒原上行驶，车窗外一直有红柳。有时候以为不会再有了，一扭头却看见马路边还是一团通红。海拔渐高，树木已经十分稀少，就连地上的绿色也越来越少。这时候却还有红柳，从褐色的山谷或逼仄的河道两边，涌出了火红的树影。它们不高，却一棵棵紧密相连，看上去像一团火一样醒目。整整一天，感觉红柳树也在向前涌动，一直陪伴着我们。

傍晚时，我们抵达一个村庄。村庄四周仍然有密集的红柳，整个村庄像是被红柳呵护在怀抱里，显得静谧安宁。进入村庄，却发现灯火微暗，难辨方向。看着那几丝隐隐约约的灯光，我的心头还是涌起了旅人对驿站的那种向往温暖的感觉。敲开有灯的人家，见是一个小饭馆。于是，请求饭馆里已经躺下的师傅做饭，走了一天，实在是饿了。

我们刚吃完饭，见门里进来两个人，一母一女，都是藏族。她们不说话，只是用隐忧的眼神看了一眼桌上的碗。我发现了她们的眼神，以为她们也要师傅做饭，但过了好久，她们都没有开口。后来，她们的眼睛里流露出一种为难之色。我请那位师傅给她们做饭。他说，她们没钱。我不假思索地说：我来付。

在她们吃饭的间隙，我问：你们是去拉萨吗？母亲脸上露出迷惑之色，似乎不懂汉语，但她推了女儿一把，女儿用汉语回答是的。我又问，是去拜佛？回答还是两个字，是的。

从女孩后来的讲述中，我得知她的父亲几年前去拉萨后，一直没有回来。她们母女俩准备一路朝拜，去请求佛恩惠于她们，让她们一家人团聚。女孩说她们已经走了很长很长的路，她们觉得只要这样走到拉萨，就可以和父亲见面。她说这些的时候，双眸中熠熠闪光，如同燃烧的两把火。吃完饭，她们与我们告别。临出门，我看见女孩的母亲从背包中掏出了一个小转经筒，摇动着走了出去。望着她们的背影，我突然觉得夜色并不是那么黑暗。我们离开小饭馆时，师傅说，两顿饭钱一共是二十元，本来给她们俩的那顿要收加班费的，但看在她们寻找亲人的分上，就免了。

第二天出了村庄，迎面又是火红的红柳。大家说，这个村庄周围之所以有这么多的红柳,一定是村里人有意栽种的,否则不会有这么多。这里的海拔已经不低了,这彤红的红柳显示出了足够的生机,让人觉得生命在这么高的地方依然光彩四射。

一路向着阿里行进,海拔越升越高,头晕、胸闷、呼吸短促等一系列高原反应都出现了。而前面的雪峰更加明亮了。这时候就想起那些满脸皱纹、浑身都似乎写满沧桑的朝圣者。他们在高海拔的地方,一直往高处走着,在走动的过程中经受着磨难。当他们终于走到神山冈仁波齐时,他们身上的沧桑似乎就变成了一种美。

我们走到中午时,起风了。晴朗的天突然起风,让人猝不及防。地上的雪和沙子被吹起,打得脸一阵发疼。风把灰尘也刮了起来,眼前一团迷蒙,我们只好把车子停在一个沙丘上。走出车子一看,太阳高照,天空无比明朗,只有地上的这团风在呼啸。再仔细一看,这团风并不大,只是在我们眼前肆虐。驱车再行,风在车后跟了过来。司机加速,要把它甩掉,但它紧紧尾随。

风停了。车子慢慢驶入一片开阔地,还没来得及欣赏四周的风景,就发现前方有一大块奇形怪状的乌云缓缓飘来。它像一把大刷子,湛蓝的天空一经它移过,便被刷成了黑色。它越来越近,越来越大,太阳很快就被裹了进去,几束阳光从云朵的缝隙中射出,像怪兽的獠牙。我们加大油门向前行驶,想甩掉这恼人的云朵。不经意间一瞥,又看见红柳还是那么红,好像是一团火正在迎击着风沙。

不远处有一个小湖泊,结冰的湖面正随着乌云泛开阴冷的光芒,如同一个幽森的世界。一只羚羊昂头站于冰面,一动不动。待我们的车子驶近,它还是那样。大家诧异,便停车去看。走近了，才发现羚羊已变成一座冰雕。细看，它的四蹄被冻于冰层，落雪在它身上已变成了冰。什么时候，它饥渴难耐，终于走到这个小湖边，看到水兴奋至极，便一跃而入畅饮起来，然而，当它喝足之后，却发现四蹄已被冻于冰中。它绝望至极，昂头长啸。在它的悲鸣声被风雪淹没后，它最后挣扎的那个姿势便定格于高原。这里被称为"死人沟"。我们快快离去。这里还不算高，真正的高处还离我们很远，还在生命不可知的某个地方。

车子下了大坂，驶上一个大平滩。由于温度微低，顿感身心清爽。这个地方也长满了红柳，连褐红的石头上也歪斜着长出几棵。不远处已是一片赤褐色，没有任何草木。

红柳在这个大平滩停住了脚步。也许它们意识到这是最后的一个生存地，所以便疯狂地生长，将一块土地渲染得如同一个红柳王国。在这里疯狂生长，最后死在这里的红柳必将无憾。于它们而言，已没有什么是空白，它们知足了。

死亡在这块土地上，是与别处不同的，因为有那么多朝圣者的灵魂都已超升，在另一个世界飞翔，留下的躯体已无关紧要。正如黎巴嫩诗人纪伯伦说的："当你解答了生命的一切奥秘，你就渴望死亡，因为它不过是生命的另一个奥秘。"

车停下，我采一根红柳枝，别在车子上。别人问："采它干吗？"

我答："它是祝福。"

篮　子

　　我喜欢谚语，但凡听到好的谚语，必记录在本子上，这些年记下来，居然有五百多条了，闲时拿出来翻一翻，倒也有趣。有一次，在白哈巴村听到一人好像说了一句和篮子有关的谚语，问他，却说没有说。难道是我听错了？于是向那人请教，村子里有没有关于篮子的谚语。他摇了摇头说：听说别的村子有，但我们这个村子没有。我想那就算了，不料他却为这件事说了一句谚语：没有根的树，只能长在幻想中。呵呵，这倒是一句好谚语，于是赶紧记在本子上。因为没有打听到关于篮子的谚语，心有失落，便试写了一条：没有篮子的家庭，一定没有要装的东西。写完觉得不好，又写了一条：篮子等的是食物，土地等的是勤劳。写完仍觉得不怎么样，便一笑放过。算了，权当练习吧。

　　没有关于篮子的谚语，却落下了放不下篮子的心病。便想：一只在草原上被牧民使用的篮子，与农耕村庄里的篮子，有什么不同？前者虽然少见，但因为附带牧业色彩，用途便显得独特；后者因为被普遍使用，则显得沉稳踏实。

　　在新疆，人们用的篮子多是用红柳编的，在巴扎上经常有卖的，价格在四五十块钱。

　　南疆有一句老话：沙漠里的红柳，最终会变成篮子。但凡有人从沙漠里砍了细长的红柳枝回来，不用问，那大概率是要做篮子。

后来在阿勒泰的一个牧场，我见到了一只用柳条编织的篮子，无论其形状、结构和材质，皆与常见的篮子不同。常见的篮子，多在乡村被用于装东西，用时用手提，颇为方便。而这只被牧民使用的篮子，比常见的篮子大很多，用柳条编得颇为密实，中间还插了两道红色柳条，显出鲜艳的色彩。细看，最特殊的是那个提把，其弯度为天然长成，我试着提了一下，颇为应手。

问那牧民，此篮子是何人做出。他说，有一年，他在一条河边见到一片柳树，那枝条长得笔直细长，他心想：如此好的枝条，若不用于做些什么，岂不是有悖于天赐？可牧民基本不用木质编织物，所以他想不出用那些枝条做什么。第二年，那柳条向上蹿高了一截。他急了，如果那柳条长高长粗，就没有什么用处了。

一天，他用盘子端奶疙瘩，不慎让奶疙瘩倒了一地，有的还沾上了牛粪，让他一阵心疼。牧民虽生存于山野，但盛东西却多用盘子。在南疆一带，人们烤好了馕也用盘子盛。至于在家中或毡房中，更是多见水晶、铜、银等材质器皿。可见游牧民族的先祖，曾创造过辉煌的文明，后来迁徙辗转，乃至以游牧为生，但仍然将某些文明保持了下来。他在那天第一次觉得盘子有局限，用于端少量的东西还好，东西一多难免就会撒出。他在想，如果有一个比盘子更好用的东西那就好了。

几天后，他像是得到神助产生了一个想法——酒可以装在酒壶里，马奶可以装进奶桶中，如果用那些枝条编一个装奶疙瘩的东西，就再也不用发愁会撒到地上。他走到那片柳树前，看着那些柳条，脑子里慢慢有了设想。他将枝条砍下，想编一个类似于袋子一样的东西，但编着编着便觉得应该敞口，那样才方便取放。于是，他决定将其编成长方形，那样会装不少东西。后来，他又觉得应该有一个便于提放的把，不然就得抱着或举着，还是不方便。他的运气好，一扭头便看见一棵柳树上长有一根弯曲的枝条，如果取它的两头卡在两边的筐上，那弯度刚好用于手提。一个柳条篮子就这样被编了出来。

我问他以前见过篮子吗。他说没见过，亦未听说过。他从未走出过阿勒泰的牧场，外面的篮子便也从来没有与他打过照面。我惊异，这就是活生生的创造。任何一种器物，都是经过人的思维设计，在意念中形成雏形，然后借助于某些具体的物质，被制作出来的。这位生存于偏僻壤土的牧民，与最早创造出篮子的人，经历如出一辙。细想，这里面有一个朴素的道理，就像俄罗斯诗人曼德尔施塔姆的诗"黄金在天上舞蹈，命令我歌唱"一样，生活在某个神圣的时刻，对人们发出了命令，或给了人们灵感，于是人们便设计生活，换言之丰富生活，让生命变得完美。

这位牧民的篮子在牧场上引起轩然大波。人们见他用篮子能盛装很多东西，既方便又实用，于是，便有很多人效仿他编出篮子。上了年纪的老人说：只要走新路，穿老靴子也精神。另一位牧民说：篮子出现在咱们牧场上，就是带着福来找咱们的，咱们每天从篮子里取出的，是用不完的幸福。

他的篮子用处很多，装东西用之，提东西亦用之。有一次，他把羊肉装进篮子，挂在树上风干，到了冬天一尝，味道分外不同。放牧转场时，一只小羊羔跟不上羊群，他把它装进马背上的篮子里。那一路，他看风景，那小羊羔看他，走过了漫长的转场路。

到了冬牧场，小羊羔却不想从篮子中出来。他一急，说：你再不出来，待在篮子里就会变成羊肉。那小羊羔像是听懂了，从篮子里一跃而出，甩下一串惊恐的咩咩叫声。那只小羊羔与篮子结缘后，在后来引出一段有趣的故事。他第二年转场时遇到大风雪，他和羊群在一个山洼中苦挨了一夜，第二天早上发现那只篮子不见了。他找寻几番仍不见其踪影，脸上便有了愁容。那只小羊羔已长成大羊，用嘴咬住他的裤脚，将他往一个雪窝子牵引。他跟过去一看，篮子埋在雪中。他抓住提把拽出，发现它并未受损。

他感激那只羊让他的篮子失而复得，一回头却发现，那只羊早已归入羊群。

核桃树

薄皮核桃

站在核桃树下,望着树上密集的核桃,我常常会产生被慷慨赠予的幸福感觉。

核桃树也叫胡桃树,这一叫法与核桃也叫胡桃有关,是习惯性称呼。核桃树属于胡桃科植物,品种分为两种,一种是野生山核桃,另一种是人工嫁接改良的核桃。

西部到处都有核桃树。核桃树的树身多有斑驳的裂片,但冷不丁会长出一根绿芽。核桃树的叶片肥大,枝条密集,树冠广阔,无论远近看去都是一树绿色。核桃树多生长于山区低处,或者河谷两旁,其深扎的土层一定深厚,而且多为阴暗之地。有核桃树,便必然能吃到核桃。我老家甘肃天水有不少核桃树,核桃成熟后上树用一根木杆敲打枝头,裂皮或未裂皮的青皮核桃便落下。将青皮核桃捡回家堆放,壳皮过些时日便自然脱落,这时候将核桃砸开,就可以吃到新鲜的果仁。大多数核桃都晒干储备起来，往后成为干核桃仁。干核桃仁有多种吃法，比如在早餐时直接吃，或者像天水一带做出类似于饺子的扁食，口感和味道都不错。

核桃树是体型较大的果树，如果长在房前屋后，过不了几年便会影响到房内光线，有些人家便后悔当初栽错了地方，不得不将其砍掉。核桃树因为高大，枝条便很细密，核桃长出后向下垂落，让整棵树都有沉甸甸的感觉。

我到新疆后先在南疆待了七年，原以为干旱的新疆没有核桃树，不料仅在叶城一地，就见到了成片的核桃树，而且挂果量之大，果油之多，都超出我的预料。后来，走遍新疆乃至西北五省，发现南疆的核桃树之多，在西北应为之最。

南疆是一个奇特的地方。几乎每一个地方，都至少有一种出名的瓜果，比如库尔勒的香梨、阿克苏的冰糖心、阿图什的无花果、喀什的石榴、和田的红枣等。这些瓜果给人留下了深刻印象，但凡要吃必先问其出处，等确定了其出处，便放心地买，放心地吃。

薄皮核桃出在和田，因外壳薄如纸，用手一捏即碎，所以又叫"纸皮核桃""一把酥"等。有一外地人到和田，买了一公斤薄皮核桃装入塑料袋，上车后往行李架上一扔，下车提进宾馆后又扔在桌上，结果等他拿了小锤准备砸薄皮核桃时，却发现那薄皮核桃早已被摔得破了壳。那人欣喜，吃薄皮核桃不用费劲，一提一扔就解决了问题。

核桃在国外被称为"大力士食品""营养丰富的坚果""益智果"，在国内享有"万岁子""长寿果""养人之宝"等美称。俗话说"桃三杏四梨五年，要吃核桃得九年"。核桃树从栽种到结果需要经历漫长的时间，但是如今和田的核桃通过技术改良后，在下种后的第二年，就能挂果。和田人，乃至新疆人吃核桃，大多选薄皮核桃。当然，吃薄皮核桃并不只是图破壳时省事，其最大的好处是果仁澄黄饱满，味醇香甘甜，营养价值极高，有补气益血、温补肾肺、定喘化痰、补血生发、益脑等功效，属老幼皆宜的滋养佳品。

长期吃核桃的最大益处，是能让人长寿。南疆一带多百岁老人，皆因长期吃薄皮核桃而受益。且末县有一位老太太，别人问她有没有七十岁时，她笑着说七十岁是她孙子的年龄；又问她有没有九十岁，她又笑着说九十岁是她儿子的年龄。最后，人们才知道她已经一百一十岁。她的长寿秘诀是吃核桃，而且专挑二三百年的核桃树结出的薄皮核桃吃。问她如何区分二三百年的核桃树，她说年龄小的核桃树结不出圆薄皮核桃，只有年龄大的核桃树，才能结出又大又圆的薄皮核桃。我见到她时，她说她要继续吃薄皮核桃，最后要变得像二三百年的核桃树一样。先前听人说过吃啥补啥的观点，但这位老人家的话是吃什么变成什么，更有意思。

薄皮核桃在和田生长得最好，看似是奇事，但经当地人一解释，便又觉得合情合理。我发现，但凡用理论或科学方式介绍一种事物，可信是可信，但接受起来却比较困难，要么难以理解，要么记不住，反而是当地人的通俗说法好理解，也容易记住。举一个例子，他们解释薄皮核桃的习性，说它们喜欢生长在有阳光的地方，和田一年四季见不到几个阴天，在这一点上好得不能再好。他们的实际意思是在说薄皮核桃要长得好，光照充足是必不可少的条件。

再比如，说到薄皮核桃生长要保持水源稳定，他们则说和田的表面看不到水，但被昆仑山的雪水滋润，水都在地下，稳稳地被核桃树喝着。不管是用什么语言，无外乎说明一个问题，一物生一地，必是那个地方适合它生长。

我有十余年没有吃薄皮核桃了，有时候也想吃，可一忙就又忘了。直至某天与一同事谈及睡眠问题，她建议我一早一晚吃核桃，尤其是和田产的薄皮核桃，每天吃几个可有效改善睡眠状况。那一刻我才意识到，该吃薄皮核桃了。

我在二十余年前就接触过薄皮核桃。当时，我在南疆军区机关当兵，与一位干事关系甚好。他在喀什出生并长大，常常给我讲吃核桃、石榴、红枣和葡萄的好处。他强调的并不是单纯的营养摄取，而是对身体的好处。当然，吃水果有吃水果的方法，而滋补则有滋补的方式。正是他对我的引导，让我熟悉了新疆水果和食物，知道哪些东西要多吃，哪些东西要少吃，并很快适应了新疆生活。

周末早上，我去他宿舍喝奶茶，吃核桃，他给我说吃啥补啥的道理。我略有疑惑，他便拿吃核桃补脑子举例，并剥出一个完整的核桃仁，问我像不像人的脑子。我一看，大为吃惊，那个核桃仁与人的脑子结构颇为相似，顿时对他刮目相看。他当时吃的就是薄皮核桃，因其外壳极薄，他说剥薄皮核桃要用小姑娘的力气，即两指轻轻一捏，如用力过猛会将核桃仁捏坏。

和他吃过几次薄皮核桃后，我去疏勒县的菜市场买了一公斤薄皮核桃，每天早晚各吃三四个。当然，当时二十出头的我不存在睡眠问题，吃不吃核桃都无关紧要。吃过一阵子后，便觉麻烦而不了了之。

后来，随着我去和田的次数越来越多，关于核桃的故事便听了不少，比如大多数核桃经西域传入了中原，可薄皮核桃似乎扎根西域不挪窝。前些年，有人将薄皮核桃引入内地省份，它们倒是生根发芽并茁壮成长，却挂果不佳。它们极为适应和田等地的气候，新疆人提及它们时会自豪地说，新疆的薄皮核桃哪里都不去，它们把自己留给新疆！

我见过的最大的核桃树在新疆和田，它的主干十个人也抱不拢。和田人将它称为核桃树王，据说有两千余年的树龄。我有一年去和田，请朋友带我去看了核桃树王。远看，它有树之王者的风范，硕大的树冠高耸于所有树之上，像是统领着所有的树，亦像是在俯瞰大地。这块土地在两千余年中发生了多少事情，唯有它岿然不动，像是一个不动声色的见证者。细看核桃树王，见每个枝头仍然挂果，其叶片更是硕大，散发着一派蓬勃气息。朋友说，核桃树王每年结出近百公斤核桃。因为它是核桃树王，结出的核桃分外受欢迎。

核桃树王还有其他让人诧异之处，它硕大的浓荫下寸草不生。据说，核桃树乃阴性之树，生长于它底下或近处的小草，便因阴寒浸润而不幸死去。

后来知道，和田人从不在核桃树下乘凉或睡觉。他们说"核桃树下埋活人"，可见核桃树下的阴性，厉害到了什么程度。

剂子盒

在喀什见到一种彩色圆形的盒子，以为是装首饰的，便感叹那么大的盒子，得装多少首饰。后来，知情者告知，那是剂子盒，是用核桃木做的，专用于装面剂子。我这才想起，核桃树木质坚韧、富有弹性，是制作木质器皿的上等材料。核桃壳因为浑圆且有别致纹路，还可以加工成艺术品。

我对核桃木做的剂子盒很感兴趣，细问之下得知，南疆人做拌面（拉条子）、揪片子等面食时，将面和好揉到一定程度，然后切成条状，再抹上清油，放入剂子盒中盖上盖子。此时的面就叫面剂子，其程序叫饧面。说到这个"饧"字，很多人都会用错，常常把饧面写成醒面。初看意思也对，但细究下来便发现勉强不得。饧，是让糖块、面剂子等变软的意思，可视为面剂子专用，而醒则显得模糊一些，是不可代替饧的。

当时，细看那剂子盒，其上漂亮的花纹和色彩，是精心绘制的，上漆后显得颇为漂亮。那剂子盒上的图案，是新疆农民画的风格，既拙朴又有艺术冲击力，既抽象又有生活气息。有一幅图中，一位老人的门牙已经掉了，但他手提一串葡萄开口大笑，让人觉得他马上就要吃葡萄，没有牙也没有关系。在另一个剂子盒上，是一个表达爱情的场面。一女孩在前面走，一男孩在后面追，但在女孩前面，从地上到天上的巨大空间里，长满了玫瑰。我说，用这么有意思的剂子盒做出的饭，吃起来一定更有滋味。

旁边的一人接上话题说,这样的剂子盒做出的饭,肚子能吃饱,眼睛能看饱,心能高兴饱。新疆人说话就是这样幽默,很平常的一件事,被他们用老话、民谣和谚语说出来,马上就会变得很有意思。

问剂子盒是什么木头做的,答曰核桃木。新疆的木质器物中,以核桃木的最为结实,亦最为珍贵。不过,南疆一带多核桃树,木料可源源不断地供应。人们选中一块核桃木,估出想要的剂子盒的大小,然后不紧不慢地刨或掏。做一个剂子盒,常常用上十余天。问他们为什么要用那么长时间,回答说剂子盒讲究实用,也一定要做得漂亮,那样的话除了用,还可以看。嘴是用来吃好吃的,眼睛是用来看好看的。如果一个人只顾吃好吃的,他的眼睛就是空的,眼睛是空的,心也就是空的。

我揭开核桃木剂子盒的盖子时,觉得有些沉,便感叹核桃木就是这样,因瓷实变得沉重,若是核桃木做成的大物,是拿不起或搬不动的。细看盒子内部,是平底,仅边沿为圆形。这样是为了多放面剂子,亦给取放提供了方便。盖上盖子后再看外观,仍以圆形凸显着美感。于是便明白,剂子盒该看的地方,一定要美;该用的地方,一定要实用。

为一个装面剂子的核桃木盒子,花费如此工夫,可见人们对一顿饭有多么重视。男主人说:核桃木剂子盒你们也看了,它的好你们也夸奖了,它是干什么的你们也知道了,那就让它今天工作一下,给你们做个野蘑菇汤饭吧。所谓野蘑菇汤饭,就是放了野蘑菇的揪片子。新疆人把汤、面、片一类的饭统称为汤饭,然后根据放入的主要菜品,组合出一个完整的名字。比如:用羊肉汤做出的汤饭,就叫羊肉汤饭;放了青杏的汤饭(以青杏代替醋），就叫青杏子汤饭。至于野蘑菇汤饭，通常有两种做法：一种是直接把野蘑菇放入汤中，让其天然味道经炖煮后入汤；另一种是把野蘑菇爆炒后，待汤饭盛入碗中后再放进去，用筷子搅开后再吃。那天，那家人很快就做好了面剂子，一一放入倒进了清油的核桃木剂子盒中，然后盖上盖子。一小时后揭开剂子盒，见面剂子被清油浸得油汪汪的，应该是已经饧好了。我忍不住好奇，请求尝试揪一根面剂子，女主人一笑，把一根面剂子递给我。我握住后觉得其柔滑、绵软和韧劲都很好，两指捏住一端，一揪便揪出指甲盖大小的一片，啪的一声扔进翻滚的汤中。女主人做的是爆炒的野蘑菇，因为放了羊肉，味道格外地好。后来，在外面吃野蘑菇汤饭，发现味道好的皆为爆炒的野蘑菇，从此便固执地认为那才是正宗的野蘑菇汤饭。

那次在喀什，我买了一个核桃木剂子盒，心想带回家可压阵厨房，以后认真对待一日三餐。用过几次后，发现用与不用核桃木剂子盒，无论是揪时的手感，煮熟后的口感，都完全不一样。用核桃木剂子盒饧过的面剂子，既能揪薄，又不会太大；没有用核桃木剂子盒饧过的面剂子，揪出的留片又硬又厚，咀嚼起来不爽。

后来，碰到卖核桃木剂子盒的人，闲聊中得知剂子盒仅南疆有，别处是很难见到的。问原因，他说南疆干燥，不把面剂子放盒中，容易干裂，且饧不好，做出的拉条子和揪片子不好吃。这就是剂子盒的来由，看似简单，却有生活的轨迹在其中。但人们又是多么富有情调，将一个盒子做得完美之极。过日子，过的就是感觉，遥远的南疆人更浪漫。

碰到一人，他说出了核桃木剂子盒的另一些好处。比如，因为剂子盒用核桃木做成，所以耐用。另外，因其精致美观，便用得小心，往往用了很多年，看上去还像新的一样。核桃木有不渗油以使油不易挥发的好处。以前的清油珍贵，人们用过一次后便不将盒里的清油擦去，以备下次再用。有一人缺油，便只好把没有抹油的面剂子放入盒中，心想好歹饧一会儿，也能凑合着做拉条子。稍待时辰，他取出面剂子后发现，其上居然有顺滑的抹油之感，原来是盒中残存的油起了作用。他欣喜之极，觉得手中的面剂子如同在听候命令，便左右开弓，拉出筋道的拉条子。

后来，在一户人家见到了核桃木剂子盒。女主人将饧好的面剂子从盒中取出，飞快地揪成面片，甩进翻滚着羊肉汤的锅中。那一顿揪片子我吃了两碗，觉得较以往的味道好出很多倍。见那核桃木剂子盒有些年头，便问女主人，她家的剂子盒用了多少年。她说，其实每家每户用的剂子盒，时间长的有四五十年，短的有一二十年。往往一个剂子盒，妈妈从年轻时用到老，然后传给儿媳，儿媳又从年轻时用到老，再传给下一代。她现在用的核桃木剂子盒，已经过两代女主人之手，在这个家里是最老的东西。

推算一下，她手里的剂子盒，是从她婆婆的婆婆手里传下来的。三代人是如何支撑一个家的，在一个核桃木剂子盒上，可找到答案。后来，在她家看到一幕，她婆婆已年迈到神志不清，每天被她抱到院中晒太阳，但只要她端着剂子盒从她婆婆面前经过，她婆婆的眼神便活了，会情不自禁地举起手，手指不停地抖动。

木 碗

  我到新疆后，发现人们吃饭之前，会先上一份酸奶。人们对这一环节极为讲究，多用核桃木碗盛装酸奶，还要配上一把核桃木勺。大家极富仪式感地将撒在酸奶表层的白糖搅拌均匀，然后一口一口地把酸奶喝完，饭局遂宣告开始。

  新疆的酸奶好喝，但用核桃木碗盛装，便更有意味。核桃木碗大多是木质本色，端在手中轻轻用手一摸，有光滑和瓷实之感。心想用这样的木碗吃东西，会先给人踏实之感，这也是只有在新疆才会有的体验。

  在南疆和田一带，至今仍盛行木质餐具。人们喝酸奶必用木碗，更有不少人用木碗吃饭。曾在一户人家中见过一幕，一排核桃木碗摆成一溜，一数有十一只。但是不由得又疑惑：为什么把木碗摆成一溜，摞起来不好吗？主人说核桃木碗一定要摆成一溜，如果摞起来就坏事了，不透气，会变形，还会裂得像张着嘴的人一样。听他那么一说，再次产生疑问：核桃木碗能用水洗吗？那人说：能洗，饭不是有汤吗，都不会把核桃木碗泡坏，洗一下就坏了的，还能叫核桃木碗吗？但是洗过后一定要晾干，不能积水。

  用核桃木碗，一般吃的是抓饭和揪片子。抓饭做好后，盛一碗，亦配上一把木勺，不紧不慢吃完，如果没饱就再来一碗。吃完后用核桃木勺刮一刮碗里面，便不留一粒米。人常说，不浪费一粒米的人，心里能装下世界。用木碗吃抓饭的人，都知道这个说法。

用核桃木碗吃揪片子，亦可经常见到。曾见一位老人端一个核桃木碗吃揪片子，问他为啥不吃拌面，吃揪片子能吃饱吗。他一晃那核桃木碗说，吃拌面就不用核桃木碗了。我于是明白吃拌面用另一种木质盘子，不能混搭使用。细看老人的核桃木碗，其形状美观，犹如一个艺术品。与老人闲聊，得知他自小用核桃木碗吃饭，如今都七十多岁啦，想必要用一辈子了。他手中的核桃木碗出自他手，在二十八岁那年他用了五天时间做成，一直用到现在。我惊异于五天才完成一个木碗，看来做核桃木碗挺耗时。不料他说这不算什么，有的核桃碗要用十几天才能做完，不过那样的碗是看的，不是用的。聊得兴起，老人遂给我介绍，南疆有核桃木碗、木勺、木盘、木盒、木盆、木桶、木缸、木杯等。核桃木材有韧性，无毒，无异味，不易变形，且降温快，用之不烫手不烫嘴，同时还结实耐用，不会被碰碎或摔坏。

核桃木碗除了用于吃饭外，还可以装酸奶、羊油、玫瑰酱、无花果酱、酥油等，可使其不变质。有一人用一个大木碗装了酸奶，吃时分到小木碗中，家中每人一份。他儿子在学校说起吃酸奶的事，说了一句像谚语一样的话：大碗中的酸奶是存的，小碗中的酸奶是吃的。同学们听得不明白，说：不管是用大碗还是用小碗装酸奶，不都是吃的吗？难道小碗装的酸奶，会比大碗装的酸奶好吃？他儿子并不解释，神情看上去像大人。

后来，见到一家木碗作坊，操作者将整块木头放到机床上，左右摆弄，便有密集的刨花飞溅而起，在他身上落了一层。我站在一旁看了一会儿，看到了截材、刨面、定形、挖凹的过程。但是，这仅仅是第一步，操作者小心翼翼将其举到机器前，让转轮一点一点地车出圆形，基本上有了一只碗的形状。我以为他就那样做完整个碗，不料他却关了机器，手持凿刀一下一下地凿，慢慢地便有了碗沿的形状。

照他如此速度，没有一天恐怕完不成碗沿，至于碗肚、碗底，以及里面的凹口，则就更需要时间了。我没有多余时间等待，便转身离去。这世间的事情，能目睹或经历的往往有限，大多凭借理解和想象去完成，再或者将其装在心里，使之成为念想，倒也不错。

在和田核桃树王所在地，见到了用核桃木做成的木碗，里面装着核桃树王结出的核桃。碗和核桃是同一颜色，让人觉得庄重珍贵。问及价格，漂亮的女服务员说，必须连核桃带碗一起买，这两种东西从不分开卖。我买了一碗核桃，不，是一个精致的核桃木碗，还有十几个核桃树王结出的核桃。回家舍不得用碗，亦舍不得将核桃吃掉，一直收藏到现在。

在另一地，见一户人家卖核桃木碗，便想买几个拿回家吃饭。在选碗时发现有一对颇为精致，便下决心哪怕多花一点钱也要把它们买下。不料，男主人连连摇头表示不卖，然后解释说他女儿快出嫁了，他再做两个核桃木勺后，就配齐了那对核桃木碗，让女儿带到新家去。虽然一对木碗木勺不足以成为嫁妆，但他觉得寓意深刻，寄托着让女儿过上好日子的愿望。

听他那么一说，便觉得人家的核桃木碗如此重要，我不再提出请求，便另买了两只碗。在院中见到了他女儿，大大的眼睛，高高的个子，浓密的黑发，显得很是漂亮。她端着一木碗酸奶，坐在一个木凳上一口一口地吃着，能感觉到她用余光发现了我们，但少女的羞涩却使她低下了头，没有看我们一眼。她身边是他们家的小花园，里面的玫瑰花开得正艳，将坐一边的她裹进了浓艳的色彩中。

芨芨草

密集的团结者

西部的戈壁或荒野，往往都空旷寂寥，不见一物。但是，如果远远地看见一簇绿色，人们顿时便会惊喜——终于出现了生命，而且是存活不易、极富生命力的植物。人们在这时候会顿悟，越是干旱酷寒之地，便越是有生命会带给人惊喜。其实，远距离看见的绿色，常常是不确定的，只有走近才会清楚地看见，带给你惊喜的是什么。

芨芨草，便是必须走近才能看清楚的一种植物。

在戈壁或荒野上行走是极为不易的，如果刮风或下大雪，艰难跋涉好一会儿也走不了多远。但是，不远处的那一簇绿色一直都在，你在这时想起历史上的西行探险者、取经者、经商者、流放者、逃亡者，还有那些出使西域的使者、和亲的公主、传送信函的邮差、千里征战的士兵、一路向西的边塞诗人……他们之所以一直向前，一定是因为前方的那一簇绿色在呼唤他们。他们的身心由此陡增力量,脚下的步子由此迈得更稳健、更快。今天的人走向那一簇绿色,与古人当时的境遇别无二致:当人们历经艰辛,才看清那一簇绿色是芨芨草。因为它们颇为细密地长在一起,所以在远处以为是一簇绿色,直到走近后才看清,有多得数不清的芨芨草紧挨在一起,至于茎秆和叶片,则更是互相叠加,一副密不透风的样子。

与孤寂的戈壁或荒野相比,芨芨草像拥抱在一起的狂欢者。细看,芨芨草的茎秆细长而光滑,且坚硬直立,有一种要伸入苍穹的架势。到了顶端,却长出蓬松柔软的篷状穗子。因为太密集,把茎秆压得向下弯曲,似乎风一吹就会折断,但造物主暗布的生命玄机早已安排了一切,所以那些穗子便就那样日复一日地支棱着,看上去极为平衡。

芨芨草不仅茎秆和穗子出奇,就连根须也非同一般。它们的根系很强大,一旦生根便无限向下扎入,而且耐瘠薄和耐盐碱,适应黏土以至沙壤土。这就是它们在风沙肆虐的戈壁上,能够坦然存活的原因。它们的根须大多裸露在外面,看上去饱受风沙折磨,却不枯死,只要根部的地下水分充足,照样在每年生根发芽,蓬勃生长。

最低的芨芨草,仅在地面伸展成一簇,像人群中的那些沉默寡言者,不为名利,只图舒舒服服地活个自在。最高的芨芨草,长得有一米多高,有时候能把人淹没。这样的芨芨草是有野心的,它们似乎发现自己是戈壁或荒野中最为体面的生命后,从此便很注意展示自己,要让自己成为戈壁或荒野的生命大使。

熟知芨芨草的人说,芨芨草不但长得好看,而且浑身都是宝。它们在早春发出的嫩芽,常常吸引牲畜长久低头啃食。它们的根可以起到改良碱地、保护渠道和维持水土的作用。海拔九百至四千米的微碱性地带、草滩和沙土山坡，都是芨芨草最易生长的地方。那样的地方只要下面一米五左右有地下水，不论是盐碱滩沙质土壤，还是低洼河谷、干河床、湖边、河岸和开阔的盐化草甸等地，常常都长有芨芨草。在西部，有不少植物仅属于一地，离开那个地方，在另一个地方便难见其踪影，但芨芨草却到处都有，而且与人们的生活密不可分。甘肃河西走廊一带的人，如果家中缺少什么，就会说去弄几捆芨芨草回来，就什么也不缺了。芨芨草的秆叶极为坚韧，可用于造纸及人造丝，也可以用于编织筐、草帘，制作扫帚等；纵卷的叶子经过水浸泡后，韧性极好，可用作编织草绳。

芨芨草是生态可塑性极强的植物。不论是较低湿的碱性平原，还是海拔高达五千米且干旱的青藏高原，以及干草原带，甚至荒漠区，都有芨芨草在草甸中生长。但是，它们从不进入林缘草甸，在森林或树木茂密的地方，从不会有芨芨草的影子。大自然的复杂生存条件，直接影响着各种生物的命运，而芨芨草无疑是不会乱了阵脚、不会丧失个性的一种。它们总是颇为从容地在戈壁或荒野中泛绿生长，既不像胡杨那样备受关注，又不像天山红花那样娇柔，更像西部的守望者，其生命姿态和精神与西部这块土地气息相通，灵性相连。

芨芨草的天敌是鼠类，像高原鼠兔、阿拉善黄鼠、长爪沙鼠、布氏田鼠和普通老鼠等，都喜欢啃食它们的嫩芽、叶片、茎秆、种子及穗子。不仅如此，鼠类发现芨芨草的根须非常牢固，便在它们的根部筑穴，破坏其根系发育，直接影响了它们的生长，导致它们衰退乃至死亡。有时候，人们正在欣赏漂亮的芨芨草,甚至忍不住要伸手抚摸一番,但突然会从其根部窜出几只老鼠,把芨芨草秆碰得一阵乱晃。这时候,人们才会发现芨芨草丛中有断茬,那是老鼠为解决饥饿残害芨芨草留下证据。

　　芨芨草会结出大量的种子,每年九月底十月初,风一吹便将种子刮落,翌年春天土壤松软后,周围就冒出了嫩芽。这也就是芨芨草总是成片生长,而且间隔距离不大的原因。新疆有一位牧民在放牧时发现,凡是牧场边上长有芨芨草,牧场上的青草便一定长势良好,可供他的羊群啃食一个夏天。他天天盯着那些芨芨草琢磨,终于明白是芨芨草在牧场边上起到了防沙、固土和挡风的作用,所以牧场上的青草才长得好。转场回到村庄时,他捡了一些芨芨草种子,在他家的地边种出了芨芨草。别人不解地对他说:田间地头的草锄都锄不干净,你为什么还种芨芨草?

　　他看着芨芨草,笑而不答。

高　度

　　新疆的阿勒泰牧场上,经常能见到芨芨草。

　　阿勒泰富饶,被誉为"金山银水"。而阿勒泰又是大牧区,所以有人便称阿勒泰的羊"走的是黄金大道,吃的是中草药,喝的是矿泉水"。牧民们对芨芨草的感情很深。一天,我看见一位牧民用手在草场上刨着什么,好半天都不离开。我走过去,见他神情专注,双手小心翼翼地在刨一株芨芨草周围的沙子。我问他:"你在干什么呢?"

他说:"我在帮这株芨芨草。"

我不解,便问他:"你怎么帮它?"

"去年的风调皮得很,刮到这里,不光刮来了雪,还刮来了沙子,把好好的一株芨芨草给埋住了。芨芨草的力气小嘛,我帮它一下。"

"它今年能长出来吗?"

"能。能长出来。去年它在嘛,喂了我的羊,今年我们不能不再见面。"

他知道一株芨芨草今年没有长出来,就用手把压住它的土刨去。在他心中,一株芨芨草与牧场、牛羊一样重要。

细看那仁,几乎是碧草连天。这是一个草的世界。

有一年,牧场起了一场大火,火势很快就蔓延到了那仁,但烧了只有十几米,却奇怪地在芨芨草跟前熄灭了。那场火使其他牧场都遭了灾,牛羊因为没草吃被饿死了很多。人们都不解那仁牧场的芨芨草为何不着火,便都过来看。出现在他们眼前的情景使他们惊讶不已,火烧到那个地方后,留下一道齐刷刷的痕迹,像是有谁在那里及时制止了火。那道痕迹旁边的芨芨草并无特别,却没有被烧伤的痕迹,让人们目光里浮出虚虚的敬畏。从此,关于那仁牧场的传说就多了起来。人们说,这个地方有神看着牛羊,牛羊都是上天的神降到人间修炼的呢!所以,上天不会不管它们,派另外的神在关照它们!在火烧过来的那一刻,神就用大刀将火斩断了。这是在中国常见的神话,让神力高于一切,使故事变得完美。

现实中也有挺神乎的事情。一位牧民告诉我,看一只羊有多高,就知道它吃了多少草。我问他怎么个看法。他说:去年嘛，我有二十只羊和芨芨草一样高；今年和稍高一点的芨芨草一样高；明年就和最高的芨芨草一样高了。和芨芨草一样高的羊，要吃五年那仁牧场的草。我深信他这种算法是正确的。多少个日子，他就那样盯着羊和芨芨草琢磨，看着看着，便看出了门道。后来，去他的帐篷里喝奶茶，见帐篷里挂有几根芨芨草。他告诉我，他发现了芨芨草与羊的身高的关系后，便采来芨芨草，与每一只羊比对，果然很是准确。于是，他便向外公布了自己这一发现。牧民们往外卖羊时，纷纷采用这一方法与商人谈论价钱，不按这个标准计价，死活不卖。

他成为规则的创造者。多少年后，牧民们也许仍将沿用他发明的这个方法。一只羊，瞅一眼就可以知道它吃了几年的草，有多重，值多少钱。

"你是白哈巴村的功臣！"我赞赏他。

他嘿嘿一笑说："这是一个简单的事情嘛！芨芨草嘛，每年都长着哩；羊嘛，往草那么高长着哩。长到啥草的高度就值啥钱，每个人一下子就会算了嘛。我不是功臣，草场是功臣，是草场给了我们一切嘛。"

当晚，他给我们宰了一只羊。吃手抓肉的时候，他问我："羊肉怎么样？"

我说："好吃。"

他感叹一声说："这只羊也长了一身好吃的肉。前年嘛，它还不高，去年它一下子长得很高，一年长了两年的身子嘛！这么好的羊，我舍不得卖出去。我放羊辛苦嘛，吃个好羊也是对我自己的回报。"

我在他的帐篷里吃完羊肉，出来后天已经黑了，月光洒了一地，芨芨草上光芒一片，明闪闪的有什么在动。多么像芨芨草有一双双眼睛，正躲在黑夜中看着我。

那不是野草

在西藏阿里的红山河，太阳炙热，我和金工低着头向山谷中艰难挪着脚步，不知该走向哪里。我们俩迷路了，为了找路，背部被太阳暴晒，风一吹便有一种钻心的痛。这种痛加上迷路的惶恐，一阵更比一阵让人绝望。

藏北阿里宽广、辽阔，一旦迷路便不知该往哪里去才好。这时候，惶恐和烦躁便袭上心头，让人感到头痛胸闷，身体似乎快要炸了。我和金工不想让自己暴尸高原，便强压着惶恐和烦躁，在绝望中往远处走。

早些的时候，勘察完营房地基，老唐开车去寻找石料。我和金工好奇，想趁此空余时间在红山河溜达溜达。我们俩先是下到山脚的河套里捡拾花花绿绿的石头，后来跟着几只羚羊进入一条峡谷，出了峡谷，爬上一块石头看它们吃草……当时高兴得不亦乐乎，可等从高兴中回过神要返回时，才发现不知道路了。于是，我们到处找路，与其说是在找，不如说是在乱闯，闯来闯去，感觉每个方向都通向红山河机务站，但都不敢轻易迈出一步。高原以那种骇人的宽广呈现着死寂与恐怖，一种沉闷的感觉重重地压在心头。停下休息了一阵，我俩觉得还得继续找。我和金工像太阳下的小甲虫一样，缓慢地挪动着身躯。望一望宽广的天地，唯一的感觉是往远处走，走远后或许会碰到希望。

　　下午四点的藏北高原，太阳像着火一样灼热。我和金工先是嘴皮裂开，接着体内阵阵刺痛。我想到了水，我们车子的后备箱里放了许多矿泉水，出来的时候没想到会遇到这种情况，一瓶也没带。过了一会儿，实在渴得不行了，我们便没有了找路的心情，像两只慌张的野狼瞪大了双眼向四周寻找，渴望能看见一条小溪或者一个湖泊。但是什么也没有，只有空气中的灼烫，不停地压在我们身上。

　　在意志快要崩溃的时候，几根芨芨草吸引了我们的目光。金工从地上一跃而起，一把抓住我的手，向那几根芨芨草奔跑过去。那几根芨芨草长得真是神奇，在这苍凉干燥的高原上，蓬勃着嫩绿的叶片，迎着太阳反射出亲切的光芒，甚至还有花穗已经显形，估计过不了多久就会长出一大簇美丽的穗子。我和金工屏住呼吸，缓缓蹲下凝视着这难得的芨芨草。一阵风吹来，芨芨草迎风飘舞，妩媚婀娜的姿态让我心潮起伏。

　　"挖吧，下面绝对有水。"金工一声喊，我便将手伸进芨芨草根部挖了起来。没挖几下，手指头触到冰冷而又坚硬的东西。一挖，是骨头；再挖，就看得清清楚楚了，是一副骆驼的骨架，驼峰里有湿意。我们俩停住了，不是因为沮丧，而是被眼前的这一幕震撼了。一头骆驼死后，驼峰中居然水分不散，滋养了一株芨芨草的生命。岁月让几粒芨芨草籽降落在它背上，在驼峰永不干涸的滋养下，静静地生根发芽，茁壮成长。

　　这是藏北高原用事实给我们讲述的一则神话。

　　我和金工重新将芨芨草埋好，用手压实它根部的沙子。我们已经忘记了干渴，并为目睹了高原的神奇生命而欣慰。那株芨芨草又可以在高原活下去了，它又进入了生命的梦中。但愿这个梦长久，与藏北高原同生共死。

走在路上，我们只说了两句话："那不是芨芨草。""它是长在高原的梦里的。"我和金工是幸运的，在这场不大不小的磨难中，像两根草一样，浑然无觉地被一种潜藏在生命深处的水喂养，获得了信仰的威严，获取了心灵的力量。因为我们返回时，是憋着一口气走到红山河机务站的。

那株芨芨草救了我们俩的灵魂，它经由我们的遭遇变成了圣草。来年，那个地方一定又会长出几株芨芨草。

芨芨草永生。

杏 树

行走的花朵

播种庄稼,是为了收获粮食;种植果树,是为了吃到水果。栽种是大地上最具现实意义,也最能抚慰人心灵的劳动。当果树结出果实,人们便采摘品尝,其甜美味道便让时间有了"春播秋收"的意义。

有一天,在一本书上看到这样一句话:据考证,杏树原产于中国,在西部还保存着大量的古老杏树品种和野生资源,是中国最古老的栽培果树之一。如此说来,杏树也走过了一条自西向东的延伸之路。仔细梳理,便可发现游牧民族在逐水草而居、随季节迁徙的过程中,培植出了诸多延续至今的果蔬植物,比如名字中带"西、胡、番"的西瓜、西芹、胡椒、胡桃(核桃)、胡萝卜、番薯等,都经西域传入中原。丝绸之路自东向西延伸,而这些果蔬却自西向东而下,被中原巨大的农耕文明揽入了怀抱。这里面有一个原因,即西域处于丝绸之路,东西方文化交织,农耕文明和游牧文明互相融汇，果蔬和食物，自然也汇入其中。

今天的杏树，遍布大江南北，尤其是不同的杏树结出的不同的杏子，早已被人们津津乐道，让人尽享口舌之福。按今天的划分，中国西部包括云南、贵州、广西、重庆、四川、西藏、陕西、甘肃、宁夏、青海、新疆、内蒙古等十二个省、自治区和直辖市，而杏树在这些地区无一不扎根生长，无一不硕果累累。杏树为阳生植物，扎根深，而且耐旱、抗寒、抗风，可以活百年以上，所以多低山、丘陵的西部便很适合栽种。

因为常见，所以人人都可以对杏树说出一二，亦可一眼把它们认出。有一句谚语说：果子落下，离树不远。杏树为人类提供了口舌之福，人们觉得它们亲切，自然便熟知它们。最有意思的是，杏树因为花期不同，从南向北一路而上，会延伸出一条鲜艳的杏花花期之路。

见证杏花的花期之路的是养蜂人。他们于春节前后在云南、贵州、广西一带便已见到盛开的白色杏花。杏花往往在短短的几天便已绽开，可以说是春天的第一抹鲜艳之色。细看杏花，除了嫩脆的花萼外，还有从花瓣中伸展而出的针状雄蕊，有蜜蜂嘤嘤嗡嗡落于其上采蜜，会使花瓣左右摇晃。那些被称为"蜂蜜猎人"的养蜂人，无论是迁徙路线，还是梦想情怀，都与杏花的花期密不可分。当一个地方的杏花凋谢，他们便收拾好蜂箱赶往下一个杏花盛开的地方。重庆和四川是他们迁徙的第二站，然后便开始真正的北上，进入陕西、甘肃、宁夏、青海等地。如果再走得远一点，就会去新疆、内蒙古、西藏等地。而这一路的杏花，因为地域和气候不同，便与油菜花一起在等待他们。他们从从容容沿着一张花期的图谱，和蜜蜂一起追逐蜂蜜。甜是最容易让人幸福的味道。那些"蜂蜜猎人"一路追逐杏花，是最早品尝醇美蜂蜜的人。

宋代诗人杨万里曾写过一首《文杏坞》："道白非真白，言红不若红。请君红白外，别眼看天工。"他眼里的白和红，都是杏花隐隐约约的颜色，但除这些外他将杏花视为天工，可见他的情趣非同常人。

人们都认为杏树是栽培果树，其实除了庭院内外的杏树（或可称为家杏）能结出杏子，野杏树也能结出杏子，有时候甚至还很甜。新疆伊犁一带就有大片的野杏树，与野苹果树合生成一片混生林。春天时花朵密集，夏天时枝头挂满硕果。说来有趣，那片混生林的不远处就是碧草连片的山坡，因为其起伏形状玲珑有致，被人们称为"美人背"。杏花如少女般热情浓烈，娇羞魅惑，再加上生长在"美人背"那样的地方，观之赏之便感觉分外不同。

那个地方叫吐尔根，就在新源县城的后面，去一趟并不费事。有一年，我从乌鲁木齐乘飞机去新源县，因为坐在靠窗的位置，在快到达新源时便看见飞机一会儿从山顶掠过，一会儿又穿越峡谷，颇为惊险刺激。向下一看，正是那粉白一片的野杏林，有几只鹰也许受到了惊吓，在杏林上面盘旋飞翔，构成极为难得一见的风景。

有一次，在野杏林里面碰到两个哈萨克族儿童。他们的个头尚不及马腹，却各自牵着一匹马。他们也是来看杏花的，看见有人要折杏花枝，便大叫着劝他们不要那样做。那几人不好意思地住了手，他们笑着摇手示意，气氛遂缓和过来。

那两个哈萨克族儿童骑马下山去了，山下有一大片杏园。人们在去年嫁接的杏树,也已经长出了绿芽,过两三年就会开花结果,成为真正的杏树。

杏诗种种

杏树多有轶事。起先,关于杏树的说法虽然多有争议,但杏树在人们的言说中却是唯美的。比如相传为孔子讲学处的杏坛,是一片杏树环绕、花香弥漫的圣洁之地。当时,孔子在花影中或讲经布道,或抚琴而歌,弟子在其熏染中或琅琅读书,或吟诗唱歌。书声歌声绕杏枝,风抚白花如闻香。

今人看孔子,将其顶礼膜拜为传统文化集大成者。而在当时,孔子却是一位先锋,其率真品性和开拓意识,打破了当时的诸多樊篱。所以说,先锋与传统的关系,就是上一个时代的先锋,历经时间延伸到下一个时代,就变成了传统。到了清代,顾炎武考据孔子的杏坛后却认为:"渔父不必有其人,杏坛不必有其地,即有之,亦在水上苇间、依陂旁渚之地,不在鲁国之中也。"顾炎武是写出"天下兴亡,匹夫有责"(见《日知录·正始》)的思想家,他的研究或可另当别论。但对众多读书人而言,如果有当年那样的"绕坛红杏垂垂发,依树白云冉冉飞"的阅读环境,该是多么令人欣悦的事情。

在历史上,文人骚客多咏唱杏花和杏树,留下了不少经典作品。比如北周的庾信,曾在一首叫《杏花》的诗中写道:"春色方盈野,枝枝绽翠英。依稀映村坞,烂熳开山城。好折待宾客,金盘衬红琼。"后人但凡谈及杏花诗，便必然要提及庾信的这首诗。

到了唐朝，写杏花的诗更是层出不穷。张籍在《古苑杏花》中写道："废苑杏花在，行人愁到时。独开新堑底，半露旧烧枝。晚色连荒辙，低阴覆折碑。茫茫古陵下，春尽又谁知。"张籍的诗写得有些伤感，读来让人觉得张籍是一个落魄的才子，就连看到娇艳的杏花，也似乎难以抑制心中的郁闷。

到了温庭筠写杏花，仍然有一股忧伤的情绪："红花初绽雪花繁，重叠高低满小园。正见盛时犹怅望，岂堪开处已缤翻。情为世累诗千首，醉是吾乡酒一樽。杳杳艳歌春日午，出墙何处隔朱门。"都说大唐是盛世，为何这些诗人一写起杏花，却是如此伤神感叹。杏花原本就是世间单纯的生物精灵，为什么却总是要与别的事情牵扯在一起呢？

写杏花的诗，到宋代情致有一些改变。比如梅尧臣的《初见杏花》，虽然只是写初次见杏花的感慨，亦没有提一个杏字，但无不拿杏花在说事，而且读来有一股阳刚之气："不待春风遍，烟林独早开。浅红欺醉粉，肯信有江梅。"

宋代的王安石，是一位在仕途和文学方面都颇为不凡的人物。他在官场上为人处世非常谨慎，但下笔写出的诗歌却恣肆汪洋，显得很是大气。且看他的《北陂杏花》："一陂春水绕花身，身影妖娆各占春。纵被春风吹作雪，绝胜南陌碾成尘。"

关于杏树的说法，也会谬论迭出。先是晚唐诗人薛能，居然把好端端的杏花，写成了借春机卖笑的娼妓："活色生香第一流，手中移得近青楼。谁知艳性终相负，乱向春风笑不休。"薛能的这首诗写得赤裸裸，读来让人生厌。

再后来，有一位叫吴融的诗人含蓄地写了一首杏花诗，算是为杏花正了名："一枝红杏出墙头，墙外行人正独愁。长得看来犹有恨，可堪逢处更难留。"吴融写了那首诗后，可能觉得仍不够，于是又写了一首杏花诗："粉薄红轻掩敛羞，花中占断得风流。软非因醉都无力，凝不成歌亦自愁。独照影时临水畔，最含情处出墙头。裴回尽日难成别，更待黄昏对酒楼。"与上一首相比，这一首更有味道。不过在今天看来，南宋叶绍翁的"春色满园关不住，一枝红杏出墙来"，应是仿写了吴融的"一枝红杏出墙头"，但叶绍翁的诗更富韵味，所以大多数后人都记住了"一枝红杏出墙来"，而吴融在晚唐时原创的"一枝红杏出墙头"，倒是被世人遗忘了。

除了杏花，杏树也曾遭受过不公。比如"风流树"一说，在今天仍让人不悦。明末清初的李渔，是著名文学家和戏曲家，但不知他出于何意，居然在《闲情偶记》一书中称"树性淫者，莫过于杏"。李渔不为杏树说好话，于是杏树便有了"风流树"的说法。也许不能怪李渔，因为给杏树泼脏水的事早已有之。在唐代的《羯鼓录》中，记载有一则"羯鼓催花"的事件。说是唐玄宗很喜欢羯鼓，一次游别殿时看见柳杏含苞欲放，他兴致马上高涨："对此景物岂得不为他判断之乎。"于是命令高力士将羯鼓抬了过来，对着柳杏自制了一曲《春光好》，然后一番敲击表演，那柳杏居然繁花竞放开来。他大喜，对宫人说："连柳杏都懂得报答我，天下难道还不应当唤我作老天爷吗？"

唐玄宗的过分夸张，本来是警钟，但是却无人警觉，就连李渔这样的大家，也跟着俗气了一回。

不过，始终有人为杏树和杏花写好诗，亦使人们认识到了杏树和杏花的美。南宋的范成大的诗常常出奇制胜,会像锥子一样把人扎疼。他写过好几首杏花诗,其中有一首这样写道:"红粉团枝一万重,当年独自费东风。若为报答春无赖,付与笙歌鼎沸中。"看看,范成大的这一句"若为报答春无赖",其意境是多么深邃,亦可让人看出他眼睛很毒,看一树杏花,会有与常人不一样的感慨。不是心中有千军万马之人,写不出这样的诗句。

小白杏

在新疆的库车大巴扎上,第一次见到那么多的杏子摆在路两旁。阳光照在上面,反射出五颜六色的光芒,把整个巴扎都映照得流光溢彩。库车的杏子很有名,据说品种近百种。每年的6月间,是杏子成熟的季节,人们从乡间把杏子运到城里来卖。运杏子的马车或毛驴车驶过,大路上便散出了一股甜甜的味道。出售杏子也就那么几天,由此库车每年都会迎来几天非常难得的甜美的日子。人们坐在街边,把杏子堆成小山,不吆喝,任凭你挑选,选中了哪种,尽拣个儿大、色泽好的给你。县里觉得杏子可以给库车带来荣誉,就搞了杏子节。据参加过该节的朋友讲,人们给自己的杏子起了好多很有诗意的名字;在杏子节上,人们还表演了许多有关杏子的节目。那几天,库车着实为杏子热闹了一番。

我没有去过库车的乡下,所以不知道这么多的杏子挂在枝头该是什么样的情景。但我能感觉到,当一个人从大漠中走出,钻入树木茂密、果实丰硕的杏林时，其长途跋涉的疲惫身心一定能够得到放松。沙漠千里大旱，杏林与它是一种强烈的对照，人就在这二者之间释然。

我们在街上慢慢走动，碰到好杏子就尝一尝。这样一路下来，牙根已有些发酸。但在一个老大爷的杏摊前，我们还是挪不开脚步了。他的杏子太好了，又大又红，拿起一个一尝，味道比一路尝过来的任何一家都好。没有讲价钱，我们每人买了一公斤。

与老大爷闲聊，得知有一个说法：库车小白杏，一颗一口蜜。此外还有一个说法，称库车小白杏为"白色蜂蜜"。说起小白杏，熟悉的人往往只说两个字，一个字是看，另一个字是吃。小白杏到了成熟期，看上去晶黄、透亮和糯腻，便疑惑那不是简单的果实，而是吸足日月精华的极品，让人捏在手中不忍下口，总是一遍遍轻抚。至于吃，则是将小白杏掰开，取出果核，然后用手指轻捏果肉，头稍仰丢入嘴里，轻轻咀嚼，便可尝出小白杏肉厚味浓、酸甜适口的美妙味道。小白杏的含糖量高，其甜密滋味，让食者一脸幸福。

新疆的杏子不胜枚举，仅南疆杏子就有四十多个品种，色有红黄，味有多样。库车小白杏，轮台大红杏，伽师鸡蛋杏，英吉沙色买提杏，喀什大白杏，和田金黄杏，叶城棋盘杏……其中，阿克苏吊干杏独树一帜。它原名野山杏，因为成熟不落、粘枝风干而俗称"吊干杏"。在阿克苏乌什县兵团第一师四团里，三万余亩[①]杏子进入成熟期。去果园品尝杏子是一大乐趣！

[①] 一亩约等于666.67平方米。

出小白杏的库车，在西域时是有名的龟兹，后来亦有屈支一名。《大唐西域记》记载："屈支国东西千余里，南北六百余里……出蒲萄、石榴，多梨、柰、桃、杏……"其时的龟兹人，家家门前有杏树，有"杏花龟兹"的美称。

龟兹物丰，多矿产、水果和庄稼，是当时的富庶之地。但龟兹人严厉节烹，日常仅用三种净肉，余不多食。龟兹人最有趣的是装扮头部，平民头均剪短发，戴巾帻冠冕，国王因王室家族基因导致头大，加之谋略很少，多露笨拙憨态。刚出生的小孩，要用木板箍扎头部，慢慢将头夹得扁薄。《大唐西域记》对此专门记了一笔："其俗生子以木押头，欲其匾匮也。"为何有那般风俗？解释有二。其一，龟兹贵族多头扁，头扁一时成为象征，百姓纷纷把头夹扁，效仿贵族。其二，龟兹壁画中有扁头比丘、护法等，信佛的龟兹人遂心向往之，让孩子以苦役方式追随。

库车的小白杏之所以好吃，原因之一是受到了雪水浇灌。有一次，与朋友说起雪水的好处，他说天山是悬在天上的"水库"，其脚下的绿洲，无一不得其益处。单就小白杏而言，确是最大的受益者。库车一带的水渠中，流淌的多是雪水。小白杏受其浇灌，味道甘甜，果肉脆爽，外人一吃连声惊讶，库车人真是有福，有这么甜的杏子可吃。库车人见惯不惊，年年只吃本地小白杏，甜在心里，亦甜出了从容和高贵的气质，从不对外地的杏子指手画脚。

说到雪水的好处，康熙在《御制文》一书中曾写有一篇《哈密引雪山水灌田》，说哈密二百多人受命南下居于杭州，康熙担心他们不能耐热，后来他获知无一人生病，询问原因，才知道哈密之热比杭州还甚。哈密人每到盛夏便借雪水解暑，有那样的解炎暑经历,到了杭州便不在话下。

每到6月,库车果园的杏树都挂满熟透的小白杏,但人们不急于去摘,而是聚于杏树下仰望树上的小白杏,没有人走动,亦不出声。这是只有在库车才可见到的庄严时刻,亦是人们与小白杏之间的神圣仪式。原来,人们要等到有一颗小白杏啪嗒一声掉下,才开始采摘。如果没有一颗小白杏掉下,人们便纹丝不动。

有一年,人们眼见一颗小白杏在枝头晃荡,却不落下。无数双眼睛盯着它,但是哪怕再急也拽不得,只能等它自己落下。那啪嗒落下的声音,是杏子顺应天地力量,对人类发出的号令。终于,一阵风刮来,那颗小白杏牵着众人目光落到地上。那园子的主人颇为庄重地将那颗小白杏捡起,当场吃掉。吃完后把杏核留了下来。他的这一举动亦有说法,种下第一颗小白杏的杏核,长出的杏树会结出更甜的小白杏。

小白杏上市期仅有一月左右,早了青涩难咽,晚了塌软发酸,所以在每年6月间,库车人每天都吃小白杏,尤其是餐后吃几颗小白杏,喝一碗罗布麻茶,成为人们多年不变的习惯。库车人为此总结出一句话:六月里,小白杏是黄的,人的嘴是甜的。

十余年前,第一次在库车吃小白杏,见大的宛若鸡蛋,小的形似荔枝,每一颗都将白、黄、红三色融为一体,看上去颇为诱人。我挑一颗浅咬一小口,用舌尖轻轻一品,便满口汁液和甜味,咽下后觉得浓汁入肺腑,润五脏,令人满心欣喜。园子主人正在树上摘小白杏,见有人来便跳了下来,把一篮子小白杏递了过来说:吃吧!这是最有名的阿克其米西,甜得很!我们一行中有女士,他便说:女人吃了阿克其米西,能把一张脸都变甜,吸引得所有帅哥都围着你打转呢！他的小白杏好吃，放入口中轻轻一咬，便满口汁液。朋友吃完一颗小白杏后，嘴一张吐出了杏核。园子主人手一伸接住杏核，笑着说杏核不要浪费，里面的杏仁也很好吃。他把那颗杏核放在石头上，用另一块石头轻轻一敲，一粒杏仁便露了出来。他让我品尝，我一咬杏仁，口感清脆，有一股近似花生的味道，但又多了一分淡淡的甜醇。

南疆人喜欢的杏干水，亦与小白杏有关。人们把小白杏洗干净，加以葡萄干、鹰枣、酸梅、山楂片、桃皮、冰糖等，放在锅中加水熬一小时，起锅冷却后，有清凉、略酸、微甜的口感。以前做杏干水，须当天喝完，过夜就坏了，现在有了冰箱，可冷藏起来慢慢喝。到了盛夏，人们又喝冰镇杏干汤，即把小白杏晒干，不切碎，连核放入锅里熬出汤汁，加以冬天贮藏的冰块，其凉爽之感让人忍不住叫好。冰镇杏干汤有消暑、解渴、降火、开胃、美容、祛腹胀、通便之效。

我十余年前在库车大巴扎上喝过一次冰镇杏干汤。当时天热，我一口气便喝了一杯。守摊的姑娘诧异地看看我，一问才知道喝冰镇杏干汤的同时，要搭配吃酸枣和光桃，那样才味正。我笑笑，只能期待下次按正统方法享用了。

小白杏也可用于做饭。南疆每年四五月间，人们把未熟的小白杏采回，放入汤饭中，美其名曰青杏子汤饭。青杏子汤饭是难得的季节性美食，浸入汤中的酸味，也就这几个月有，所以人们在这个季节便不用醋，只享受青杏子略酸的味道。

小白杏亦有趣事。有一年5月突降大雪，把满树杏子打得摇摇欲坠，人们担心其难以成熟，一年将没有收成。几日后雪霁，人们见杏子并未受损，便暗自希望其味道亦不要受影响。挨到

6月,第一颗掉下的小白杏仍然透亮,一尝仍然像以往一样绵甜清爽,馥郁细腻。人们于是便感谢那场大雪,说它和天山雪水一样对人有恩。

另有一人,某一日突然不说话了,问医吃药均不见效。一位老者听得院中的杏树掉下第一颗小白杏,便让那人吃了那颗小白杏。少顷,那人脸上浮出扭结的神情,待平静下来,复又开口说话。

榆　树

神鬼栖息的树

　　大风吹刮着树,将树枝猛烈掠起,在空中闪出一团幻影,然后又猛地落下,似乎又要向地面压下一团幻影。这时候的风犹如一只大手,在紧紧抓着大树,不疯狂肆虐一番便不会罢休。树就那样被折磨着,哪怕被刮歪,乃至于折断,都一直在默默忍受。植物中有不少看上去并不出众、始终沉默寡言的树木。它们不会出现在庭院或城镇,亦不会在季节更替中,展示出吸引人眼球的枝叶或花朵。它们长久被人们遗忘,却固守一地,就像凝视着黑暗中的光明,享受着寒冷中的炙热。

　　榆树就是这样的树。

　　北方多有榆树,南方多有榉树,于是就有了"北榆南榉"的说法。

　　还有一个说法,自从有了家具,榆树便是首选的材料。家具最大的作用,是让人类依赖器物开始新生活,而榆树在其中可谓功不可没。

西北地区和北方地区,都长有榆树。榆树喜光、耐寒、耐瘠薄,不择土壤,于是树干便长得通直,树形亦长得颇为高大。夏季是诸多植物在一年中的黄金时期,它们或绽开花朵,或绿树成荫。这时候的榆树虽然也一身绿叶,但它们在暗自进行着一场不为人知的生长——在地下迅速发根。夏季的强光照让榆树获得了新陈代谢的大好时机,它们在一个夏天便使根长得粗壮,牢牢地矗立在大地上。

榆树是古老的树种,因此便附带着浓厚的文化色彩。比如,古人因为用榆木生出了火,就将榆树作为火崇拜。《纲鉴易知录》卷一有一段记载,说四季变更取火的木材中,榆木是最常用的一种:"以为燧者,火之所生也。乃别五木(五木:春取榆柳之火,夏取枣杏之火,秋取柞栖之火,冬取檀槐之火)以改火,顺四时而遂天之意,由是火之功用洽矣。"

古人之所以崇拜火,是因为火给他们的生命带来了希望,于是火在他们内心便是高于一切的神的力量。草原上的蒙古族人举行祭火仪式时,则直接把榆木作为火神。他们围着火堆欢呼:"榆树为命,石头为母。"每年夏天,蒙古族苏尼特人都要祭祀榆树。他们在榆树前用石头摆出台阶,将各种祭品供放在上面,然后在树杈上挂上哈达、驼缰和马嚼子,并向榆树敬献白酒和鲜奶,以期望自己像榆树一样健康,草原上的畜牧像榆树枝杈一样繁茂。他们还常用哈达、剪纸和彩带装饰榆树,并把那种仪式称为"扎拉玛",意思是敬请守护神快快降临。

北方的游牧民族对榆树的禁忌,与古代的萨满有关。在当时,萨满死后会被挂葬在繁茂的大榆树上,所以人们认为逝者的灵魂会附存在榆树上，从不砍伐榆树，不在榆树下大小便，不在榆树下睡觉，不用榆木当房梁，等等。蒙古族人还认为，成吉思汗不死的灵魂也附存于榆树上，祭拜榆树也就等于祭祀成吉思汗。

榆树是古代社树的象征，社树在当时被称为"社神"。《礼记·郊特牲》中有这样的一段记载："社，所以神地之道也。"可见"社神"是古代的一位重要神祇。久远年代的人们要敬社神，有人看见一棵榆树长得郁郁葱葱，而且当地最多的树木就是榆树，便觉得榆树可给人带来兴旺，于是就嘴里念念有词，把榆树视为神灵附居的树。榆树因此成为社神，并广为流传成一种文化象征。

后来，榆树又被人们视为神树。古代的建木、扶桑和若木，是当时人们崇拜的三大神树。《幽明录》载："虞晚家有皂荚树，有神，隔路有大榆树。古传曰：是雌雄。"可见榆树在很早就被人们视为神树。《修真录》则记载了一件有关榆树的趣事："昔有女仙喜食众草，日夜恒不卧。一日食一树叶，酣卧不欲觉，殊愉快，因名其树曰'愉'。后人改心从木，即今榆树也。后女仙绕宫门种之，时与族雪道君会于下，使金童讲《镠虹宝典》。"

在西部的一些地方，榆树又被称为"鬼树"。鬼树的说法，源于从古代沿袭至今的一种观念。当时的人们发现，榆树长得颇为高大，把去世的亲人埋葬在榆树下，在日后祭祀时便于辨别方向或位置，所以榆树下多安葬死者。时间长了，榆树的根须穿透棺材而长，露出阴森恐怖的几截，所以古人认为榆树是鬼树。

与鬼树之说相关的榆树、桑树、柳树和杨树，并称为"四大鬼树"。其实，相信树上有神或鬼，主要是文化心理和观念所致。西部的民间流传一句民谣："前不栽桑，后不栽柳，院中不栽鬼拍手。"关于桑树、柳树和杨树是鬼树的说法根深蒂固。"前不栽桑"，是因为桑树的"桑"字与"丧"同音，如果门口长着一棵桑树，便总觉得不吉利。"后不栽柳"，是因为民间办丧事时，用的"丧棍子"是柳木做的，而且其他丧事用品也多用柳木，人们因此亦觉得不吉利，便不在后院栽柳树。"院中不栽鬼拍手"中的鬼拍手，指的则是"杨树"。杨树上的叶片长得密实，而且硕大，风一吹便发出声响，尤其是晚上很像诡异的拍手声，故得此名。如果在院中栽了杨树，晚上听着那诡异的"拍手声"怎能睡好，所以才有了"院中不栽鬼拍手"的说法。

更多的人仍以平常心态对待榆树，无论神乎鬼乎，听之一笑便也就过去了。虽然榆木历来有"榆木疙瘩"之称，而且其木质不通达清晰，常常让人难砍难伐；但是榆树是城市绿化、行道树、庭荫树、工厂绿化、营造防护林的重要树种，在干瘠、严寒之地常呈灌木状，发挥着绿篱一样的作用。榆树又因为其老茎残根还可以萌芽，所以常常又被人们从野外掘取回家，制作成观赏性很高的盆景。

春天来了，人们采来榆树芽，用于做榆钱饼吃。榆钱是因为榆树芽的外形圆薄很像铜钱，故而得名，同时它又是"余钱"的谐音，寓意吃了榆钱会有"余钱"。中国人讲究一世荫德，所以古人说"树之能为荫者，非槐即榆"。明朝的刘侗在《帝京景物略》中记载了当时流行的榆钱糕："是月，榆初钱，面和糖蒸食之，曰榆钱糕。"

至此，榆树又为人类奉献了食物。

在风中站立

一场风刮了起来。风在新疆往往只是打前站的，它后面一定会有飞沙！果然不久，飞沙刮了过来，一会儿快，一会儿慢，像是要对大地万物疯狂肆虐一番。我们的车子拼命往前赶，好不容易冲出风沙，但是没有走多远，很快又被裹了进去。如此折腾几番，司机有一种被戏弄的感觉，索性放慢速度。这时候，风沙却停了。

我们哭笑不得。

大家在车上说起从伊犁城区去昭苏的路上，在某一山谷路中央，多年矗立一棵大树，司机远远看见便靠边行驶，倒也无事。起初修路时，本欲砍那树，但其树身坚硬，久砍不断；又去挖根，仍深深盘结无法挖断。人们疑惑有神佑之，遂将那树留了下来。时间久了，那树被视为神树，枝上常系有经幡。司机开车从树旁驶过，心里觉得吉祥。

快到名胜古迹千佛洞了，却因修路不得不走便道。车在沙土中前行，有风再起，尘土便涌到车前，撒开一片土雾。好不容易冲出尘雾，从倒车镜中发现车后有一条"土龙"紧追不舍。后来，风沙慢慢小了，土龙悄无声息地消失。突然，前方出现一片绿色。呵，风沙散去后见到的绿色真让人心悦。稍近一看，是一棵大榆树。这棵榆树可真是不易，四周一片苍凉，唯有它独立而生。人们为了保护它，在它周围用土坯围了一圈。车子驰近，见一匹骆驼在树下卧着,大榆树投下一片绿荫,给它提供了一个安逸的休息之地。走远了回头一看,旷野独树和树下卧着骆驼,这些都是新疆独有的风景。

　　车子走了不远便被人拦住,因为前方修路,不让我们过去。我们只好往回走。大家在车上讲起千佛洞的来历。吐鲁番最早的宗教是佛教,千佛洞在唐、五代、宋、元等朝代的七个多世纪中,一直是这个地区的佛教中心。随着印度凿窟造像技术传入,绘画、雕塑等艺术形式,由西向东发展,千佛洞正是这种艺术发展过程中的产物。从魏晋南北朝到元代,吐鲁番修建了很多佛教寺院和石窟。交河、高昌的大旨殿,柏孜克里克、吐峪沟千佛洞都是这一历史时期建造的,足见当时佛教的辉煌。吐鲁番千佛洞的历史,比起敦煌、云冈石窟要早一些。最早的壁画大概是3世纪的,最晚也到元代,洞窟以隋唐时候最多。令人遗憾的是,自近代以来,壁画屡遭"国际友人"的恶意光顾和风沙侵袭,现如今已满目疮痍,不见千佛,几乎洞洞空洞。

　　一场更大的风沙袭来,车子不得不放慢速度。天地间已被风沙占据,光线暗淡了许多。想想在这样的天气里,千佛洞里的壁画能不斑驳脱落吗?在新疆,能有什么可以抵挡住风沙的侵蚀呢?车内有从内地来的朋友,终于知道了什么叫飞沙走石。这样的遭遇对生活在西南的他们来说倒是别样的体验。

　　车子迎着风沙又驰骋到那棵大榆树跟前,我看见树叶被风沙吹打着在纷纷飘落。此时的能见度只有两三米,我费了很大劲儿才看见之前在树下卧着的骆驼。令我吃惊的是,刚才卧着的它在更大的风沙中没有躲避,居然站了起来,像一座山一样。我突然明白,骆驼在风沙刮过来时,会迎身而起。走远后从后视镜中看见，车后的那棵大榆树高出了仍在肆虐的风沙，其高大的树冠像一个伟岸的人一样，正在俯视着大地。

我们在中午时分抵达了达坂城。不一会儿便起风了，大家都觉得这风刮不大，吃过午饭便又出门了。

走到街上，突然奇怪地发现，街上空无一人，所有的人家都关上了门，好像一场灾难就要来临。我想，是不是达坂城的风与别处的风不一样，一有风的消息，人们便关上门再也不出来。这个念头刚在脑子里一闪，就听得身后呼的一声怪响，一股猛烈的力量拍击到我身上。我心中暗惊，坏了，遇上大风了。

阿珑是聪明女子，她大喝一声："大家手拉手，千万不要分散。"于是大家手拉着手，顺着风向一座小房子靠近。小房子的门半开着，被大风一吹，便发出咣咣的声响。也就是这种声响，提醒我们应该到小房子里面去。几个人吃力地靠近小房子，一头钻了进去。待把门关上，才发现仅仅在外几分钟，大家已变得灰头土脸，像从土里冒出来的一样。小房子有一个玻璃窗，大家顾不得拍打身上的尘土，都到窗前看外面的风沙。屋外一片迷蒙，风沙正大，打在窗玻璃上发出叮叮当当的声响。

我朝外面看了一会儿，惊异地发现，在这么短的时间内，大风沙已使达坂城改变了模样。密集的风沙像是从大漠上泼洒了过来，在低处打着转，似乎只要找到可蹂躏的缝隙，便会一拥而入。风沙让能见度骤降，三四米之外一片模糊，被风刮过的榆树和墙壁早已没有了颜色，但密集的风沙一再扑上来，不停地击打出很大的声响。

达坂城是有名的风城，虽然比不上巴尔鲁克山的"老风口"，但从那天的阵势看，也够吓人的。风沙无影，但人们还是总结出了对付风沙的方法，比如：在大风沙里，千万不要躲在低处，那样会被风沙淹没；与此相反的是，你只要趴在沙丘或高一点的物体上，准保你没事；遇到大风沙时抱住大树也是可行的办法，大树根深，就算地上所有的东西被刮跑，大树仍然会岿然不动。

大家在窗前看得无聊，正准备离去，突然看见一株小榆树被风沙吹得弯下了腰。它被吹弯的速度很快，但快要着地时，却像是被什么弹了一下似的又弯了回来。但风沙像一双无形的大手一样，很快又扼住了它，将它再次吹弯。与被风沙打出巨大声响的杨树不同，这棵小榆树像勇敢的孩子，对大风做着不屈的反抗。

突然，一团黑影扑了下来。是一只麻雀，准确无误地落在小榆树上。小榆树因为承受了这只麻雀的重量，左右摇晃的程度下降，但仍然在下弯。麻雀用双爪紧紧抓着树干，一股股扬起的沙石打来，它埋下头，但仍然紧紧抓着树干。大家屏声静气看着这一幕，与风沙拍打出的声响相比，这一幕更让人吃惊。

大风沙刮了一个多小时后才停住。在这一个多小时里，谁也没有说一句话，只是用双眼紧盯着小榆树上的麻雀。大家走出房门时，麻雀唰的一声飞走了，小榆树终于站直了身子。大家无比惊异地发现，小榆树上的枝叶间有一个麻雀巢，麻雀在风沙里用身体保护着的，就是它。

远方的树

我们的车子像海浪中的小船，颠簸在将军戈壁。我们将去乌龙布拉格，寻找张副主任所说的"北塔山的元老"。路是"搓板"路，道道沙栏排列开。车子在上面驰过时，颠得上下起伏，坐在车里的人被颠得一阵生疼。

瞄了一眼后视镜，我们看见拖在车后的长长的黑灰色沙尘，像一股波涛汹涌的浊浪，滚滚相随。速度稍一迟滞，车辆便随之被吞没。

将军戈壁自古以来在军事和文化方面都很出名。据说，曾有一位将军率部至此，"因水绝，兵将俱殒"，使戈壁得名。此外，还有许多诗人都到过此地，并留下著名诗句。比如民国时期无名诗人留下了《宿将军戈壁》："银风凄凄明月光，马叫驼鸣悲断肠。沙漠原为无人地，只留将士在此忙。"这昔日英雄"弯弓射大雕"的古战场，沙海无垠，黑褐色砾石斑斑驳驳铺满地表，一副地老天荒的模样。虽然已是6月，却见不到一点绿色，只有一柱黑色的旋风在戈壁腹地升起，顶天立地，呼啸着愈来愈近。

突然，眼睛一亮，前面出现了一棵大榆树。张副主任说："你们前几天听说的'一棵树'就是它。"我们竟怀疑自己的眼睛，待车子开近，才看清那确实是一棵榆树。它枝干如铁，牢牢地把根系扎进乱石缝里，显示着生命的顽强。枝条上挂着不同颜色的经幡，还有几张纸钱被绑在上面，一看就知道，人们对它顶礼膜拜。

在荒芜的戈壁上，它抖动着枝条，分外醒目，也分外妖娆。树下有一眼泉，泉水清澈明净。有人向泉中投入了硬币，在阳光的照射下，泉水熠熠生辉。树旁立一块碑，上面写着"戈壁圣迹一棵树"。

在这只有沙子、蜿蜒千里、连绵不绝的戈壁上，一棵榆树的出现，让人觉得它格外坚强。还有树下的这眼泉，与苍凉辽阔的戈壁相比，就显得特别亲切。

一棵榆树与沙漠之相衬，就如同边防军人与北塔山的关系；一眼泉在戈壁中的那份象征，也一如战士之于边防。

张副主任介绍说："从1988年开始，到口岸做生意的人多了。他们看到了这棵树，又看到了边防连的战士，觉得此树的状态如边防军人。这样，神迹和现实生活才有了联系。后来，我们团的马政委想：能不能把这儿搞整齐一点，着重保护一下，让这种传统持续传下去？因此，他便组织人员选购花岗石制成碑。他又亲自撰写了碑文，刻在上面，然后把碑运上山立在了这里。"

我们走到石碑前，细看碑文：

一棵树，60年代戍边军人栽。30年来，过往行人在旁几多种植，均无成活，唯独此树傲立荒漠、伟岸挺拔，虽经沧桑风雨，仍根深叶茂，宛如战士戍边守卡，人称神树。树下一泉，无论严寒酷暑，不溢不涸。近旁处多有行人挖掘，亦难觅有泉，唯有此泉流，犹如卫士青春永驻，谓之圣泉。树枝繁叶茂，泉清澈甘润，过往军民行此纳凉小憩之时，无不肃然起敬，纷纷将钱币投入泉中、悬缠树枝，以示吉祥，以表对边防军人之爱戴。仰北塔山远止，缅前辈之业绩，吾辈特刊此碑，以示纪念。愿祖国边关似此树此泉万古长青!

不远处的另一个边防连，也有一棵榆树，给我留下深刻印象。

那里的自然条件更差。那天，我们一下车，就感到一股热浪扑面而来。在连队周围看看，刚转了一半，衣服就被汗水湿透了。副连长刘峰用手指刮了一下鼻尖的汗珠说："咱们的这个地方，热死人哩。中午睡觉会出很多汗，起床以后，床上有一个湿湿的人印子。"

看到连队院子里的一棵榆树向北歪长着，问是什么原因造成的。刘峰说："风刮的。这地方每年一开春就开始刮大风，一直刮到年底。风最大的时候，人在院子里别想走动一步；还有沙子，被风刮来打在脸上，生疼生疼的。由于风大，我们这儿的树要比别的地方发芽晚。你看，现在已经6月了，树叶才长齐。"我仔细一看，果然那些树刚展露出嫩绿的枝叶，而那棵榆树稍高大一些，还不见绿意。

这棵树与一匹马之间发生过很有意思的事。以前淖毛湖交通不便，拉水拉菜都用畜力车，长期担负这一任务的是一匹马。它对拉水的路途极为熟悉，长期以来任劳任怨。它每次拉回的水，都要用一些去浇那棵榆树。它虽然被风吹刮长歪了，但战士们觉得它像边防连的战士一样，身上附带着明显的环境印记。后来，连队有了自来水，不再用那匹马去拉水了，它就闲了下来。战士们用自来水浇那棵榆树，它发现后怪异地嘶鸣几声，用蹄子踢得地上飞起尘土。

后来的一天刮了一场几十年不遇的大风,战士们在房子里等着,突然看见那匹马卧在那棵榆树跟前,用自己的身躯挡着榆树。战士们在那一刻流下了泪水,他们知道它也在惦记那棵榆树,才做出了那样的举动。

再后来,它要被运送到别的地方去,以后再也不会回来。战士们仍然用原有的方法喂养它。只是,这次大家都变得很平静。他们幻想那匹马在以后一年能回来一次,他们相信它惦念着连队,一定会回来看望那棵榆树。它离开时,战士们趴在窗户跟前,看见它带着依依不舍的神态,一步一回头,眼里含着泪水。在最后扭头而去时,泪水唰地从眼眶里流了下来。那天,战士的心里也酸酸的,忍不住想哭。

一年过去了。一天早上,战士们还没有起床,突然听见院外传来几声马的嘶鸣,像是在晨光里向战士们诉说着什么。大家一听那几声嘶鸣,就知道是那匹马回来了。他们赶紧起床跑到院子外,却什么也没有。他们断定那匹马一定回来过,只不过在离去时忍不住嘶鸣了几声。

战士们无意一瞥间,看见那棵榆树底下有一个印子。他们这才知道,那匹马在榆树下卧了一晚上。

玫 瑰

遥远的鲜艳

在众多开花植物中,只有玫瑰可以建立起一座灵魂宫殿。这是一座由绝艳和浓香搭建而起,飘浮在华丽香气和艳美色光中的建筑,在风雨中岿然不动,并且一尘不染。它容纳俗世间的精神向往,也寄托灵魂的顾影自怜。无论是谁,面对一朵玫瑰,都会从它的形状与色彩、性感与魂魄的完美结合,感受到它纯洁和高贵的品质。玫瑰因此被赋予荣誉,接近人类的心灵,并承载人类的文化,比如爱情、殉情、忠贞、宗教、神话……数不胜数。

玫瑰虽美,但枝干上却多刺,所以有"刺玫花"之称。白居易在《草词毕遇芍药初开》中写道:"玫瑰刺绕枝。"白居易写到玫瑰的只有这一句,而且强调其刺之多,已到了满枝遍布的地步。白居易是大家,但写玫瑰的这句诗没有多少诗意,所以多少年来仅是被人们用来证明玫瑰多刺,似乎已不是诗。

一朵玫瑰在绽开的那一刻,呈现了与人世的关联,亦会生发不少有趣的事情。诗人里尔克曾为玫瑰写过不少诗歌。里尔克出生在布拉格，是20世纪声誉最高的德语诗人，《献给奥尔甫斯的十四行诗》《杜依诺哀歌》《果园》等是他的代表作，在世界诗歌领域有很高的地位。钟爱玫瑰并为玫瑰写下诗歌的诗人很多，但是要说最喜欢玫瑰的诗人，非里尔克莫属。他一生中写过多首与玫瑰有关的诗歌，比如"此刻你面前是一盆玫瑰/令人难以忘怀，充满了/无法企及的存在与承诺/比赠予更高的赠予，那呈现/或许是我们，我们的完美"。里尔克最后的生命，也因玫瑰的浓艳色彩和迷幻气息而终结。一天，一位埃及美人要来拜访里尔克，他决定盛情接待，并且以浪漫的形式与那位美人交谈和饮酒。为此，他亲自到花园里采摘最漂亮的玫瑰，不慎被一根玫瑰花刺扎破了手。那位埃及美人让诗人神魂颠倒，他简单包扎了一下就去迎接。之后，他仍没有把受伤的事放在心上，于是，伤口感染发炎，以至于扩散并腐烂到两条胳膊上，导致他的双臂瘫痪。诗人的命途多舛，那么一个小小的伤口，导致他火症恶化，最终到了无法医治的地步。然而，诗人有巨大的精神世界。虽然他因玫瑰而受罪，且生命垂危，他却不因玫瑰而痛苦，且从未服一粒止痛药。似乎因玫瑰而伤，因玫瑰而痛，因玫瑰而死，都是倾情的最好方式。当里尔克终于看见死神向他走来时，他用最后的力气做了一件与玫瑰有关的事。他选出自己有关玫瑰的诗句中的一首，叮嘱人们在他死后将其作为墓志铭："玫瑰，纯粹的矛盾/喜悦是无人的睡眠/在那众多的眼帘下。"

玫瑰花艳，有浓郁的香味。不少中国古籍介绍玫瑰时，都要提及玫瑰露，因其最早出自阿拉伯，故又有"大食水"一说。在当时，阿拉伯人每天早上起来，会在耳轮处滴上一滴"大食水"，"则口眼耳鼻皆有香气，终日不散"。唐朝的柳宗元和韩愈是挚友。柳宗元对韩愈的才华敬仰至极，每收到韩愈的诗文，必先用玫瑰露净手，然后正襟危坐阅读。欧阳修在《新五代史》中有述：将来自西域的玫瑰露洒在衣服上，直至衣服穿破，那香气却仍然还在。《长物志》一书中，记载人们将玫瑰花做成香囊，挂在身上香味长久馥郁。人们在当时又将玫瑰称为"徘徊花"，意思是说玫瑰的香气一经散开，便可弥漫到周围的每一个角落。

今日西部的每一个地方都有玫瑰，大我鲜艳浓郁，人们提起玫瑰都是差不多的话题。所以在此，我只提新疆和田的玫瑰。在我看来，因为和田遥远而又神秘，所以和田玫瑰是一种遥远的鲜艳，而且有一种孤独中的自足。

送你一枝玫瑰花

今天的和田，是有香气的地方。诗人鲁提菲在一首诗中写道："香獐子窃取你的芬芳，在于阗酿成麝香。"在和田民歌中亦有："向左飞过一株玫瑰，向右飞过一株玫瑰，夜莺在两株玫瑰花中开始歌唱……"每年玫瑰花开，香飘十里，和田人都神清气爽。闻着花香过日子，除了和田，在别处是体验不到的。

和田出玫瑰，关于玫瑰的趣事也多。新疆人谈及玫瑰，多以"和田玫瑰"一言概之，不知情者以为新疆仅和田一地产玫瑰。其实不然，南北疆均多有玫瑰，只因和田玫瑰品质最佳，人们便不停地夸奖。和田有一个说法：有人的地方就有巴扎，有巴扎的地方就有玫瑰。和田人说的有玫瑰的巴扎，除了正常卖玫瑰的巴扎外，还特指伊里其乡的玫瑰巴扎。那是一个只卖玫瑰的巴扎，有鲜玫瑰、干玫瑰、玫瑰花饰等玫瑰产品。人们在一大早就将玫瑰运入巴扎，于是在清晨的清爽空气里，弥漫开浓烈的花香，让走近的人心旷神怡。

和田玫瑰属于大马士革玫瑰，重瓣，圆花头，花朵粉艳，所以又叫"粉玫瑰"。和田因为地处塔克拉玛干沙漠中，所以多有微碱性土、富含腐殖质土、排水良好的中性土和微酸性轻壤土，天然适合耐寒、耐旱、抗病力强、抗污染和对土壤要求不严的玫瑰生长，这就是和田盛产玫瑰的原因。因为有和田这样的大地庇荫，玫瑰在这里花期长，花朵大，出油率高，让自己艳丽夺目的同时，给和田也裹上了一层浪漫色彩。

从西域的于阗到今天的和田，玫瑰在该地已种植有两千多年。从某种程度上而言，玫瑰可称为半部和田史。和田玫瑰之所以好，是因为被昆仑山雪水浇灌，日照时间长，加之又生长在没有污染的沙漠中，品质极为独特。以前，和田人喜欢在房前屋后栽培玫瑰花，待鲜花绽开便香溢庭院内外，享受着别处的人难以享受到的观赏之福。现在，和田人则大面积种植玫瑰。往往在沙漠中会出现一大片红色，走近才会发现是玫瑰花田。人们为此常常说，在和田走到种玫瑰花的地方，眼睛和鼻子便一起享福。

玫瑰有香味，人人皆知。但和田玫瑰的香，却香出了不少奇事。有一事与和田的玫瑰花茶有关。多年前，有一个和田人一边喝茶，一边分拣玫瑰花。他不知一朵玫瑰花掉入茶碗，等他端起茶碗喝下一口，惊异于那茶为何变得那么好喝。待低头往碗里一看，才发觉那朵玫瑰花已被泡了许久，才知那好喝的茶，与那朵玫瑰花有关。

人们自那时起，便开始喝玫瑰花茶。玫瑰花茶味道清香，饮之口感清冽，有一股花香的醇香。喝玫瑰花茶，会比喝别的茶多一种体验，即玫瑰花在茶汤中会慢慢被浸泡开，将卷曲的瓣舒展开来，呈现出原有的艳红之色。喝茶的人在这时大多会细细端详玫瑰花的变化，好像一朵玫瑰花复活，在茶碗中又绽开了一次。

另一事，有一人患病多日不见好，有一天他女儿将地里的玫瑰花采回，准备在屋中放一晚，第二天拿到巴扎上去卖。那人昏睡到半夜，被一股异香熏醒。他知道是玫瑰花香在屋中弥漫，但他无力爬起，便那样闻着玫瑰花花香。后来他又入梦，到了第二天早晨，居然能下床了。

行走的香气

玫瑰花虽然好看，但是和田有那么多玫瑰，仅仅用于观赏，岂不是太浪费？

其实，玫瑰花除了观赏外，还有很多用途。比如，制作成香精、果酱、花露水，用于做中药及泡茶、泡酒、熏茶、蜜饯、晒干制作点心等。所以，玫瑰花成熟后，便迎来了一场冶炼和炮制的赴美之旅。玫瑰生长于贫瘠之地，种植它们的亦为农民之手，但它们的花朵中却蕴含着高贵，因为从中提取出的高级香料玫瑰油比黄金还要昂贵，所以玫瑰又有"金花"之称。

每年5月,和田玫瑰绽开,把大地覆盖成一片鲜红,亦在空气中弥漫着浓烈的香味。这时的玫瑰颜色和味道,和田人已习以为常。他们精心准备采摘器具,因为玫瑰迎来了采摘的日子。采摘的第一天,人们会先在地头跳一场麦西来甫舞,其中的少女身穿艳丽的艾德莱斯绸裙子,翩翩舞动起来像玫瑰花一样好看。跳完舞,人们便进入玫瑰花田,将玫瑰花朵采摘下来,成箱成袋运入加工地点。

带露的玫瑰花最好,所以采摘后必须尽快运载,如果耽误了时间,花朵会枯蔫,香味也会淡很多,最主要的是那鲜艳的颜色也会消退。为此,人们会遵行一套严格的采摘程序:将玫瑰花摘下后放入柳条筐中,不挤压,亦不堆放,递给身后专门端筐的人,迅速端到马路上的车中。如果装满一车,便马上运送进城。

有一年,和田玫瑰大丰收,运载入城时交通受阻,车子被堵成了一条长龙。玫瑰花香从车上弥漫开去,让那条被堵死的马路变得浓香起来。天热,酷烈的阳光照在车内的玫瑰花上,反射出一片赏心悦目的光彩。但这时谁也无暇欣赏这美好的情景,如果车在路上被堵的时间太久,此时的玫瑰花香和色彩就是最后的辉煌。他们不忍心让玫瑰花滑入黑暗深渊,于是便四处打电话求救,渴望把玫瑰花尽快运送进城。

消息传到一位和田领导耳中,他意识到这是一次关乎和田玫瑰命运的挑战。他想了一会儿,立即下令沿途开绿色通道,让运载玫瑰的车辆先行。

当时运载玫瑰的除汽车外,还有马车和毛驴车。一时玫瑰花香弥漫和田大街,不失为奇特景观。

尽管开了绿色通道,仍然用了半天时间才运载完毕。那半天的和田城属于玫瑰，其色彩一片绚丽，芳香溢向四方。人们纷纷出门观看，犹如迎来了一个与玫瑰有关的节日。又一年采摘玫瑰时，天气酷热难当，无法保障玫瑰在运载中保鲜。仍是那位领导殚精竭虑，让水车在沿途洒水，使空气中保持一定的水分，然后让拉运玫瑰花的车子上路，避免了玫瑰发蔫。有一辆车在喷水时出了故障，司机下车拧开水龙头，双手抱着水管子让水洒到路面上。最后一辆运载玫瑰花的车子经过他身边时，车上的人抓起几枝玫瑰花，递到了他手里。

还有一个人，在下午用驴车拉了一车玫瑰花回家。他喜欢喝玫瑰花茶，打算把那些玫瑰花晒干后制作成花茶，用于泡水喝。那天上午的全城为玫瑰花让路的气氛，让所有人闻到花香、看见运花车就马上避让，绝不耽误一分一秒。这一美德也延续到了乡村。那人的驴车刚进村，人们便闻到了玫瑰花香，接着又看见一车玫瑰花在夕阳下泛出耀眼的色彩，于是便早早地给那人的驴车让路，让他顺利把驴车赶进了院子。当年，那人给村里的每户人家送了一瓶玫瑰花茶。他说：大地给了我玫瑰花，你们给我帮了忙，我以一瓶玫瑰花茶作为答谢。

吃玫瑰

如今在和田有一说法，玫瑰有三种作用——看、闻、吃。和田的玫瑰多散种于玉米地、棉花地、麦地和菜地之间，在外面随便走走，便可见到鲜艳的玫瑰花。和田人种玫瑰的传统由来已久，每家少则一两亩，多则十余亩，整个和田种玫瑰的总数近十万亩。每到花季，那玫瑰花田竞相绽放，把大地"涂抹"得绚烂浓烈。于是，人们说和田是"彩色的绿洲"。在和田，看玫瑰是一种习惯，人们每每下地必先看一会儿玫瑰，然后才开始干活。于是，便有了一句像谚语一样的话：没有田间地头不种玫瑰花，没有人不闻玫瑰花。下午干完活返回时，人们照例又要看一会儿玫瑰花。此时，夕阳一片金黄，有明亮的光芒照在玫瑰花上，整个玫瑰花田显得更红，亦更加艳丽。

闻玫瑰是和田人的一大喜好。常见姑娘们在大街上怀抱玫瑰，边走边闻，一脸喜悦。不仅是年轻漂亮的姑娘，就连小伙子甚至白胡子老人，也常常在耳际和帽子上插一束玫瑰花。那样的情景如果出现在别处，会让人觉得奇怪，但在和田大家却见惯不惊。农民们干活累了，到玫瑰园中摘一朵玫瑰花，放在鼻下闻一会儿，便恢复了精神和力气，遂扛起坎土曼又去干活。

至于吃，则是玫瑰的最大奉献。人们将其采摘后，便直接送去加工，不久就被制作成玫瑰花酱、玫瑰茶、玫瑰精油、玫瑰酒，甚至被直接用于做玫瑰馕、玫瑰饺子、玫瑰汤圆、玫瑰粥等。玫瑰变成食品的过程，一路色彩艳丽，香味四溢。人们总是尽量保持玫瑰花瓣的香味，使之附带于食品中，在最后变成人们味蕾上的享受。有一人某一日突发奇想，在馕快要烤熟时，将玫瑰敷于馕的表面再烤一会儿，出了馕坑一尝，微甜的味道极美，从此便有了玫瑰馕。

和田气候干旱，别处多下雨，而和田则多下土。玫瑰在和田生长便也不易。有一年到了4月底，不停地下土，人们看见玫瑰都垂下了花蕾，便深恐当年将一无所获。但几天后一场风刮过，一场雨下来,便见玫瑰英姿焕发,仍是最美最艳的样子。一位老人说:人不会忘了自己的母亲,玫瑰不会躲开人的眼睛。人们询问原因,他卷了一根莫合烟抽完后才说:道理简单得很。玫瑰在和田这么多年,一定有它自己活下来的办法。人把它种在地里,剩下的就是它的事情。你管那么多干什么?人们本以为那里面有惊心动魄的传奇,不料老人所言极为朴素,便都去看玫瑰花了。玫瑰花就那样开着,无语亦无言,你要看便任由你看。老人的话也像那玫瑰,更像生活,简单而从容,最美的一面却往往最安静。

后来喝到了玫瑰酒,入口清纯、甘甜,似有一股隐隐的味道在舌间移动,想捕捉住细细品尝,却转瞬间已经消失。再喝再品,便是另外的味道和感觉,让人应接不暇。

和田有一个玫瑰巴扎,专用于制作和买卖玫瑰花酱。我有一年有幸看到其场面:妇女们坐在塑料布上正忙碌,她们从玫瑰花朵上取下的花瓣,已在身边堆积如山。有一个小孩就躺在花堆间,许是闻着花香入睡的,一脸甜蜜的样子。在巴扎另一角见到人们用机器做花酱,方知用于做羊肉的绞肉机又派上了用场。花瓣放入后被迅速绞成花酱,变成了暗红色的液态物。人们放入洁白的砂糖,颜色未变,想必味道已经变甜。

此时的花酱却不能吃,须装入瓶罐让太阳晒一年,待其发酵后方可食用。我不知情况想尝尝,朋友便买了一个馕和去年的一瓶玫瑰花酱,说:我们就在和田的玫瑰巴扎上吃一次吧!他把馕掰开,抹上玫瑰花酱。我吃第一口后便觉得馕脆酱甜,不失为难得的享受。

至于玫瑰饺子和玫瑰汤圆,至今没有吃过,下次去和田,应该能够如意。

白　桦

树上的"眼睛"

人们常说,举头三尺有神灵。这是人们出于心理警惕的需要,为自己想出的一句告诫,其目的是提醒自己不可做出违背伦理道德的事情。人的心理感应,其实也能够变成现实感觉,比如人们经常感觉到神灵在冥冥之中的那双"眼睛",在很多时候犹如一种监视,便自觉规范自己的行为。

白桦树因为树皮龟裂,会长出像眼睛一样的纹样。走近白桦树的人,会感觉到有一双双"眼睛"在注视着自己。当然,这时候的"眼睛",并不是"举头三尺有神灵"那句话中的"眼睛",因为它们都生长在树上,反而会给人美感。

有一个说法,白桦不会孤独生长,一出现就是一大片。所以,人们谈及与白桦有关的话题时,常常会说在某个白桦林里,曾发生过什么事情。还有一个现象,但凡是白桦林里,别的树木,比如红松、落叶松、山杨、蒙古栎等都会被淹没,似乎在仅属于白桦的天地，便不能出风头。

白桦的树干是白色的，且纤细笔直。一眼看过去，密集的树干挤成一片，像是经过有人精心播种，并且一直精心维护，才使它们长得那样整齐。

白桦是俄罗斯的国树，象征生与死的考验。在俄罗斯，白桦是最常见也是最多的树。虽然白桦的生命力很顽强，种子几乎落地就能生根发芽，一经长出就能茁壮成长，但是俄罗斯人还是很注意保护白桦，从不乱砍滥伐，不随意破坏白桦的生长环境。于是，辽阔的俄罗斯大地便变得像白桦庄园。有关白桦树的歌曲、诗歌、谚语、格言等经久传颂，滋养着俄罗斯人的品质和灵魂。

中国西部的新疆、甘肃、宁夏、青海、陕西、四川、西藏等地，都长有白桦。因为白桦喜光，耐严寒，耐瘠薄，对土壤适应性强，尤其喜欢酸性土，且扎根很深，萌芽能力强，所以光线充足的西部是白桦的天然生长地。

白桦有一奇，与俄罗斯人将其作为国树的寓意颇为相似。森林里有时候会起火，树木在大火中会被焚烧殆尽。但是大火过后，首先从灰烬中冒出的嫩芽，一定是白桦种子发出的。也许白桦种子并不怕大火，而且一场焚烧造就的灰烬恰恰又变成了肥料，给它们提供了生长机会。熟知白桦这一习性的人从不为一场大火痛心疾首。他们在耐心等待，第一年冒出的嫩芽，在第二年就长成了小树苗，第三年就是一棵白桦树。

每一棵白桦的树皮上开裂的斑驳纹眼，像一只忧郁的"眼睛"。人们走近白桦树，都会下意识地凝视那些"眼睛"。那一刻的白桦树似乎通过那些"眼睛"在看着人，人则在内心浮想联翩。在内蒙古的锡林郭勒草原的一片桦树林边，曾发生过这样一件事。一位小伙子喜欢上了一位姑娘，他向姑娘表白后遭到了拒绝。他不甘心地去找姑娘的父亲，期待姑娘的父亲能够帮他给女儿说说好话。不巧，那姑娘不在家。姑娘的父亲告诉那小伙子，他女儿骑马去干大事了。他问是什么大事，姑娘的父亲说他女儿爱上了一个小伙子，去和那小伙子在桦树林里约会了。小伙子仍不甘心，姑娘的父亲说他女儿爱上了一个小伙子，她的心就会变得比草原还大，这不是大事是什么。小伙子赌气去找那姑娘，在那片桦树林边看见两个卸落在地的马鞍子。他明明知道那是在告诉外人，有一对恋人在桦树林里约会，外人不可打扰。但他太过于冲动，要冲进去把那个姑娘从他人手里夺回来。就在他要进入桦树林时，一抬头看见了桦树上的"眼睛"，那一刻的他不由得停住了脚步。他犹豫了一会儿，终于在那"眼睛"的注视下，转过身回去了。

　　桦树皮的用处很多。人们用小刀将树皮削下，晾干后修剪整齐，就可以在上面写字。鄂温克族人说，白桦是生活的朋友，也是身边的器皿。鄂温克族有一个传说，很早以前有一位老猎人，看见了一棵白桦树皮裂开并起卷，便觉得如此结实又好看的桦树皮会有用处。他将那些树皮揭下带回，制作成了家用小盒。从此，鄂温克人开始用薄石片剥树皮，用于制作各种生活器物。古代游猎和游牧于北方的民族，比如东胡、匈奴、鲜卑、契丹、女真等都会制陶，生活中亦多用陶器。后来的鄂伦春、鄂温克、达斡尔等民族虽然不再制陶，却用桦树皮制造出了器皿，不失为森林狩猎民族的一大创举。

　　白桦树被剥皮后并不会枯死，在第二年又会长出一层薄薄的新皮，再过几年便长得与原来一样。有一位鄂温克老妇人回忆她一生中剥桦树皮的经历时说，她先后三次剥过同一棵桦树的皮，每次都看见树皮和第一次剥时一样。炎热的三伏天是剥取桦树皮的最佳时节，三伏天过后树皮会因为变硬而不易剥下，所以在三伏天处处可见剥取桦树皮的人。

一块块桦树皮，在人们的手中被制作成了斜仁柱（鄂伦春、鄂温克、赫哲等东北狩猎和游牧民族的一种圆锥形"房子"）、桦树皮船、车篷、箱、碗、杯、盒、盆等。上面的纹饰图案，犹如桦树皮的灵魂飞扬。

因为桦树多长在高山区，所以接近它们的多为牧民。在新疆阿勒泰的禾木村，曾发生过一件有意思的事。有一位猎人，捕到一只大猎物后反而犯愁了，因为那猎物的肉他一时吃不完，如果存放必然会腐坏。好不容易捕到一只大猎物，怎么能眼睁睁地看着腐坏呢？他想了一个办法，把那猎物的肉切成薄片用油炒熟，然后装入桦木罐中，藏于一棵桦树的洞中。桦树洞里温度低，被炒熟的兽肉经得起长时间贮存。那猎人过些时日取出一些，放入葱、姜、蒜和辣椒，爆炒一番吃，味道不错。那人将那只猎物的肉吃了整整一个冬天，其间还给了同村人一些。他的那种吃法遂被传开。人们依照他的方法用牛肉去做，因其肉香味醇，一时成为人们喜爱的菜品。

后来，禾木因为物产丰富，风景优美，被人们称为"神的自留地"。

摇落枝头的种子

我曾经有过一次摇落桦树枝头的种子的经历。那是在阿勒泰禾木村后的小河边,看见不远处有一片白桦林,我便走了过去。

因为白桦树亭亭玉立,有人把它们比作美丽的少女。有许多文章曾说,白桦树会为栽下它的人长一只"眼睛",久久凝望着那个人的到来。树也是灵性之物,想必会以它的方式与人类相处。据说,在甘肃靖远一带,红军会师时栽下了一些白桦。数年后它们长高,叶子竟然全都是五角形。

到了天山,我想好好看一看高原白桦。进了林子,却不见哪一棵树上长有"眼睛"。我想,这些白桦树可能是自己长出来的,所以便没有那颗报恩于人的心。林子渐深,白桦密密匝匝。我从一棵粗壮的桦树上揭下几块桦树皮,发现这些桦树皮要比我老家的更薄,更有韧性,可以在上面写字。我听人说过,东北一些地方的男女谈恋爱时,就将心里话写在桦树上。等到几年过去,他们成为夫妻时,那些字也已经长大了。我已经过了在桦树上写心里话的年龄。我想把这些桦树皮带回去写诗。我要在桦树皮上写出最好的诗。

往林子深处走去,我发现好多桦树的枝头都挂有种子。可能那年的风小了些,没有把它们吹进土地。我感到可惜,这样的话,就有不少白桦失去了生长机会。但转念一想:我为何不把这些种子摇落,让它们生根发芽呢?我抓住树干用力摇了起来,那些种子噼噼啪啪地落在地上，像是渴望太久的孩子终于回到了母亲的怀抱，便忍不住哭了起来。我摇完一棵又摇下一棵，像是不愿意让这些种子的哭声停住。我想它们已经受了很大的委屈，就让它们把委屈全哭出来吧，哭完后，它们还要肩负起扎入土和生根发芽的神圣使命呢！

  这样想着，我放慢了摇树的速度。我想，即使这些种子是因为扑入大地的怀抱而忍不住哭出声的，但我还是想让它们缓慢一些，从容一些，不让人感觉到这哭声是距离和落差造成的。

  摇完了所有挂子的白桦，我才松了一口气。我觉得自己干了一些非常有意思的事情，所有落在地上的种子都会感激我帮助了它们，都会在以后长出一只凝望我的"眼睛"。当有一天我再一次走进这片林子时，会有千万双"眼睛"一起看着我。那时候，我一定会被美的海洋淹没。

  我向林子尽头走去。我感觉到有许多种子在用小嘴吻着我的脚。我在心里说，亲爱的种子，我会回来的。我的脚步，已经和你们一起在土里扎下了根。

枣 树

结果最多的树

　　春华秋实，是植物的基本生命规律。人们栽下一棵果树，看似给予它生命，实际上是希望它回馈果实，这是人类最朴素最现实的愿望。苹果、梨、桃、枣等果树，就是这样被人们栽植，然后用果实改变和充实人的生活的。在这些果树中，枣树要三到四年才挂果，人们要耐心等待才能吃上脆甜的枣果。

　　枣树有两个奇特之处：一是太高的地方不宜生长，必须在海拔一千七百米以下的地方才能存活；二是怕风，栽枣树者须事先避开风口择址，否则枣树被风直接吹刮，不但发芽长叶会受影响，而且还不结果。枣树虽说在路旁、门前或田埂等地都有生长，但一定是避开了风向，或者附近有东西替它们挡了风。

　　枣树的枝梗颇为坚硬，常常伸展出一股劲拔之力，但它们的叶片又很翠绿，在树下投下巨大的垂荫。因为枣树好看，加之枝梗都长得较高，让主干部分不显杂乱，所以人们喜欢在庭园内外、道路两旁栽植枣树。枣的用处很多，常常被制成蜜枣、红枣、熏枣、黑枣、酒枣和牙枣等蜜饯和果脯，还可以做成枣泥、枣面、枣酒、枣醋等，是美食中的独特食材。枣木的用处也很多，可用于工艺雕刻、制作马车部件、造船、制作乐器等。人们在居所附近栽种枣树，然后吃它们结的果子，使用由它们的木材做成的器具。枣树因此成为离人最近、用处最多的植物之一。

在众多结果植物中，枣树与核桃树、桑葚树、樱桃树、杏树、桃树等一样，都是结果很多的树。有人想弄清楚一棵枣树最多能结多少颗枣，于是便选了一棵枝头挂果最为繁盛的枣树，把枣尽可能全部敲了下来，数了两天，才知道有五千八百七十六颗。他无意间走到那棵枣树下，发现上面还有不少枣。他没有力气把那些枣一一敲下，便估计了一下，至少还有一二百颗。那人终于知道"有枣没枣敲一竿子"的说法，有时是说人做事的态度与方法，而有时候则是一种万事不可轻易下结论的警示。

枣树在全国都有，西部的枣之所以更甜更脆，是因为西部的日照时间长，昼夜温差大，所以含糖量高，吃起来脆爽。尤其是新疆的若羌、和田、哈密大枣享誉全国。

枣原产于中国，中国人吃枣的历史亦很悠久。《诗经》所载"八月剥枣"，说的就是当时的人们收获枣的情景。《礼记》上说的"枣栗饴蜜以甘之"，则指枣可以用于菜肴制作。而枣在古代北方起到的重要作用，在《战国策·燕策一》中则有明确记载，说苏秦游说六国时，对燕文侯说："南有碣石、雁门之饶，北有枣栗之利。民虽不田作，枣栗之实，足食于民矣，此所谓天府也。"在《韩非子》中记载有一事：秦国有一年遭受饥荒，朝廷用枣救助民众渡过了难关。枣有如此功绩，民间便将枣称为"铁杆庄稼""木本粮食"，对枣感恩戴德。

枣是历史清晰的果实，它们的品种在古代便已被悉数记录。最早记录并注解枣品种的是《尔雅·释木》，清清楚楚说明在周代已有壶枣、要枣、白枣、酸枣、齐枣、羊枣、大枣、填枣、苦枣、无实枣、桧枣等十一种。到了元代，出现了一本叫《打枣谱》的书，则记录当时定型的枣品种已达七十二种。到了清代的乾隆时期，在《植物名实图考》中记录的枣品种，已经达到了八十七种。如此之多的枣，我们恐怕一辈子都吃不全。

有关枣树和枣的诗歌，除了存在于《诗经》中的"魏风""小雅"和"秦风"外，在其他朝代亦不胜枚举。唐朝诗人李欣曾写有"四月南风大麦黄，枣花未落桐叶长"；另一位唐代诗人刘长卿，则写道"行过大山过小山，房上地下红一片"；宋代的诗人张耒则写有"枣径瓜畦经雨凉，白衫乌帽野人装"。与众多诗人写枣树和枣的诗歌相比，清代诗人崔旭的诗则更胜一筹："河上秋林八月天，红珠颗颗压枝园。长腰健妇提筐去，打枣竿长二十拳。"不难看出，崔旭是一位现实主义诗人，其诗歌多是写实风格。但他在最后一句，显然像打枣的人一样，恨竿再长也打不尽树上的枣。

写枣的诗颇多，唯独崔旭的这首最有趣。

红　枣

　　一日吃三枣，终生都不老。吃红枣的好处，正在于此。但这句谚语所指，应该不包含沙枣，因为沙枣没有红枣那么多的好处。沙枣和红枣，名字里都有"枣"字，可二者却有天壤之别。沙枣小而酸，且为野生，多不被人们重视。而红枣大而甜，人们专用田地种植，种枣的认真细致的态度，超过了种庄稼。究其原因，是因为红枣好吃，能卖上好价钱。

　　有一个说法：最好的红枣在新疆，新疆最好的红枣在若羌。若羌很遥远，离乌鲁木齐有四百多公里。很多人吃过若羌红枣，但没到过若羌，因为若羌红枣太甜太脆，便在心里装着一个完美无比的若羌。

　　我第一次吃若羌红枣时，便是一惊：那红枣大如鸡蛋，有极富美感的椭圆外观。因是刚从树上摘下，咬开吃一口，果肉脆爽，浸出一股甜汁，有极好的口感。这一时间的红枣，是为脆枣。好吃是好吃，但营养不多，对身体的好处亦不明显，所以吃脆枣的人不多。

　　吃红枣最好的时间，是红枣晒干后。说是晒干，并非干透，只是干了多余的水分而已。此时的红枣已变成深红色，显得瓷实，又不失鲜艳，看一眼就让人心动。撵一颗好看的红枣，轻轻一咬，枣皮已不再脆爽，而是变得酥软。咬开果肉品尝，有一股浓烈的甘甜，像是甜汁凝成了一团，被咀嚼后又散了开来。吃这样的红枣，余香满口，是难得的享受。

在若羌有一个说法：想要心爱的她跟你在一起，就请她吃若羌红枣。红枣在若羌的历史并不长，自20世纪70年代才开始栽种，至今也就四五十年。但红枣种植发展迅速，品种培育之多，品质之优良，在全球枣界可谓后来者居上，呈现一副高歌猛进的架势。

红枣至今已有近百个品种，微小者秀如珍珠，硕大者熠熠如夜明珠，居于中间深受欢迎的不大不小者，无论观赏或品尝，都让人心生欢欣之意。喜欢吃牛羊肉的新疆人为了表达对若羌红枣的喜欢，一开口便把牛羊肉给抛弃了：若羌红枣好吃到了什么程度？告诉你吧，比肉好吃。

红枣之所以扎根若羌并蓬勃生长，是因为处于塔克拉玛干沙漠里的若羌昼夜温差大，日照充足，水分适量，所以产出的红枣含糖量高，色泽艳红，果肉甜脆适口，堪称枣中极品。

若羌人有了红枣算是有福了，先后申请注册了"楼兰""康丽果"等五十余个商标，但人们还是喜欢称其为"若羌红枣"，时间长了便将其保持为固定称呼。若羌红枣品质好，价格一公斤从十余元到四百元不等。当然，四百元者是特等红枣，无论个儿、色泽、形状、果肉都是最上乘。

有一年春天去若羌，朋友建议去看看红枣花。我心想：红枣树的辉煌在于结果，花恐怕没什么好看的吧？朋友说：你看过或闻过沙枣花吗？我知道沙枣花的魅力，每当沙枣花在春天开放时便香飘十里，新疆人都能让鼻子享几天福。于是便想红枣花大概和沙枣花一样，能散发出让人着迷的味道。

那天，我们一群人涌入红枣园，一进门便闻到浓郁的花香，不用说一定是红枣花香了。等到了红枣树跟前又大吃一惊，红枣花皆为微小的黄花，密密匝匝挂满枝头，凑近细看才发现它们已几近凋谢，于是便知道它们绽放完最后样子也就这么大。但它们厉害的地方在于从花蒂处结出的红枣，往往不起眼的一朵花，会结出一颗特级枣。

说来有趣，红枣虽然钟情于遥远的若羌，却也不是在若羌的什么地方都愿意生长，它们仅仅在吾塔木乡、若羌镇、瓦石峡镇、铁干里克镇和兵团农二师三十六团的部分连队可存活。每年10月为红枣的收获季节.人们将熟透的红枣敲落，在晾晒场上晒两天，然后用雪水清洗，再烘干封装，就可以运往市场销售。

因红枣产量大，所以晾晒红枣的场面极为壮观，往往数十公里甚至上百公里都铺满红枣，远远看上去一片灼红。有一年，人们晾晒红枣时想弄出有意思的图案。正当人们绞尽脑汁琢磨时，一位小姑娘说，摆一个国旗。众人茅塞顿开，便在壮阔的红枣晾晒场画出一个长条旗状，然后用黄色物摆出五星，一个"国旗"便出现在人们面前。

很多人把若羌红枣当作水果。倒也没错，它原本就是吃的东西，加之其甜味浓烈，肉质酥脆，当水果吃的确是一种享受。只是有一个话题：吃红枣，是吃脆枣好呢，还是干枣好？一般认为还是干枣好，因为经过晾晒或自然干后，其果肉的营养更好，对人体的作用更明显。当然，干红枣依然是水果，只不过变了形式而已。

近年来，红枣被人们用于泡茶喝，并被女性格外青睐。我在伊犁的林则徐纪念馆见到一位维吾尔族女讲解员，她又长又弯的眉毛和黑黑的眼睛美得让人惊叹，记得她当时系一条艾德莱斯围巾，显得更加妩媚动人。当时，她面前放一水杯，里面泡着大小不一的红枣。我正在与她交流喝红枣泡水的经验，同行的朋友围过来夸她美丽，提出与她合影的请求，她微笑着一一应允，然后伸出手示意大家进馆参观。我示意朋友们：你们是人也夸了，合影也拍了，还想怎么样？走吧！

参观完出来，大家仍想见那姑娘，但她坐过的地方空空如也，只有泡着红枣的水杯还在桌上。

沙 枣

看上去像枣，可沙枣是常常被人忽略的一种。沙枣有一个好听的别名，叫"七里香"，意即沙枣花开，可香飘七里。诗人席慕蓉喜欢"七里香"这个叫法，便用作她一部诗集的名字。不知台湾有没有沙枣，但席慕蓉的祖上是生存在有沙枣之地的蒙古族，她之选择乃是出自血脉之情。

沙枣树有一个特点，幼枝会裹上一层银色鳞片，稍微长粗，那鳞片便自动脱落，枝条呈现出一片红棕色。如果树上结了沙枣果，便让人惊讶，果与枝都是红棕色，皆有丰硕的收获之感。有人为沙枣树的变色诧异，觉得那样鲜丽赤红，似给人不祥之感。南疆人却不那样认为，他们说：这里面有一个道理，会变色的沙枣树才结果，不会变色的沙枣树一颗沙枣也不结。人们仔细去看，果然如他们所说，但凡树上颜色鲜艳者，皆先是一树繁花，后又一树硕果。而不变色的沙枣树，则长得歪斜难看，而且不结一果。看来颜色是沙枣树的生命展示,而非单纯的外表色彩。

新疆干旱地区的沙枣树都不大,亦不高,一般也就两米左右。但就是如此低矮的沙枣树,在风中却会展示出令人惊愕的风姿。有一人在某一日遇一场大风,抱头躲风的间隙无意一瞥,见沙枣树居然纹丝不动。他心中掠过一丝惊叹,看来沙枣树枝坚硬如铁,再大的风也奈何不了它。待风停后,他走过去用手摇沙枣树,果然坚硬不动。那人感叹说,沙枣树看上去像女人,摸上去像是男人,是最厉害的树。

一棵小小的沙枣,值得细说的地方有三处:花、果实和树。

先说沙枣花。南疆多沙枣树,每到春天沙枣花开,香飘四溢。很多人都说闻到沙枣的味道也就等于闻到了春天的味道。我在叶城当兵时,部队大门外曾有沙枣树,起初以为那是几棵枯死的树,加之又那么低矮和细小,便没有多看几眼。不料,到了春天却突然发现它们泛绿发芽,一夜间便长出嫩绿的叶子。

之后,便闻到了浓烈的沙枣花香,那几棵树干巴巴的情景一去不返,代之而来的是一树嫩黄的花朵,翠绿的叶子也迎风飘动。有一晚,我在部队大门口站岗,突然闻到一股浓烈的花香,孤寂的夜晚便变得温馨了很多。后来,见那几棵沙枣树下有一人影,站过一阵后转到另一方向,像是一直在闻沙枣花香。我估计那人是部队旁边的阿里办事处的职工,许是闻到了沙枣花香,便趁着黑夜一个人悄悄来闻。在黑夜独自闻沙枣花香的人,其内心有着怎样的柔情?我站立于岗哨的位置,浮想联翩。

沙枣花香则香矣,原以为花期一过也就散了,但一位朋友说,可别小看这小小沙枣树,它们可是很好的蜜源植物,其花朵可以提炼出芳香油、香精和香料等。还有那沙枣粉,可以酿酒、酿醋、制酱油、果酱等。

我曾看见几位少女，走近那几棵沙枣树时精神一振，继而跑到树下一脸沉迷之态。那一刻，她们一定是被沙枣花香吸引了过去。沙枣花最传奇之处是与香妃有关，亦留下动人的故事。香妃原名伊帕尔汗，随叔父和哥哥从新疆进京拜见乾隆。乾隆闻到大殿上有一股异香，仔细分辨后发现，那股异香来自跪在殿中的伊帕尔汗身上。他详细询问后才知道，伊帕尔汗自小喜欢闻沙枣花香，每到春天总是在沙枣树下流连忘返，时间久了那花香便凝留于她身上，乃至进京入宫也如影相随。乾隆喜欢伊帕尔汗，因为她身上有香味，便晋升她为香妃。香妃后来思念家乡，加之因抑郁得病。乾隆命人从新疆运沙枣树进京，栽在香妃的宫前。到了春天，那沙枣树果然开出满树繁花，并像仍处于沙漠中一样，散发出浓郁的香味。但到了第二年，沙枣树却一一枯死，香妃也不幸去世。

再说沙枣树。

有一人种了一大片沙枣树，他既不采果，亦不集粉，那沙枣树一年又一年便歪长，不要说对他有所回报，连看都不怎么好看。有人问他：你种下沙枣树不管，图什么呢？那人一笑说：沙枣树不结果，一定忙别的事情了。问话的人知道那人是说：不结果的沙枣树也一定是有用处的。但到底有什么用处呢？几经请教，那人才指着一边的田地说：没有沙枣树挡着风沙，庄稼能长得这么好吗？沙枣树枝密叶茂，挡风沙是其最大的功劳。问话的人被感动，赞叹沙枣树了不得。那人却说：沙枣树活着时挡风沙，死了还有更大的作用。他见问话的人疑惑不解，便告诉他：用沙枣木做出的家具，经久耐用。如果你到了居住在沙漠中的人家，一定会发现，他们用的家具和农具一般都是用沙枣木制作的。

最后说沙枣树的果实。

到了秋天，沙枣树挂了果，一颗颗沙枣圆润、通红、饱满，让人忍不住一手揪着树枝，另一手往下一捋，手里便是一把沙枣。沙枣本身甜酸各半，但人们吃沙枣不在意它的甜，而是直接奔它的酸而去，因为它的酸开胃，有助消化，还能起到减肥作用。据说，沙枣加工后很甜，但从没见过沙枣被加工后是什么样子，倒是那一把抓起来就吃的新鲜枣粒更叫人过瘾。

新疆人熟知沙枣，看到一棵沙枣树便能分辨出是小沙枣还是大沙枣。小沙枣的枝多刺，花小，果实亦很小，一般只有黄豆粒大小，吃起来有酸涩的味道。大沙枣的枝刺少，花像小钟，果实较小沙枣要略大一些，皮薄肉厚，吃起来甜而可口。

秋天，大沙枣和小沙枣皆结出果实。小孩子爬上大沙枣树摘果，想吃多少就摘多少，还可带回送给玩伴。

除了直接吃沙枣果外，我还吃过沙枣发糕。那发糕是用玉米面做的，加了沙枣后不但外观好看，且味道甜酸交会，分外独特和难得。

薰衣草

六十多粒种子的传奇

虚无和忧伤是可以被改变的，只不过需要具体的物质，比如薰衣草。在制作成精油、香囊和饮料后，其香味便能改变人的情绪，甚至会陶冶人的心灵和精神。

薰衣草的味道犹如女性的柔情美，无论是嗅闻或感受，皆让人沉迷。女性天生含香，美国人奚密在《香》一书中说："美人和香总是分不开的。几乎所有和美人有关的东西都可以用芳香来形容：香唇、香腮、香肌、香汗、香鬟、香吻、香闺、香居、香奁、香枕、香粉、香冢、香尘、芳龄、芳名、芳踪、怜香惜玉、一亲芳泽……诸如此类的用法，多得难以数计。说'香'是女性最重要的转喻，也不为过。"

西部甚至整个中国，新疆是较早也是大规模种植薰衣草的地方。从法国的普罗旺斯出发的薰衣草翻山越水，最后在新疆的伊犁河谷，终于找到了适合它们生存的地方。20世纪60年代，中国为了栽培种植薰衣草，从普罗旺斯引进种子，先在北京、上海、陕西、重庆和河南等地试种，都未获得成功，到最后只剩下六十多粒种子。人们本已不抱希望，但又觉得伊犁河谷的气候温润，与法国的普罗旺斯处于同一纬度，气候和土壤条件也非常相似，加之又不想浪费那六十多粒种子，便在新疆生产建设兵团的清水河农场和谊群农场（现七十团）试种，不料大获成功。从普罗旺斯到伊犁河谷，薰衣草终于以传奇方式为自己的漂泊画上了句号。

薰衣草的茎秆纤细，叶片狭长，其外观看上去毫不起眼，花穗也不像别的花朵那样艳丽，即便是在盛夏的骄阳下盛开，花朵也仍然模糊成一团，让人觉得只不过是普通的植物而已。如果起风，它们娇柔细微的花穗会随风摆动，尤其是纤细的茎秆会上下起伏，让人觉得会倏然倒伏于地。它们的个体虽然纤弱，但当它们一丛丛、一垄垄、一片片在一块地里铺展开后，那层层叠叠的蓝紫色便有了起伏的动感。人们虽然站在地边，但仍然感觉到被涌动过来的馥郁香气淹没了。

这时候，人们便惊叹从薰衣草紧凑的花穗中，会涌动出蓝色波浪一样的力量。植物的花朵是有力量的，尤其是触动人的心灵，让人有所反应的时候。此等情景，正如艾米莉·狄金森写下的诗句："生为一朵花，是多么重大的责任啊！"

美国人爱德华·谢弗的《唐代的外来文明》（又名《撒尔马罕的金桃》）一书中，梳理出历史中沿丝绸之路从西方进入西域，然后又传入中原的诸多蔬菜、水果、动物、植物、器皿、木材、香料、药物、纺织品、颜料、矿石、宝石、毛皮、金属等。比如植物类，就有枣椰树、菩提树、娑罗树、郁金香、那伽花、佛土叶、水仙、莲花、青睡莲等，一直在中国延续生长至今，处处可见。从时间上说，薰衣草是从西方传入新疆最晚的植物，距今仅六十余年。

说起伊犁，我一直觉得它是一个特殊的地方。伊犁河穿行过缓慢的河谷后迅猛冲泻出去，走上了遥远的路途，而伊犁本地亦有丰厚沉淀之气，所隐所现均是大气魄。这样的地方凡事都有来历，动辄之间皆沉稳冷峻，永不改从容之秉性。薰衣草能扎根于伊犁，原因正在于此。

天赐薰衣草于伊犁，从此伊犁河谷广种薰衣草，数百亩的薰衣草从近处一直延伸向天边。很多人跑很远的路来看，为其美丽的花朵、密集的茎秆，以及隐隐散出的香味所陶醉。伊犁的薰衣草开馥郁的紫蓝色小花，被誉为"宁静的香水植物"和"芳香药草之后"，其植株晒干后仍有浓郁香气，故又得名"香料之王"。

有一个人曾经历过薰衣草的奇异反应，从此，有关薰衣草是奇异植物的话题便迅速传开。那天，那人折断一根薰衣草，发现它的花、叶和茎上的绒毛里，居然都藏有油腺。他只是轻轻碰触了一下，那油腺便破裂开来，释放出了浓烈的香味。人们由此知道薰衣草浑身都有香气。一到花朵盛开的6月，他们便去薰衣草田边闻花香。看薰衣草，适合到地势较高的地方，向下鸟瞰蓝紫色薰衣草，此时虽然只能看见花穗在随风摇曳，但是成片的薰衣草已涌动成一望无际的紫色花海。有人说，薰衣草喜欢以大气势展示自己，而人如果以大视野方式观赏，感觉便分外不同。有的人喜欢进入薰衣草田中，让浓烈的香气弥漫进自己鼻孔，享受一番跌入香海的沉浸之乐。

有人从乌鲁木齐去伊犁，翻过果子沟的那座山后地势豁然开朗，便进入了伊犁河谷。这时候，从车窗刮入车内的风中，就会有一股馥郁的香气。车里的人惬意地吸几鼻子，一眼就看见前面有随风摇曳的紫色花海，正以扑面而来的气势闯入他们的视野。那是一种气势凌厉的紫色，会让人的眼睛和呼吸在一瞬间为之沉迷。

薰衣草花开了，伊犁河谷的盛夏因为这场盛大的花事，变成了香郁和浓烈的季节。有人说："薰衣草盛开的季节，就是收获的季节。"在6月初，薰衣草在顶端耸立着几十个初绽的蓓蕾，过不了几天便泛出紫色花光，让田野犹如升腾着一片紫色云雾。这时便是薰衣草的盛花期，人们进入花田采摘那一片片灿灿的紫色。无论是近处还是远处，每一株薰衣草都犹如泛着光芒的紫琥珀。风一吹，大地似乎披上了隐隐起伏的丝绸，却又把灵魂袒露在了天地之间。

采摘的薰衣草会被送去加工，当它们经过火焰与水汽的考验后，就变成了香料、精油和食用营养品。

有一些人并非为采摘薰衣草而来，只是为了进入花田，亲眼看见、亲手抚摸薰衣草，零距离感受一番馥郁的香气。这时候，成片盛开的紫色薰衣草花，如同美丽的少女，正在用甜蜜的目光注视着他，要把她的爱情交付与他。无数走进伊犁河谷的人，为这紫色天国的"美少女"而陶醉。

无数枚小小的花朵，汇集成一片紫色花海，并散发出浓烈的香味。那香味虽然飘忽，却让闻到的人为之晕眩。

香味的历史

探寻薰衣草的文化历史，是一次令人着迷的阅读。在法国的普罗旺斯，也就是薰衣草的故乡之一，流传着不少和薰衣草有关的爱情故事。但凡以流传方式存在的故事，基本上是神话传说，与薰衣草有关的爱情故事，也不例外。但薰衣草本来就是奇异的植物，所以发生一些与其相关的神话传说，不但与其气质相符，而且还能够满足人们的心理和精神需要。这大概就是神话传说的现实意义。

奚密在《香》一书中，把写薰衣草的一文放在了首篇，并说："如果在所有的芳香精油中我只能选择一种，我会选薰衣草。"她为此还专门考证了薰衣草的由来："薰衣草的名字来自拉丁文lavare（洗濯）一词，告诉我们在欧洲文明里它和洁身是分不开的。薰衣草的原产地是地中海和北非一带，随着罗马帝国势力的扩张而传遍欧洲，并远及阿拉伯和印度。它的种类有三十多种，包括英格兰、法兰西、西班牙种等，其中以英格兰种的香味最浓郁。薰衣草适合生长在温和干燥的地区，法国南方的普罗旺斯（Provence）是当今世界的最大产地。六七月时，一望无际的薰衣草田在阳光下盛开浓艳的紫，散发芬烈的香，怎能不让人陶醉！"

薰衣草这个名字，一定是中国人起的，一琢磨便可体味出"薰衣服的香草"的美妙感觉。其实，此物在传入东方之前，就已经被西方女性用于熏衣了。奚密在《香》一书中对此亦有记载:"自伊丽莎白一世时代(1558—1603)以来,薰衣草一直是英国最受欢迎的香草。仕女将它缝在裙子里,走起来步步生香。在庭园设计里,它常被用来隔间花圃,作为藩篱,或种在幽径的两旁。连大学者培根(Francis Bacon,1561—1626)都说,没有比走在薰衣草芳径上更美好的事了。古伦敦的街上常可听到叫卖香花、香草的小贩,他们吆喝着:'芳香的薰衣草唷,十六枝才一便士,女士们,你可知它的芬芳世无双!'薰衣草物美价廉。今天精油的市价大概是美金十五块钱一盎司,日常生活里使用也不算奢侈。每到夏天,在欧美的农民市场或自然食品店里可以很便宜地买到新鲜的薰衣草。捆成一束束的薰衣草买回家,倒挂在阴暗处风干,然后系上一根缎带放在衣橱或抽屉里,可以熏衣又可防虫。搁一束在床头柜上,它的芬芳包管让你睡得'香'。"

不同的人对待薰衣草,或者使用薰衣草,会有不同的态度和方法,因此也就有了不同的故事,也让薰衣草有了不一样的内涵。传说,圣母玛利亚因为喜欢薰衣草,便将洗净的婴儿服挂在薰衣草上,让薰衣草的香味浸到衣服上,进而熏陶婴儿的身体,让他们在香味中长大。在这个传说中薰衣草被赋予了神圣的含义。

在现实中,薰衣草也发生过离奇的故事。美国有一位叫珍妮的女士,经过不断研究和总结,深谙薰衣草的美妙味道的奇异功能,对薰衣草无所不知,亦无所不精,遂成为一位精油专家。一天,她的爱犬在街上被汽车撞伤后腿,送到医院后医生告知珍妮,除了锯掉别无办法。珍妮不想让爱犬受痛,亦不忍心让它失去一条腿,便把它抱回了家。众人都颇为不解,她为何不让医生医治那只狗,却要把它抱回家去。但她离去的脚步丝毫不见犹豫,更不在乎众人在她身后的指责和议论。她抱着狗回到家后,先将薰衣草精油和澳大利亚茶油稀释,然后把纱布放进去浸泡一番,包在了狗的那条腿上。她每天给狗换两次纱布,还在狗跟前放上薰衣草蒸汽,以稳定它的情绪。坚持了两个月,虽然有部分肌肉和韧带因为坏死而没有再生,但伤口却愈合了,保住了那条腿。

有一个不容忽略的事实:人们因为喜欢鲜花,便为每一种花都臆想出花语。薰衣草的花语是"等待爱情",相爱的恋人对这一说法的体会尤为深刻。无论在西方的普罗旺斯,还是东方的伊犁河谷,薰衣草的花语都被人们所共识,而且还引申出一个经典的说法:当你和情人分别的时候,你可以送给对方一小枝薰衣草。在你们再次相见的时候,如果你从对方身上闻到薰衣草的香味,就会知道对方将你留下的信物日夜放在身上,也会知道对方有多么爱你。英国有一首民谣《薰衣草》,则将与薰衣草有关的爱情淋漓尽致地吟唱了一番:

薰衣草呀,
遍地开放。
蓝花绿叶,
清香满怀。
我为国王,
你是王后。
抛下硬币,
许个心愿。
爱你一生,
此情不渝。

神奇的药效

薰衣草的香味不但好闻,而且还可以治病。有此功效,薰衣草的神奇程度再次被提升,成为具有神性光芒的植物。在《香》一书中,奚密还对薰衣草的神奇药效做了详细介绍:"薰衣草有镇静作用。过去欧洲人认为它可以克制过盛的情欲,将薰衣草露洒在少女头上,以防止她们青春期不慎失足。这个古老习俗固然不足采信,但是薰衣草仍普遍地被用来治疗情绪不宁、颓丧失意、头疼失眠等症状。用蒸馏水稀释几滴薰衣草油,装在小型的喷罐里,放在皮包里或随身携带。工作疲劳,坐长途飞机,或路上塞车时,拿出来喷一喷脸,可以提神醒脑。此外,旅行时差不需服药,到达目的地后加几滴薰衣草油在洗澡水里,浸泡至少二十分钟,就可以消解疲劳。薰衣草既可用来沐浴、按摩、润肤、饮茶,还有消毒消肿,辅助消化、呼吸、神经等系统的功效。说它是万能草,也不为过。不同于大部分的芳香精油,薰衣草油可以直接抹在皮肤上而不会刺激或引起过敏反应,而且儿童和产妇都可安心使用。当年芳香精油疗法的发明人贾馥斯就是从薰衣草那儿得到的启示。"

薰衣草的花朵采摘后不易变色变形,气味浓郁,留香时间长,是极佳的切花材料;亦可风干后做成香囊,置于衣柜、卫生间、汽车中,有香熏和驱虫作用;或者将干花放入枕头中,有助于改善睡眠。

薰衣草可入药，一般用于治疗胸腹胀痛、感冒咳喘、头晕头痛、心悸气短、关节风湿等。薰衣草精油在医疗领域被广泛应用，有镇静、降压、降脂、清脑、抗菌、愈合和抗发炎等作用。但一般人都不敢用薰衣草治病。在人们的印象中，但凡能治病者皆不高调展示自身的美，有的甚至显得诡异怪诞。比如中药中的黄连，只要提及就知道是苦的；再比如麝香，药用效果十分明显，但其味闻之腥臭。薰衣草看上去很美，闻上去很香，是让人身心愉悦之物，怎能治病？所以薰衣草的药效，知之者便微乎其微。

关于薰衣草之奇异药效，曾有一件奇事。在欧洲鼠疫肆虐的年代，法国有不少人染病暴死，一时间人人谈鼠色变，不知过了今天还能不能有明天。但在格拉斯的一个手套制作厂，却出现了一个奇异的现象，无论外面的疫情多么肆虐，厂内却无一人被传染。人们猜测：是工厂防疫措施严密，还是他们有阻止鼠疫的妙招？人们一时间议论纷纷，那件事亦成为当时的奇谈。待法国人挨过鼠疫，才知道让工人在一场鼠疫中幸免于难的原因，居然与薰衣草油有关。原来，那个手套制作厂的工人因为制作需要，天天用薰衣草油浸泡皮革，身上便残留有薰衣草油。因为薰衣草油的味道闻起来很香，所以他们便从不清理，在工作时经常闻着，倒也心情愉悦，神清气爽。谁也没有想到，正是那些残留的薰衣草油，阴差阳错地帮助他们躲过鼠疫的侵袭。鼠疫病菌是经由跳蚤传播的，而跳蚤闻到薰衣草的味道后便不敢近前，自然就被驱逐走了。鼠疫没有传染到那些工人身上，这件事一经传出，顿时使薰衣草声名远扬。

在古罗马时代，薰衣草曾是贵重之物，一磅[①]薰衣草花能卖到一百迪纳里（denarii，古罗马时期使用的一种银币）。当时的这个价钱，是农场工人的一个月工资，或是理发师给五十个人理发所得的报酬。种植薰衣草的人一年将薰衣草运入城中两三次，便可换得全年的生活所需。古罗马人还将薰衣草和其他各种香草一并用于泡澡，此沐浴法先是在贵族中盛行，后被引入不列颠，成为一种时尚。

味蕾幸福

我一直以为薰衣草与食物无关，后来在位于伊犁的兵团四师的一个团场喝过一次薰衣草奶茶后，方知薰衣草因香味独特，与饮食的关系很大。

说起薰衣草奶茶，便引出一个20世纪60年代的故事。当时，薰衣草在伊犁已大面积种植，但如何再开发却成为难题。有一位叫徐春樑的上海知青，在外出治病时碰到外国进口的薰衣草奶茶，当即寄给团场领导几袋样品，并写信建议尽快开发。几年后终于研制成功，但徐春樑却已病逝，未能喝上一杯产自伊犁河谷的薰衣草奶茶。

除薰衣草奶茶外，还有一种薰衣草茶，是以干燥的薰衣草花蕾制成。取一大匙放进壶中，再倒入沸水，只需焖五分钟即可。

---

① 1磅等于0.454千克。

如果加入蜂蜜，则甘香可口，浓香愉悦。薰衣草茶有镇静、缓解消化道痉挛、清凉爽快、消除胃肠胀气、助消化、预防恶心晕眩、缓和焦虑及神经性偏头痛、预防感冒等众多益处。

有一人突然沙哑失声，且饥饿难忍，刚好手边有一杯薰衣草茶，便端起一饮而尽，咂巴咂巴嘴，咳了一声，好了。此事传开，以后凡是沙哑失声者，皆饮薰衣草茶，都能治愈。

泡薰衣草茶，能让人体验颇为美好的仪式感。初泡，杯中的茶汤呈淡绿色，而后渐渐变成蓝或紫色。若在茶汤中加数滴柠檬汁，则又会转为粉红色，令人赏心悦目。

除了可以冲泡成茶饮外，烹调时，常加入薰衣草作为调味，或掺于醋、酒、果冻中，能增添芳香，食之趣味骤增。据说，以薰衣草调制成的酱汁，尤为清新可口，且独具风味，英国女王伊丽莎白一世一生对其钟爱。

我曾在一家厂子喝过刚生产出的薰衣草奶茶。刚把杯子端起便闻到了香味，喝一口便品出其味道醇烈，精神也为之一振，不由得惊叹此物乃佳品。喝完薰衣草奶茶，又尝了薰衣草果酱和薰衣草蜂蜜。新疆人有蘸果酱吃馕的习惯，有人一提议，很快便弄来几个馕，蘸薰衣草果酱和薰衣草蜂蜜食之，果然甘甜脆爽，是极为难得的享受。

晚上吃饭，大家对薰衣草食物仍念念不忘，亦盼望其他薰衣草食物。主人笑着说还有东西，但先把酒喝好饭吃饱，才能享用。那天吃到了伊犁河中的大鱼、锡伯菜、熏马肠、马肉和抓饭等，都是伊犁好吃的东西。酒足饭饱，主人端上几瓶醋说：这是薰衣草芳香醋，在饭前喝能增进食欲，在饭后喝除了解酒外，更有保健功能。大家喝了几口薰衣草芳香醋，顿觉神清气爽，酒自然已经醒了。席间有一山西朋友，一口气喝掉半瓶，一脸喜悦。从饭店出来，天已黑透，空气中弥漫着浓浓的薰衣草香味。于是便疑惑：薰衣草开花的季节，会香飘十里？

附录一：甜果之树

无花果

无花果有一个有意思的名字：树上的糖包子。

南疆的和田、喀什和阿图什三地，以盛产无花果出名。新疆人吃无花果，如果要问其出处，不会提别的地方，只会问：这无花果是来自和田的，还是来自喀什的？如果知情者对这两个提问均摇头，那就不用问了，一定是来自阿图什的。较之于和田和喀什，阿图什的无花果明显胜出一筹。其果汁浓甜，果肉糯软，以至于常吃无花果的人去买无花果，开口就问：阿图什的无花果有吗？如果有，则不挑选，让摊主称过后，付钱装入塑料袋提走。

无花果一名的来历很有意思。它们虽然开花，花却隐藏在囊状花托中，不仔细看只能看见果实而难以发现花，所以得名"无花果"。

无花果的皮薄肉厚，待到成熟期，用手一捏，无果核，可放心地吃。吃一口在嘴里，把果肉嚼几口，便有浓浓的甜味浸入口腔。有人把无花果和蜂蜜做比较，说蜂蜜是流动的甜，一入口从口腔到腹中都是甜，而无花果是停留的甜，一口咬开果肉，便有一股甜味在嘴里不散，以至于把果肉吞下了肚，那甜味还长久存留。有人吃了无花果后不吃别的，问及原因，说是他想让那甜味在嘴里多留几天。留几天是不可能的，但留一两个小时没有问题。

新疆人吃无花果，常用一种固定的方法，即把无花果放在掌心，用另一只巴掌拍一下，果皮便破裂，果肉亦被击打得松散开来。此时吃更加酥软，果肉散出的甜汁也更加浓烈。

无花果的甜，亦有很有意思的说法，比如南疆人常说：无花果太甜，害得我都忘了吃最好的蜂蜜。无花果除了甜之外，还有诸多养生的好处，所以南疆的人又常常说：吃无花果害得我们本来是四十岁的人，却经常被误认为二十岁的小伙子；害得我没有机会和咽喉病、糖尿病、高血压、高脂血症那些病较量，害得我的消化好得不得了，害得我身上要长就只长力气，害得我要瘦就只瘦该瘦的地方。说到最后，因为吃无花果的好处太多，他们索性用一句话总结：无花果害得我们的身体太健康了。

无花果在水果界有一个洋气的名字：水果皇后。它原产于地中海沿岸，唐代传入西域，后在当时的阿图什、和田和喀什等地大量栽培，曾被称为"隐花果"，史籍记载时又称其为"阿驿"。但无花果此名好记，亦很亲切，所以便一路叫下来，无人再去叫它以前的名字。

阿图什是一个很安静的地方，无花果犹如暗暗游动的光芒，让这个地方显得从容、自足和安详。人们在无花果的产果期到了阿图什，不论是在饭店还是在家吃饭，必先吃无花果。阿图什人会幽默地说：你只有吃上无花果，才算是真正到了阿图什。

一般来说，经由味蕾上培养出的感情，往往能追随人的一生。无花果以营养丰富受新疆人喜欢。阿图什的一位老人每天早上在面前放一个核桃、一个鸡蛋、一个无花果干果、一把葡萄干，那些便是他的早餐。别人问他能吃饱吗，他不屑地说：不是能不能吃饱，而是能不能吃好的问题。你们不知道怎么吃，吃来吃去把病都吃到了身体里。

有一说法，一棵无花果树，就是一个繁忙的甜蜜工厂。无花果一年有三次采摘季，七月是第一次成熟期，八九月是大规模采摘期，十月为最后的收尾期。最好的无花果往往在最后的采摘中面世。

天赐一物给一个地方，那个地方必然就会扬名。阿图什是种植无花果最多的地方，不但上百亩的无花果园比比皆是，而且各家院子里也栽无花果树。每到夏天，一进入院子，其浓荫葱绿的景象让人赏心悦目。

无花果在阿图什的庭院中之所以扎根，得益于一个人无意间的收获。他有一天把几株没栽完的无花果苗带回家放在后院，之后便忘记了，等到他想起时一阵懊悔，心想它们一定已经干枯。不料到后院一看，它们居然已经发芽。他断定无花果苗只要沾地就可以活，便把那几株无花果苗栽在院中，当年长高一大截，第二年就结出了无花果。

在阿图什人家的院子里，到了无花果成熟的季节，人们坐在院中喝酒的间隙，一伸手从树上摘下一个无花果，用手拍软后去皮，便可品尝到甜美的果肉。

无花果采摘后，一般都会用手掌拍软后拿到巴扎上去卖。有不解者认为那样处理后，如果卖不出去就会腐烂，岂不是浪费。阿图什等地的人笑笑说，卖不出去没有关系，提回家做成无花果干果，放的时间越长，卖的价钱越好。

无花果除了可做干果外，还可做成果汁、果酱，并且还可用于炖鸡，做雪梨茶、米粥、瘦肉汤、绿豆汤和番茄汤等。甜味浸出，或入汤，或入肉，会让人体味到从未尝过的甜味。有一年在阿图什，喝了一碗放了无花果的米粥，其甜味在口腔浸开，让人觉得非常幸福。甜乃幸福之味，让无花果验证这一说法，确切无疑。

和田有一棵四百多年的无花果树，被新疆人称为"无花果王"。它庞大繁复的枝条贴地伸展后长进土里，便又生出根须繁殖出的新枝，像是长出了无数无花果树，最后占地一亩有余。有人说它是一棵独一无二的大树，也有人说它是一个庞大的家族。

在和田，无花果王与核桃树王和梧桐王，合称为"和田三棵树王"。有一年在和田，我进入无花果王巨大的浓荫下，顿时像是进入了茂密的森林，日月光辉犹如被隔离到了遥远的另一个世界。等我揉揉眼睛适应后，才看见无花果王的树叶硕大浑圆，密密匝匝的无花果挤在枝头，让人疑心它并不是一棵果树，而是一幅美丽的图画。我后来才知道，无花果在《圣经》中曾被提到，是神圣的果实。

冰糖心

有一次，我们从新疆阿克陶返回克孜勒苏柯尔克孜自治州，经疏勒县旁的兵团四十一团场，朋友购得一箱苹果，以供接下来的几日在路上吃。

我尝了一个，爽脆甘甜，水分极大，吃完后甜味浸遍口腔，长时间都未散去。如此浓甜的苹果，是第一次吃到，问朋友那是什么苹果。朋友告知，其名曰"冰糖心"，是新疆最甜的苹果。

我诧异，我先前在疏勒当兵时，跑遍了疏勒县的角角落落，未曾听说有如此好的苹果。朋友估计我在疏勒的那些年，冰糖心尚未兴起。他还说疏勒县人如今都喜欢吃冰糖心，别的苹果无人去碰。此等情景，自然是因为冰糖心太甜，甜的水果谁不喜欢呢？

细聊新疆的冰糖心，便了解到其非凡之处。科学的说法是，冰糖心含糖量在百分之十八到二十五。为了证实，朋友用刀横面切开两个冰糖心，一个自核心向外延伸出两圈糖分，呈透明状；另一个的糖分堆积在核心上，有凝结厚实之感。可观可感的冰糖心，诱惑得人忍耐不住。捧一个在手中吃了几口，其甘甜滋味自口腔向体内浸漫，让人颇为幸福。

冰糖心不但甜，而且外观灼红，质感细嫩光滑。吃冰糖心之前的清洗颇具仪式感，用清水将其表面洗干净后，其便更加红艳嫩滑，尤其是有水珠欲滴不滴，让人觉得是一滴蜂蜜从冰糖心中渗了出来。人们吃冰糖心，大多要先切开，看几眼凝于果核的糖分。此等情景，大概就是人常说的"色香味"的色。看过几眼再吃，便觉得冰糖心更甜。

南疆的喀什、克州和阿克苏等地均盛产冰糖心。从阿克苏再往前就是库尔勒，那里是香梨的天下。冰糖心无心与香梨争锋，便不再向前。

阿克苏因冰糖心久负盛名，在阿克苏内以温宿县的冰糖心为最好。温宿是一个奇异的地方，在少水少树的新疆，居然长出一个神木园，其千年大树的粗壮枝干，多伏卧于地上，间或又生枝长出一棵树。进入园中，头顶被浓密的枝干遮去光亮，让人疑惑是别处的原始森林被移到了天山脚下。

人们觉得仅仅称其为"神木园"不过瘾，遂又称其为"天山神木园"。有了天山二字，便配得上那些千年大树的气势。千年大树和极甜的冰糖心，之所以在温宿成为传奇，皆与当地气候和地理环境有关。温宿处于南天山下，日夜温差大，光照充足，冰川雪水丰盈，沙性土质层丰富，极利于植物生长，更有利于水果含糖。

新疆的水果多，人们一年四季都能吃到新鲜水果，如四月桑葚、五月杏子、六月桃子、七月西瓜、八月葡萄、九月香梨、十月冰糖心，十一月后还有葡萄干、杏干、巴旦木、干无花果等。

有关冰糖心的趣事很多，比如早先有一年冰糖心进入挂果期，却出现了"烂心"现象。果农们开始担心：那从果心处向外扩散开的一圈圈怪异图形，莫不是因为果树得了怪病？但有一点又很奇怪，那"烂心"的苹果，却色泽光亮，吃起来更甜。更有意思的是，苹果从"烂心"处向外渗出的果汁，尝过后却甜如蜂蜜。果农们转忧为喜，遂将那"烂心"称为"冰糖心"。

冰糖心苹果分"套果"和"光果"两种。套果一说，是指长在苹果树的下部的苹果，因为方便操作，便被套了袋子生长，图的是表皮光滑漂亮，在市场上好卖；而光果一说，指长在苹果树顶部的苹果，因不方便套袋，便只能任其赤裸生长，经风吹日晒，其表皮开裂粗糙，不好看。套果的冰糖心的糖分不足，而光果因为光照时间长，其糖分充足。所以，那些并不大好看的冰糖心，吃起来其实更甜。

我们吃苹果，都习惯手捧一个啃，但是吃冰糖心最好是切开吃，而且一定要从中横切开来，对着中间那块"糖心"一口咬下去，满嘴甘甜，犹如吃了一坨蜂蜜。

新疆人身处气候干旱之地，却享受着很多甘甜的水果，有时候甚至把水果当饭吃，其幸福与别的地方的人自然不同。

温宿的冰糖心也有一段趣事。有一人经营一个苹果园，到了采摘季节，发现靠近水渠边且长在沙土中的苹果树结出的苹果，比别的树上的苹果甜很多。他惊异地细看那苹果，发现果核周围凝有黄色的东西。他用舌头一舔，觉得像舔了一口蜜。他大喜之下惊呼，这苹果把糖长在了心上。

那人在后来经过分析，发现那水渠中流淌的是天山积雪融化的雪水，而苹果树生长的地方皆为沙土。正是雪水浇灌和沙层土质，才让那一带的苹果变得糖分高、水分足、口感脆。最为神奇的是凝固在果核上的糖，可观可感，不用再做什么证明。那人在第二年春天尝试，用沙土栽下苹果树，然后用雪水浇灌，果然长出了满树的冰糖心。

对了，温宿的意思是"多水"，阿克苏的意思是"白水"。

这两个地方都在名字上强调水，看来水确实带来了不少好处。

新疆就是这样，没有水便罢，一旦有水，就一定会创造出奇迹。

香　梨

香梨出自库尔勒，有时又叫"库尔勒香梨"。其因具有色泽悦目、味甜爽滑、香气浓郁、皮薄肉细、汁多渣少、耐久贮藏、营养丰富等特点，被誉为"梨中珍品""果中王子"。

玄奘在《大唐西域记》中记载："阿耆尼国（今焉耆）引水为田，土宜糜、黍、宿麦、香枣、蒲萄、梨、柰诸果。"玄奘说的梨为香梨，因为库尔勒在古时候为焉耆国属地。萧雄在《新疆杂述诗》中说："果树成林万颗垂，瑶池分种最相宜；焉耆城外梨千树，不让哀家独擅奇。"萧雄在其诗的自注中对库尔勒香梨推崇备至："唯一种略小而长，皮薄肉丰，心细，甜而多液，入口消融，以余生事所食者，当品为第一。"他称赞库尔勒香梨可与中国历史上最负盛名的"哀家梨"媲美，给予极高评价。

香梨果皮脆薄，咬一口似乎可带来入口即化的惊喜，而且出乎意料地甜，吃一口犹如蜂蜜浸入口腔，味蕾立即被浓浓的甜蜜包裹。再者，香梨果肉多汁，一口咬下去便可品尝到浓浓的汁液，让人觉得不是在吃梨，而是喝到了奇异佳酿。

香梨来之不易。一棵香梨树，栽下四五年后才结果。在那四五年间，人们精心侍候，每年春天看它们开花，秋天看叶子一片片凋零落地。到了第四年或第五年冬天，人们走到那些马上就要结果的梨树前，会变得格外敏感，有时候碰到一根枝条，会用手轻轻抚住，待其不再晃动了才会离开。到了次年，那些梨树便在3月下旬萌花，在4月中上旬开花，到9月中旬至果熟期，枝头上便挂满诱人的香梨。

库尔勒位于南天山和北天山之间，加之又处于塔里木河流域，同时还有博斯腾湖的浸润，便形成独特的盆地气候，孕育出只产于库尔勒一地的香梨。关于香梨的具体说法是，塔里木盆地的湿度利于梨树的生长结果，且能保证其水分充足，而掺杂其中的沙漠气候又促成了其甜度，并且让果肉酥软脆香。

香梨因为甜得出奇，其自身必然会发生奇特之事。有一年5月库尔勒下了一场大雪，气温降到了零下．人们以为正在开花的香梨会受到影响，不料花瓣在雪后迎着太阳伸展开来，并很快从花蒂处冒出了果实。

水果很少分公母，但香梨却分公梨和母梨。区分的办法是从形状上判断，公梨的果端为凸起形，母梨的果端为凹进形。不仅如此，二者的味道也不同，母梨要比公梨甜很多，新疆人买梨时会说：我要那种屁股圆的梨。

当然，香梨树下也发生过传奇故事。有一人在沙漠里迷了路，起初用刀子割开胡杨树皮，捅出一个洞让其流出树汁，把嘴凑近喝下解渴。后因无法忍受饥饿便挣扎着往前走，走了两天一夜，也不知是走出了困境还是迷失得更加遥远。就在他几近于崩溃时，一棵香梨树出现于不远处。他飞奔过去摘下香梨饱吃一顿，一鼓作气走出了沙漠。

石　榴

　　用今天的话说，张骞是一个吃货或美食家。比如石榴，遇上张骞，便得到从西方走向东方的机会。

　　石榴原产于波斯（今伊朗）一带。据晋代张华《博物志》载："汉张骞出使西域，得涂林安石国榴种以归，故名安石榴。"张骞在安石国碰到石榴，曾有一件趣事。当时，安石国大旱，御花园中的石榴树几近干枯。张骞细观之，发现那御花园整体缺水，浇在石榴树下的水，并不能使整个御花园保持水分平衡。他用汉朝水利之法，引水进入御花园，救活了石榴树。那一年，御花园中的石榴花开得鲜艳，果实结得硕大。张骞回国时，安石国王要赠他财物，他却婉言谢绝，只请求带一些石榴种子回去，安石国王满足了他的要求。

　　石榴另有沃丹、安石榴、若榴、丹若、金庞、涂林、天浆等名字，其花朵有大红、桃红、橙黄、粉红、白等颜色。如今，最喜欢石榴的是西班牙人，他们的国徽中有石榴，国花亦为石榴花。

　　关于石榴，有两个有意思的说法。第一个与捉鬼的钟馗有关。他画像的耳边常插着一朵石榴花，因此他被称为花神。钟馗是火暴脾气，见鬼打鬼，遇魔降魔，与火红的石榴花匹配，便形成鲜明的个性。

　　第二个说法，始自梁元帝的词《乌栖曲》，其中"芙蓉为带石榴裙"一句，让"石榴裙"从此成为典故。古代女子多喜欢穿红色衣裙，其红色如石榴花般鲜艳，所以人们将红裙称为"石榴裙"。"石榴裙"遂成为年轻女子的代称，如某男子被美女征服，就说他"拜倒在石榴裙下"。

石榴被张骞先带入西域，后又由西域传入中原，牢牢扎下了根。如今在新疆，到处都有石榴。相比之下，南疆的石榴尤甚，吃过后让人记忆深刻，总是盼望有机会再去吃上一次。

我第一次吃新疆的石榴是在叶城，亦第一次见到维吾尔族姑娘。她问我要吃甜石榴还是酸石榴，我因为不了解石榴，便不知该如何选择。她笑着说：如果你的嘴是不怕酸的厉害嘴，就甜的酸的都吃；如果你的嘴不是厉害嘴，就只吃甜的不要吃酸的。我买了两个甜石榴，迫不及待地掰开，便看见饱满、圆润、鲜红的石榴籽。它们一颗挨一颗，像是紧紧拥抱在一起。我准备抠下石榴籽吃，那姑娘拦住我说：你这样吃石榴，就站到别的地方去吃，如果站在我的摊位跟前吃，你要学会吃石榴的方法。我表示愿意请教，她捧着石榴，好像要让石榴籽见到阳光，被风吹一吹才能吃。然后，她把石榴递给我说：吃石榴之前要先让石榴醒来，吃起来又甜又脆。我估计石榴醒得差不多了，便抠下一把石榴籽放进嘴里，一咬便有浓烈的甜汁冒出，口腔中犹如浸入了蜜糖。我问她这么好吃的石榴是哪里产的。她惊愕的神情马上把微笑压了下去，然后很认真地对我说：有站在家门口问大门在哪儿的人吗？我遂知道我吃的石榴是叶城产的。我在无意间走到了盛产石榴的"石榴之乡"。

叶城的背后是昆仑山。雪水流下来，与塔克拉玛干的气候融合，形成最适合石榴生长的气候。叶城的石榴个大，籽肥，汁多,味美。叶城石榴分酸甜两大类,有颜色红似火、个头硕大的酸石榴,而甜石榴则底色橘黄,阳面带红晕。

在维吾尔语中,石榴称"阿娜尔"。因维吾尔族人十分喜爱石榴,很多女孩子的名字都叫"阿娜尔古丽"(石榴花)、"阿娜尔罕"等。因为用这一名字者甚多,在巴扎上喊一声"阿娜尔古丽",或者言谈中提到"阿娜尔罕",会有不少年轻漂亮的少女或下意识地回头,或本能地应答。

石榴花也颇为艳丽。每年5月,石榴树便开出巴掌大的花朵,远看一片红彤彤,凑近还可闻到香味。人们对石榴花格外青睐,常常在毡子、毯子、头巾、衣服和建筑上饰有不同形状的石榴花图案。

我所在部队旁边有一户人家,我曾见他们盛一盆水,将石榴放进去清洗一番,然后捞出晾晒干后,用小刀切成莲花瓣状,每人拿一瓣慢慢剥下石榴籽吃。大多数人吃石榴是将石榴籽掰下来吃,但这家人的吃法却如此庄重、严肃和清洁,让我在一旁看得肃然起敬。

他们吃完石榴后,将石榴皮收起放在了一边。我细问后才知道,他们要把石榴皮留给羊吃。人吃石榴籽,羊吃石榴皮,可谓物尽其用。

后来的一天,我们连长借了一辆吉普车去买石榴,我跟他一同前去。我们进了石榴园,满树石榴红彤彤的直晃眼,似乎风一吹就能掉下来。不料,石榴园的主人说即便石榴红透了,还得再等些天,那时候摘下的石榴才好吃。为了强调她的话有道理,她又说不能只看石榴的皮有多么红,而是要看里面的籽儿是否红透熟透。她把我们领到几棵石榴树前说:这几棵树上的石榴都长好了，你们随便摘。

我专拣色泽透亮的石榴摘，她十多岁的儿子皱眉做出怪表情，连长过来纠正我的错误。原来那些长得不好看，而且裂缝了的丑石榴才是最好吃的。我想再摘几个丑石榴，可箱子已满，只好作罢。

我们的车子开出没多远就栽进了路边的沟中。那个小家伙叫来村里的一帮小孩，他站到一块石头上指挥，那些小孩合力把车推上了马路。然后，他们一起唱着歌走了。连长对他们道谢，他们头也不回地说：不用谢。你们来买石榴，如果让石榴倒在了沟里，我们怎么好意思收你们的钱。

后来，我调到驻疏勒县的南疆军区。一天，去喀什一户人家买石榴。他们将石榴保存在地窖中，取出时有湿漉漉的水分。我们买了五箱装上车，主人说天又这么热，喝一碗茶再走。茶是已不多见的黑砖茶，汤色深厚，味道清冽。就在我们喝茶的间隙，我看见院子一角有一棵石榴树，挂着几个红彤彤的石榴，便问主人那几个石榴什么时候能吃，他说：能吃的石榴多得很，但长在院子里的石榴是看的，吃它们干什么呢？

主人亦说起这棵石榴树的来历。有一年，他在地里栽石榴树，把看上去干枯或有折痕、断裂、无根的树苗挑出来，拿回家准备当柴火。不料，几天后发现其中一根冒出了绿芽，他便将它栽在院子一角，当年就长出硕大的叶片并开出了花，四年后就结出了石榴。主人笑着说：它是自己找到我们家的，我不能让它白来一趟，就让它常年在这里陪着我们，多好！

我们聊了一会儿便离去。我走到大门口时回过头，想再看一眼那棵树上的石榴，不料脚下一滑，手里的石榴掉到了地上。这时主人隔着大门喊出一句像谚语一样的话：手里有石榴的人，心里一定很甜。

我一愣，捡起石榴离去。

巴旦木

巴旦木又名巴旦杏，也有俗名叫薄壳杏仁，是新疆人最喜欢吃的干果，主要产在天山以南疏附、英吉沙、莎车、叶城等县。每逢初秋，当果园里的巴旦杏由绿变黄、微带红晕、开始干裂成熟的时节，人们就络绎不绝地前去选购采摘，迅速将成熟的巴旦杏争购一空。

巴旦木看上去有诗意，吃起来有美感。看巴旦木，有两个时节最好，其一为巴旦木开花的春天，其二为采摘巴旦木果的秋天。

巴旦木一般都与麦田相邻而长。每到3月，开出粉中透白的花朵，而树下是绿色麦田，两种颜色叠加交会在一起，展示出不可多见的美感。细看巴旦木花，它们都不大，在枝头挤成堆，显出一种集群的力量感。巴旦木花酷似桃花，却不如桃花艳；像梨花，又没有梨花白；如杏花，又没有杏花娇。

新疆的巴旦木有四十多种，历来有"五大品系"之说：软壳甜巴旦木品系、甜巴旦木品系、厚壳甜巴旦木品系、苦巴旦木品系、桃巴旦木品系。其中，最佳品种有纸皮巴旦、软壳巴旦、薄壳巴旦、双仁巴旦等。在众多品种中，有一种薄皮巴旦木最受人们喜爱。食用前只需用手轻轻一挤，饱满厚实香甜的巴旦仁就崭露出皮。由于皮薄、好剥，所以也称它为"纸皮巴旦木"。

巴旦木在初秋时成熟，先是果皮由绿变黄，并慢慢呈现出红晕。果皮上有此颜色，采摘巴旦木的季节就到了。就像库车的小白杏到了成熟季节，会自行跌落一样，采摘巴旦木也要等待一个特殊时刻——果皮上的红晕红到发紫，果皮便啪的一声裂开，露出巴旦木核。这个等待过程虽然难熬，却能保证巴旦木含有充足的糖分、脂肪和粗蛋白。

等巴旦木果皮已没有了水分，一剥便可掉下，而露出的巴旦木核则呈金黄色，在人们眼里，那颜色就是成熟和收获，看着让人兴奋。

巴旦木好吃，但剥壳颇为费事。那壳很是坚硬，不论你力气有多大，能否捏破全凭运气。我曾见过一壮汉连捏数颗均不破，弄得他满脸疑惑。也难怪，他碰到的都是硬壳，纵然他有再大的力气，也用不到那指甲盖大小的巴旦木上去。

苦于巴旦木壳难破，人们便想出了用钳子夹巴旦木壳的办法。钳子即常用的那种铁钳子，有将力量凝为一处的特点，刚好用来夹巴旦木壳。常见的方法是，将一颗巴旦木夹于钳口，用力一压钳柄，巴旦木壳便被夹碎。新疆卖巴旦木的摊位大多放一把钳子，知情者一看便知是做什么用的。但使用钳子要掌握好力度，否则巴旦木壳虽然被夹碎了，核仁也会被夹成碎末，吃起来便少了口感。

如果把巴旦木仁加工，则有椒盐味、五香味、奶香味和本味等。之所以加工是为了迎合市场，但不怎么受欢迎，相比之下，人们还是喜欢直接破壳后的本味。吃巴旦木多年的老人有一个习惯,即吃巴旦木时不吃别的东西,至于加调料,他们认为更会破坏巴旦木的营养。我在疏勒县时,曾因紧张而导致失眠。一位战友让我每晚睡觉前细嚼十余粒巴旦木,然后喝一杯开水。我坚持食用几天,通宵熟睡无梦,身体抵抗力显著增强。

巴旦木的吃法很多,直接吃核仁对心脏、睡眠、血压、神经、气管等都有好处。但人们并不多提及它的这些用处,似乎一提就变成了食疗,而少了口福。巴旦木仁坚脆,咀嚼起来有舒爽之感,有时还可品出甜味。经常见老人在口袋中装一把巴旦木,闲时便掏出来吃几颗,那才是人与巴旦木最亲切的时刻。

巴旦木可用于做多种美食,新疆常见的有磨汁、炖肉、糕点和煲汤。除此之外,还有巴旦木乳、巴旦木酒、巴旦木油等。曾见过在稀饭、奶茶和抓饭中放巴旦木,吃起来仍不失脆爽之感。

关于巴旦木有一个说法:巴旦木的父亲叫莎车,母亲叫疏附;它出生在英吉沙,成长在喀什。从这个说法可得知,这几个地方是巴旦木的盛产之地。

关于巴旦木有这样的历史故事:有一年,亚洲北部瘟疫大流行,人们成群成批地死亡,城市、乡村和草场都笼罩在极度悲伤中。而在尤尔都斯草原,瘟疫加上日益升级的激烈战斗和宫廷之争,死的人更是不计其数。这时,伊力台力西可汗给大臣吐尤库克下令,如果谁能找到治瘟疫的良药,就送给谁与其本人一样高的黄金,并且让他入宫做辅助丞相。依照可汗的命令,吐尤库克立即将告示准备好,让手下人骑马在所辖疆域内寻找治疗瘟疫的良医和有效药。十三天后,有人向吐尤库克禀报,说有一位盲人医生能治疗瘟疫。医生建议,治这种病要每天吃七个巴旦木,然后再喝一碗牛奶,只要三至七天,病一定能好。吐尤库克立即指示，得瘟疫的人必须每天吃巴旦木。过了一个星期，各地传来喜讯，巴旦木确实能医治瘟疫。有些地方找不到巴旦仁，即使吃它的叶子也能起到作用。这个消息很快传开，大家都知道了巴旦木的好处。不久，巴旦木便变得比黄金还贵。伊力台力西可汗下令：每家每户，必须种十棵巴旦木树，树活则人活，树死则人死。于是巴旦木被人们广泛食用。两年后，人们终于摆脱了瘟疫。

巴旦木在唐朝时由波斯传入西域，在叶尔羌（今莎车）扎下了根。唐书《酉阳杂俎》对巴旦木有记载："偏桃出波斯国，波斯国呼为婆淡树。长五六丈，周四五尺，叶似桃而阔大，三月开花，白色。花落结实，状如桃子，而形偏，故谓之偏桃。其肉苦涩不可啖，核中仁甘甜，西域诸国并珍之。"如今，莎车县有一百余万亩巴旦木，可谓让巴旦木大放了光彩。

有一年我在和田市的库木巴格村，见到一棵有好几十年树龄的巴旦木，当地百姓称其为"总理巴旦木"。当地人说，周恩来1965年到和田时，亲手栽下了这棵巴旦木树。和田偏僻，据说有一位老人不知周总理已经去世，"总理巴旦木"每年都结出不少巴旦木，他想捎一些巴旦木给周总理，请他亲口尝一尝。

离"总理巴旦木"不远，就是当年要骑着毛驴上北京去见毛主席的库尔班的家乡。当年，和田瓜果成熟，库尔班感激毛主席，便想把瓜果送到北京请毛主席品尝。当然，他骑毛驴是无法到达北京的。毛主席听闻消息后，派人专程接库尔班到北京，在人民大会堂见了他一面。

这些，都是平凡人内心的光芒。

枸 杞

在新疆见的枸杞多了，发现其生长有一特点，即多生长于沟壑、山坡、水渠边和灌溉地埂。如果在戈壁荒滩中，往往连片生长，在花季一片鲜艳，到了挂果时则又一片通红。

中国人食用枸杞，历史久远。

"陟彼北山，言采其杞"，这句诗出自《诗经·小雅·北山》。吴树干和赖长扬二先生将其翻译过来，意思是"惘惘登上北山去，采枸杞啊采枸杞"！李时珍在《本草纲目》中则称枸杞："久服，坚筋骨，轻身不老，耐寒暑。"

在历史上，枸杞亦被不少名人食用过，比如诗人陆游到了老年，因两目昏花，视物模糊，常吃枸杞治疗，后来终于使视力有了好转。他因此作诗："雪霁茅堂钟磬清，晨斋枸杞一杯羹。"从诗句中看出，他每天在茅屋中喝一杯枸杞泡水，看窗外的雪景，心情颇为慰悦。心情好，有利于身体健康，陆游深谙此道，乐以忘忧。

把枸杞与银耳放在一起炖，便是枸杞银耳汤，其营养和滋补作用均很不错。

枸杞被人类服用久矣，如今大江南北均有枸杞，新疆亦盛产枸杞，并另有一名：古城子。可能最早在新疆种植枸杞的人住在一个古老的城中，便得了此名。枸杞有不少别名，如苟起子、枸杞红实、甜菜子、西枸杞、狗奶子、红青椒、枸蹄子、枸杞果、地骨子、枸茄茄、红耳坠、血枸子、枸地芽子、枸杞豆、血杞子、津枸杞等。但叫其别名的人不多，只有枸杞一名叫得顺口，听起来亦很舒服。

也有人工栽种的枸杞林，密密匝匝连成片。走近细看，各树之间枝干交错，想必枸杞种植得拥挤一些，彼此间并不碍事。有一人种植了一百余亩枸杞，不除草，不修枝，只等着在6月摘收枸杞。有人问他原因，他说枸杞树下长不了草，因为枸杞树特别吸收土地营养，树下的草活不了。而枸杞树没有空闲的枝条，花期一过，几乎每一枝上都挂着红彤彤的枸杞，所以从来不用裁枝。

无论是野生或种植的，枸杞树最吸引人的是果实。枸杞圆如樱桃，红润饱满。如果是清晨或下过雨，便有水珠凝悬于果实顶端，欲坠不坠，是难得一见的画面。成熟的鲜嫩枸杞是可以生吃的，其味近乎葡萄味道，且有甘美脆爽之感，吃几颗后，口腔中会长久存留酸甜味道，颇为提神。

每年6月为枸杞采摘期。人们将其从树上摘下，放在阴凉处晾至皮皱，然后曝晒至果皮变硬，果肉缩紧，便可收起。每年在南北疆的辽阔戈壁上，可见到晒枸杞的火红场面。有时候枸杞从眼前铺向天边，像是一块巨大的红布把戈壁覆盖了起来。

有一年在木垒，见人们在晒枸杞，一群羊经过旁边，便惊恐地咩咩叫，任凭主人如何驱赶，死活不向前一步。晒枸杞的人亦不解，好好的羊为何如此恐惧，难道有狼？他们便向四周的山冈张望，有谚语说：有人就有贼，有山就有狼。如果有狼，一定在山冈上。但是山冈上没有动静，树不动，草不动，看样子不像有狼。那群羊在原地挨了一个多小时，才小心翼翼向前走去。而远处的山冈上，有几条黑影闪烁进了山谷。果然有狼，羊的感应灵敏，果断停止不前，避免了一场危险。后来人们断定，是火红的枸杞让那几只狼怯畏，才没有袭击羊群。狼怕火，酷似大火的枸杞让它们犹豫，最终放弃了计划。

枸杞最常见的使用方法是泡水喝，枸杞泡水具有提高免疫力、延缓衰老、抗肝损伤、降血糖、补肾、抗脂肪肝、抗肿瘤等作用。但枸杞泡水亦有不利之处：阴虚者易上火，过量会流鼻血和影响视力，促使血压升高。

在和田曾喝过枸杞玫瑰茶。汤色红亮，花片和枸杞鲜嫩，喝下一口后尝出味道醇馥，润腔舒服，是难得的享受。得知女性对此茶格外青睐，便断定其最大的好处是美容。

枸杞也用于做饭做菜。抓饭、炖羊肉、鸽子汤、炖鸡、炖鱼、阿魏菇汤、缸子肉、诺鲁孜饭、苞谷汤饭、苏甫汤等，放一把枸杞进去，不但好看，而且提味。最独特的是枸杞膏，以文火长时间煎熬，去渣浓缩后，加蜂蜜搅匀，冷却后收起。用时极为简单，用沸水冲服即可。

枸杞树多刺，人们采摘时多遭受扎痛之苦。但刺亦有好处，有一年蝗虫泛滥，人们担心尚未成熟的枸杞会遭受损害。但蝗虫灾害过后，枸杞却无损失，是蝗虫怕枸杞树上的刺，都绕飞去了别处。

附录二：有香味的叶子

藿　香

有一年，我在北疆的霍城县吃鱼时，发现汤中放了藿香。那次，战友先是带我们去河中钓鱼。那鱼真是好钓，钓钩投入水中不久便觉得手中的钓竿一沉，还传来明显的震动感。我迅速提出渔线，便有一条大鲤鱼蹦跳着被钓出。一个多小时后便钓了一水桶鱼，我们觉得钓得多了吃不完也带不走，就收了钓竿。

战友让他的妻子在一家餐馆中亲自操作，不一会儿就做出一盆带汤的鱼。战友的妻子还做了一盘凉拌青椒，只放了醋和盐。她说凉拌青椒用醋腌半小时即可，吃的就是青椒的脆和原汁原味的辣。我一尝果然好吃，之后在家做过几次，均吃得颇为舒服。

那天我吃第一口鱼时，便发现了一种以前没有尝过的味道，一问才知道战友的妻子在里面放了藿香。她说看见餐馆后面的菜园中种有藿香，便顺手揪了几片叶子洗干净后放进了鱼汤中。我颇为欣喜，终于吃到了新疆的藿香！随即我去菜园中看藿香，它们大约有一米高，自下而上长满繁茂的叶片，顶端还开着淡紫色花朵。吃藿香吃的就是叶片。我摘下一片叶片细看，纹理细致，手感柔软，还没放到鼻子下就闻到了香味。这就是藿香了，我算是像疏附县的那位村主任所说一样，是看了一下认了一下记了一下，以后再也不会和另一种叫藿香的面食混为一谈了。

回到餐桌边吃鱼，发现那盆鱼不但味道独特，更为难得的是鱼汤中有一股天然的藿香味道，让人忍不住用嘴含着藿香叶不愿吞下，想多体味一会儿那浓浓的藿香味。

大家吃完鱼后颇为开心。战友驾一辆军用三轮摩托车载大家返回，走不多远他便"哎呀呀"地驾不稳了。我们从上面摔下，摩托车亦翻到了路边。大家一起把摩托车抬起翻过来，再次发动上路。走不远他又"噢哟哟"一声，我们和摩托车又翻到了路边的棉花地里。

无奈之下，我们便只好步行回去。战友的妻子在行走间说，藿香不仅可用于煲汤，还可用于炒菜、炖肉，因为其味道很浓烈，放入任何食材都可浸味进去，可谓调味之王。她还说到她母亲每到春节，总是用一顿放了藿香的傻儿鱼召唤分布于四面八方的儿女回四川老家。兄妹几个一听到母亲在电话中说过年了，回来吃藿香鱼吧，他们便归心似箭、马不停蹄地往家赶。

椒 蒿

五月的角,六月的蒿,七月八月当柴烧。此为北疆说椒蒿的顺口溜,意思是,在六月里吃椒蒿最好,过了这个月份,椒蒿便长粗,不能食用。

在新疆,经常听到人们用民谣、顺口溜和谚语讲述食物,比如:"一口香,一碗饱。""哪怕活到中午,也要准备晚饭。""马是男儿的翅膀,饭是人类的营养。""有地不嫌远,有饭不嫌晚。""天天骑的马不长膘,天天吃的饭没味道。""挑衣服的人挨冻,挑饭菜的人挨饿。""绳软好系,饭软好嚼。""瓜熟透了甘甜,菜炒熟了可口。""饱不宰母鸡,饿不食谷种。"依我看,顺口溜说得久了,便会像"吃肉的牙长在嘴里,吃人的牙长在心里"一样成为谚语。谚语并非神创造的,而是人们长久言传,被更多的人记住并深信有一定的道理,遂成为谚语。

椒蒿的别名叫灰蒿和蛇蒿,多生于山坡、草原、林缘、路旁、田边及干河谷。新疆人则将椒蒿称为"麻烈烈"。椒蒿入口有一股异香,近似薄荷和藿香,但又比此二者的味道浓烈,麻烈烈地搅缠舌头和味蕾,故得此名。

椒蒿是多年生草本植物,北疆一带的温泉、精河、察布查尔和东疆的巴里坤、伊吾等地均多产此物。新疆人对端上餐桌的椒蒿的态度持两端:一者认为其味麻而苦,一口不吃,避而远之;

另一者却钟爱其独特之味,吃一次后欲罢不能,常挂念在心上。

我第一次吃椒蒿是在驻巴里坤的边防一团,一道凉拌椒蒿上桌,立刻将一桌人分成两派:一派如前面听说觉得其味道不好,筷子一伸又犹豫着收回;另一派如我,一尝之下喜形于色,不但觉得那么好的味道难得,而且食后感觉有了提神的作用,于是便多吃了几口。那天在席间听说,有人将椒蒿称为"新疆芥末",我深以为是。椒蒿一入口便自舌尖散出一股麻味,如果在口中稍微品一下,或者咀嚼,那股麻味便自口腔浸入鼻腔,顿觉刺激,亦让人头脑紧绷。

巴里坤是新疆汉文化最为集中之地,尤以传统美食特色最为明显。据说,这里的家庭主妇因钟爱椒蒿,遂用其代替花椒,久而久之巴里坤人便吃椒蒿上瘾,尤其是喝酒后吃一碗椒蒿汤饭,既解酒又解馋。那天我们亦在最后吃了椒蒿汤饭,那面片揪得小而薄,加之放了醋,再由椒蒿一提味,整个汤饭便汤鲜味浓,食之颇为舒爽。

后又听人说椒蒿还被称为"新疆毛尖",想必是被当作茶喝了,但我没有喝过,想象不出是怎样的炮制程序,泡出的汤汁又是怎样的颜色和味道。

吃过一次椒蒿土豆丝后,便知道用椒蒿作辅料,还可以做出椒蒿炒羊肉、椒蒿饺子、椒蒿拌面、椒蒿炒鸡蛋等。我那次想从巴里坤带一些椒蒿回去,但寻遍菜市场却不见其踪影。细问之下得知,吃椒蒿吃的是刚长出的嫩叶尖。我去的时令不对,用巴里坤人的话说椒蒿已经长成了秆,快结籽了。

到了第二年5月底,突然想起"六月吃蒿"的说法,心想巴里坤的椒蒿应该有卖的了,便去北园春菜市场打听。北园春在乌鲁木齐是品种最全的菜市场，凡是与吃有关的东西，在北园春没有找不到的。进入北园春一问，一位热心人一指不远处的一个摊位说：就那儿，这几天只卖椒蒿，别的什么都不卖。我过去一看，果然是鲜嫩的椒蒿，一把一把地码成一堆，谁要买，只能按照从上到下的次序买，不能随意挑选。我看一把刚好吃一顿，便买了一把，回家做了一盘凉拌椒蒿。做凉拌椒蒿不难，先将椒蒿择好洗好沥水，起锅烧开水，然后将切好的椒蒿放入焯水一分钟，捞出沥干。这时，切好葱、姜、蒜，备好辣椒段，在锅内将油烧热，放入葱、姜、蒜、辣椒段炒香，倒入沥水后的椒蒿，加盐、蒜末、醋等翻拌后装盘上桌。之所以在最后放蒜末，是因为先前的蒜主要用于炒香，出锅再加点蒜末，味道会更香辣可口。

后来听说，居住在伊犁河边的锡伯族人将椒蒿称为"布尔哈雪克"，即"柳叶草""鱼香草"的意思。锡伯族有一道菜叫"椒蒿炖鱼"，是从河中打出鱼后，锅中加入河水，再放入椒蒿炖煮而成，出锅后味鲜肉嫩，让吃过的人念念不忘。有一次去伊犁参加一个文学活动，我先前的战友一大早去伊犁河边钓鱼，无奈那么大的伊犁河居然在那天无鱼。他见到一位渔民用渔网打得一条大鱼，便掏钱买回来让餐厅做了一大盆椒蒿炖鱼。大家在席间吃得赞不绝口。我一问才知道他为买那鱼花了一千多元，便觉得太贵了，但又觉得他是出于情深才买，便多吃了一些。

回到乌鲁木齐，听说幸福路有一家叫"嘎善"的锡伯族餐厅，其椒蒿炖鱼在喜欢吃椒蒿者中已广为人知。我去吃过一次，发现厨师除了在鱼汤中放椒蒿外，还打入了一点面糊，撒了些韭菜花，一尝味道更是鲜美，忍不住几口就喝完了一碗鱼汤。那一顿我放下矜持，吃得酣畅淋漓。

吃完后与餐厅老板交流，得知现在有人专门种植椒蒿，不仅春夏两季能吃到新鲜的椒蒿，哪怕大雪纷飞的寒冬也能吃到干椒蒿。最重要的是不论鲜叶还是干叶，其味道都不减半分。喜欢吃的人在菜单上一看到"椒蒿"二字就挪不开眼睛，大声吆喝着让服务员上一道有椒蒿的菜。

最难忘的是在温泉县吃到了椒蒿拌面。本来是一大盘拌面，拌菜中且有羊肉和青椒，但因为有了椒蒿提味，吃起来连拉条子也感觉不一样了，显得分外筋道和爽口。吃完后本来要按照"原汤化原食"的原则喝一碗面汤，老板却劝我们喝一碗放了椒蒿的鱼汤，并强调鱼是早上刚从河中打来的，椒蒿也是刚长出的嫩尖叶片。来她餐馆吃拌面的人没有不喝那汤的。我想起先前几次喝过的椒蒿鱼汤，便让老板赶紧上鱼汤。等到喝完后一抹嘴，那种舒爽已很难用言语表达。

后来，在乌鲁木齐北京路的一家餐馆又吃到了椒蒿拌面，但听到了一个让人伤感的事情。说是有一个人前后三年，每到星期天必去吃一顿椒蒿拌面。每到他要来的日子，餐馆会早早地为他备好面、菜，他一进门坐下便可以动筷子。但有一天，他却没有来，几经打听才知道他在来餐馆的路上出了车祸。我听得很震惊，好像刚吃下的拌面堵在了心里，直至回到家才好受了一些。

另有一人和椒蒿的事情，听来让人欣喜。他见椒蒿广受欢迎，便承包了十余亩地大面积种植椒蒿。不料，到了该长出嫩芽的时节，那椒蒿才长出一两寸高的小苗。他觉得选择的地方不宜种植椒蒿，遂绝望放弃。但谁也没想到那椒蒿在后来却长得很快，在第二茬给他长出了齐刷刷的嫩芽。他跪在地边大喊一声椒蒿，继而泪流满面，喜极而泣。

苜 蓿

张骞是一个对美食感兴趣的人。他出使西域在政治、军事方面失败后,欣然发现可做别的事情,比如把吃过尝过的食物记下来,遇到种子悄悄捏一把装进口袋,同时还收集一些西域历史、地理、游牧民族和各王国信息,回去好歹有个交代。

张骞当使者当得苦,被匈奴掳去当了俘虏,后又成为匈奴的女婿,前后折腾了十余年。后来,好不容易到达大宛国,又被人家用冷冷的几句话拒绝,但他收集的西域信息,终使他变成了成功者。他不是政治家和军事家,确实难以完成使者的任务,但他在地理方面的爱好,使他走出了一条在日后大放光彩的"丝绸之路",从而使他的人生价值高蹈于历史之中。

张骞从西域带回的诸多物种中,苜蓿被称为"牧草之王"。人们在其青嫩时,将细小尖芽炒后食之,亦可凉拌、做苜蓿饺子,苜蓿可谓极为有用的植物。如今多种禽畜都可食苜蓿长成后的茎叶,但在苜蓿传入中原之初,却只有皇帝座驾之马才可食之,所以便有"天马常衔苜蓿花"之说。据《史记·大宛列传》载:"宛左右……马嗜苜蓿,汉使取其实来,于是天子始种苜蓿、蒲陶肥饶地。"可见,汉武帝时期才开始大面积种植苜蓿。唐代颜师古为《汉书·西域传》作注:"今北道诸州,旧安定北地之境,往往有苜蓿者,皆汉时所种也。"北魏农学家贾思勰在《齐民要术》一书中,详细记载了苜蓿的栽培方法:"地宜良熟。七月种之。畦种，水浇，一如韭法。"《新唐书·百官志》记载："凡驿马，给地四顷，莳以苜蓿。"苜蓿作为域外物种，能在中原站住脚并广泛传播，与在各个朝代都是战马的重要饲料有密切的关系。

葛洪在《西京杂记》中，将苜蓿记录得颇为奇怪：在大宛国，必是自生的玫瑰树，才在其下生长苜蓿。不仅如此，他后来又对苜蓿记录了两笔。其一，风刮入苜蓿枝叶间，会长久萧萧然响动。其二，如阳光明媚，照在苜蓿花上，便反射出奇异的光彩，故人们将苜蓿称为"怀风"。苜蓿为何会那样？葛洪没有解释。进夏，乃至入秋，苜蓿便不再动，亦无光彩。人们于是知道，在开春发芽的苜蓿，被葛洪看到奇异二三，是因为苜蓿在春天律动。春光明媚一说，亦可作为例证。

苜蓿在很多地方都有。我到新疆后，发现新疆的苜蓿之多为中国之最，生长有十三种苜蓿中的八种。吐鲁番一带春来早，每年二三月间可采摘头茬苜蓿。其时乌鲁木齐大雪纷飞，但在街头能碰到吐鲁番的苜蓿，让人忍不住买上一点，回家用开水焯过，或凉拌或炒肉，算是提前尝到了春天的味道。

等到四五月份，乌鲁木齐周边的苜蓿便纷纷长出，尤其是南山的苜蓿最多，有人说南山的苜蓿能管够所有乌鲁木齐人的嘴。南山专有一个地方叫苜蓿台，可供人们观赏苜蓿和摘苜蓿，还可眺望终年积雪的博格达峰。

苜蓿常用于做凉拌菜，开春后摘苜蓿叶茎的前三四节，清水冲洗干净后，开水焯熟，再入凉水浸泡十余分钟以增其鲜，而后双手轻搓去除部分汁液。备小葱花、姜丝，热油浇过后加食盐、凉拌醋及蒜泥等调味品，调匀入味后即可食用。凉拌苜蓿味鲜美、爽口清脆，是家庭餐桌上常见的小菜。喜欢喝酒的人，多用凉拌苜蓿下酒，其清爽、嫩脆的味道极佳。

新疆人喜欢吃苜蓿饺子。在每年四五月间，将苜蓿嫩芽采摘回家，洗净后先用开水迅速焯一遍捞出，再用冷水漂洗一遍，将水分挤尽后，与事先准备好的羊肉、色拉油、盐、葱、姜末等拌匀，调制出自己喜好的口味，然后用擀好的面皮包成饺子，下锅煮熟后，蘸上蒜醋汁食用，其味颇为鲜美。

一位朋友无意间问起苜蓿有几片叶子，有说三片的，有说四片的，一时争论不休。那片苜蓿地的主人对苜蓿了如指掌，笑着说他种苜蓿多年，见过叶片最多的也就是三叶。有一个说法，你如果碰到了四叶的苜蓿，就会交好运。关于苜蓿叶片还有一个说法，一叶苜蓿代表希望，二叶苜蓿代表付出，三叶苜蓿代表爱情，而稀有的四叶苜蓿代表幸福。

大家在苜蓿地里随意走动，种苜蓿者不觉间又说起一个故事。有两个相恋的年轻人，因为一件事闹了别扭，彼此不肯让步。村里的一位老人告诉他们，在苜蓿长出的春天不能生气，否则会一年不顺。他们害怕了，问老人有何办法。老人说找到四叶的苜蓿可以挽救运气。他们听后装作无所谓，但心里都为对方担忧。一天晚上下起暴雨，他们仍在为对方寻找四叶苜蓿，也终于明白彼此其实都很在乎对方，于是便懂得了爱情，亦明白了那位老人的好意。四叶苜蓿最终并没有出现，但老人看见他们和好后笑了……四叶苜蓿，是幸福的见证！

关于四叶苜蓿，有一件轶事。一次，拿破仑带兵打仗。大军经过一个草原时，他发现有大片苜蓿，他的坐骑总是忍不住想去吃苜蓿嫩绿的叶片。虽然战场上的情况瞬息万变，但拿破仑心性高傲，仍决定全军暂停，让战马先吃一会儿苜蓿再走。马吃苜蓿，拿破仑便借机走动活动筋骨。他发现一株四叶的苜蓿，甚觉奇特，便俯身仔细去看。就在他刚低下头时，一颗向他射来的子弹飞了过去，他由此逃过一劫。从此，他便称四叶苜蓿为幸运草。

有一位朋友在南山开了一家农家乐，几次邀我们去吃苜蓿，声称弄十余种苜蓿菜让我们吃。大家好不容易凑齐上山，却因一场大雨没摘上苜蓿，瑟瑟发抖半天便匆匆返回。事后问他何时能吃上苜蓿，他说：现在的苜蓿长得一人高了，是喂牲口的。你们上来……他意识到说漏了嘴，便改口说等明年开春来吧。他的承诺，刮再大的风也吹不走。

第二年春天在托克逊见到了大面积的苜蓿，才发现每根苜蓿冒出一两片叶子，但因为它们密集地拥挤在一起，便让人觉得是一大片绿色。我们从苜蓿地回去，便吃到了头茬苜蓿，其绿嫩和鲜脆的样子，让人尚未动筷子便满心欢喜。那苜蓿是和肉一起炒的，我吃了几口，觉得味道极为鲜美。苜蓿既不失自身的嫩脆之感，又因为浸入了肉的油脂而有了微腻的味道。那天我们喝了不少酒，到最后苜蓿已变得微凉，吃过一口便有清沁心脾之感。吃完离开时，主人给每人备了一塑料袋新鲜苜蓿，告诉我们如果觉得唇干舌燥，用苜蓿佐餐，是维护健康的妙法。

后来在疏勒县，终于同时见到苜蓿和张骞。县上建了一个张骞公园，立有一尊张骞的塑像。我去看时发现塑像下有苜蓿，虽不多，但长得茎直叶繁，还开出了小花。我发现附近有一个引水管子，便打开水龙头让水浇那些苜蓿。我坐在张骞塑像下听汩汩流水声，想着张骞两千多年前的历史，度过了一个安静的下午。

有一年，在托克逊我见到人们把苜蓿收割晾干后，捆成方形草垛，等待大卡车运走。问这些苜蓿垛会被运向何处，答曰从霍尔果斯口岸出去，运往中亚乃至俄罗斯、土耳其等国。苜蓿起初是从那里传过来的，现在又踏上了返回的道路。

罗布麻

产于新疆的罗布麻，颇有趣事。大约在两千年前，罗布麻有一个好听的名字——东方的叶子，想必是罗布麻沿着丝绸之路到西方后，得了此名。其实东方的叶子一说，指的是茶叶。也就是说，罗布麻很早时，就已经被人们当成茶叶喝。

罗布麻产于塔里木河和孔雀河一带。此两地属罗布泊范围，所以它的名字中便有了"罗布"二字。新疆人说起罗布麻，从语气可明显地感觉到，他们不是在说一种茶，而是在说一种神奇的事物。与人们细聊罗布麻，才知道人们不仅仅把罗布麻当茶喝，且视其为养生的保健品。比如喝罗布麻茶，可平肝安神、清热利水，用于抗肝阳眩晕、心悸失眠、水肿尿少；可用于抗高血压病、神经衰弱、肾炎水肿；适用于中老年人降高血脂和心脑血管疾病的人群食用。

有一年5月，我在塔里木河边见到一片罗布麻。它们只开粉色小花，花香并不浓郁，身姿也不妖娆，实为常见的朴素植物。于是便想，从任何一株植物甚或一根草的外观，其实是看不出什么名堂的，要想细究其不同凡响之处，必得经过长时间亲身的观察实践。在这方面做得最好的是李时珍。他走遍山川大地，亲口尝试无数种植物，判断出其中对人体有用者，并写下一部《本草纲目》。

罗布麻在《西域水道记》中也有记载："罗布人用胡杨做舟，曲木为罐，劈梭梭为柴，插芦苇为室，织野麻为衣，取罗布叶、花代茶饮已有千年之久。"那时的人们生存得极为不易，放眼望出去能吃能喝者不多，所以只能就地取材建屋做衣，勉强应付。但饮食却勉强不得，于是乎人们小心尝试，终发现罗布麻叶可泡水饮用，遂将其当成了茶叶。罗布麻茶最早被誉为神茶，后又有野茶、夹竹桃麻、茶花麻、茶裸子等称呼。但新疆是一个不产茶的地方，加之又仅仅被生存在罗布泊一带的罗布人饮用，所以罗布麻茶没有得到传名出去的机会，乃至今天，在新疆也不被众人悉知。

早先在罗布泊的楼兰人，和罗布麻有数千年的渊源。1900年，瑞典探险家斯文·赫定在当地向导奥尔德克的带领下，发现了楼兰古城。楼兰古城出土的美女干尸上就身着罗布麻衣，可见两千多年前楼兰人穿的就是罗布麻。1895年，斯文·赫定首次走向塔克拉玛干大沙漠，由于条件恶劣，加之他经验不足，他和他的团队几乎陷入绝境，被一支骆驼队搭救后，据说每人喝了一壶罗布麻茶才得以活命。1899年，斯文·赫定在瑞典国王经诺贝尔的资助下，第二次进入新疆考察探险。在一户人家讨要罗布麻茶时遇到了奥尔德克。奥尔德克是奇人，他本名叫乌斯曼，1864年出生于塔克拉玛干中的阿不旦村。人们都说他因为喝着罗布麻茶长大的缘故，所以水性极好，可以在水里游走如飞地捕捉鱼和鸭子，还可以背着一百斤重的麦子浮上水面。他父亲见此情景高兴地直呼："我的奥尔德克（奥尔德克，意为鸭子）儿子，我的奥尔德克儿子。"自此，人们都叫他奥尔德克。奥尔德克的生命力极强，同时他也是当地的活地图。他给斯文·赫定及其助手贝格曼当向导后，他们的考古变得异常顺利。斯文·赫定发现了楼兰古城，贝格曼则于1934年发现了小河墓地。但这个穿罗布衣、喝罗布麻茶的奥尔德克，后来却双目失明，病故于卡拉庄，终年七十八岁。

史书记载虽然可靠，却缺少新鲜细节，若想找到活泼的趣事，还是和人脱不了关系。比如人们最早发现罗布麻的用处，是将其枝叶用于做草帽，戴在头部有一股凉意，可起到醒脑安神作用。后来，人们将罗布麻纤维纺织成衣，穿上可治疗头晕、感冒等疾病。

汉代的张骞出使西域时虽然艰难，但他一路却喜欢观察植物。也许他在这方面天生灵敏，见楼兰人多将罗布麻泡水喝，便带了一些回去呈敬给汉武帝刘彻。刘彻尝后大喜，下令从西域运大量罗布麻入长安，炒制成茶叶饮用。此后，刘彻一直饮用罗布麻茶，活了七十岁，是中国第一位活到七十岁的皇帝。乾隆在纪晓岚的书中看到罗布麻的秘方，便将罗布麻茶定为宫中御品，从此享受罗布麻茶的食疗效果，终年八十九岁，成为清朝最高寿的皇帝。如今人们说到罗布麻，必然要提罗布麻茶，并习惯性地强调对人体的好处。从汉武帝到乾隆，再到如今罗布老人之长寿，都是长期喝罗布麻茶受益的例证。

罗布麻的另一魅力在民间绽放。人们收割罗布麻后，将最好的部分用于编织渔网，次者用于制衣、织毯、泡澡和装扮洞房。人们还会将罗布麻絮和羊绒混合纺织，或做成帕拉孜（地毯），或做成裕袢（外衣），可谓物尽其用。

每到5月的第一场暴雨前，常见人们忙于采摘罗布麻花。那时花瓣初长成，被采回后收藏，一旦有人生病，就用热水泡服，其疗效颇为明显。我有一次在库尔勒的一家餐厅，听说有罗布麻茶，便点了一壶。倒入碗中后，其汤色略黄，似乎有什么凝在里面不动，手一晃却漾起涟漪，一圈圈扩散开复又拢来。喝一口觉得味道略淡，倒也爽口。

罗布人逐水而居，穿罗布麻衣服，喝罗布麻茶，吃罗布麻粉，抽罗布麻烟。人们以为他们是被时间遗忘的人，结果有一年全国统计出三千七百余名百岁老人，罗布人就有八百余名，又有一年统计健康百岁老人十九名，罗布人又占六名。这个遥远的地方，一时令世人惊奇。

塔里木河流域多罗布麻，亦多百岁老人。他们鹤发童颜，耳聪目明，有人笑谈他们做新郎也没问题，更别说下地干活和打鱼。他们得益于天赐大漠神物——罗布麻茶，长年用罗布麻叶和花瓣泡茶饮用，抵抗衰老，从而得以延年益寿。

我曾在一户罗布人家吃过饭。抓饭上来后他们只吃少许，拌面上来亦只吃几口。我以为他们因年长便少食，但他们吃饭的时间持续得很长，饭毕后吃核桃，吃完核桃又吃红枣，然后吃葡萄、西瓜和杏子，最后喝一碗罗布麻茶，便一脸心满意足的神情。他们劝我吃一些水果，无奈我吃抓饭和拌面过饱，已吃不下任何东西。

莫合烟

莫合烟的激情岁月，只有新疆人记得。

我第一次听说莫合烟时，听到一句有意思的话：莫合烟，是每个人都能抽得起的烟。可见莫合烟一则便宜，二则受众面广。

后来知道莫合烟是苏联产物，在20世纪30年代传入新疆伊犁，成为新疆男人的最爱。莫合烟在俄语中叫"玛合勒嘎"，新疆人顺着俄语发音称之为"马合儿烟"，后演变成"莫合烟"。

以前，抽莫合烟者随处可见，但卖莫合烟皆在巴扎。在南疆的大小巴扎上，随处可见莫合烟装在尼龙丝袋中。男人们围蹲在一旁，手持一根莫合烟，一边微眯眼睛抽着，一边热议着什么事情，莫合烟因此也就变成了巴扎上特有的味道。

新疆早晚温差大，日照时间长，适宜烟草生长，故而天山南北都曾种植过莫合烟。从20世纪30年代起，新疆男人抽的都是莫合烟。至今，留恋莫合烟的老人们常说，莫合烟的那个劲儿，抽上一口会让人精神大振，想不明白的事情就想明白了，心里的烦心事也就不见了。抽莫合烟的年代，日子过得那叫一个舒心。

抽烟叶的人，与烟草离得最近。通常所见的莫合烟，是把烟叶的茎和叶片碾成颗粒状，掺和在一起晒干，然后用清油烘焙而成，属于纯手工制作品。新疆人抽莫合烟有一种习惯，即用报纸卷烟抽，所选版面是无图片或小字号的版面，点燃后抽起来没有油墨味。二十世纪五六十年代，苏联的莫合烟和卷烟报纸进入新疆。其烟为火柴盒大小的独立小纸包，烟丝如小米粒，颗粒均匀，色泽金黄。用苏联报纸卷的莫合烟有一股特殊香味，但"洋"报纸毕竟有限，于是很多单位的报纸总是神秘消失，想来是被莫合烟民们顺手牵羊拿去享用了。

曾有一个卷莫合烟的顺口溜：报纸白纸二寸半，倒在纸上向前转。用点唾沫可连粘。大头捻小头转，紧实一点成了烟。大头要拆去，小头叼嘴间。掏出火柴打火机，点上一抽云雾散，好似活神仙。

新疆人喜欢抽劲大的莫合烟，常常把烟叶整片买回家，烟瘾上来了把烟叶揉搓成粗烟丝状，抽起来会更加浓烈。人人都抽莫合烟，但烟瘾有大小，所以不同的人便把秆、茎、叶的比例进行不同的调配，烟瘾大的人会多放一些烟茎，烟瘾小的则偏向于多放叶片。

抽莫合烟有一套常规的动作——递烟纸、撮烟粒、卷烟卷。一套娴熟的动作便是日子的味道。二十余年前，我在叶城汽车站旁曾见到一个莫合烟摊，几尼龙丝袋里装着黄绿掺杂的莫合烟，旁边放着一叠报纸和火柴。摊主看上去已年届花甲，嘴里叼着一根莫合烟在招揽生意："新烟叶子刚下来，来来来，卷一个！"老顾客都知道可随意尝试的烟摊规矩，便卷一根点燃深吸一口，眼睛微眯着享受。

我那天无事可干，便在一旁看他们抽莫合烟，看着看着便发现看似简单的卷莫合烟，其实是要讲技术的。首先，用多少烟粒要把握好。如果在卷烟纸上放得太多，就会导致莫合烟太粗，纸裹不住烟粒会散掉；如果烟粒放少了又会让莫合烟太细，抽起来纸的味道盖过了烟的味道，等于抽的是燃烧的纸。有些老烟民仅用一只手和嘴唇，一卷一舔一拧，来回抒几下就完成了全套动作。

那时我们是新兵，在部队训练时不准抽烟，但有一个战友忍不住偷偷地抽，被抓住后在全连人面前罚抽莫合烟。当时他抽得呛出了眼泪，但连长不说停，他便狼狈地把一根莫合烟抽完了。那时候我不抽烟，看着他被莫合烟呛得流泪便替他难受。多年后与那位战友说起当年的情景，他却早已戒烟；而当年不抽烟的我，如今却变得烟不离手。

在和田和喀什等地，我多次见过男人们互敬莫合烟的情景。老朋友或熟人见面，便给对方递上一张撕好的长条报纸片，对方接住后将其折成凹形。敬烟者把烟盒一旁的一小金属片抠开，倒出一小撮莫合烟，两人便边卷烟边拉家常。后来我才知道，这是男人之间的礼节。脾气不投者从来不给对方敬烟，对方亦不会接受递过去的卷烟纸。两个好朋友一起卷一起抽莫合烟是互相尊重，一根莫合烟代表的是朋友情意。

我抽过一次莫合烟，是在阿合奇跟着一位驯鹰人去放牧时。他对我抽烟很有意见，认为我一会儿点一根，从早到晚嘴上就不闲着，而他早上抽一根莫合烟可以管到中午，中午抽一根可以管到下午，下午再抽一根就可以管到晚上。我说我的烟不如莫合烟味道烈，所以便会多抽。他对我的说法不置可否，却坚持认为抽烟还是要抽莫合烟，因为莫合烟是从地里长出来的，没有经过机器加工，抽起来放心。

那天我们是去让猎鹰捕猎的，他在路上给我卷了一根莫合烟，我没抽完便觉得头晕。他拦住我说，不要浪费莫合烟了，莫合烟也认人呢。我虽沮丧，却心服口服。

我们在山中转了一天一无所获。他一改在固定时间抽莫合烟的习惯,卷了一根莫合烟满面愁容地抽,两眼似乎想从林子里揪出一只猎物,但一向灵敏的猎鹰没有反应,说明附近没有猎物。我们怏怏然往回走,在半路上遇到了一只死去的鹰,它的双插抠在沙土中。我们将它的双爪拔了出来,把它埋在了一块石头下面。他一边走一边回头,似乎身后埋下的不仅仅是一只鹰,还有他的心事。

也就是在那次,我看到了一个男人因为忧伤不停地抽莫合烟,亦感到莫合烟浓烈的味道有时能激发出难以抑制的伤感。由此,我发现但凡抽烟过烈者,无外乎两种人,其一为得意者,其二为失意者。

如今已见不到莫合烟了,因为莫合烟的生产设备、烟焦油含量等都达不到标准。新疆在2004年禁止其生产,并关闭了所有莫合烟厂,莫合烟自此退出人们的生活。

我记得在1998年路过伊宁县的喀什乡时,曾看到杨树上都钉满了大铁钉。那时候莫合烟还没有被禁,大铁钉上面挂满了烟叶片,风一吹发出窸窸窣窣的声响。20世纪90年代的伊犁大量种植烟叶,人们发现路边和田间地头的杨树可利用,便发明了悬挂烟叶让其风干的方法。细看每棵树上的大铁钉,似乎就看到了莫合烟的背影,亦能看出一种植物走过人类生活的步伐。

附录三：醒来的根

地　软

地软因南北习惯不同，通常被称为地皮木耳、地见皮、地踏菜、地皮、地衣等，不一而足。地软在《本草纲目》中叫"地踏菰"，《养小录》中称为"地踏菜"，《野菜博录》谓"鼻涕肉"。它还有个富于诗意的名字，叫"葛仙米"，据《本草纲目拾遗》解释："晋葛洪隐居乏粮，采以为食，故名葛仙米。"

地软的烹调方法见于古代的，首推清代袁枚的《随园食单》："将米（即地软，与"葛仙米"一说相似）细检淘净，煮半烂，用鸡汤、火腿汤煨。"晚清薛宝辰的《素食说略》很有创见："取细如小米粒者，以水发开，沥去水，以高汤煨之，甚清腴。余每以小豆腐丁加入，以柔配柔，以黑间白，既可口，亦美观也。"地软曾作贡品，充作御膳。宣统皇帝的菜单上就有一道菜叫"鸭丁熘葛仙米"，其所著《我的前半生》中对之有记述。地软之味美，真可谓山蔬野菜赛珍馐。

一场大雨后,地软从地里冒出头,软软地铺在地上,犹如被水浸泡过,水灵嫩生,肥润脆滑,见者抓紧时机拾捡,装入篮子提回家;太阳一出来,鲜嫩肥润的地软,会干缩得很小,便无法再采捡。所以说,它们往往因一场雨醒来,又在一场雨后沉睡。

地软生长范围广,适应性强,有木耳之筋道,却比木耳更脆;有粉皮之绵软,但比粉皮更嫩。常用于炒、凉拌、熘、烩和做羹等,可荤可素,味道极佳。人们在雨后捡拾地软回家,常见的是做地软包子、地软饺子、地软炒鸡蛋、地软汤、地软炒肉等。地软的特点是质地柔软,咀嚼口感好。如果加入调料,其味马上变得浓烈,尤其在吸油方面更胜一筹,所以炒肉为最好。

我老家多地软,每逢雨后,大家便提一个小竹篮去野外。说起来有意思,地软是一种在短时间内蓬勃生长、展示生命的陆地生藻类植物,如果长期不下雨,它们便呈干枯收缩状,但仍然活着,只等大雨一下便绽放生命光彩。

那时候我们在草丛、树根或石头上找到地软,用手指捏住其一角轻轻一拉,一片柔软湿润且几近于透明的地软就到了手里。尽管要用力从地上拨拉,但老家人仍将此称为"拾地软",似乎一场雨后满山遍野皆是地软,只需去捡拾即可。我每去拾地软都提家中的一个小竹篮,地软不会拾得太多,而我的小竹篮总是满满的,一晃颇有成就感。拾地软时仍能感觉地面的湿气浸入裤管,不一会儿就让腿脚发凉,但这时候的地软更吸引人,我们已管不了那么多。拾地软仅有一上午时间,中午的太阳会让地软又缩回,不但难以拨出,亦吃不出绵软嫩滑之感。所以,我们都是一大早就出门,拾过一处便迅速奔向另一处,是真正与时间赛跑。

记得地软最多的地方在地台、石头上、沟渠、树下、洼地、塄坎、山坡和荒地中。那荒地被废弃后不再长庄稼,却总是长出地软,有人便认为:那荒地并没有彻底荒废,下多少场雨就能拾多少次地软,还不用费力气种植,难道不划算吗?由此可见,有些事情并非只有不好的一面,只要你保持热情和耐心,就一定能等到好的结果。

我后来在明代王磐的《野菜谱》中了解到地软作为食物古已有之:"地踏菜,生雨中,晴日一照郊原空。庄前阿婆呼阿翁,相携儿女去匆匆。须臾采得青满笼,还家饱食忘岁凶,东家懒妇睡正浓。"这首歌谣记述了地软救荒的情景。可见,地软自古以来,就是饥年重要的野蔬。

我到了新疆后惊喜地发现,伊犁、博乐、塔城、阿勒泰和哈密等地也多有地软,尤其是阿勒泰的白哈巴和禾木一带,每到夏天几乎天天会下一阵雨,村后弥漫着松木清香的山坡上,在雨后便满是地软。

一次,我想弄清楚白哈巴村后的地软,是否从山脚一直延伸到了山冈。没走几步便被一位牧民喝住,他责备我:没看见脚下的地软吗?那是吃的,不是糟蹋的。我便赶紧停住脚步。我表示歉意后坐在石头上抽烟,看他弯腰捡拾地软。他捡拾得很仔细,总是一手拨开草丛,用另一手将地软轻轻拔出放入塑料袋中。遇到长在石头下的地软,他便把石头搬开,取了地软后又将石头放回原处。我问他缘由,他说:雨嘛,会不停地下;地软嘛,会不停地长;人嘛,会不停地来。如果一次把地软的根破坏了,人再来嘛,地软就没有了嘛!听他那么一说我便坦然了。这些深居大山密林中的牧民,深谙大自然规律,从中找到了活命的方法,亦沿袭古老的游牧法则一代代繁衍。他们是真正的大自然之子。

到了下午走到村庄前的小河边,他勒住马缰绳让马停下,用手掬水洗干净马的四蹄,才让马过了小河。我又问缘由,才知道村里人吃那小河中的水,他不能让马蹄上的泥巴弄脏了河水。他过河后与我分开,很快牵马进了栅栏。他家屋顶上已升起炊烟,飘出了奶茶的香味。我想起他将石头放回原处和洗马蹄的动作,便觉得他活得坦然而从容,那晚一定做个好梦。

第二天又下了一场小雨。待雨停住,村中的孩子们便蜂拥向村后的山坡去捡拾地软。我也想过一把瘾,便尾随他们去了山坡。因为雨下得小,冒出的地软不多,有的只露出一点形状,像是等太阳出来就马上缩回原形。孩子们在山坡上跑来跑去,传出一片"没有,没有"的声音。一阵忙碌过后,很多孩子一无所获,没有了再找的兴趣。

但有一个孩子运气颇好,碰到了一大堆地软,好像所有的雨水都落到了这一堆地软上。地软虽多以散状分布于山野间,但偶尔也有成堆的,但凡碰到者都会为好运气惊呼。那孩子悄悄把那堆地软捡拾干净后,才发出欣喜的声音。他这一叫引得所有孩子都围了过去,有羡慕的,也有失落的,更多的是想看看那成堆的地软是何模样,但他把塑料袋捂得严严实实不让看。有一个孩子动了心思,提出与他比赛投石头:每人用十个小石头投向刚才捡拾地软之处,他若投中得多,便赢走那袋地软;如那小孩投中得多,他便付十块钱。那小孩被十块钱诱惑,遂同意比赛。结果那小孩输了,刚刚到手的一塑料袋地软到了对方手中。他懊恼得大喊大叫,流露出反悔之意。所有孩子都不愿意了,纷纷指责他不讲信用,并用谚语教训他:一个人不可能有两个影子,一件事不可能有两个结果。他被他们的气势压得低下头，他们便又训他：说话算数的人，嘴一张是香的；说话不算数的人，嘴一张是臭的。他的心理被击溃，抹着眼泪回家去了。

不知道他回到家，会怎样对家里人说这件事。

头发菜

头发菜是一种野生的陆生藻类植物，广泛分布于沙漠和贫瘠土壤中，因其色黑而细长，酷似头发，故得此名。头发菜另有含珠藻、龙须菜、发菜、石发、竹筒菜、粉菜、发藻、大发丝、地毛、地耳筋、毛菜、仙菜、净池毛等别名，可谓别名最多的野菜。

头发菜鲜美可口，唐代诗人白居易吃过后写下了诗句："仰窥不见人，石发垂若鬠。" 头发菜好吃，但不管白居易如何端详，却都看不出名堂，真是难为白居易了。

明末清初戏曲理论家李渔在《闲情偶寄·饮馔部》中对头发菜有这样记载："菜有色相最奇，而为《本草》《食物志》诸书之所不载者，则西秦所产之头发菜是也。予为秦客，传食于塞上诸侯。一日脂车将发，见炕上有物，俨然乱发一卷，谬谓婢子栉发所遗，将欲委之而去。婢子曰：不然，群公所饷之物也。询之土人，知为头发菜。浸以滚水，拌以姜醋，其可口倍于藕丝、鹿角等菜。携归饷客，无不奇之，谓珍错中所未见。"古人鲜有论述美食，尤其是介绍其具体做法的书，李渔在这方面倒是例外。

他将做头发菜的过程写得如此详细，今人如不会做头发菜，照此文便可马上学会。

中国人食用头发菜历史悠久在汉代，权贵们把头发菜作为贡品奉献给皇帝食用。后来到了唐代，已有头发菜作为商品出售。清代，头发菜是向宫廷进贡的贡品，慈禧太后的宫廷菜单上，就有一道"拌发菜"。

头发菜在甘肃的河西走廊为最多，究其原因，河西走廊是荒漠和半荒漠，十分适合头发菜生长。李渔称其为"河西物产第一"。头发菜在甘肃山丹县境内分布和生长非常广泛，人们也早有食用习惯。每年11月至翌年5月，是甘肃头发菜的采收季节。此时河西的戈壁、荒漠、草丛和溪流里，头发菜俯拾即是。人们将其轻轻搂起，经过挑选整理、剔除杂质、晒成干菜，或运往市场卖出，或留作自家食用。

广州人把头发菜称为发菜，寓意发财。

新疆人则直接叫头发菜，并称其为"无价的黑色珍品"。但新疆人多以牛羊肉为食，少吃野菜，所以不论在饭馆餐厅，还是在家庭餐桌，都很少见头发菜。

十余年前在额尔齐斯河谷间，我第一次见到头发菜。其时正是头发菜勃发期，眼见岩块、砾石、石缝等处长有一堆又一堆头发菜。本以为此物喜欢生长在坚硬的地方，不料一扭头又瞥见，在雪水、雨水积存的低洼地带亦有头发菜。细看，头发菜丝长得长短不一，但都细长，颇为绵密地穿插交织在一起，看上去很像头发。它们的颜色初看以为是黑色，但细看后才发现是墨绿，隐隐有凝重沉积之感。后来吃到的头发菜，则全然变成了黑色，看来这是一种会变颜色的植物。

碰到了，就摘一些回去吧。我们将头发菜丝捋顺，从根部掐断，然后就是一大把到了手里。头发菜丝给人柔软舒适的手感，忍不住便像梳头一样将其一一捋顺，装入口袋。提着一袋头发菜往回走，有人指着喀纳斯方向说，西域时的头发菜，被骆驼驮着，沿着丝绸之路，走到了当时的波斯、大食（阿拉伯帝国），在外面的名气比在中国大得多。当时的丝绸之路热闹非凡，头发菜没有扬名，之后就很难了。

当晚，擅长做饭的人操作，大家吃了一顿凉拌头发菜。仔细品尝，里面放了蒜、葱花、红辣椒、花椒、香菜、藿香，泼了烧热的清油，在底下铺了一层核桃仁，但没有放醋。问及为何不放醋，答曰头发菜被醋一泡便酸涩，所以不放醋。虽然少醋，但味道仍不错。头发菜丝经调料调味后，有一股麻辣的味道，加之是刚摘下的，所以显得极为脆爽，尤其是绵软、柔嫩的口感，实属难得的享受。

问及做法，厨师说做头发菜最关键的是洗菜，来来回回洗上不下十遍才算是洗干净了。又问头发菜中有什么脏东西，非要那样洗不可。答曰里面有沙子，所以要多洗。洗净后放入沸水，焯一下即可出锅，时间千万不能太长，否则便太过于绵软，食之有菜糊糊的感觉。其实头发菜是时蔬，吃就图个新鲜。

头发菜可炒食、凉拌和做汤，以滑、柔、嫩、脆、润等特点吸引人。头发菜可以降血压、降血脂以及治疗创伤、佝偻病、痢疾、气管炎、鼻出血，还有化痰止咳、凉血明目、通便利尿等作用，但体质寒凉者、肾脏不好者要少吃或不吃。有一人被头发菜的美味诱惑，便吃得多了，不料第二天双脚肿胀，无力迈出一步。原来他有风湿性关节炎，吃了头发菜无异于让病情雪上加霜。

我曾吃过头发菜蚝豉粥、头发菜蛤蜊汤、头发菜海鲜羹、素炒头发菜、头发菜炒鸡蛋、头发菜猪爪、头发菜羊腿肉、头发菜鸡丝、头发菜虾仁、头发菜马肠、头发菜西芹、头发菜芦笋、银耳头发菜羹、头发菜煎饼、头发菜竹笋扒鱼肚、肉松头发菜豆腐、头发菜莴笋汤、头发菜鱼丸汤、酸辣头发菜汤、头发菜蚝豉莲藕猪手汤、莲藕头发菜红豆汤、头发菜竹笙卷、头发菜扣肉等。

印象最深的是亲手做头发菜蚝豉粥。先将米在焖锅内煮到沸腾，然后将泡开的蚝豉切成小颗粒状，放入锅内煮十分钟，然后把焖锅内胆放入焖烧锅内，焖两小时，将内胆取出，放入切好的头发菜，用筷子搅散，煲十五分钟，加入盐，便可盛出来吃了。

近年我又去了额尔齐斯河沿岸，发现头发菜少多了。有人说近年来乱采滥挖得很厉害，头发菜已经很少了，但乌伦古湖一带的头发菜仍然不少，每年都能采出很多。到了乌伦古湖边，便打听头发菜的情况，人们却都摇头，一脸的失望之色。原来乌伦古湖一带的头发菜更少，有的人找上一天，也未必能找到一束。

我们在湖边一侧的山谷中闲逛，碰到一位放羊的牧民。他的羊踢翻了一块石头，他却长久盯着石头下面看，直至脸上浮出失望的神情后才离去。

有知情者告知，那石头下长过头发菜，现在却什么也没有了。听他那么一说，我的心情便变得沉重起来。

恰玛古

有一年秋天在柯坪县城，听一人说，恰玛古是羊肉的伴侣。

那人的意思是，炖羊肉时，一定要放恰玛古，那样才好吃。

当时看见一人推了一车蔬菜，我以为是萝卜，问过后才知是恰玛古。细看，恰玛古长得极像萝卜，加之叶子更是与萝卜叶子无异，心想见了恰玛古的人，十有八九会将其误认为萝卜。

如何区分恰玛古和萝卜呢？听人说，柯坪的农民自有办法。虚心请教，他们说了一个常用的办法：萝卜长得直，表面光滑，看上去漂亮；恰玛古是不规整的圆形，表面粗糙，且多棱角和凹槽，看上去丑陋。农民们说，仅凭外观其实不好区分，因为恰玛古和萝卜的长相，有时候也骗人呢！明明好看得像萝卜，却是恰玛古；有时候又难看得像恰玛古，却是萝卜。不过不要紧，管它好不好看，切它一刀，流出汁的就是恰玛古；而萝卜，你切上它十刀，也没有一滴汁流出来。这个办法好，用于区分恰玛古和萝卜，应该管用。

那天在柯坪县城，见一位八十多岁的老大爷，扛着一袋恰玛古往自己家里走，一问才知道他家每天用恰玛古做抓饭，炖羊肉。问他不管做什么饭都放恰玛古吗，老大爷说：恰玛古是个好东西，每天吃一点恰玛古，强身健体，长寿呢！你看我，今年八十五岁了，身体好得跟小伙子一样！他邀我去他家做客，他家中午要做恰玛古炖羊肉，可以请我吃一顿。我是闲人，加之还没有吃过恰玛古炖羊肉,便欣然跟他前往。走到半路,见他肩扛那袋恰玛古有些吃力,我提出帮他扛一会儿。他把麻袋往我肩上一扔便走了。我觉出肩上一沉,心想恰玛古还挺沉,亦佩服那老人已经八十五岁了,居然肩扛了这么长时间。要知道这一袋恰玛古这么沉,我早就替他扛了。到了他家,他对老伴说乌鲁木齐的同志来了,赶紧把恰玛古收拾了,把羊肉收拾了,一起炖了。他说"收拾了",是做饭的意思。然后,他和我坐在院中喝茶。一个多小时后恰玛古炖羊肉便端上了桌,那羊肉多是羊腿上的精瘦肉,咀嚼起来肉质软嫩,口感颇好。那老人见我只吃羊肉,半天不吃一块恰玛古,便说恰玛古也要吃嘛,不然一肚子都是油,对身体不好。我一听忙从碗底翻出一块恰玛古,吃过一口后觉出其绵滑、脆嫩和甜润,看来恰玛古清炖羊肉确实是不错的。吃完恰玛古和羊肉,然后喝一口汤,觉出有清冽之感。老人连说:多喝这个汤,这可是最好的汤。我问之原因,他说:煮这个恰玛古清炖羊肉的水嘛,是昨天晚上雪山上的冰融化的嘛,今天早上就流到了我们这一带嘛。我嘛,在太阳还没有出来之前提一桶回家了嘛,专门用来做恰玛古清炖羊肉嘛。他每一句话后面都带一个"嘛"字,听起来颇为亲切。

  吃过那顿恰玛古炖羊肉,我便坚信恰玛古是羊肉的伴侣一说是真切的,因为我自己的亲口品尝就是例子。这么多年来,我有一个不变的习惯,但凡炖羊肉,必然要放恰玛古,其原因是羊肉和羊肉汤油腻,放一些恰玛古就不腻了。恰玛古好吃,其柔滑、酥嫩和绵软的口感,只需要和羊肉一起炖熟即可获得。人们说起恰玛古的好处,往往要强调它解腻的功能,说恰玛古有助消化,喝恰玛古汤可化油腻。

恰玛古最早种植在古代中东的两河流域，大约在西汉武帝时期，由张骞传入中国。恰玛古一名是新疆人的叫法，其学名为蔓菁，别名大头菜、芜菁、变萝卜、九英菘和盘菜等，是芥菜的一个变种，亦称为"根用芥菜"。苏轼在《狄韶州煮蔓菁芦菔羹》中写道："我昔在田间，寒庖有珍烹。常支折脚鼎，自煮花蔓菁。中年失此味，想象如隔生……"可见，古人在很早已食用恰玛古。

喜欢吃恰玛古的南疆人，大多知道这样一个故事：一位叫达吾提的老人生病了，每天下午出现潮热，咳嗽不止。一天早晨，他咳出鲜血，从此卧床不起。家人为他请来村中的老医生，老医生诊视后说这是虫病（肺结核），随后对达吾提老人的儿子口授一个秘方，老人的儿子听后连连点头。那时正是初秋，每天日落之后他出现在恰玛古地里，次日早晨日出之前，他又出现在恰玛古地里，手中的小木碗内有甘露般的汁液。回到家中，他让父亲慢慢喝下碗中汁液，半个月后父亲便下床走路，三个月后恢复了健康。老医生让他给父亲服下的，就是恰玛古的汁液。

一次在一位朋友家做客，见他炖的羊肉中有恰玛古，我便问其做法。他说简单得很，凉水放肉，煮开后用勺子将血沫和浮油撇去，再将切成块的恰玛古放进去，用文火炖煮一小时左右即可。那天的炖羊肉端上桌后，我先吃了几口恰玛古。那恰玛古比萝卜绵软爽滑，却有一股韧劲，吃起来有厚实之感。我留意了一下，发现那羊肉及羊肉汤果然不腻。

但人们谈及恰玛古，多夸大它的食疗作用，什么通三焦、益中气、利五脏、解邪毒、生精、补气、消渴、提神、润肺解毒、清肝明目、填精壮肾、通便利尿、生发美容、强健筋骨……总之，说法多之又多，听得让人头晕。

我自从吃过恰玛古后便坚信，它好吃乃是最明显之长处，至于食疗功能，但凡食物都有，况且还可能有弊端，不可夸张言传。

阿魏菇

树叶臭，但根香，说的是阿魏菇。

其树叶臭，是说每年积雪融化后，名曰阿魏的一种草便长出枝叶，且发出难闻的味道。但它的根部会长出一种蘑菇，因植物叫阿魏，人们顺口称其为阿魏菇。采回去炒菜，质地细嫩，一尝之下感觉极为醇香嫩滑，尤其那一股鲜味，远胜其他蔬菜。这就是阿魏菇的香了，与树叶臭形成鲜明对比，并声名远扬。

在中国，阿魏菇主要产地在新疆。它可成药，可美容，还可吃，营养极高，被冠以"食用菌皇后"的称号，与羊肚菌并列为姐妹菌。民间把它叫作"西天白灵芝"，可看出人们因为钟爱阿魏菇，把其生产地西域赞誉成了西天。

阿魏菇在野外每年仅生长一个月时间。5月间积了一冬的雪融化，渗入戈壁、沙漠中，悄悄蛰伏的阿魏菇，喝过几口雪水后便迅速崛起。阿魏菇的生长速度极快，几乎一天一个样子。如果太小被人忽视，几天后长大了便必然会被人发现。从5月开始，至6月上旬，是阿魏菇生长的黄金时段。它们把细腻、洁白、浑圆的身体耸立向苍穹，然后任由风沙吹打。人们担心沙尘天气会使阿魏菇夭折，但天气变好后它们仍完好无损。人们于是惊叹着做了一个比喻，阿魏菇是戈壁的胳膊最粗的儿子，没有什么能打败它。

人们发现阿魏菇的营养价值后，每到五六月便到戈壁、荒滩中去找阿魏菇。牧民起初不屑一顾，认为阿魏菇是奇怪的草，哪里有羊肉好吃。但他们尝过阿魏菇后便惊叹：这个东西好，简直就是羊肉的哥哥。

人们每每发现一颗阿魏菇后，用手指捏住根部，轻轻一掐，然后向上一提，便将其连根拔出。小心带回家清洗后，或炒菜，或烧汤，或炖肉，阿魏菇均以菌肉厚、色泽纯、味鲜嫩而受人青睐。尤其是烧汤，放少许羊肉丁，加入香菜、枸杞、葱花等，一出锅便香味四溢。也有人只用阿魏菇做汤，那样的汤味道更纯正，喝几口汤后，再咀嚼酥软的阿魏菇片，感觉分外不同。

细数下来，用阿魏菇做出的食物有阿魏菇汤、阿魏菇炒羊肉、红烧阿魏菇羊蹄、素炒阿魏菇、阿魏菇鲍汁饭、阿魏菇拌面、阿魏菇汤饭、阿魏菇烧牛肉等。以前吃阿魏菇，均要在戈壁上寻找，能吃上阿魏菇的时间也就一个月，过了那个时间，便只能耐心等待下一年。

如今已大量人工种植阿魏菇，一年四季都可以吃到，但味道远不及野生的好。有一人想吃阿魏菇，却怎么也不去买人工种植的，别人问他原因，他说：吃野生的阿魏菇是想让嘴享福，怎么能骗嘴呢？

我吃过人工种植的阿魏菇，浅尝之下感觉还算嫩滑清爽，但味道比起野生的终究是差远了。尤其是做汤，明显少了那股香味。再咀嚼阿魏菇片，犹如在吃常见的蔬菜，吃不出独特的味道。看来，味道并非仅仅来自味蕾的感觉，内心韵味乃至于感情都很重要。

最难忘的一次，是在古尔班通古特沙漠中。当时正值5月，同行者说当时的季节可以采到阿魏菇，于是大家便四下里散开寻找，不久便采到五颗阿魏菇。我们把阿魏菇的根除去，将菇身和菇帽切成片状，放入羊肉汤中，做了一锅阿魏菇揪片子，站在寒风中吃下，就周身不冷了。

吃完聊天，有朋友说，阿魏菇是去过大地方、被皇帝青睐过的东西。自唐朝起，西域的阿魏菇便是贡品。人们用雪和冰块将其包住，再在外面裹上泥巴，在泥巴外又裹上草叶，使其保持适宜的温度，在路上运输三四个月，终抵京城供皇室享用。

大家说着这些，便向远处的戈壁望去。浩瀚的烟尘让雪山变得影影绰绰，偶尔有牧民骑马经过，那马发出嘶鸣，但很快又被烟尘淹没。

第二天我们有好运气，在一个石滩中采到二十多颗阿魏菇。此乃天赐，岂能不认真对待？我们决定做爆炒阿魏菇，但因为戈壁中没有调料，实际上只放了一把盐。孰料炒出来后味道极佳，每一块咬下都很脆爽，无论舌头触到其表面，还是咬开咀嚼，那种醇香的味道都颇为浓烈。

有一人感叹，有这么好的阿魏菇，还要什么肉啊！大家吃完后总结出一点，我们清洗和爆炒阿魏菇时，用的都是积雪融化后刚刚流下来的雪水，所以味道才如此之好。阿魏菇得益于雪水生长，直至被做成菜时仍少不了雪水，这就是阿魏菇的秉性。我亦将其视为做阿魏菇的秘诀，从此牢记并频繁使用，屡试不爽。

皮芽子

洋葱到新疆后，被另起一名，叫"皮芽子"。

有朋友说，新疆与内地省份有时差，新疆人每天多出两个多小时没事干，索性便取名字玩。这当然是玩笑话。新疆因为处于丝绸之路的核心区域，自古以来就有多种文化，甚至是东西方文明交汇的地区，不少东西到了新疆受到影响，甚至被改变，所以就得起个新名字。

洋葱被改称为皮芽子，就是典型的例子。说起来，新疆人说话时，喜欢在后面带个"子"字，使语气显得富有韵味。有人为此编了一个说唱节目："新疆人就是爱说子。要说子，我尽说子，今天我句句不离子，要是哪句离了子，我请你们下馆子。拉条子，揪片子，烤包子，凉皮子，小菜要放皮芽子，不能少了洋柿子，一吃就是一盘子，抓饭得有腿把子，奶茶需要奶皮子，想想都流哈喇子，你们只管动筷子，我给你们掏票子。男孩叫作儿娃子，女孩叫作丫头子。男人爱戴花帽子，跳舞最爱动脖子，你们笑得捂肚子，不给掌声臊面子……"

新疆人喜欢吃皮芽子，吃得久了便总结出一个关于"三秒"的说法：吃皮芽子，一秒甜，一秒辣，一秒晕。说的是吃一口皮芽子，第一秒会觉出甜意，第二秒会辣，到了第三秒，那股辛辣便自口鼻直冲脑际，让人一阵眩晕。皮芽子的好处就在这里，每次不多吃，两三口便很过瘾。

皮芽子在新疆菜中是百搭。有一句话说，流水的新疆菜，铁打的皮芽子。曾有一人做好一道菜，左尝右尝总是觉得不对劲，不但缺那么一股熟悉的味道，而且口感也不舒爽。他想了半天才恍然大悟，原来忘了放皮芽子。于是重新切肉、配菜和搭配调料，然后把一个皮芽子切成长条状，待爆炒后上桌尝了一口，高兴地笑了。

皮芽子辛辣，通常不单独成菜，需要和别的菜搭配在一起。常吃皮芽子于身体有益，比如炒皮芽子，每天吃一盘可补钙；凉拌皮芽子，可防止哮喘；皮芽子汁，可防治心脏病；醋泡皮芽子，有降血糖的功效。另有皮芽子炒鸡蛋、皮芽子炒羊肉、皮辣红（皮芽子与辣椒、西红柿等一起凉拌）等，亦是皮芽子唱的主角，如果没有皮芽子便做不成这些菜。新疆人在抓饭中也放皮芽子，拌面的拌菜中，基本上都有皮芽子。有人觉得皮芽子少了吃得不过瘾，干脆把皮芽子炒肉拌入面中，美其名曰皮芽子炒肉拌面。人们之所以喜欢皮芽子，一是皮芽子调味效果明显，只要菜中有了皮芽子，味道马上就不一样了；二是皮芽子有降血脂、降血压和活血等健体功效，多吃对身体好处多。新疆人一日三餐离不了皮芽子，炖肉、炒菜、拌凉菜，乃至于打馕等，都有皮芽子出现于其间。

在新疆，人们一进餐馆点菜，便会吆喝着要皮芽子，就着烤羊肉串、手抓羊肉吃。虽然在这些肉菜上来时，人家已经配了皮芽子，但食客往往还要半个或数瓣皮芽子。其紫、红、白数色，给肉增添了诱人的颜色。吃一口肉，再吃一瓣皮芽子，才算是吃得舒服。

皮芽子去一层皮后，便露出圆形可食用部分。只有切开后才能发现，其鳞茎是层状结构，剥开一层，里面还是一层，层层紧密结合，一直到核心。人们一般将皮芽子从中一切为二，然后横切出丝状或瓣状，无论是爆炒或凉拌，都吃起来方便。很多人切皮芽子时，会被辣得流泪。新疆人吃皮芽子有经验，知道切皮芽子时在菜刀上蘸水，不但不辣眼睛，而且切出的皮芽子也不辣。

古代新疆人受西方人群的影响，所以保持了吃洋葱的习惯。西方人喜欢洋葱，在史书里多有记载，比如古罗马《农书》中说"洋葱是罗马男人的血液"，可见罗马男人十分喜欢吃洋葱。而在现代整个欧洲，洋葱则不分男女皆受欢迎，被誉为"菜中皇后"。我有一次见西餐的牛肉下有几瓣皮芽子，想起古罗马人和现代欧洲人对洋葱的钟情，便不动声色地把那几瓣皮芽子吃了。

新疆人吃皮芽子，常以手抓肉相配。手抓肉鲜嫩，肥美诱人，但是少了一盘皮芽子，便吃得不起劲。常见的情景是，吃一块羊肉，嚼一瓣皮芽子，便满嘴生津，清香沁脾。这是很科学的吃法，皮芽子配羊肉，可助消化，降低胆固醇。长期坚持此吃法，不会患高血压和高脂血症。此外，皮芽子还可补肾养血，滋阴润燥，降低血糖，增强抵抗力，提高免疫力。

我有一次吃到了芥末皮芽子，吃之前觉得皮芽子本来就辣，再加上芥末岂不是更辣。不料一吃之下觉得不但不辣，而且颇为爽口。我想可能是两种辣碰到一起，反而就不辣了。

有人曾问我为什么把洋葱叫皮芽子，我说不出其缘由，大概因为皮芽子好吃，名字好记便一路叫了下来。其实不用那么认真。如果你对着一碗饭，细究从一粒种子开始到成为一碗饭的过程，还有什么滋味呢？

青冈

青冈树大都长得笔直修长，枝条如剑。

松树

松树在西部随处可见，多长得笔直，是众多植中最挺立的一种。

胡杨

胡杨的枝条像指缝，风或从中迅疾穿过，或猛烈吹刮出声响。

骆驼刺

骆驼刺被称为防风固沙的卫士，是令人望而生畏的"刀"。

草乌

草乌不会伤害所有生命，反之却会与某些生命构成联系，进行不为人知的秘密狂欢。

核桃树

站在核桃树下，望着树上密集的核桃，我常常会产生被慷慨赠予的幸福感觉。

桑树

从桑树到丝绸，是一条从暗淡到鲜艳、从寂静到热闹的路途。

枸杞

无论是野生还是种植的，枸杞树最吸引人的是果实。

葡萄

在新疆，有庭院便有葡萄架。

牦牛

牦牛是西部最具雄性气质的动物。

马

新疆的哈萨克族人有一句谚语:"只有能奔跑的马,才会让鬃毛迎风飞扬。"

绵羊

在新疆,一个人和羊之间是什么样的关系?

骆驼

在戈壁和沙漠上看到行进的动物,那一定骆驼。

狼

牧区的老人说,狼是动物中会数数的那种。

雪鸡

雪鸡生活在极寒冷的地方,远离一切诱惑。

鹿

鹿天生是动物中的唯美主义者,无论是形体还是行为,都与众不同。

蚂蚁

蚂蚁的生命是富于诗意的,它们把自己的生存安置到大地底下。

雪豹

冬天对雪豹来说是一年中的黄金季节。

鹰

们在江水激荡的涛声里大,内心听惯了大峡谷音乐,因而便养成了要远飞翔的习性。

熊

哈熊是动物中的大力士。

旱獭

旱獭的身躯浑圆肥胖。

马 / 313

马属于草原,所以西部有草原的地方,便一定有马。新疆的哈萨克族人有一句谚语:"只有能奔跑的马,才会让鬃毛迎风飞扬。"

狼 / 321

牧区的老人说,狼是动物中会数数的那种。它们围住一群羊后,往往要逼视很长时间。它们这样做有两个目的:其一,在等待羊群慌乱,那是最佳的出击时机;其二,为数清面前的羊群有多少只羊,也在选择最肥硕的攻击对象。

鹰 / 329

  据说，西藏的鹰来自雅鲁藏布江大峡谷，它们在江水激荡的涛声里长大，在内心听惯了大峡谷的音乐，因而便养成了要永远飞翔的习性。

骆驼 / 341

  如果在戈壁和沙漠上看到缓慢行进的动物,那一定是骆驼。因为它们迎风抗沙的行进颇具勇敢精神,所以它们被誉为"沙漠之舟"。

雪豹 / 349

冬天对雪豹来说是一年中的黄金季节。大雪是雪豹的引领者和安抚者,它们往往在一场大雪中上路,必须到一座又高又冷的雪山上去体验高贵。

牦牛 / 356

  牦牛是西部最具雄性气质的动物。它们壮硕的躯体，头上的一对尖角，走动时四蹄踩出的沉闷声响，都极具阳刚之气。

熊 / 367

哈熊是动物中的大力士,但它们不懂得展示自身形象,不像狮子和老虎那样以矫健、大象和鹿那样以稳重扬名于世。

鹿 / 375

鹿天生是动物中的唯美主义者，无论是形体还是行为，都与众不同。它们在最美的草地上吃草，喝最干净的水，闻最醇正的花香，每一天都安然惬意。

绵羊 / 383

在新疆,一个人和羊之间是什么样的关系?这是一个说不清道不明的问题,也许只有神知道答案。但有一点是确定的,那就是人一定要爱羊。

旱獭 / 391

旱獭又叫土拨鼠。它们的身躯浑圆肥胖。每年春天它们要找到松软的土地打洞穴,开始一年的忙碌生活。

雪鸡 / 400

在寒冷的地方，生命的欲望会迅速消减。雪鸡生活在极寒冷的地方，远离一切诱惑，所以说它们可能是最没有欲望的动物。

鸽子 / 404

新疆人喜欢养鸽子,未赋予它们过多的形象意义。在那辽阔的天地里,鸽子上下翻飞,看着就令人心情舒畅。

狗 / 410

白哈巴村中的狗个儿高,但躯体却细,被称为细狗。村里人对细狗寄予的希望很大,从小精心教它们跟踪、追捕和撕咬的技能。

蚂蚁 / 420

蚂蚁的生命是富于诗意的,它们把自己的生存安置到大地底下。蚂蚁的集体意识很强,是最懂得团结协作的昆虫。它们还是昆虫中的大力士,可以搬动比自己的身体重数十倍的东西。

蜜蜂 / 429

无数蜜蜂在空中飞行。在大地上,一个北方少年在痴痴地唱着一首歌:"我愿变成一只小蜜蜂,一扑就扑到小妹妹的花心心。"

牛 / 434

牛是上帝对人类掏出的爱心。一头牛被驯服后,知道自己此生的命运,就是在每天早晨,跟随主人走向土地。

驴 / 443

  在西部的家畜中,驴的憨实首屈一指。无论被人骑、拉磨、驮运东西,它都从来不吭一声。在乡村的早晨,最早出门的是驴;到了傍晚,最后回来的也是驴。

蚊子 / 451

蚊子是昆虫中的轻功高手,是微小的侵略者,还具有神偷一般的技能。人类对它们的进攻往往无可奈何,会在防不胜防的情况下付出血的代价。

青蛙 / 460

我原以为,新疆没有青蛙,因为新疆干旱少水,不是青蛙的理想生存之地。但到了新疆后才发现,新疆不但有青蛙,而且还多得超出了我的想象。

老鼠 / 468

　　老鼠是动物中的神偷，其盗窃技术和良好的心理素质在一切动物之上，而且它们富有冒险精神，只要有东西可偷，哪怕上刀山下火海也要试一试。

麻雀 / 478

麻雀是烈鸟,一旦被人捉住,绝不背叛本性苟活,必绝食而亡。

乌鸦 / 485

乌鸦是最聪明的鸟儿。它们经常到公路上活动，汽车对地面的震动使得地下的虫子爬出地面，乌鸦在它们一露头时便伸嘴把它们吃掉。它们还会与狼合作捕食。

黄羊 / 513

黄羊屁股上的白毛总是很显眼,是猎人最佳的瞄准点。至于它们潜藏于树林或草丛中时,往往顾头不顾尾地将屁股高耸于外面,那白毛又会迅速让猎人发现。

呱呱鸡 / 525

呱呱鸡会飞,但它们似乎不喜欢飞翔,往往只在觅食前从半山腰头重脚轻地飞下来,落地后便笨拙地行走,即使遇到危险也选择跑动逃命。

红骨顶鸟 / 531

红骨顶母子到了湖边后,母亲用力将幼子推入湖水中。逃生的本能让小红骨顶突然用双翅浮动,向前游去。

燕子 / 533

每到春天,巴依木扎的院子里便有成群的燕子在房前屋后起舞。翅膀遮天蔽日,歌声此起彼伏。

动物奔跑

哪里有动物,哪里就有黄金时代。

马

草原上的蹄印

诗人布罗茨基在《黑马》一诗中曾写下这样一句:"它在我们中间寻找骑手。"新疆的哈萨克族人则有一句谚语:"你能数清马的鬃毛,但你数不清马的蹄印。"说的是马应该永远在路上,如果让马在原地打转,会看不出它们有什么凛冽之举。另有一句谚语:"只有能奔跑的马,才会让鬃毛迎风飞扬。"我曾在阿勒泰的那仁牧场上见到一匹受伤的马,主人一直抚摸着它的鬃毛。晚上月亮升起,那人突然发现马的鬃毛挺立了起来,它像终于有力气似的站了起来。后来与牧民聊起那事,牧民说那匹马一定是在等待月亮出来,只有月光照到它身上,它才会站起来奔跑。

至于马的蹄印,在以前亦听过一个说法:马抬起前蹄,如果在原地落下,只会在地上踏出浅浅的蹄印,而它们奔跑时踏出的蹄印,则会凹进地中。牧民为此又总结出一句谚语:"马圈中的马只会留下影子，草原上的马才会留下蹄印。"

马属于草原，所以西部有草原的地方，便一定有马。多年来我曾听到三件关乎马的奇事，一直难以忘怀。

有一匹马，从那仁牧场走丢后到了另一个牧场。它不吃不喝，整日嘶鸣。人们知道它想回到那仁牧场，但谁也不想送它回去，心想它叫累了就会消停，时间长了便会在那儿待下去。几天后下一场大雨，雨停后又有风，牧场上干爽怡人，颇为舒服。那匹马闻着刮来的风，甩了一下尾巴便上路了。第二天传来消息，它回到了那仁牧场。一位年长的牧民一语道出实情：那风是从那仁牧场刮过去的，那匹马依着嗅觉回到了那仁牧场。

还有一匹马，更为传奇。主人骑马去放牧，从一座雪山下经过时，突遇雪崩，人和马被积雪砸伤，困于山谷中。后来主人勉强起身，却因一条腿骨折挪不了一步。那马见状便在主人身前伏下，让主人爬到了背上，然后便把主人驮回村庄。主人得救了，那马却如同大山坍塌一般倒在地上，再也没有起来。人们这才发现，那马也受了伤，它用最后的力气将主人驮回村中，累死了自己。

要说的第三匹马，让人欣慰。某一日夜晚，村民误将一只狼关进了马圈。人们担心马会成为狼的食物，可狼不但没有吃掉马，还和马友好相处了好几天，彼此之间显得关系非常密切。那件事传得沸沸扬扬，村民便释放了那只狼。但是，一马一狼之间的友谊，却并没有因此结束。之后数年，那只狼经常出现在牧场边，望着那匹马出神；那马对着那狼嘶鸣几声，那狼便转身离去。后来那马一天天老去，直至在一个夜晚死去。第二天早晨，那只狼在牧场边狂嗥许久，才慢慢离去。之后，那狼再也没有出现。

马因为是家畜，似乎受人的影响，行为便多与人相似，很多时候看到马的同时便似看到了一个人。马是有灵性的畜物，加之又经过人的驯养，所以马是懂人的。有一年听到一事，说有一位牧民的一匹马丢失一年后，那牧民已转场换了几个地方，但在一天早上掀开霍斯（毡房）的门帘，却看见那匹马站在外面看着他。那牧民在事后说，那匹马记得他身上的气味，认得他的脚印，所以隔了那么远的草原、那么高的山、那么多的河流，它也能找到他。

痛苦的马

马受到人们的喜爱和赞赏后，其形象却变得越来越模糊。造成这一结果的原因是人们给了马太多的赞誉，以至于马自身的色彩逐渐被遮蔽，很少有人能真正理解马。

马供人骑乘，奔跑姿势优美，速度超群。与其他家畜相比，马的地位高高在上，深受人的关心和爱护。不仅如此，马还颇具灵性，总是能够领会人的意图，让人骑乘时得心应手，所以人们总是忍不住要赞美它们几句。时间长了，那些赞誉便让正常的马变为异质的马，让人觉得马都是神异之物。马和人的关系之所以密切，部分原因马满足了人的精神需求，所以人很愿意把马想得更完美一些。比如马的奔跑，其速度之快，蹄音之清脆，身姿之矫健，嘶鸣之悦耳，都让人心生欢喜之情，为自己拥有这样的马而骄傲。有一群作家刚好看到马群奔跑的一幕,其中的散文家说,它们密集的蹄声,像一场大雨落在了大地上;诗人说,这是心灵的闪电;小说家说,晨曦中,一群马在快速奔腾,四蹄踩得泥土飞溅起来,不一会儿,它们身后便飘起一层厚厚的烟尘……有一位牧民在旁边听到他们的话,低声甩过来一句话:"胡扯个球,马是饿的,急着去吃草呢!"

不论马走多远的路,只要人不停下,它们的四蹄就不会停止迈动。人可以喊苦叫累,而马却不会发出任何声音。时间长了,马便成了人在漫漫长途中最忠实的依靠,使人总忍不住要赞美。于是便有了这样的谚语:"眼睛能看到的地方,马和人一定能到达。"有人骑马在沙漠中跋涉了很长时间,终于到达目的地后,他觉得是马让自己渡过了难关,便说,没有走不出沙漠的马,马都是好样的。他的马好像听懂了他的话,望着他,鼻息粗重,眨动着疲惫的眼睛。这时传来一个消息,有好几匹马在沙漠中倒地而亡。他想起自己刚才说的那句话,内心生出几分难堪。第二天早上,他发现自己的马死了。在那天夜里,他一觉酣睡到天亮,但他的马却不知在几时突然死了。它垮塌在地上变成一团,有蚂蚁在它鼻孔中出出进进,让人看着骇然。"我的马被累死了!它跑了那么远的路,把力气都用完了,连喘口气的劲儿也没有了。"他哀叹一声,一屁股坐在了地上!

在另一件事中,人们把马颂赞成了动物中的英雄。有一匹种马,因为不能到草原上奔跑而气馁。它看不上的草场或荒野,绝不轻易去奔跑。有人担心它就那样废了,便把它牵入草原的一群马中间,诱惑它奔跑了一次。跑完后,主人把它牵出草原回家。它一看离开了草原便乱跳乱蹦,后因不慎一蹄子踩空掉下了悬崖。几天后它一步三摇地回来了，一条腿摔断了，用三条腿艰难地走到主人的院子里，嘶哑地叫了一声。人们都很惊讶，它居然还活着，竟不能接受它又回来的事实。它死了多好，它死了，就会让人们对它的赞美上升到一个高度，并且会让人们编造的故事近乎完美地传播下去。可它回来了，让一切都戛然而止，把人们推到了极为难堪的地步。人们对它很冷漠，包括它的主人，甚至不给它治伤。它一天天地不行了，走动时身体东摇西晃，似乎一阵风就可以把它吹倒。最后，它死了。它死后，人们很少提及它回来的那段经历，仍然喜欢谈论它视死如归的故事。说得多了，它似乎又停留在了那个故事中。

本来，它身上是没有光环的。它从死亡中挣扎回来，只想得到人的帮助，但人们给了它光环，它被那道光环阻隔，所以它只能死去。

马的行为

马是被人驯化了的动物，所以马在人的眼里是真实的。在新疆，我避开人们对马的种种传说。我一直觉得我与马之间会有一些故事。

我在帕米尔尝过一次做骑手的痛苦。那匹马身子很瘦，但四条腿却很健壮。我骑上去，突然想起它是善于迅疾奔跑的那种马。这个念头刚一出现，它便跑了起来。四周的山峰和脚下的草地变得恍恍惚惚，我有了腾云驾雾般的感觉。正跑着，身后传来几声狗的嘶叫，接着就看见马主人的黑狗蹿了上来，很快就超过了马。马当然不服气，嘶鸣几声加快了速度。一马一狗，像两股坚硬的风在击打，发出咣咣咣的声音。很快，我感到马变得轻飘起来。它在加快速度，一点点地赶着狗。突然，呼呼作响的风中传出狗的一声惨叫，马骤然而停。我从马背上滑落而下，见狗的一条后腿被马踩断，狗的舌头掉在外面，口水和脸上的汗水一起在往下流。主人赶了过来，我赔着不是，眼睛望着那只狗，有些心酸。主人哈哈一笑说："没什么，马还是输了。在它停住的那一刻，它还是落在狗的后面了。"

他这么一说，我更为迷惑。我在马背上驰骋了一回，我是一个骑手吗？

要看马，应该去西部的内蒙古、甘肃、青海和新疆。在这些地方的草原上，可看到马的多种风姿。没有风的日子，草原上一片安静，树木和草都一动不动，似乎静止在了时间中。远处的山上，有羊群在吃草，但因为太远，所以看不出它们是否在动。有云朵从天空飘过，在草原上投下大片影子，但这些影子移动得很快，人追随的目光甚至也跟不上，它们转瞬间在山的另一边便没了踪影。除了人在追随外，还有善于奔跑的动物也在追随云的影子。譬如一匹马，它一跃而出，向着迅速远去的云的影子追去，但它同样是徒劳的，最后望着云影消失的地方发出几声急切的嘶鸣，停住了奔跑的四蹄。

在北疆的一个边防连，马的事情亦让人震惊。那个边防连附近有水，却无法饮用，只好用马到山下的河中去拉水。战士们制作出一辆拉水车，用马一天拉三趟，除了保障连队使用外，另送一些给附近的牧民煮黑砖茶喝。刚开始，每拉一趟都必须有人跟着,后来有一次,一位战士不想来回跑,装好水后对拉水的马说:"你已经跑了无数次,应该认得路了吧,今天你试着单独拉一次。"马好像听懂了他的话,便拉着水车走了。它确实认得路,拉水回去保障了连队做饭用水,亦让牧民喝上黑砖茶。

从此,拉水的战士只要把水装好,对它说一声,回去吧,它拉起水车便走。那个战士躺在石头上休息,嘴里唱:"早晨一杯茶,赛过十七八;中午一杯茶,劲靠牛马拉;晚上一杯茶,消食又解乏。"歌是附近的牧民喝黑砖茶时唱的,那战士记住了歌词,却不会曲调,只能南腔北调地唱。那匹马到了连队,炊事班的战士把水卸下后,也对它说一句,回去吧,它便又向河边走去。就那样,它在一条路上来回走了四年。牧民说:"没有解放军的马,我们就喝不上黑砖茶,喝不上黑砖茶,就没力气放牧。"

后来,连队有了自来水,那匹马的工作被取消。战士们围着水龙头洗脸、洗衣服。多好的水啊,想怎么用就怎么用,想用多少就用多少,那种用水如用油的日子终于结束了。那匹马望着水龙头,在院子里走来走去,走到负责拉水的那个战士门前,便停下朝里面张望。后来,它不再在院子里走动,卧在院子外面,一会儿望望天空,一会儿望望远处的树。有人在附近走动,它便盯着看,直到他们消失才低下头。

牧民们心疼它,说他们如今喝上了自来水煮出的黑砖茶,方便确实是方便,但让一匹马闲了。马怎么能闲呢?让它们闲着,比要它们的命还难受。但他们改变不了一匹马的命运,叹息几声后遂沉默。

有一天早晨,战士们发现它不见了。有人在前一晚听见它叫过几声，然后有蹄声驶向远处。大家一致断定，它离开连队去了草原。大家隐约感觉到它离去的原因，不知该说什么。

两年后的一天，它突然又回来了。在外面流浪了两年多，浑身瘦得几乎没有一点肉，毛长得又杂又长，有树叶夹杂在其间。战士们心疼它，便给它洗澡，喂它好吃的东西。大家都觉得它能够回来，以后会把这里当家。牧民见它回来亦很高兴。这几年他们已觉出，自来水煮出的黑砖茶不如河水煮出的好喝。那河里流的是积雪融化后的雪水，清冽、洁净且甘甜，煮黑砖茶再好不过了。牧民对那匹马说："你回来了就不要再离开了，以后给我们拉水。我们喝黑砖茶就靠你了。"它似乎听明白了，又似乎没有听明白。第二天早上，战士们在水龙头下洗漱。那匹马看见水龙头里流出的水，痛心疾首地叫了一声，冲出院子奔向荒野深处。

从此，它再也没有回来。

狼

生而为狼

狼一出生，便面临死亡。母狼分娩后的乳汁有限，加之刚出生的小狼因为没有长出牙齿而无法啃食，小狼便常常忍受饥饿。在此过程中，有的小狼会被饿死，但母狼并不会伤感，反而会将饿死的小狼吞噬果腹。这是小狼生命中的第一次磨难。有很多小狼命运不济，活生生被饿毙，一头坠入还未及打量几眼的死亡深渊。

过些时候的母狼，如果能从外面带回食物，小狼们便可啃食。母狼带回的食物往往有限，小狼会因为夺食而互相撕咬，一旁的母狼不会阻止它们，也不会帮助任何一只。优胜劣汰的狼性法则，从小狼便开始适用。至于一只狼能否生存，则取决于它在生死沉浮中所持的坚韧力量。

在狼的世界中，每只狼都能认出生养自己的母狼，但永远不知道自己的生父是哪一只公狼。父爱缺失，让狼自小便养成残忍和果敢的习性,轮到它们当父亲,依然会那样对待下一代。

小狼长到两三个月大时,母狼便将它们带出洞穴。就在小狼刚刚打量这个世界时,母狼便突然转身离去。母狼这样做,是为了避免小狼依赖它,亦是以隐忍的方式开启小狼的狼族生存。小狼望着母狼在山冈或草原上消失,无奈地嗥叫几声,然后或转身去寻找吃食,或向远处奔跑而去。

从此,一只狼开始了它孤独而艰辛的一生。它们看见兔子、松鼠或野鸡后,会想起母狼曾给它们吃过的味道,于是体内涌起热流,喉咙里亦自然发出嗥叫,然后就扑了过去。它们的牙齿但凡沾过一次血,其味觉就会永远留存,这是它们命中注定、一生都不能改变的捕食方式。

进村的狼

十几年前在新疆的阿勒泰,天下着大雪,地上一片白茫茫,偶尔刮起的大风,将飘落的雪花吹得旋转出几层细浪,少顷复又落了下去。我们坐在房子里,烤着火炉听哈萨克族翻译员努尔迈讲狼的故事。努尔迈跟着爷爷在牧区长大,从很多老人嘴里听说过不少狼的故事。他说,狼是动物中会数数的那种。它们围住一群羊后,往往要逼视很长时间。它们这样做有两个目的:其一,在等待羊群慌乱,那是最佳的出击时机;其二,为数清面前的羊群有多少只羊,也在选择最肥硕的攻击对象。狼袭击羊时,往往会选择羊肚子和脖子。攻击羊的肚子是为了扯出羊的肠子,因为狼的偷袭经常会被人发现,所以它们会先将羊肠子叼走,羊肠子是狼最喜欢吃的东西;狼攻击羊的脖子是为了把羊咬死,然后背走。狼咬死一只动物后,并不立刻吃掉,而是要拖回狼群中。新疆阿尔泰的牧民经常会说一句话:"狼咬死羊并不一定能吃上,如果狼把羊背上,那就没指望。"狼咬死羊后,会钻到羊的肚子下面把羊背起,然后逃离。狼将咬死的动物运回狼群后,在狼群面前跑上几圈,然后才开始将其吞噬。任何一只狼都不会上前与它争食,只是看着它津津有味地享用食物。

努尔迈说,狼灵活机智,从不盲目出动。有一次,一群饿狼围住一只鹿,一只狼冲过去咬伤鹿腿后,随即返回狼群,让另一只狼冲过去咬伤鹿的另一条腿。狼群之所以不凶猛进攻,是因为鹿高大于狼好多,善于用蹄子攻击,如果踢得准,一蹄子便可把狼踢死。所以,狼群就那样一只又一只扑过去咬鹿的腿,让它大量失血,没有了反抗的力气和意志。当然,在这样的等待中狼也渐渐没有了力气,在饥饿中极有可能会倒下去,但信念支撑它们一直坚持了下去。鹿终于不行了,身躯轰然倒地。狼群一拥而上,撕扯开它的皮肉吃了起来。

努尔迈的故事让我们对狼的生存世界有了认识。狼的生存世界这么丰富,不知道哈萨克族牧民经过了多少年的观察,才使这个故事得以完整。

大家又说起在村子里养着的一只狼,觉得它可惜了,没有经历被母亲抛弃和在绝望中生存就被那位牧民抱到了这里。现在它已经长大了,不可能再经历那样的事情。但大家又觉得它在被拴住的日子里狼性已经苏醒,并在心里萌发了一些东西。

老张在说话的间隙出去解手,回来说,那只狼在纸箱中睡得十分安详，全然不知外面的雪下得有多大。大家都很高兴，这样多好啊，睡得安然了，才能做好梦。狼可能也是这样的。

我想起它是在很小的时候，被人从母亲身边抱走的，便在心里想，但愿它能梦见在奔跑中被母亲抛弃。

闲着没事，大家说起了多年前在牧区发生的一件事。到了夏季，男人们都赶着羊去放牧，让羊吃一座又一座山上的草，一个夏天都不回去。这就是至今在哈萨克等民族身上仍然能看见的游牧生活。这时候，留在家里的都是女人。女人们忙着里里外外的事情，从来都不能闲下来。有一户牧民孤独地住在牧场对面的一个小山包上，女主人要干点什么事情，总是要走很远的路。她的男人走了，她就变成了这个家的男人。不知从什么时候开始，一只狼接近了她。她走在路上，那只狼远远地跟在她身后，踩着她的脚印。多少天过去了，她都没有发现自己身后有一只狼，而那只狼似乎只对她的脚印感兴趣，用爪子稳稳地一下又一下踩上，在山路上走。如果她在半路上停下干点什么，或者有要回头的意思，那只狼马上就会走开。

整整一个夏天，她都不知道自己身后有一只狼，而那只狼每天都悄悄跟在她身后，重复做着那么一件事。她由于总是忙碌，对身后的狼居然丝毫没有察觉。终于在夏末的一天，这一幕被另一个女人看见了。她马上去跟牧区的其他女人讲了，女人们躲在帐篷里看着山路上的那一幕，感到惊奇不已。不知是出于什么原因，她们都对那个女人守口如瓶，只是私下里议论着。最后，她们一致认为她和那只狼有性关系。不知道她们为什么会下这个结论，但事情却被传开了，一传十，十传百，人们便都信以为真。

夏季结束，男人们赶着羊群回来了。女人们把那件事情悄悄讲给了那个女人的丈夫听。她的丈夫为了查明事情的真相，躲在别人的帐篷里，等待着妻子在山道上出现。过了一会儿，她出现了，那只狼也出现了，一切都和人们说的一模一样。他愤怒而又羞耻，抓起一支猎枪向着那只狼扣动了扳机。那只狼被打个正着，一头栽倒在地。他的妻子被突然响起的一声枪响吓坏了，等回过神，看见身后有一只被打死的狼，惊恐不已，突然身子一软，倒了下去。一吓一惊，她突然就死去了。没有什么能证明她的清白了，人们从此都看紧了自己的女人，防牲畜比防那些喜欢寻花问柳的男人还谨慎。人们只要一提起她，就说她不要脸，她就是一只动物。她的丈夫觉得没脸见人，赶着羊去了一个人们不知道名字的地方，再也没有回来。在牧区，牧民们最仇恨的是狼，但在这件事情上，人们没怎么说那只狼，只是认为那个女人罪不可恕。

后来，狼踩人脚印的事情又发生了。看见那一幕的那个人手头没有猎枪，就吆喝了一声，狼跑了。被狼跟踪的那个女人从山坡上跑下来，惊恐万状，心情久久不能平静。人们觉得同一种事情在牧区重复发生，真是有点奇怪。但一只狼为什么总是要跟在一个女人的背后呢？谁也无法解释这一切。慢慢地，这件事就变成了一个谜。有些谜是永远无法解开的，但它却有存在的理由。这个世界太大了，不管有多少未解之谜，它都能装得下。

这么多年过去了，我走在乌鲁木齐的大街上，看着前后的人们都在匆匆忙忙往前走，就想起那个女人和那只狼。我想，一辈子人生长路，前面走着谁，后面走的又是谁，没有人能说得清，而在走完漫漫长路的过程中，谁知道又会发生些什么呢。

不知不觉，你就变成了那个女人，或者那只狼。

狼走了

　　狼走了。我们留不住狼。当狼越来越少，并且离我们而去时，我们感到孤单，似乎自己身上的什么正在消失。荒漠多少年素以孤寂和蛮荒著称，生命在这里是微不足道的，而狼选择这里做了家园。它们像一个个孤傲的武士，穿行于凄苦之中，偶尔在阳光中扬起面孔，已是一副冷漠和坚毅的神情。大地苍茫，天似穹庐，狼独自向远处走去。它们在黑夜里发出的嘶哑叫声，谁能听得出里面包含着多少心事。当它们在崇山峻岭中行走或奔跑时，谁又能知道它们心中的欢乐是什么。

　　人有时候因为人性不足便痛苦，而狼却都狼性十足。作为狼，如果狼性不足，只能被狼吃掉。人是不是也应该向狼学习呢？狼喜欢坚忍，懂得放弃。最后，狼就变成了孤傲冷漠的独行者。当它们为生存孤苦奔波时，它们的一切都是隐忍的，谁也无法看到狼的痛苦是什么。它们用一种强大的意志力把痛苦转换成了坚强。当它们出生时，它们体内的力量便排山倒海般喷涌而出，使它们的躯体变成一把利剑。它们体内的力量在平时一点一点蕴蓄，隐藏在骨头里，只等着在出击的一刻爆发出来。

　　狼也有温柔的一面。它们把坚忍和冷漠转变成从容和平静时，就显得有些温柔了。狼的这种从容和平静有些类似人经历了岁月后的平和。平和有时候其实是一种博大，它在内层已经洞悉了一切，做到了心中有数，因而就显得平静了。据说狼的爱情都是一见钟情的，一只公狼看上了一只母狼，就会远远地看着它，直到它发觉自己为止。母狼在这时候是高贵的，它总要想办法把公狼甩掉。它快速奔跑，遇到高山峡谷都不停留。一只母狼这样做不是因为恐惧于爱情，而是在它原始的天性中，就需要这样一种方式。公狼当然不会轻易放弃，它紧紧地跟上，一直追到母狼筋疲力尽为止。当母狼停下的时候，公狼一跃而上，在母狼身上完成一个雄性生命的占有和燃烧。有人还说，母狼在奔跑的过程中实际上是在寻找一个它喜欢的地方。在爱情降临的一刻，母狼看重的并不是爱情本身，而是一个在它眼里很美的、适合自己和一只公狼交配的地方。爱情对一只狼来说，就是一次激烈和欢乐的性，完成性之后，爱情就结束了。在这方面，人不如狼。人无法把感情和性分开，而且，人类的性总是小心翼翼地藏在感情后面，没有感情的性就是丑的，甚至是罪恶的。性这种来自躯体本能的、原始而美好的东西，人类为它蒙上了太多的遮羞布、太多的人的规则，与性的原始背道而驰，让人总是偷偷摸摸、诚惶诚恐。

狼曾经和人类没有距离，经过长时间的共处后，狼和人彼此懂得了对方，理解了对方。理解是生命美丽的花环，它一旦被心灵的阳光照亮，生命必然就会在感情和行为中接受要去理解的东西。人和狼接受对方的方式都是沉默的，但唯其沉默，才使得两种不能用语言和其他方式交流的生命变得更为默契。

人在观察狼，感受狼的生命中美好的东西。狼也在观察人，在体会人骨子里的兽性。波德莱尔说，每个人身上都有一个兽。我想，诗人所说的这个兽是潜藏在某个隐秘但却非常美妙的角落里的。它时不时会自己蹦出来，人的躯体，乃至精神都会被它牵动，被它支使，成为非理智下的快乐者或疯狂者。

人看狼，看的是狼的精神。人身上有狼性，便多了一些力量，多了一些使自己强大的可能。第一次听李娜演唱的《青藏高原》时，我十分吃惊，她居然能把歌唱得那么刚烈和宽广，甚至在里面充满撕裂的痛感。后来在帕米尔听过一次狼叫后，我便断定，李娜一定听过母狼在高原的黑夜里的嗥叫。

深夜，狼的一声嗥叫会让人惊骇不已。它们的叫声阴森、凄楚，嘶哑而有力，犹如一种异乎寻常的音乐。它们也许在呼叫同类。每一只狼都有自己的声音，不论是嗥叫还是呼唤，绝不重复。狼就这么叫着，狼的世界被叫声调节出了丰富和生动的一面。让人惊异的是，狼对自己声音的个性要求十分严格，似乎以此来强化自己作为一种动物的高贵和整体的一致。谁也不知狼为什么嗥叫。它们是在抒发心中的感情吗？大自然赐予了它们这一禀赋，它们从中得到快乐。事情大概都是这样，鸟儿歌唱，人类说话和思念，只为快乐，不问为什么。但现在狼越来越少了，想听到狼叫，已经不是一件容易的事情了。大兴安岭的一位猎人说："以前在晚上听着狼叫，睡觉特别舒服。现在没有狼叫，你不知道睡觉有多难受。"

狼走了。因为我们破坏了大自然，它们不得不再次孤苦地向远处走去。过去自由自在游荡在草原上的幽灵正在悄无声息地远离，走向夕阳的那端。谁可以挽留住它们离去的脚步？

鹰

鹰之初

一声尖厉的鸣叫在天空中突然响起,像有什么正在云层深处疾行。地上的人和动物都听到了这声尖厉的鸣叫,抬起头向上张望,一个黑影倏然从远处飞了过来。是一只鹰。牧民们说,鹰往往是逆风飞翔,在风紧的山口或陡峭的悬崖经常有鹰在奋力飞翔,当它们穿过危险地带时,便发出尖厉的鸣叫,径直飞上天空。

除了猎鹰外,更多的鹰都是自由的。鹰向我们飞来时,我们可以看清鹰的翅膀、羽毛、爪子、身躯和头颈,但我们很难看清鹰的目光。据牧民讲,鹰的目光始终向上和朝前看,如果人不能和鹰处于同一位置,便很难看清它们的目光。鹰飞走的时候,我们只能看见它们在天空中越飞越远,最后变成一个小黑点,在云层之中消失。

鹰第一次捕食,是在饥肠辘辘、快要被饿昏的时候。在这之前，因为母鹰没有教它们捕食的要领，所以它们少有捕食的意识，加之它们秉性刚烈，当感觉到饿的时候，它们甚至觉得忍耐是应对饥饿的唯一办法。但到最后它们确实被饿坏了，浑身没有一点力气，甚至连眼睛都睁不开了。一种生的欲望在它们内心升腾，它们挣扎着飞起来。一只老鼠在田野里跑来跑去，鹰向饥饿妥协的耻辱感顿时消失，于是便飞扑下去抓住老鼠饱餐一顿。它们知道了捕食的重要性，慢慢便掌握了捕食的技巧和要领，让自己活了下来。

鹰第一次飞到宽旷的田野上空时，会失去方向感，而且还会为田野之开阔而恐惧。它们害怕自己因田野上空没有遮蔽物，而被人和别的动物看见。为此，它们会在田野一侧犹豫一会儿，仔细观察四周的环境，最后目测出田野的实际距离，一口气飞了过去。从此，鹰学会了目测距离和确定目标，一旦飞起便不再回头。有经验的牧民为此总结出两句谚语："老鼠走的是弯路，苍鹰飞的是直线。"

鹰第一次见人时会很恐惧，它们被大地上行走、比自己大了很多的这种动物（人实际上是动物的一种）吓坏了，以为人会飞起来吃自己，所以鹰见了人便会惊恐飞走。但时间长了鹰便明白人并不会飞，只会在地上不停地迈动双脚走动，一天要走很多路，好像从来都不敢因为累而停下来。当然，鹰知道了人因为不会飞，所以就不会到天空中来吃自己。

鹰发现人对高处的东西只会仰望，一旦发现天空中有东西，便把头高仰着向上张望。鹰因此知道，不会飞的动物只会向上张望。从此，鹰因为会飞在内心充满骄傲，从不把头仰得高高的向上张望，它们觉得没什么可值得仰望的。再次与人近距离相遇时,鹰会在人头顶上空盘旋飞翔,一圈又一圈,似乎永不停歇。这其实是鹰在向人示威。人发现天空中有鹰时会议论,而且还会大叫。知道鹰是在向人示威的牧民会在一旁小声骂:"你高兴个球,鹰在向你示威呢!"

鹰第一次遇到比自己高大的动物时,会在其头顶盘旋飞翔,看对方能否飞起来和自己在天空中比赛一番。不知情的鸟儿会因为受不了鹰的这种示威,飞上去和鹰比画比画,但它们哪里会是鹰的对手,鹰仅仅用逆风飞翔就把它们比了下去。所以,鹰平时都是单独翱翔,没有鸟儿会跟在它们身后。知耻心让鸟儿们都与鹰保持距离,永不接近。

鹰在不知不觉中筑下第一个巢。鹰喜欢独处,不愿意被别的飞禽或人看见。所以,它会在一夜之间用嘴叼来树枝和草,筑起遮蔽自己的巢。它在那时还没有筑巢意识,所以它的举动仅仅是为了遮蔽自己。如果它选择的地方因为离村庄太近,人说话的声音和牛羊的叫声不绝于耳,它意识到不安全便马上离开。几天后,它在飞禽们都无法落下的悬崖上筑一个巢,同样用的是树枝和草,但却比前面的巢筑得更细致,也更结实。它进入巢中,感觉不错,再也听不见人叽里呱啦的说话声,也没有牛羊的乱叫声,只有风在悬崖中吹动的声音。不知为何,它觉得风的声音很好听。它在巢中听着风声,内心溢满幸福之感,一直到天亮。

一只鹰在第一次碰到另一只鹰时,并不知道对方和自己是同类。时间长了,它会对对方的毅力、性格和飞翔的能力产生敬佩之情,甚至会对对方产生爱意。但那种爱只是内心的朦胧的感觉,它既不会克制,也不会放纵,只是任其像风一样弥漫。终于有一天,它从水面上发现对方和自己一模一样。一股难言的情绪占据它的内心，那种朦朦胧胧像轻柔的风一样弥漫的感觉，顿时消失殆尽。它恐慌地飞走，从此不再与和自己一模一样的飞禽打照面。基于此，鹰的一生是孤独的一生，它从不和同类有任何瓜葛。有时候，它们难免会碰在一起，但将彼此视若无物。如果有一只麻雀从它们附近飞过，它们却会有不同程度的反应，要么迅速扭过头去，要么起身飞走。

  鹰对生命中的第一个冬天记忆犹新。大雪飘下，整个山川大地在一夜间变得银装素裹，一片洁白。鹰多是深色的，但鹰喜欢白色的雪。一片片雪花从天空落下，它变得十分欢欣，在落雪中盘旋起伏追逐雪花。它虽然不知道在这个季节，上苍会对无数雪花下达自上而下的命令，让它们到达大地，实施一次温柔的占领，但鹰在最后发现自己无法把雪花一一抓住，而这些雪花一层又一层地把大地覆盖，感受到了在平静中蕴藏着的力量。鹰因此爱上了雪花。当它们落在树枝上，变得像更大更白的花朵时，鹰更喜欢雪花。雪在树枝上存留了很长时间，鹰记住了它的形状。鹰在冬天仍然天天飞翔，但它无论飞多远，都要在黄昏飞回来看一会儿树枝上的雪。在雪融化后，鹰在内心无比怀念雪花。

  鹰从此有了怀念和记忆。

被母亲抛弃

  在牧区听到的一件与鹰有关的事，大概更加接近人的生存状态。只是作为母亲的那只鹰，在做出决定和实施具体行动时，少了些人的难舍难分和悲悲戚戚。那只母鹰在悬崖上的巢中生下了一只小鹰，它每天飞出去为小鹰觅食，喂养它一天天长大。对鹰来说，这时期是母与子非常难得的相处时间。再过一段时间，它们必将分开，一生一世，母亲不可能再见小鹰，小鹰长大，也不可能再见母亲。鹰在飞翔时，都是独立的，从不合群。曾见过有人写有关鹰群的文章，我觉得作者不了解鹰，他只是觉得鹰强大，就以鹰群来强化一种气势，但真正的鹰群是不会出现的，所谓的鹰群，也只是作者的一种臆想或愿望。那只小鹰长到了可以爬行的时候，母亲就把它推到巢边，让它向悬崖下张望。崖中的冷风和暗淡的光线使它浑身发抖，想缩回身子进入母亲的怀抱。母亲这时候突然从巢中飞出，在崖中上下起伏，用自己的身躯画出漂亮的弧线。母亲是为了让小鹰看看飞翔是怎样的。作为一只鹰，是不应该恐惧悬崖和黑暗的。

　　小鹰当然看得很痴迷，母亲的身姿，使空旷和幽暗的崖谷顿时显得活泼起来。它上下翻飞，犹如一片火花从一个地方飘移向另一个地方，也像一个移动的琴键，和空旷撞击，奏出一种音乐。也许鹰的耳朵长在心灵中，它用心灵聆听着大自然从四面八方传来的音乐。天长日久，聆听就变成了一种对飞翔的引领，变成了暗暗蛰伏在大地身上的一个梦想。它最终要用这个梦想丈量大地，覆盖大地。完毕之后，把大地留给另外一些正在长大的鹰，然后，神秘地消失。

　　盘飞一会儿后，母亲回到巢中，用身体一点一点将小鹰向巢外推去。小鹰吓得缩紧了身子。岩壁布满荆棘，有有尖利棱角的岩石，还有深不见底的河流和尖叫着跑来跑去的土拨鼠。母亲长鸣一声，用力将小鹰推了出去。小鹰哀叫着，身体在空中飘来飘去。天空虽未入秋，小鹰就像一片飘零的叶片，过早地要落到崖底去。母亲将小鹰推向崖谷的同时，振翅而起飞向山后面去了。小鹰在坠落中想攀住树枝和藤蔓，但都没有成功。眼看就要落地了，它突然在挣扎中展开了双翅，旋起一个漂亮的弧线向上飞起。这转瞬间的动作，又是一片火花，将幽暗的崖谷照亮了。它缓缓地向上飞动，最后落在了山顶的一块石头上。崖谷依然幽暗而无声，小鹰看着深谷，好像第一次认识它似的，久久没有转动一下头。后来，小鹰发出一声鸣叫，从石头上起飞，向远处飞去。天空高远，太阳赤烈，它慢慢变成了一个小黑点，一直飞向远处。

　　看到这一幕的是一位六十八岁的哈萨克族牧民。回到村里，他突然变得有些痴呆，碰到人了，不管男女老少，就向人家说这件事。由于他过于激动，说起来总是喃喃自语，所以，人们听上半天，才能大概听出个意思来。他的痴呆持续了很长时间，最后，就自己跟自己说。他说些什么，谁也听不懂，但他一直喃喃自语，好像只有他能听懂自己说的话。

　　我找到他的时候，他若有所思地坐在家门口的一块石头上，不知在想什么。他发现我后，转过头来看我。天啦，他的一双眼睛里充满了非常坚毅的神情。我原本打算和他聊一聊的，但看着这双眼睛，我觉得他所有的话语都在这里面了。语言被我们不厌其烦地应用着，总想用它去解决所有的问题，但有时候话语也是有限度的，是无法完全表达人的内心的。所以，有时候在感受中传达的信息可能更好一些。你所感受的对象传达出的信息是隐隐约约的，这是一种自由的交流。人与世界的交流，也大致属于这样。

这几年，我一直留意着有关他的消息。人们传过来的话是一致的，即他每隔一段时间都去那个悬崖边看一看，大概是还想看到曾经看到过的一幕。我猜想，他可能再也看不到了。即使在高原，人一生中能有几次那么近看到鹰的机会呢？人的居所是固定的，而鹰以世界为家园，二者本身就有着不可接近的距离。至于他目睹的那一幕，本身就是一种神遇。

当他失望并平静地回去之后，一切便都显得正常了。从此，鹰在他心里就变成了一种明朗的东西。那一次神遇，对他来说已经足够忆念一辈子了。忆念会使他变得更加坚毅、更加赤诚、更加沉迷。

鹰有时候是神。

鹰从高处起飞

我真正近距离接近鹰，是在西藏阿里。

一个早晨，我们的车子在走过班公湖边，见几只鹰从湖边爬过来，慢慢向山上爬去。我第一次见到爬行的鹰，有些好奇，于是便尾随其后，想看个仔细。它们爬过的地方，沙土被它们翅上流下的水沾湿。回头一看，湿湿的痕迹是从班公湖边一直延伸过来的，在晨光里像一条明净的丝带。我想，鹰可能在湖中游水或者洗澡了，所以从湖中出来后，身上的水把爬过的路也弄湿了。常年在昆仑山上生活的人有一句调侃的谚语："死人沟里睡过觉，班公湖里洗过澡。"这是他们对那些没上过昆仑山的人的炫耀。高原七月飞雪，湖水一夜间便可结冰，若是下湖，恐怕便不能再爬上岸。

班公湖是个奇迹。在海拔四五千米的高原上，粗糙的山峰环绕起伏，而一个幽蓝的湖泊在中间安然偃卧。与苍凉干燥的高原相对比，这个湖显得很美。太阳升起时，湖面便扩散和聚拢着片片刺目的光亮。远远地，人便被这片光亮裹住，有眩晕之感。

这几只鹰已经离开了班公湖，正在往一座山的顶部爬着。平时，鹰都是高高在上，在蓝天中将翅膀凝住不动，像尖利的刀剑一样刺入远方。人不可能接近鹰，所以鹰对人来说，则是一种精神的依靠。据说，西藏的鹰来自雅鲁藏布江大峡谷，它们在江水激荡的涛声里长大，在内心听惯了大峡谷的音乐，因而便养成了要永远飞翔的习性。它们长大以后，从故乡的音乐之中翩翩而起，向远处飞翔。大峡谷在它们身后渐渐变得模糊。它们苦苦地飞翔，苦苦地寻觅故乡飘远的音乐……在狂风大雪中，它们享受着顽强飞翔的欢乐；它们在寻找中变得更加消瘦，思念一日日俱增，变成了没有尽头的苦旅。而现在，几只鹰拖着臃肿的躯体在缓慢地往前挪动，两只翅膀耷拉在地上，像多余的东西。细看，它们翅上的羽毛稀疏而又粗糙，上面粘着厚厚的污垢。在羽毛的根部，有半褐半赤的粗皮在堆积；没有羽毛的地方裸露着褐红色的皮肤，像刚被刀剔开的一样。此时，晨光也变得越来越明亮，但它们的眼睛全闭着，头缩了回去，显得麻木而沉重。我想这是不是几只被什么打败、浑身落满了岁月尘灰的鹰。只有在低处，我们才能看见它们苦难与艰辛的一面。人不能上升到天空，只能在大地上安居，而以天空为家园的鹰一旦从天空降落，就必然要变得艰难困苦吗？我跟在它们后面，一旦伸手就可以将它们捉住，但我没有那样做。几只陷入苦难中的鹰，是与不幸的人一样的。一只鹰在努力往上爬的时候，显得吃力，以致爬了好几次，仍不能攀上那块不大的石头。我真想伸出手推它一把，而就在那一刻，我看到了它眼中的泪水。鹰的泪水，是多么屈辱啊，那分明是陷入苦难后流出的泪水。

山下，老唐和金工在叫，但我不想下去，我想跟着这几只鹰再走远一点。我有几次忍不住想伸出手去扶它们一把，帮它们把翅膀收回。如果可以，我愿帮它们把身上的脏东西洗掉，弄些吃的精心喂养它们，好让它们有朝一日重上蓝天，只有天空才是它们生命的家园。老唐等不住了，按响了车子的喇叭，鹰没有受到惊吓，也没有加快速度，仍旧麻木地往上爬着。十几分钟后，几只鹰终于爬上了山顶。它们慢慢靠拢，一起爬上一块平坦的石头。过了一会儿，它们慢慢开始动了——敛翅、挺颈、抬头，站立起来。片刻之后，忽然一跃而起，直直地飞了出去。

它们飞走了。不，是射出去了。几只鹰在一瞬间，恍若迸发了身体内部的巨大力量，把自己射出去了。太神奇了，完全出乎我的意料。几只鹰转瞬间已飞出去很远，在天空中，仍旧是我们所见的那种样子，翅膀凝住不动，沉稳地刺入云层，如锋利的刀剑。远处是更宽大的天空，它们一一飞掠进去，班公湖和众山峰皆在它们的翅下。这就是神遇啊！我脚边有几根它们掉落的羽毛。我捡起，紧紧抓在手中，有一种握着神圣之物的感觉。

下山时，我内心无比激动。

鹰是从高处起飞的。

在人头顶上空盘旋

也是在西藏,我还听说了一只鹰对人的引领。在新疆和西藏,鹰是常见的飞禽。它们在天空中盘旋飞翔,有时甚至离人很近,呼呼呼地从人头顶掠过,把人惊出冷汗。但鹰的舞台毕竟在天空,它们从人头顶或村庄上空掠过之后,便径直飞向天空深处,最后变成了一个小黑点。从此,人们喜欢上了鹰,它们在高处的身影引领着人的目光,开始了心灵的飞翔。这样的感觉也许与地域和信仰有关,但鹰在人们的心目中已成为一种象征。

人们给我讲述了一只鹰在一个人朝拜神山冈仁波齐时,一直在他头顶盘旋,引领他前行的真实故事。为了验证故事的真实性,我找到了普兰的科迦寺。扎西的父亲端坐寺顶,正闭目诵经。不可能有人的地方,往往出现一些更真实的人,这就是西藏。比如眼前这位老人,他端坐如仪,一心一意念经。如果不是扎西引领我们,我们怎么会想到一位老人居然在寺顶念经呢?他身上的僧袍布满岁月留下的痕迹,而此刻他恍若已经进入冥想境界一般,对我们的到来没有丝毫反应。我的目光顺着他的手掌、胳膊,移到他的眼睛,就看到那里面有幽深和锐利的神情,而且往外迸射着光芒。

那是一双鹰一样的眼睛。

扎西向父亲说明了我们的请求。老人缓缓起立,抚整衣服,俨然一棵粗壮的树。他看了看我们,开始讲他经历的一件事:

"那一年,我从家乡向神山冈仁波齐朝拜。一只鹰一直在我头顶盘旋,那可是朝圣者的福气,因为鹰知道人要去哪里,一路上它都会陪伴你。一天,我突然感到空气变得透明起来,等我爬上一座小山,我就看见冈仁波齐正处在一片草原和蓝天之间,它的顶峰积满了雪,在阳光下闪闪发亮。我高兴极了,一年多的朝拜到此证明了佛在指引我,我离我的梦不远了。我下了山,准备上路。但那天很奇怪,空气忽然变得稀薄,我像被无形的手掌推来推去,举步维艰。离神山不远了,我却陷入了高山反应之中,难道是我修行得还不够,吃的苦还不多,没有资格走近神山?但是佛可以做证,我一路都是五体贴地一步一步把大地和高山丈量过来的,从没偷过懒,没欺骗过任何一条小路、任何一座山。当我与河流相遇时,我就先赤足涉水而过,过了河用目光丈量出河床的宽度大概是多少步,然后在河边的沙滩上及时补上,真是一步也没有落下。那天,我感到我已经没有希望了。稀薄的空气使我陷入绝境,前面还有几座达坂,我可能爬不过去了。我的头剧烈疼痛,视线也变得模模糊糊。我抬起头,看见那只鹰仍在盘旋着。我不甘心,强压一阵阵疼痛,一步步往前爬着,每前进一些,都有一种要跌入深谷的眩晕感。后来下起了雪,我抓起雪吞下,心里稍微好受了一些。我不敢回头,我知道身后肯定是一条血迹斑斑的路。爬进峡谷,头疼得更厉害了。就在那时,我看到了惊心动魄的一幕。在我前面,三只大小不一的动物紧紧依靠在一起,在慢慢往山顶上爬着。待我看清楚了,才发现那是由一头牦牛、一只雪豹和一只狼组成的集体。我不敢相信,这些在平时一见面就弱肉强食的死对头,今天居然和睦可亲,互相靠拢在一起。我明白了,它们遭遇了与我同样的灾难,在这种地步,它们明白生命已经非常脆弱了，只有团结一致，才可以爬上高高的山顶。我又一次在心里看到了佛，是佛为它们降临了灾难，让它们在灾难中摒弃了原来的残忍杀戮，主动向良知靠拢；佛使它们明白了一个道理，生命靠真诚相伴才能长久。我被它们感动了，翻过这座山将出现一片树林，那是它们的家园；要走到那里，这种被佛指引的心灵行进多么重要啊！然而那天，灾难还是降临了，更大的风雪袭击了我和那几只动物。我努力挣扎了几番后，就什么也不知道了。后来，我醒了过来，向四周巡视，走在我前面的那些动物无一幸免，全都倒毙在风雪中。我抬起头，看见那只鹰安然无恙，一如既往地盘旋着。那时候雪已经停了，空气也变得充足了。我站起来，把它们的尸体一具具背出峡谷，埋在深雪中。我朝拜完神山返回时，就将它们运了回来。回来的路上，我才发现那只鹰不见了。"

故事讲完了。而我们的灵魂早已随着神话飞远。佛进入了人的心灵，人将无所不能。在无涯无际的高原上，除了雪和风之外，再没有能够走动的东西。而人不一样，人们与万物拥抱在一起，欢乐、从容、镇静，顺着内心感念的语言踽踽而行。就像互通心灵的牦牛、雪豹和狼一样，显示出一种非常远大、至死不渝的真诚。行走的人们啊，闭上眼睛，用沉默的心注视一切。那种默然与宁静恍若已经走过了几个世纪，每一天都是一生。

佛的恩泽中，人的灵魂在飞翔，包括孤独和苦难，还有鹰。

骆　驼

骆驼向我们走来

　　沙漠里起风了，沙子被刮起，弥漫成一道沙尘暴。树木、山峦和河流都被裹了进去，顷刻间不见了踪影。这时候，人们都躲到可以避开沙尘暴的地方，等待风停之后再上路。但沙尘暴中却传来几声低低的声音，紧接着，就看见有高大的身躯顶着风沙在走动。不论风沙有多大，也不论它们行走得有多么艰难，都始终向一个方向挺进。是骆驼。它们并不惧怕风沙，可以像平时那样在沙漠中行走。

　　西部的甘肃、青海和新疆分布着戈壁和沙漠，所以这几个地方便经常能见到骆驼。如果在戈壁和沙漠上看到缓慢行进的动物，那一定是骆驼。因为它们迎风抗沙的行进颇具勇敢精神，所以它们被誉为"沙漠之舟"。

　　骆驼是被人驯服、为人类服务的最大的牲畜。它们因为四肢长，足柔软，适于在沙漠行走。它们虽然看似庞大，而且行动迟缓，但从地上站起时异常灵敏，用膝部撑地一下子就能够站起。它们一小时可以走三至五公里，一天可以行走五十公里。牧民们转场时，把他们的家当绑在骆驼的双峰间，让它们驮着走向下一个牧场。

在新疆塔克拉玛干沙漠南缘的且末县，我有幸目睹了吐尔逊和一只骆驼相处的一天。早上，嘴上叼着莫合烟的吐尔逊刚出门，屋后便传出一声低低的呼声。他一愣，便向发出声音的地方走去。我和他开着玩笑说："不是姑娘叫你哩，你忙什么？"他一脸严肃地说："不要胡说，是我的骆驼在叫我。"我想，他的骆驼熟悉他的气息，或者说，对他有特殊的感应。在他用旧报纸卷好莫合烟，用"天山"牌火柴"呲"的一声点上后，它便知道他要出门了，便在喉咙间发出了一声低低的呼声。他走到它跟前，用手抚摸它的腿。骆驼太高大了，也许人只能抚摸它的腿，而它们大概已经习惯了被人抚摸。所以，当吐尔逊抚摸着它的腿时，它的眼睛微微地闭了闭，有了一丝幸福的感觉。吐尔逊给它准备了一大堆仍挂着露水的青草和一大桶水。那个水桶很大，以至于他要使足力气才能拎起。骆驼要为他出去驮东西，一大桶水可以让它保持一天的体力。待骆驼吃饱喝足了，他让它卧下，将东西绑在它背上，抚摸一下它的腿，它便"呼儿"一声站起出了院子。我问他："你不去吗？"他嘿嘿一笑说："驼子嘛，认得路呢，自己走过去，到了那边有吐尔洪。他是好多个骆驼的朋友呢，他嘛，卸东西。"

我在他家待了一天，听他讲骆驼的事情。他说骆驼和牛羊一样从不睡觉，一辈子没闭上过眼睛。它们正因为不睡觉，看到的一定比需要睡觉的动物看到的多得多。骆驼熟知人的生活，更懂得人的行为。有的牧民外出放牧时生病或遇到生命危险,无法挪动身子回家,骆驼会奔跑回家,对着他家里人痛苦地嘶鸣,他家人从它们的叫声中便知道外出放牧的人出事了。

说到骆驼从不睡觉时,他一下子睁圆了眼睛说:"骆驼从不睡觉这个事情嘛,我跟谁都没讲过。跟你说了,你可不要出去乱说。"我被他激起了兴趣,赶紧表态出去不乱说,让他说说骆驼为什么一辈子不睡觉。他眯起眼睛自豪地说:"骆驼从不睡觉,而且一辈子都不睡觉,从妈妈的肚子里出来睁开了眼睛,从来不闭上,一直到死。我看了好多骆驼,好好儿地用劲看了十几年,发现了这个事情嘛!"他怕我不相信,用探测的目光看着我,等着我发言。这个在沙漠中生活了四十多年,至今仍从事着骆驼客这一古老职业的人,应该说他的这一发现是伟大的,有点像从朴素的生活中得来的真理。我给他卷上一根莫合烟说:"你的发现是了不得的发现,我相信是真的。"后来,我们的话题从骆驼又延伸向别的事物。正说到高兴处,吐尔逊突然不说话了,侧耳向门外凝听了片刻说:"我的骆驼回来了。"果然,过了不一会儿,就见骆驼四蹄踩着尘土"唰"的一声进了院子。

在牧区,我听哈萨克族老人说过牛和羊是不睡觉的。现在,我又知道骆驼也是一生不眠的。它们一辈子都不睡觉,也许它们从不疲惫;它们一辈子从不闭上眼睛,因此它们一定比需要睡觉的动物要看得多,幸福得多。

头的方向

我遇到过一个难解的问题,有人问我:一场大风沙刮起时,骆驼的头朝前还是朝后?我想,骆驼因为保持了一贯的行走姿势,它的头一定是朝前的。问话者否定了我的观点,他告诉我,骆驼在一场大风沙刮起时,头是朝后的。这个问题缠绕在我心头,我想弄清楚事情的真相,却不愿去猜测。因为我觉得骆驼的头在大风沙刮起时朝向什么方向,一定是非常奇特的一幕。

后来,一位沙漠中的骆驼客帮我解开了心中的疑团。他说,当一场大风沙刮起时,骆驼会立刻掉转方向,把屁股对着风沙,让风不停地吹。如果风沙持续的时间长,它就用身躯挡住主人,然后用嘴去拱沙子,拱出一个大坑让主人进去,它则卧在边上继续挡风沙。如果没有人,它则将头深深地伸入沙坑,等着风沙过去……那位骆驼客说得眉飞色舞,好像骆驼的行为就是他干过的一件事似的。他的那番话让人浮想联翩,我好一阵子从幻觉中脱离不出来。我觉得骆驼在大风中把头扭向后面的一刻,很像人的举动,因为接下来它在挖坑、挡风等一系列动作中,有很清晰的思维,而且它用那种清晰的思维几乎创造了神话。

现在,我注视着我身边的骆驼,觉得它们就像与我交谈过的人。我被它们身上表现出来的神异感动着,我在这种感动中一再相信——沙漠中有神。

我听说过不少骆驼在沙漠中的故事。譬如它们看人时,人在它们瞳孔中会出现不同的影像：如果你是一个少女，它的眸子会变得清澈明亮；如果你已为人妇，它的眼眸会有一丝淡淡的光晕，似是为你身上成熟的美所感动……它的眼睛就是一面镜子，不论你年龄几何，在里面都会有一个清晰的影子。有人追问骆驼客："还有什么好听的事，给我们讲一讲。"一生与骆驼相依为命的骆驼客不高兴地说："骆驼的事情，它没有跟我说，我跟你咋说哩。"说罢，便不再理人。

后来我又见到了一群野骆驼，是在古尔班通古特沙漠中。远远地看见有什么在移动，同时伴有灰尘扬起，近了才发现是几峰骆驼。它们奔跑到一个小海子跟前，将巨大的身躯弯下喝水。天正蓝，小海子的水面便映出一只只骆驼。几个搞摄影的朋友不拍饮水的骆驼，而是绕到对面专拍它们在水中的倒影，拍得了几幅好照片。喝水对骆驼来说，也许是几天，或十几天才要做的一件事，遇上水了便喝一通，遇不上就只好忍着。一个牧民说，这群野骆驼已经把这个小海子牢记在了心间，每隔几天，总是要来喝水。因为是野骆驼，它们不必顾虑人，来去皆很自由。与家驼相比，它们在向人类迈出那至关重要、几乎要改变命运的一步时犹豫退却了，所以它们仍是野骆驼，但它们现在的生命是自由的，也是快乐的。牧民住在小海子对面的小山上，每当这群野骆驼下来，便来看它们，逗它们。它们觉得牧民很有意思，鼻孔里发出一些亲切的呼呼声。牧民便变得高兴，觉得在这荒天野地反而和一群野骆驼成了朋友。后来，野骆驼们下来喝水时，总是要走到他的羊圈旁。如果他在，就与他对视一会儿再离去；如果他不在，它们就望一会儿他的羊圈，好像羊圈就是他一样。

到牧民家中喝奶茶，闲聊着，野骆驼的面容却被一件事勾画得清晰了起来。也是一个骆驼来喝水的日子,却不见一只骆驼出现。牧民诧异,它们到哪里去了呢。他走到一个山包上,见骆驼们在一片宽阔的地带转来转去,似是在寻找什么。他一数骆驼,发现它们中少了一只。他从骆驼们急促的样子上断定,它们在寻找走失的一位伙伴。过了一会儿,有一只骆驼急促地叫了一声,众骆驼便一起向它围拢过去。少顷,它们像做出一个什么决定似的,又一起向山后急急走去。牧民好奇,骑上马赶上它们,想细细看个究竟。很快,他便发现野骆驼们跟着地上的一串蹄印在向前走,走了一会儿,地上的蹄印变得歪歪斜斜,似乎行走者难以支撑自己的身躯。有一只骆驼叫了一声,驼群便显得有些慌乱起来。牧民猜测,正在被众骆驼寻找的这只骆驼可能受伤了。翻过一座山,果然见一只骆驼卧在一片草丛中。众骆驼奔跑过去,围着它呼呼叫,但它却纹丝不动。牧民仔细一看,它已经死了。

"它倒下的地方是它出生的地方。它知道自己快要死了时,就坚持着走到了那里。骆驼在哪里出生,死的时候就必须回到哪里。"牧民的这几句话把故事推向了高潮。

后来的闲聊轻松自然。牧民说,骆驼们知道那只骆驼要死了,就去找它。其实在路上它们就知道它已经死了。我问他何以见得。他说,有一只骆驼流泪了,那是一只母骆驼,是死去的那只骆驼的母亲。

向大地觅食

我跟在长眉驼后面,感觉自己很像一个牧人。长眉驼是骆驼中的美人,因为长长的眉毛垂至脸颊,有三层眼皮,在骆驼中美得出奇。长眉驼们吃草,我看沙漠,看雪山,看两只鸟儿鸣叫着谈情说爱。一转身,我发现长眉驼们已经走出很远。我原以为,地上有草,它们可以吃一会儿,不料它们转眼间便把我扔在了后面。被它们扔在身后的不光有我,还有沙丘、草丛和石头。它们的身躯太高大了,有很多东西都被它们一跃而过,变成寂静世界中的沉默者。

我赶到它们身后,紧紧跟上它们。说实话,被它们扔在后面便觉得颇为孤独,甚至有一种恐惧感在内心蔓延。我想,在很多放牧的日子,牧人与牧畜们之间其实是一种互相依赖的关系;人与畜彼此调剂着对方的生活,时间久了,放牧反而变得不那么重要了,重要的是人畜共存的那种和谐和默契。游牧——这赤野蛮荒之地的古老生存法则,就这样维持了下来。所以,每一个放牧者到了这里,都自觉不自觉地坚持这一法则。慢慢地,人和牲畜变得像石头一样沉默。风从一个地方刮过来,又向另一个地方刮过去。就在风来来去去之际,地上的草绿了、青了、枯了,大雪也就落下来了。不管是人还是牲畜,顺应了一种规律,时间也就过得平静而又舒缓多了。一年又一年过去,一代又一代牧人在沙漠中完成生命的担负,然后一一老去。

我观察了一会儿,发现长眉驼只吃一种草。怪不得它们跑得这么快呢，原来它们在寻找草。这种草很少，往往走很久都找不到一株。找到之后，它们先视如神物一般对其凝视片刻，然后从鼻孔里喷出鼻息，将草叶上的灰尘吹去，再伸出舌头慢慢将草叶卷入口腔里。它们嚼草的速度很慢，口腔里有咔嚓咔嚓的声音。沙漠中寂静无声，这种声音便显得很大，像这些长眉驼的到来终于唤醒了沉睡已久的沙漠。也许沙漠中的很多东西都在沉睡，在等待富有灵性的生命来唤醒。

我有些好奇，被长眉驼视若神物的究竟是什么草呢。脚边有一株，我蹲下身细看。这种草的叶子很少，而且还长在全是尖刺的枝上。长眉驼们要吃到草叶，就要先受到尖刺的威胁。但长眉驼们的舌头似乎很灵敏利落，总是巧妙地伸过去把草叶卷入口中。也许，这艰险的觅食现实早已教会了它们生存的技巧，那些尖刺已算不了什么。

一峰长眉驼把枝上的叶子吃干净后，卧下又去吃根部的叶子。根部实际上也就两三片叶子，它完全可以将其忽略，却小心翼翼将头伸过去，把草叶卷入了口中。它的头几乎贴在了沙土上，那几根有尖刺的枝划在它脸上，出现了明显的划痕。吃完之后，它站起身子又往前走了。如果不是亲眼看到，我又怎能相信一峰高大的长眉驼为了两三片叶子屈下了身躯。在平时，长眉驼们遇上再大的风沙都不会低头，但为了果腹，它们却无比艰难地让自己的嘴伸向了那两三片叶子。在这一刻，我看见了生命的艰辛，同时也看到了在这种艰辛中体现出的不屈。

雪　豹

黄金季节

入冬后，大雪终于在一场寒风中落下，满天的雪花像无数小精灵飘向大地。在这个季节，上苍会对无数这样的小精灵发出飘落的命令，它们虽然不知道最终会飘落到何处，但都很乐意地上路了，并最后落入大地的怀抱。大地在沉睡，它们经过一丝阵痛后，自身光芒渐趋暗淡，慢慢进入睡眠。但它们的一些兄弟姐妹却没有到达大地，而是在风中歪斜着落到了山顶上。它们无法选择命运，只能静悄悄地躺在山顶上。山顶上的风很大，它们被吹得一片紧挨一片，直到彼此间再也没有空隙了才安静下来。它们因此获得一个名字——积雪。

这时候，雪豹到达了山顶。

雪豹因为常在雪线以上区域和雪地活动，故得名。西部的四川、西藏、青海、新疆、甘肃、宁夏、内蒙古等省市和自治区的高山地区，如喜马拉雅山、可可西里、冈底斯山、唐古拉山、天山、帕米尔高原、昆仑山、阿尔泰山、阿尔金山、祁连山、贺兰山、阴山、乌拉尔山等，都是雪豹的主要活动区域。除了高原，它们也会在平原地区出现，不过不会长久停留，偶尔露面一次就会离去。

大雪是雪豹的引领者和安抚者。它们往往在一场大雪中上路，也因为大雪而存活，并精神十足。

冬天对雪豹来说是一年中的黄金季节，它必须到高山上去实施它的一系列梦想。它从低处向高处慢慢爬行，地上的雪踩上去是那么舒服，以致让它有了几分欣悦之感。雪豹的内心是浪漫的，只有在大地被大雪覆盖之后，它才喜欢出来走动；走在雪地里，它觉得那是一种无比抒情的行走。当然，它最终的目的是爬到一座高山上去，那不光浪漫，而且还高贵。它必须到一座又高又冷的雪山上去体验高贵。于是，在月亮出来时，它开始上路了。下雪的夜晚很安静，攀登使它的身体渐渐热了起来，它有了一丝去年冬天曾有过的快感。

一只雪豹到达山顶，是为了实现一次精神的上升。它站立的那块石头处于最高的位置，它站上去便站在了众山之上。它眺望到远处的山逶迤成一片，所有山犹如一座山。它望了一会儿，又转头去望刚刚升起的太阳。此时的太阳犹如刚刚出炉的一个红色钢球，正被云雾中的一双无形之手慢慢托起。雪豹内心的某个念头被激活了，它对着朝阳发出了呼啸。它的呼啸很有力，像有一把刀子从它身体里穿出，刺得空气发出几丝颤动。喜欢高处的动物都具有刚烈的心性。对它们而言，大自然是一面镜子，经常会让它们从中看见自己更具力量的一面。

除了站在最高的石头上向远处观望，雪豹还将进行一次对山顶的巡视，它由此将计划自己接下来数月的生活。雪豹走得很慢，每一块石头，每一棵树，每一条可以通行的路，它都一一记在心间；它的选择往往都在一瞬间，所以它必须熟知每一处的地形特点。雪豹的记忆力很好，任何地方它只要看上一眼就不会忘记。直到所有地方都被它牢记在心间后，它才会选择一个地方卧下，望着将陪伴它度过冬天的这个山顶，内心一定有了一丝欣悦之感。

几天后，一个问题摆在了雪豹面前——它的肚子饿了。它这才想起在冬天必须做的一件事——捕食。这对它来说并不是什么难事。它将复制往年的经验，从山顶稍稍向下走一截路完成这件事。据牧民讲，雪豹一般不会伤害比它弱小的动物，它一直把那些内心骄傲、在冬天也喜欢爬雪山的动物作为征服的对象。有许多山羊在大雪天也喜欢到高山上来。山羊具有在山崖间飞跃的超凡能力，差一点成了动物中的空中飞行者。它们其实在秋末就上山了，但它们没有雪豹高傲的心性，所以它们总是爬到半山腰后便随意选一个避风的地方待着，再也不想走动一步。也许正是山羊超凡的飞跃能力刺激了雪豹，所以雪豹将把它们作为捕杀对象。雪豹悄悄潜行到山羊们留下蹄印的地方卧下身子，任大雪一层又一层地将自己覆盖。它必须让大雪掩盖住自己，才能出其不意地袭击山羊。它为此熬过了一个漫长的夜晚，大雪将它掩盖得不露一丝痕迹。早晨，山羊们纷纷向这边走来。山羊有洁癖，在一场大雪后必须找到干净水才肯饮用。雪豹对山羊的习惯了然于心，所以要利用这一时刻达到它的目的。山羊们从雪豹身边走过，雪豹看中了一只肥硕的山羊，一跃而出将它按倒在地。山羊们惊吓得四散而逃，雪地上留下了混乱的蹄印。很快，就有鲜血喷到了这些蹄印上，绽开成几朵骇目的红花。雪豹咬死了那只山羊，拖着它向山顶走去。雪豹很节食，即使有再多的食物也只吃个半饱，总是要将食物留下以待下顿。

整个冬天，它将如此重复捕杀山羊。雪豹就这样享受着黄金季节的辉煌和幸福。

柔软的尊严

一只母雪豹到了分娩的时候。母雪豹同样心性刚烈，在与一只公雪豹交媾后便独自离去，在寒冷的冬天寻找一个安静的地方，默默孕育肚子里的小生命。因为身体强壮，它同样可以做一些剧烈运动，只有分娩的阵痛才会让它安静下来。它向四周张望，很快便找到一个安静的地方，立即决定就在那里让自己的孩子出生。一只小雪豹在冬天降生是很幸福的事，因为大雪会对它进行最好的生命洗礼。很快，小生命降生了，一天天长大，在母亲身边跑来跑去。

雪豹不会随便出击，除了与别的动物决斗和捕食外，从不给别的生命制造死亡。它们似乎懂得生命来到这个世界极为不易，所以很多时候它只是呼啸几声把人或其他动物吓走而已。见过雪豹的牧民说，只要人不伤害它，它从来都不伤人。若人在雪山上走到离雪豹很近的地方，雪豹闻到人的气味后会迅速避开。有的人不知道雪豹的习性，见到一棵树上挂着半只山羊，便要上前取下，这时雪豹躲在不远处的一块石头上，它会大吼一声把人吓走。其实，人很难见到雪豹，有时候仅仅是隔着山望见了它们的踪影，但它们像有感应似的马上离去。雪豹藏得很隐秘，不光走动时不发出声响，连空气中也不留下呼吸的气味。食草动物们的嗅觉都很灵敏，但它们从来闻不到雪豹的气味，也从来不知道雪豹的行踪。

　　一只母雪豹一胎产下四子，成为一位多子的母亲。每天要让四个小生命吃饱肚子，它就必须捕获足够的小动物。整个冬天，母雪豹十分忙碌，以至于它不知不觉瘦了很多。四只小雪豹慢慢长大，在母亲的带领下到处走动，学习捕获食物的本领。走到一个悬崖的半道上，它们与一群狼相遇。狼发出急躁的嗥叫，像随时要发起进攻。狼是从不放过进攻机会的凶残动物，那一刻的空气中似乎已经透出了血腥味道。但那只母雪豹却显得很平静，它用一种示意着什么的目光看着狼群，让狼群变得有些不知所措。少顷，狼群明白了雪豹并不想与它们搏斗，其示意的目光是要它们让道。狼群似乎被感动了，雪豹——这雪山上的勇士，并不是那么好惹的，如果它发怒的话，顷刻间就会扑过来一口咬住狼的脖子。现在它能够如此平和，狼就该知趣地让路。狼群一一贴到悬崖一边，给雪豹们让开了路。一大四小五只雪豹从狼跟前缓缓走过，悬崖上只有它们爪子踩出的轻微的声响。

　　走过悬崖后，那只母雪豹回过头向狼叫了一声，声音里充满感激。

下 山

在西藏阿里的昆仑山，一群人屏声敛息在等待一只雪豹走近。高山反应已经使他们开始打退堂鼓了，但一只雪豹却进入了他们的视野。这群人隐藏得很好，以致连警惕性极高的雪豹都没有发现危险已经存在。"噗"的一声，麻醉枪射出一弹，中弹的雪豹便昏倒在地。他们用绳子缚住雪豹的四肢，把它抬进了大卡车上的一个笼子里。雪豹醒来后不知道发生了什么，睁着茫然的眼睛向四处张望。大卡车很快就动了，人们要把这只雪豹运到昆仑山下的城市里去。

无法想象一只雪豹被运下昆仑山后会变成什么样子。看着它被关在铁笼子里可怜的样子，我的心沉了；雪豹——雪山上的勇士，动物群中高高在上的征服者，被人类发明的铁笼子征服了。谁愿意一只雪豹被征服呢？雪豹在高原是力之王，是美的化身，它的生命里一直充满搏击和拼斗。它是我们的精神寄托。我们虽然见不到雪豹，但对它们的想象却是必不可少的。它丰富着我们的想象，激励着我们的心灵。

在很多时候，雪豹的敌人就是自己。它必须打败困难中的自己，才能保持高贵的信念。但现在一只雪豹却被关进了笼子，它将被运到一个动物园里供人们欣赏，或者在商人的利益场上变成一枚棋子，被挪来挪去，为人赢取利润。

大卡车在中途停顿了一次，雪豹再次打量铁笼外的世界。显然，海拔已明显降低，这些地方很陌生，它以前从来都没有来过。至此，它的内心才有了一丝恐惧，它似乎隐隐约约意识到了自己命运的变化，但铁笼子牢固无比，它无力将铁笼子冲破。它趴在笼子里一动不动，身躯似乎一下子变小了。它的面孔不再生动，眼睛里已经没有火焰，而且也不再发出咆哮。

一只雪豹的内心被残酷的现实粉碎了，雪山和峡谷从它眼前闪过，变成模糊的一团。

海拔越来越低，空气也越来越好，再过几个小时，这只雪豹就要被运到城市。它忍不住回头朝身后看上几眼，它有至高的梦想，但现在却不能像以往一样奔突。汽车是一头钢铁巨兽，它在这头钢铁巨兽面前显得软弱无力。

到了城市中，它引起了人们的兴趣，长久地被围观着。它极不适应这样的地方，紧紧地闭上了眼睛。从不走下高原，从不与人群接触的雪豹，在人们指指点点、品头论足的声音中觉得被暴露是一种耻辱，它的身子似乎缩得更小了。

第二天，人们又去看笼中的那只雪豹，发现它在昨天晚上撞死在了铁笼中。

它的脑袋血肉模糊，像一朵绽放的猩红色的花。

牦 牛

在村庄附近伫立

入夜,神山冈仁波齐并没有被黑暗吞没,仍然像在白天一样明亮。是月亮照亮了神山,从峰顶到半山腰的冰层,像有流光正在向下流淌。这时候的神山,更适合从远处眺望,所以有不少人站在夜色中望着神山。突然,有人扑通一声向着神山跪下了。这是一些从家乡出发、一路向神山朝圣而来的人,此时在黑暗中看见神山,在内心感受到了一种召唤,便五体贴地,开始磕等身长头。这个夜晚变得肃穆,甚至显示出一股圣洁之感。

后来,人们一一散去。但那些朝圣者却还在磕等身长头,也许他们将向着神山朝拜整整一夜,当第二天的太阳照彻神山,他们就会再次上路。这时,山坡上却响起一片密集的声响,有一团黑影从下向上,正向山顶移动上去。在那个山顶上,可以更清晰地看见神山。朝圣者从传来的声响判断出,那是一群牦牛正在向山顶爬行。是牦牛在夜行,它们行进的方向也是神山吗?没有人知道答案,但它们密集的蹄声,犹如这个夜晚的诉说,不知道朝圣者是否在倾听,但他们泪流满面。

第二天清晨,在西藏普兰县城边的一个小院子里,两个藏族人在干活。他们一边干一边唱《斯巴宰牛歌》:

斯巴宰小牛时,
砍下牛头扔地上,
便有了高高的山峰;
割下牛尾扔道旁,
便有了弯曲的大路;
剥下牛皮铺地上,
便有了平坦的原野。

歌中唱的小牛就是牦牛。之所以说是小牛,因为是以斯巴的口吻唱出的,而斯巴在藏文化中是宇宙,在宇宙眼里,再高大的牦牛也是小牛。藏族创世纪神话《万物起源》中说:"牛的头、眼、肠、毛、蹄、心脏等均变成了日月、星辰、江河、湖泊、森林和山川等。"藏族先民将牦牛崇拜为图腾,所以常将它们神化。

牦牛是西部最具雄性气质的动物。它们壮硕的躯体,头上的一对尖角,走动时四蹄踩出的沉闷声响,都极具阳刚之气。四川、甘肃、青海、新疆和西藏的高海拔雪线以上地带,都有牦牛生存。它们抬头可仰望到雪山,低头又可以看到草地和河流,但大多数日子它们都默默伫立一地,像在沉默中守护着高原。

每年春天,牦牛便走向雪线以下的地方。雪山上的空气中尽管仍充满寒意,但牦牛还是感觉到有一丝细微的温热暗暗传递了过来,它们开始向雪线下的地方张望,然后便向山下走去。牦牛将走到雪线以下的地方吃草、交配、给人驮东西,在清爽的风中度过春夏秋三个季节,直到大雪又开始下时再回到雪线以上的地方来。

牦牛全身都是宝,却怀才不遇,不被世人悉知,只有与它们同居高原的藏族人离不开牦牛,在衣、食、住、行、烧、耕等方面都与牦牛紧密相连。他们喝牦牛奶,吃牦牛肉,烧牦牛粪,穿牦牛毛做成的衣服。牦牛还有超凡的耐力,不光可用于农耕,而且还能成为高原运输工具,有超凡的识途本领,能避开险路、沼泽地、陷阱,并能理智地选择道路。牦牛没有雪豹、黄羊、狼等高原动物出名。牦牛通常给人留下的印象是,除了在山坡上缓慢行走,便长久地站在一个地方低头吃草。它们似乎极不喜欢行走,在太阳出来后选择一个地方往往一站就是一天。

在动物群中,牦牛很少出头露面,很少留下有关它们的传奇故事。导致牦牛的形象变得模糊的原因很多,但最重要的有三点。其一,牦牛生存的地方往往在高原的小山脚或某个大平滩上,与别的动物没有什么来往;其二,牦牛尽管是牦牛,但仍有牛的某些习性,常常甘于为人服务,驮上很重的东西往返于风雪之中;其三,牦牛的性格过于温和,加之是食草动物,便显得很平淡,难以引人注目。

牦牛是很具耐力的动物,而且懂得把力量用在该用的地方。牦牛是黄牛的兄弟,它们最具劳动精神,总是能够满足人类的需要。当人们走近一群动物,它们都会被人直立起来的两条腿吓跑,而牦牛毫不惊恐,抬起头望一眼人后又低下头去。能抬起头望一眼人，对牦牛来说实属难得，因为它们始终低着头，如果不是对人有好感，是不会望一眼的。人们对牦牛的态度也是不冷不热，觉得它们的存在可有可无，在需要的时候才会亲切地唤它们。

牦牛本可以发挥出更大的才能，但除了为人驮东西外，再未被重用。据说牦牛的耐力很强，不管驮多么重的东西从不停歇，上路后可以一口气走到终点。可以说，牦牛的驮运能力在高原动物中独一无二。牦牛还有很强烈的家园意识，它们吃草时注重环境保护，从不践踏草木，从不随地大小便。不知牦牛长久地伫立在离村庄不远的地方，是否在等待人们的召唤。动物们与牦牛的距离拉得越来越大，牦牛与所有生灵处于一种若即若离的尴尬境地。

生命的加冕

从新疆的天山牧场往东行三四公里，就进入了一个很大的草场。尽管牧民称之为草场，但草地里却有水在悄悄流淌，还有一些圆形石头分布其中，太阳一照便闪闪发光。吐尔洪说牦牛很喜欢这个地方，每年夏天都成群结队到这里来，吃那些一簇一簇疯长的野草，吃饱后便踩水嬉闹，很是热闹。

我等待着牦牛群出现。我曾在藏北阿里和帕米尔见过牦牛，十分喜欢它们在高原上行走的样子，那种稳健和强大的气势，犹如在检阅高原。曾经有一头牦牛挡住我们的车，任凭司机怎么按喇叭都不让路。它很平静,似乎在它这儿没有给别人让道这一观念。等了几分钟,我发现它在凝望雪山,便明白了它不让道的原因,于是让司机绕道而行。走远后回头一看,发现它扭过头在望着我们。我对那头牦牛记忆深刻,它与雪峰一起给我留下了永久的回忆。

我爬上一座小山,还没有喘过气,就为眼前的情景大吃一惊,对面的山坡上正黑压压地走过来一群牦牛。它们像潮水一般冲向坡顶,又漫延而下进入坡底。然后,它们像听到命令似的站在原地不动了。太阳已经升起,草地上正泛起一层亮光,它们盯着那层亮光不再前进一步。静止的牦牛群和被太阳照亮的草地,在这时构成了一幅很美的画。过了一会儿,太阳已慢慢升高,牦牛三五头聚成一堆吃起了草。慢慢地,它们便又散开独自去寻草。从远处看,这时的牦牛犹如无数个静止的小黑点,而成群的牦牛又好像一片低矮的灌木丛。

我走下山坡观察它们,而它们却毫不在意我的到来,只是低着头把嘴伸向那些嫩绿的野草,嘴巴一抿一抿地吃着。有几头牦牛的角很长,以至于嘴还未伸到草跟前,角先顶到了地上。它们不得不把头弯下,歪着脑袋才把草吞进嘴里。

我在它们中间走动。我想起吐尔洪曾说过,这块草地其实就是牦牛的天地,它们每天早上到这里来吃草,一直到下午才回去,这里的草被它们啃了一遍又一遍,但似乎总是啃不完。

这时,一头牦牛走到了我跟前,它的巨大犄角上挑着一只不知毙命于何时的狼的尸骨。因为时间太久,狼的尸骨已完全风干,固定在了它的头顶。这头牦牛已经适应了狼尸的重负,所以在行走和吃草时都显得很自如。我跟着它的走动。那副狼的尸骨上下起伏，仿佛是一顶加冕于一头牦牛头上的王冠。后来，那头牦牛发觉我在观察它，便警觉地逃入牦牛群中去。当它把头低下，我便再也找不到哪一头是刚才头戴"圣冠"的牦牛。返回乌鲁木齐后，我请教一位野生动物学家。他说可能是那头牦牛用角刺死了一只狼，狼尸从此便挂在了牦牛的角上，待皮肉一日日脱落，只剩下一副骨架。牦牛的双角刺入了狼的骨头中，从此狼的尸骨便没有掉下。

第二天，我在那块草地上看到了牦牛更为激扬的一面。那些高大健壮的牦牛正在吃草，却突然聚拢在一起，冷冷地互相盯着对方，像怀疑对方并非自己的同类。过了一会儿，不知是哪头牦牛嘶鸣了一声，牦牛群便骚动起来。混乱之中，有的牦牛在努力向外冲而外围的牦牛却在往里冲。草被它们踏倒，水也被它们的蹄子溅起，和泥巴一起沾在它们身上。我不知道这些牦牛要干什么，但它们的架势有一股杀气，似乎不把冲到面前的同类刺倒便不罢休。我祈祷它们不要互相残杀。

很快，我担心的事情发生了。牦牛们先是用身体去撞对方，不一会儿便用角去刺对方。它们乌黑的犄角像一把把利剑，在对方身上划出一道道口子，血很快就流了出来。我以为它们都很疼，但牦牛变得兴奋起来，一边极为亢奋地"呜呜呜"叫着，一边凶猛地攻击对方。在进攻中，有的牦牛被别的牦牛用角刺中，加之体力不支便退到了一边。血从伤口中大滴大滴地流着，使更多牦牛不停地战栗，但它们却不离开，仍然很兴奋地看着那些正在战斗的牦牛。那些战斗的牦牛显然是这一大群牦牛中的佼佼者，它们不光身体敏捷，而且特别善战，也特别能忍耐。它们身上已经有很多伤口，血甚至已经染红了身子，却丝毫没有要退下的意思。但战斗毕竟是残酷的，失败者的结局无外乎两种，要么伤病，要么战死。很快，又有一批牦牛退了下来。又过了一会儿，第三批失败者也退了下来，留在格斗场上的几乎都是胜利者。而正因为它们都是胜利者，所以接下来的战斗则更激烈也更残酷。可能是因为距最后的胜利已经不远，所以，它们再次兴奋起来。一阵猛烈的攻击过后，又有几头牦牛退下了。有一头很健壮的牦牛像不甘心，要坚守自己的阵地，立刻，有两头已明显取胜的牦牛便一起向它发起攻击。当四只尖利的长角刺进它的肚子时，在"噗噗"的响声中，它像轰然倾倒的大山一样趴在了地上。

战斗终于结束了，剩下的几头牦牛就是胜利者。它们扬着头长哞几声，向伫立在远处的几头牦牛走去。这时候，我才发觉那几头牦牛一直伫立在那儿，它们像我一样在观看刚才的战斗。我不知道它们为什么不加入战斗，那几个胜利者径直走到它们跟前，用嘴去吻它们。它们像已经等待了许久，一对一地与那几个胜利者依偎在一起。胜利者不时地发出喜悦的嗥叫，它们用嘴舔着胜利者伤口上的血，舔完后便与胜利者头挨着头缠绵在了一起。

至此，我才知道那是几头母牦牛。

沉默或坚忍

天刚亮，木那提叫醒了我们。他牵着一匹马站在帐篷门口，说:"附近的马都给租光了。我跟你们走。"我抬头看了看博格达,太阳已经把它照亮,它显得更加明亮和洁净。一丝喜悦漫上心头,看来今天是一个吉祥的日子。大家兴致高涨,急急吃过早饭,背上背包就上路了。

山坡上没有植被,只有一些稀疏的野草匍匐着,稍不注意就忽视了它们的存在。而正是这些野草,是牦牛过冬时必不可少的食物。

博格达属于天山山脉,我在一篇文章中曾写过从飞机上俯瞰它的情景,当时我从上向下看到的博格达,犹如一个人在头上戴着一顶金光闪闪的头冠。天山有王者之气,而博格达便犹如戴在天山头上的王冠。此次上了天山,我一直在观察它,觉得它除了显得高贵外,还有一种突兀的气势。天山从西而东,到了博格达却突然耸立起冰清玉洁的一座雪峰。天山的延伸是沉缓的,但到了这里却像伸出大手,接住了天穹降落的一颗星星,顷刻间把自己也照亮了。所以即使在白天,博格达也有一种散发着光亮的感觉。

我们五个人在博格达的亮光里一直向上攀登,雪线已经在视野之内,按现在的速度,估计黄昏前能赶到宿营地。

转过一个弯,迎面走来几头牦牛。看见我们后,有三头牦牛突然横在前面护住了卧着的一头小牦牛。我们走到它们跟前,那三头横着的牦牛只是低着头,用沉默的目光看着地面。那头卧着的小牦牛显然受了重伤,它周围有几摊血,有苍蝇在盘旋起落。我注意到护着它的另外三头牦牛的神情,估计它们看见我们突然出现,怕伤了它便将其围护起来。但大家都不同意我的观点,觉得那几头牦牛没有这样的智力,并做出如此勇敢的决定,但我坚持自己的观点。我们围着它们打转，受伤的小牦牛眼睛里显出惊恐，但那三头牦牛一直守着它一动不动，似乎仍然担心我们会伤害那头小牦牛。

这时，从前面的转弯处走过来一位老人。他扑上去抱住受伤的小牦牛，用双手把它托住，查看它受伤的地方。但因为小牦牛太过肥壮，他用了很大力气也没有将它抱起来。木那提蹲下身，双膝合拢将小牦牛的后腿放在腿上，帮老汉将小牦牛抱了起来。小牦牛的腹部在流血，伤口上扎有半截锋利的石片。老人颤抖着双手将石片取出，一股浓浓的血又流了出来。木那提从地上捡起一个土块，揉成土末撒在小牦牛的伤口上，血立即止住了。老人说，这只小牦牛是从山坡不慎滚下来的，受伤可能已经有三个小时，它和另外三头牦牛至少在这里等了三个小时。它们在等他，如果他不来，它们会一直等下去。这时候我才发现那三头牦牛已经默默散开，归入牦牛群中去了。我想从牦牛群中找到它们，但似乎每一头牦牛都很像刚才的那三头，我已无法分辨。

我说出自己的猜测，老人激动地说："就是的，就是的。牦牛都是这样，一旦同伴受伤，它们都会舍身相救，决不会丢下不管。"我很感动，但我不知道牦牛是通过什么样的渠道交流感情、传递想法、达成默契的。

老人抱着那头小牦牛，赶着牦牛群下山了。天已黄昏，我们决定在四头牦牛停留过的地方扎下帐篷宿营。博格达仍在高处，低处的光芒正在一点一点上升。

维持圣洁

在西藏阿里,我们的车子正在行进,就从车窗看见了外面的那个牦牛头。我们下车,看见阳光在它上面照出强烈的光芒。这个牦牛头很大,可以想象出它活着时,在高原上行走是何等威风。

但它为什么被丢弃在路边呢?

不远处有一个村庄,村头有好几堆玛尼石,上面也放着牦牛头。褐色的玛尼石和牦牛头上都有清晰的经文,远远地就传过来一种圣洁的气氛。

大家说,这个牦牛头可能是别人不要的,要么就是放在路边,专门送给过路人的,我们把它拿走吧,这么美的牦牛头,带回去就是一个宝贝。但我制止了大家,我觉得高原是牦牛的家,当它奔波一生,在高原上结束生命后,人们在它的角和额上刻下经文,它就变成了人们心目中的神物,人们向往它的生命,所以,它的头角就变成了一种象征,而我们把它拿回去之后,只能作为一种装饰品,不会像藏族人那样理解它的深刻和神圣。

这时候,我看见一个喇嘛在村口念经,看上去是一门心思,但我想他可能看见了我们刚才的举动,而他没有发出任何声音,仍在低声念着经文,整个人看上去如同一尊纹丝不动的佛。

一种无形的力量在撞击我的身心。我说:"咱们把这个牦牛头放到那个玛尼堆上去,不管别人怎样对待它,我想我们应该这样做；做这样的一件事情，我们的生命里就有福了。"大家欣然同意。我们把牦牛头放在玛尼石上，无比虔诚地在那儿站了好一会儿，每个人的脸上都有一种圣洁的神色。

　　我们离去时，那个喇嘛举起右掌放在了胸前，口中念起了什么。

熊

迟钝的大力士

并没有刮风,树林却突然动了,像有什么在撞击树干,使树枝发出一阵阵晃动。从远处看,晃动的树枝像一片波涛,就在这片涌动的波涛中,会突然钻出一个黑乎乎的脑袋。是一只熊,它要到山下的庄稼地里去享受夜餐。熊的身体肥胖,加之行动笨拙,便撞击得树干乱晃,让看到那一幕的人以为树林涌起了绿色波涛。

西部人常将棕熊叫作哈熊。西部多哈熊,在新疆、青海、甘肃、西藏和内蒙古,都有叫"哈熊沟"的地方。哈熊沟多,说明哈熊多;哈熊多,便留下诸多有关哈熊的传奇之事。

哈熊是动物中的大力士,但它们不懂得展示自身形象,不像狮子和老虎那样以矫健、大象和鹿那样以稳重扬名于世。哈熊缓慢、迟钝、麻木,加之居住的地方又太偏僻,所以在动物界没有朋友,慢慢地便离群索居,不与别的动物来往。但它们似乎乐于如此，独自拖着笨重的身体翻过山脊，不论是树枝还是荆棘碰在身上，它们都毫不避让，只是低垂着脑袋，一副昏昏欲睡的样子。

熊对农作物的破坏从不收敛。在动物中，熊对农作物的喜好远远要比野猪、野兔、野山羊以及一些鸟儿等大得多。它们在黄昏选择一个隐蔽的高地，观察农民们的玉米地，然后在夜深人静时悄悄潜入进去大饱口福。庄稼不光被它们吞噬，还会被它们笨重的四只大掌踩得大片倒下。它们的肠胃不好，或者因为太过贪食，没走几步就屙下一大堆粪便。它们对此毫无愧疚之意，但猎人们却会根据它们的粪便和掌印进行跟踪，虽然历经艰难困苦，但最终会找到它们的巢穴，瞄准它们胸前的白色斑毛（心脏所在处），便将它们击毙。

熊愤怒的时候会变成另一种样子。如果是人或别的动物惹了它们，它们会挥舞两只前掌大声吼叫着扑过去。而惹恼它们的人或别的动物要逃下山去，它们则会从山坡上向下翻滚，赶到前面去堵截。熊的掌力很大，一挥出便可击倒一棵树，人或小动物更是禁不起它们的击打。它们捕捉到猎物后，会一屁股坐上去把猎物压碎，然后才开始吞噬。它们挠痒痒的动作看上去憨态可掬，把痒痒处对着一棵树使劲蹭，直到蹭舒服了才会离去。如果不舒服便大力撞树，好像是树使它们痒痒了似的。如果一只熊直立起来挥舞两只前掌向你扑来，那一定是它愤怒至极要咬你。人在这种时刻不敢和它们正面交锋，动物们更是逃之夭夭，再也不敢惹它。

虽然熊在愤怒时显示出了大力士风采，但它们对此一无所知，从来都没有在自己的强大中陶醉过。

秋风慢慢地凉了,熊的身躯开始蜷缩。虽然熊不怕冷,但它们不喜欢在这样的季节走动。它们在春夏两季是蛮横的占有者,几乎没有什么不能被它们占有,但现在清凉的风让它们意识到自己应该寻找一个过冬的安身之所。它们向四周巡视,发黄的树叶不停地往下落,树木上悬挂着稀疏的枝条。地上的草也已经枯黄,过不了多久,一场大雪会改变大地的颜色。它们边走边看,似乎没有合适的地方可供它们选择。熊很看重冬眠的地方,因为它们将在那个地方沉睡数月,把一年来在风雨中奔波的疲惫卸去,以待来年去更多的地方,吃更多的东西。它们走过几座山后,还是向去年冬眠过的那个山洞里走去。经验是可以复制的,我们可以猜想,一只熊想起去年度过的那个幸福的冬天,它心头升起一股暖意,脚步不由得加快了很多。

熊到达去年冬眠过的那个山洞时,月亮已经升了起来,一切都是那么熟悉,只是时间的无形之手把洞口稍微改变了一下,有一些土堆在了洞口。它伸出一只前掌把土推开,但转念一想又觉得刚好用来挡风雪。它试了试觉得可以钻进身子后,表情便变得欣慰。但它并不急于进洞,而是爬到距洞口不远的一块石头上,静静地看着那个洞口,它要在心理上慢慢接受这个冬眠之地,它会一直坐到天亮才进入洞中。

冬眠和绝食几乎同时开始,熊淡忘了以往的所有食物。随着气温降低,它头脑已昏昏沉沉,食欲也已大大减低,几乎不想再吃东西。外面刮着风,熊将庞大的身躯蜷缩得越来越紧,睡眠将它拽入不可知的黑色柔软中,它睡了过去。经过春夏秋三季进食而积累的脂肪足以使它御寒,所以它们进入睡眠状态后不再需要食物补充。天越来越冷,每天的时光也似乎在缩短。洞内的光线暗下来时，一场大雪正在外面飘飞，大地已经冰冻，熊已经呼呼大睡。

但有时候熊会受到干扰，一只路过的老虎闻到了它的气味，径直走到洞口向里张望。熊此时正在梦境中的天空飞翔，但一阵巨响像刀子一样刺向了它。它醒了，从甜蜜的梦境回到了这个山洞，大吼一声吓走了老虎。老虎很快就不见了踪迹，熊也不能再进入甜蜜的深渊轻松地下坠。它走出洞外，回头恋恋不舍地看了几眼后转身离去。它的冬眠之地被别的动物发现了，它不得不去寻找新的处所。

哈熊沟历险

关于哈熊沟，我听到过一件边防军人历险的真事。

一大早，排长苏志印就带着战士张海军、孙海宁和李新刚从恰巴图骑马出发了。四周弥漫着大雾，大地一片宁静，空气显得特别清新，有一股湿漉漉的气息。阿尔泰山脉像经过一夜的沉睡，重新焕发了青春活力。

三个战士的马背上绑着睡袋、茶壶和一些吃的东西，走起来发出叮叮当当的声响。这个地方大家习惯性叫图门巴，实际上它的正确名字叫恰巴图，真正的图门巴离这儿还有好几公里的山路。

这次巡逻，图门巴是最后一个点位，但这一带的路崎岖难走，而且中间要翻山，估计得走一天。

走了没多远，路就变得难走起来，杂草和横倒的树枝纵横交错，使得留出来的空隙，只能通过一匹马。大家只好下马，牵着马小心翼翼地穿过了丛林。刚出林子，路下面就出现了悬崖。等他们小心翼翼地走过这一段险路，就进入了一片树林。几个人这才松了一口气，他们知道，哈熊沟快到了。这片树林尽管密一些，但却好走。

苏志印让大家停下，休息一会儿再走。张海军和李新刚捡来一些树枝，点起一堆火，烧了一壶茶。几个人就着茶水吃下一些东西，顿感浑身又有了力量。

十几分钟后，苏志印下令继续前行。前面就是哈熊沟，这个地方很少有人行走。因为哈熊沟前面，有一块争议地区。

哈熊沟因哈熊而得名。沟里哈熊不但多，而且大得出奇。它们经常伤人，就连那些哈萨克族猎人，也谈熊色变。白哈巴村有一个俄罗斯族小伙子来这里打猎，一枪把一只哈熊打倒，以为打死了。刚走到它跟前，它忽然一跃而起，一掌打在他脸上。他被打得飞出五六米远，一只眼睛被打瞎了。

一次，战士们在树林里巡逻，正走着，忽然看见一个白花花的东西从马肚子底下钻了过去。马受惊，战士们忙着拉马，没看清是什么东西。后来大家猜测可能是金钱豹或豺狗。那匹受惊的马回到连里，不吃不喝，过了几天，撒尿时撒出来的全是血。

哈熊沟，似乎处处充满危险。

几个人慢慢进入哈熊沟。忽然，苏志印发现草地上有一条细碎的小路，上面有哈熊踩出的足迹。他估计这是哈熊出没时留下的。他仔细观察四周，发现有些草被压倒了。他估计哈熊在这儿产过小熊。想到这里，他不由得警觉起来，这种情况下，哈熊一旦与人遭遇，会变得更加凶猛。他赶紧让三名战士把子弹推上膛，尽管离边境线两公里不能开枪，但人身受到威胁时，还是要以安全为重。

几个人往前走了五六十米时，忽然从草丛中抬起一个黑乎乎的脑袋。那个脑袋磕在一旁的一棵小树上，小树立刻发出一声闷响。

是哈熊！

大家都紧张起来，勒住马，喘起了粗气。苏志印把手指放在嘴唇上，嘘了一声，示意大家不要说话，继续在马背上观察。哈熊还没有发现这边有人。过了几分钟，哈熊把脑袋一扬，又蹲了下去。但马却受惊了，乱叫起来。大家立即下马，拉住马，防止它乱跑。马怕哈熊，尽管被拉住了，仍吱儿吱儿地喘着粗气。

苏志印让李新刚和孙海宁把马牵到后面的松林里去，以免惊动哈熊。他和张海军蹲下，紧紧地握住枪。张海军有些紧张，把枪口对着哈熊出没的方向，两眼一眨不眨地盯着那片草丛。苏志印悄悄对他说："不要怕。它不过来，就不要开枪。"其实他心里也很紧张。

马被牵到树林里后，又发出一声嘶叫。哈熊这次听到了马的叫声，一下子爬了起来。苏志印和张海军不由得大吃一惊，这只哈熊有牛那么大，浑身黝黑，像恐怖片里的恶神。哈熊转悠了一会儿，没有发现苏志印和张海军，又蹲了下去。蹲下之后，它发出几声嘶哑而又粗壮的叫声。

哈熊拦在他们巡逻的道路上。

苏志印和张海军慢慢往后退，退到一棵松树下。苏志印示意张海军趴在地上观察，他爬上了树。爬到树上，他看见哈熊仍蹲在那儿，一动不动，像在睡觉。他想，今天必须得把它赶走，不然，就没办法过去了。如果从别的地方走，可能有沼泽地，骑马走沼泽地，危险更大。他又想，按牧民的说法，哈熊的眼睛实际作用不大，看东西不太行；但它的嗅觉和听觉却比较灵敏，一般情况下，人离它五六十米的时候，如果顺风，它就可以闻到。想到这里，他有些欣喜，就眼前的情况看，自己和张海军所处的这个地方应该是哈熊嗅觉的盲区。

苏志印从树上下来，对张海军说："点一根火柴，试一下风向。"张海军点燃一根火柴，果然火苗被吹向他们身后的方向。这说明，风是从哈熊那边刮过来的。

测出了风向，两个人的心静了下来。他们决定，把哈熊从这片草丛中赶走。

两个人摸索到一块石头后面，蹲了下来。张海军经常来哈熊沟，对这一带的地形比较熟悉；他知道哈熊喜欢爬坡，如果现在能把它赶起，它肯定会爬到前面的那座山上去。但怎样才能让它不发现是人在赶它呢？两个人商量来商量去，决定对着它打口哨，只有口哨才会使它分辨不出是人还是其他动物发出的，而它只要一听到响声，就肯定会离去的。

两个人一齐打了几声口哨。

哈熊站起来，向四周看看，然后走到了他们刚才走过的那条路上，站在那儿不动了。两个人更紧张了。苏志印对张海军说："不要怕，它可能还没有发现我们。在一般情况下，只要人不惹哈熊，它不会惹人。现在我们继续打口哨，把它惊走。如果它真的扑过来了，就开枪。"

两个人又不停地打口哨。

哈熊好像已经习惯了口哨声，抬起头向四周看看，转身向刚才蹲过的地方走去。它走走停停，沿路不经意地朝四周张望着，像是准备离去。

两个人觉得口哨声像一根驱赶着哈熊的鞭子，正在赶着它走向预定方位；两人加快了口哨声的频率，逼着哈熊又快速往前走了几步。

两个人的口哨声骤然加大，里面有了一些喜悦的音调。

哈熊一直爬到山顶，很快就消失了。

孙海宁和李新刚从后面的树林里赶了过来。他们发现，苏志印和张海军的身上出了很多汗，衣服全部湿透了。

鹿

草地上的唯美

太阳升起来后,树林里弥漫开一股大雾,树木变得影影绰绰,像扭动着身子在跳一种缓慢的舞蹈。不一会儿,逐渐升高的太阳像喝令的开道者,伸出无数光芒闪闪的手臂,把大雾迅速驱逐干净。树被大雾弄得水淋淋的,枝条和叶片滴答滴答落着水珠。这些水珠落到草地上转瞬就不见了,它们柔软的身体无法依附凸凹或不平衡的物体,一旦落到这些物体上便东倒西歪,又向苦难的深渊坠落下去。最后,它们一一被土地的大嘴吮吸了进去。草地上有一层明闪闪的露水,它们是千万个同类中的幸存者,已经在草叶上站稳了脚跟,不会再坠落下去。它们给草地披上一层明亮的光彩,草地的这一刻亦是最美的时刻。

而这时候比人更迫切的是一头鹿。它急不可待地从树林里走出,甚至不顾周围是否有危险,径直步入了草地。鹿是唯美主义者,早晨有露水的草地也吸引了它,它要走到草地上去享受一番。它站在草地上，太阳把它的影子投射到它的蹄子下，显得修长而又高大。以前它在水潭的表面看到过自己的身子，发现自己居然那么美，身架、骨骼、四肢、耳朵，还有一双毛茸茸的漂亮眼睛。那一刻，它爱上了自己。后来，它又在一块草地上体会了一次欣赏自己影子的幸福，从此便养成了欣赏自己影子的习惯。而为了保持这一习惯，它必须找到一块太阳一出来就可以被照耀的草地。在那种时刻，草地变成了它的一面镜子。

其实，鹿天生是动物中的唯美主义者，无论是形体还是行为，都与众不同。它们在最美的草地上吃草，喝最干净的水，闻最醇正的花香，每一天都安然惬意。

讲究美有时候是自信，有时候则会导致自我迷失。多年前发生在云南的一件事，就把鹿的这一习性展现在人们面前，让人们看到鹿因为爱美的习性而导致命运的变化。在一个黎明，树林里的光线越来越明亮，树木、石头、地上的杂草等都有一种大梦初醒的感觉，——在各自的位置上显示出清晰的形状，证明自己是这片森林的主人。一头鹿这时候正在森林里行走，它也是森林的主人，但它不会在某一个地方长久停留，它在寻找一片草地，要在太阳升起时站在草地上欣赏自己的影子。

太阳慢慢升高，那头鹿开始走动。这才是最让它心醉的时刻，太阳在这个角度将它的影子投射得无比优美。它兴奋得不得了，情不自禁地走来走去，似乎草地是一面可以映照出它不同的美的镜子。它在走动中不停地转动着头，一会儿欣赏一下躯干的影子，一会儿欣赏一下四条腿，还摆出一些造型再度欣赏。一个安静的早晨，因为一头鹿在欣赏自己，而变得更加美好。也许所有鹿都是唯美的，都在寻找这样一块草地，但它们没有这头鹿幸运,所以它们还在森林里苦苦寻觅,不知道这么美的草地在森林里是不会有的,不走出森林便永远找不到。当然,包括这头鹿在内,它们都不知道这么美的草地,已经离人居住的村庄不远,过一会儿就会有村庄里的牛羊到这块草地上来吃草,但那时候鹿已经离开了草地。所以,鹿只拥有早晨的草地,这一时刻的迷醉,可以让它保持整整一天的好心情。

有时候沉迷于幸福,会忽略悄然降临的灾难。就在这头鹿心醉沉迷时,一支猎枪从树叶间悄悄伸出,瞄准了它的头。不幸的是,它在这时偏偏盯着自己的影子一动不动,给准备射杀它的人提供了绝好的机会。一声枪响,它倒在了草地上,从弹孔中喷出的血溅到了草地上。那个开枪的人从树后走出,兴高采烈地向它走去。它想挣扎着爬起来逃走,但它感到身体软得好像不属于自己了。它绝望了,身子一下子塌了下去。很快,它感到浑身发冷,呼吸变得吃力起来。它意识到了什么,眼睛里出现了惊恐。它用力将头扭向蹄子一侧,想去张望自己的影子,但它已经倒下,蹄子一侧空空如也。

不能忘却的纪念

我有不少有关老家甘肃天水的鹿的记忆。天水境内有小陇山,在秦岭的西端。西部常见的动物,在天水的山区和森林里都能见到,其中就有鹿,而且有关鹿的故事亦不少。

我十岁左右的一个冬天,母亲让我去小河里提一壶水回来。

我刚走到河边,从前面传来一声嘶哑的鸣叫。我回头一看,是一头鹿。那场雪已经下了三四天,那头鹿一定饥渴难忍,从树林里走到河边要畅饮一番。鹿不光迷恋自己躯体的美,就连喝水也极为讲究,平时喝高处流下的涧水,下雪天别的动物都可以解决喝水问题,但它却必须长途跋涉到小河边去喝水。动物们在下雪天都不轻易出现,它们为了寻找小河走来走去,危险因此便经常发生。它们知道自己身处危险的境地,所以匆匆忙忙喝上几口便赶紧离开。尽管如此,它们还是会受到猎人的枪击和猎狗的追逐,如果跑得慢一点,生命就会有危险。

　　我面前的这头鹿同样处于生命的危险之中,它的两只蹄子卡在冰缝里拔不出来,急得它一声声嘶鸣。它长得很肥硕,根据大哥灌输给我的动物知识,我断定它是一头两岁多的鹿,这个年龄的鹿的肉最好吃。疯狂的风暴在我内心涌动,我抓起两块石头扑过去准备猛击它的头。它紧张得连连噪叫,并躲闪着我的进攻。它躲闪得很成功,把头扭来扭去,致使我的进攻连连失败。

　　我停下来观察它,发现它已经不恐惧了,只是冷静地注视着我。很显然,如果我再进攻它的话,它仍然可以巧妙地躲开。我突然觉得它变得高大起来,从它矫健优美的四肢透出了撼人心魄的力量。它头上有一对尖利的角,它像威胁似的向我晃一晃,似乎在警告我,它可以有力地反击我。

　　疯狂的风暴再次在我心中涌起,我又抓起石头扑了过去。它突然大声噪叫着将两只蹄子从冰缝中拔了出来,冰哗啦一声被弄碎,溅起一片刺目的光芒。我变得恐惧,内心疯狂的风暴顷刻间消失得无影无踪,代之而来的是一阵寒冷和战栗,手里的石头掉在了地上。它一跃跳上岸,但跑了几步后又转身回来了。我觉得它要报复我，便又捡起石头握在了手中。它愣愣地看了我几眼，向刚才站立过的地方走去，从我身边走过时，眸子里有一种罕见的平静。它径直走到刚才它站过的地方，用嘴把自己的蹄子弄碎的冰一点一点地推进河中，冰面上变得干干净净，只有它的两只蹄子插入时留下的两个洞眼。我为它的举动感到吃惊，此时此刻的它处于生命危险之中，但它却听从了内心的命令，做出了唯美的举动。

然后，它慢慢走了。

多少年过去了，我忘不了它从我身边走过时那双眸子里的平静，那是一片天空，被我珍藏在记忆中，经常映照我的心灵。

家园的形式

在新疆白哈巴村后的树林边，我经历过一头鹿的恐惧。那天，那头鹿是忽然出现的。它像经过了艰难的长途跋涉，终于离开了让它厌烦的树林。它选中这块大石头，站在上面把尾巴甩来甩去，显得颇为开心。

我就在它跟前，站着没动，所以当它看见我时，并没有表现出惊恐。我轻轻蹲下，把脚边的一朵花摘下，向它举起。它抬起头看了看花朵，眸子里升起一种兽类特有的眼神。我试着走近它，如果它是一只视所有的山川和高远的天空都不存在的骄傲的鹿，那么我愿意为它的光荣和梦想献上这朵花。

而这时，一声炮响震动了我脚下的土地。那种震动是天崩地裂般的，我面前的这头鹿在炮声响起的一瞬，便灵敏地转身跑了，四只蹄子把野草划出一连串波浪。当然，它也有些惊恐，有几根毛落下，飘旋着落入了山谷。它很快就钻入了树林里，周围又恢复了原来的沉寂。我有些失落，一头渴望交流的鹿，却再次受到了人类的伤害。

望着阿尔泰山，我想，我们已经对这个世界索取太多，不能再缺少对这个世界的关怀。有许多对我们怀有深情的动物，却一直在人制造的恐惧和动荡不安中，不得不离我们而去。

村里有七十多头鹿，养鹿的老张四五十岁。村子里原来有一个养鹿场，几年前被老张承包了下来，现在已有七十多头鹿了。不用说，老张的收入也相当可观。养鹿比养牛和养羊还要累人，鹿要吃很多草，一到七八月，就得给它们打草。老张有五亩草场，打马草的时候，雇人紧紧张张打两个月才勉强够它们吃一冬天。鹿角的价钱这两年下跌了很多，但老张不想放弃。他投入鹿场的十万元还没有收回来呢！村里七十二岁的老人吐哈提笑话他说："你是不是钱多得没地方花嘛，扔到草里面和鹿的肚子里，收回来的少，变成肥料的多嘛。"老人出于礼貌，把粪便说成了"肥料"。

村子里的人都不喜欢养鹿的人。他们觉得鹿角是药，有病了就取来用之，不生病的时候就不要浪费它。人活一辈子，不知道有哪些病在什么地方等着你哩，把鹿角浪费完了，以后得病了怎么办？鹿角被运到山外，制成了什么名贵的药品。村里人对此也很有意见，他们认为：鹿角只能让阿尔泰人用，别的地方有别的地方长出的东西，我们村里人怎么没有去用他们的东西呢？真是不公平。老张很会处理人际关系，每次去县城，总带回一些东西，分发给村里的老人和贫困户。所以，村里人都对他挺好。

老张养鹿这么几年，发生了两件有意思的事。第一件事是鹿恋爱的故事。那年，他发现自己鹿群中的一头母鹿老是朝着村后的林子鸣叫。鹿平时是不怎么鸣叫的。老张感到奇怪，就开始留意它，它一早一晚总是定时鸣叫，而且似乎按捺不住急切的心情，不鸣叫便憋得难受。终于有一天，一头公鹿从林子里走了出来，走到那头母鹿跟前，隔着栏杆向它鸣叫。母鹿十分着急，在圈中乱跑，似是要冲出圈去。老张心头隐隐泛起一股什么滋味，走过去将圈门打开，打开门的一瞬他又犹豫了……万一这头鹿出去以后再不回来怎么办？但也就在那一瞬间，他觉得自己阻止一对鹿夫妇相见是有罪的，便打开圈门，让那头母鹿出去。母鹿与公鹿会合后，欢叫着跑入林子里去。正如老张所料，那头母鹿从此果然再没回来。他想，少了一头鹿也没啥，重要的是成全了一对鹿的爱情。但在第二年春天，让老张意想不到的事情出现了，那头母鹿领着两头小鹿回来了，它像回到故乡的浪子一般，对着老张高兴得直叫。老张也高兴，摸着它的头说，回来就好，回来就好。

第二件事是鹿逃跑的故事。一天，老张发觉一头鹿不对劲，刚要走到跟前看个仔细，却见它突然一跃而起，越过了栏杆，从鹿场中跳了出来。老张很吃惊，与鹿同高的栏杆，从来没见过有哪头鹿能跳过去，偏偏怪事就出现在自己面前。他上去拦它，它撒开四蹄跑了。老张不明白它为什么要跑，何以突然有了能跃过栏杆的力量。那段时间，老张就在这种迷惑中对一头鹿念念不忘。

不料第二年秋天，它又回来了。鹿头上的角到了秋天已经长得很长,如果是野鹿,在痒得受不了时就会找一棵大树或一块大石头将角撞掉,而逃跑的这头鹿因为以前被锯过几次,所以它不知该怎么办,就跑了回来。老张把它的角锯掉,心想,它能回来,以后可能就不会再跑了吧。不料,过了一段时间,它又像上次一样跑了。老张想,等到了秋天,它头上的角发痒时,它一定还会回来。到了第二年秋天,它果然又回来了。一头鹿就这样一次次逃走,又一次次回来。老张摸清了它的规律,便不再担心,也不再管它。慢慢地,他反而喜欢上了这头鹿。他想,家是什么呢,在这个问题面前,人不如鹿,人对家的要求是统一的,是极其自私的。家对人来说是一种僵化的模式。只有一头鹿,想离开时就义无反顾地离开,想回来时就大大方方地回来。鹿是轻松的。这样养着鹿,老张便觉得很有意思,自己成天跟鹿打交道,慢慢地便懂得了鹿的语言。

绵 羊

羊影子里的羊

  天慢慢亮了,草原被裹在大雾之中。草原经常在早晨起雾,给青草叶上挂满亮晶晶的露珠。待雾慢慢散尽,山峦、牧场、河流、房屋等都显示出了清晰的轮廓。当它们彻底变得清晰时,就可以看见有些地方在细微地蠕动,比如一位牧民打开羊圈门,羊群便一拥而出,向牧场跑去。在牧区,羊是每天早晨最早开始走动的动物,它们从羊圈到牧场要走比较长的路,但它们走得很快,用不了多长时间便可抵达。到达牧场后,它们便散开慢慢吃草。从远处看,它们像牧场上的白色石头一样一动不动。

  走近羊,便发现羊低下头吃着草,很少抬起头向远处张望一下。与所有动物相比,羊是啃食最认真的动物。它们细致,有耐心,视草为盛宴。所以,羊群与牧场,便构成最为常见、也最为深刻的恩泽关系。

  中午,阳光把整个山谷炙烤得滚烫,人踩在石头上,一股灼热便刺入脚底。羊这时候顶着太阳，慢慢走到山坡上去吃草。草叶都已被太阳晒得垂下了，羊用嘴把那些低垂的叶子拱开，总是能找到藏在里面的嫩叶。偶尔，它们会抬起头望一望天上的太阳，又低下头去吃草。放羊的牧民远远地躲在树荫中，看着羊儿们慢慢在山坡上吃草。如果它们要吃到山后面去了，牧民就大声吆喝一下，羊听到吆喝后知道是什么意思，就赶紧转过身回来。吆喝是牧民放牧的惯用方法，羊听到后就好像鞭子抽到身上一样，会乖乖地顺着原路返回。

到了中午，羊从山坡下到谷底休息。人可以在天热的时候钻到树荫底下去，但羊却学不会这一点，只会站在太阳中。但慢慢地，羊就有了办法，一对一对地走到一起，一只站着，另一只卧到它的影子里乘凉。太阳很毒，站着的那只羊纹丝不动，投在地上的影子，刚好把另一只羊覆盖住。过了一会儿，卧着的那只羊站起来，站着的这只羊便卧下，在它的影子里乘凉。四周寂静无声，它们就这样相互替换着，在酷热中乘凉。

下午，它们在山坡上吃一会儿草，便被牧民唤下山往回走。此时的山谷中，羊群咩咩地叫个不停，像正在进行一场热闹的讨论。它们的四蹄把尘灰踩起，使山谷中弥漫着一股浓密的、有些呛人的尘灰味。等它们走出山谷，便排成一列长队，向戈壁深处行进。它们看上去神情自若，有一种吃饱喝足之后的怡然感。

"吃"羊的羊

其实，除了看羊，听羊的故事也是一种享受。在阿勒泰牧场上，下雨时牛羊出去吃草，人留下来在帐篷里喝酒、聊天，讲一些发生在牧场上的事情。在一个雨夜，人们给我讲了一个羊"吃"羊的故事。

以前有一只羊，长得肥硕壮实，主人很是喜欢它，叫它一百块。在牧区，人们一眼就可以看出一只羊值多少钱，被称为一百块的这只羊，羊角值五块，皮子值三十块，肉值六十五块。在那个年代，一百块钱是个大数字，所以，那只羊像村子里的能人一样很有地位。后来有一天，它突然在草地上打滚，四条腿不停地抖动。其他羊原本都在专心致志地吃草，被它的举动吓得四散而去。当时牧民都在远处，所以没有人看见它突然变成了那样。

过了一会儿，它爬起向河边跑去。羊纷纷给它让道，它跑到河边一跃跳入水中，但四条腿还是不停地发抖。它又从河中冲出，跑到一只羊跟前咬了它一口，那只羊嘶鸣一声向别处跑去了。奇怪的是，它居然不再抖了。它摇摇头，感到浑身舒坦了，便又去吃草。第二天的同一时刻，那只羊又犯病了，于是它又打滚，发抖，奔跑。后来它似乎记起了前一天的办法，就又冲到一只羊跟前咬了它一口，咬完后果然又好了。

这样的事情在每天的那个时刻准时出现，那只羊养成了习惯，每次都选一只羊咬一口，才能止住那痛苦的抖动。终于有一天，一位牧民看见了它的行为，回去告诉了人们。有人说那只羊中邪了，得除了它，否则它会给牧场带来灾难；也有人说，这只羊已经变成了狼，不然，它为什么要咬羊呢？幸亏被咬的羊跑得快，否则就会被吃掉。

不久，人们就将它的反常举动告诉了它的主人。它的主人听后大吃一惊，羊吃羊的事情在牧场上就从未听说过。现在大家议论纷纷，他决定去看看，看它到底是怎样去吃别的羊的。他不相信一只羊会去咬另一只羊，就像一个人无论如何也不会去吃另一个人一样。第二天，他藏在一块石头后面，到了那只羊发作的时候，它果然像人们说的那样开始打滚，发抖，并很快扑向一只羊，狠狠地去咬。他气极了，好一个残忍的家伙，果真与人们说的一模一样。他从腰带上抽出"皮夹克"（刀子），冲上去将它一刀刺死。尽管它值一百块，但如果它一天咬死一只羊，没几天他就赔惨了。所以，他毫不犹豫地杀死了它。事后，他突然想看看那只羊为何会去咬别的羊，便掰开它的嘴，一看顿时就惊呆了：羊的满口牙都有洞，有小虫子正在牙洞里爬出爬进……他默默地把它的嘴合上，将它扛到后山一声不响地埋了。

他没有跟任何人讲，那只羊是因为牙蛀虫，痒痛难忍才去咬别的羊。因为他没有向人们告知真相，后来的事情便发生了微妙的变化。牧民们从怀疑那只羊开始，继而又怀疑他，把羊群和他的羊隔开，不与他来往了。他很生气：我把一只一百块的羊都杀掉了，而你们却如此对待我。但他还是不向人们解释什么。从此以后，他变成了一个孤独的牧羊人。几年后的一天，村子里有一个人突然牙疼，疼得实在受不了，便在地上打滚，两条腿发抖。那个牧民走到他跟前，伸出胳膊说："咬我一下就好了。"

那个人不明白他为何要那样，犹豫着没咬。他大声说："快咬，肯定能行。"那个人就咬了，果然不再疼了。事后，那个人要谢他。他指着被咬肿的那个地方说："没事，你能把我咬肿，我很高兴。"说完，他高兴地笑了起来，人们都不明白他为何那么高兴。

现在想想，人们给我讲着这个故事时，其谜底早已被揭开。我觉得这个故事很真实，一只羊的牙生虫是可信的，牙痒痛起来后去咬一个东西，使之麻木也是可信的。那个牧民为了羊群杀一只无辜的羊，因为负罪心理甘愿忍受人们的不公正待遇，这一切都是真实的。

正因为一切都很真实，方使我感到沉重。自从听了那个故事后，我每天在牧场上走动时，碰见一只羊就心里一紧，感觉到它正在吃着鲜嫩的草的时候，牙里就已经长出了虫子，把它的牙钻出了一个又一个洞。

碰到一个牧民，我便又忍不住想，不知他在生活中忍受了多少不被外人所知的事情。

羊怎样看人

上面的那只羊就那样被我写死了，我感到心情沉重。一只羊遭遇了那样的命运，如果不是在死后被主人发现满口牙蛀虫，它真就被冤死了。羊来到这个世界，最终的命运就是被人吃掉。造物主不知出于何意，把羊和人分配成了一者死亡、一者饱餐的关系。羊死得似乎天经地义，把自己的肉体奉献给人，让人果腹。

但如果换一个角度看羊，会不会看到羊美丽的一面呢？牧民看羊时，有着更独特的感受。他们说，人看羊就是一只羊嘛，就那么个事情嘛，简单得很嘛。但人不知道羊如何看人，人在羊眼里是什么，人永远都不会知道。牧民有时候会用朴素的心态看待事物。他们说，每个人都说是人放羊，其实呢，是羊在放人。羊到哪里吃草，人就得跟到哪里。羊知道哪个地方有好草，它们边吃就边往那个地方去了，但人却不知道，所以，人只能跟着羊走；羊还知道哪个地方有水，吃到一定的时候，就向那个地方走去，它们不乱走，也从来不会迷路，聪明和有经验的牧民跟在羊后面，总是能够找到水。

后来，又听一位牧民说，在阿勒泰牧区有不少人能听懂羊语，羊咩咩地叫几声，他们就能听明白那是什么意思。在放牧的时候，如果羊走远了，他们就爬到山脊上朝山里喊出一种声音，羊听到后就会向他跑来。这样的事情往往发生在黄昏，夕阳把余晖洒在草地上，像铺了一层金子似的。羊群就在这层金色的光晕里跑动，浑身闪闪发光。人懂羊语，但人却不懂羊的眼神。有一次，一位牧民正在走路，突然发现一只羊正用一种平时从未见过的眼神看着他。他走过去，看见它的眼神特别镇定，一动不动地注视着他。他凑到羊跟前与其对视良久，羊仍是一副镇定自如的神情。他不明白一只羊为什么会如此镇定地看一个人，但这件事的答案在羊心里，他永远都不会知道。后来，他又遇上了那只羊，想起它上次注视自己时的神情，便觉得它会认出他，会像上次一样投过专注的眼神来。那一刻，他有些紧张，远远地等待着那只羊走到自己跟前。但那只羊却没有认出他，扬着头从他身边走了过去。他很失落,愣怔半天回不过神。

为什么那只羊在第一次见他的时候,会那样看他,而隔了不久居然像不认识似的?这个问题可能会在那个人心里装一辈子。

我听人们说着这些事,觉得羊越来越亲切,隐隐约约能感到它们内心的声音。羊是有灵性的,人与羊相处,虽然无法面对面地言语交流,但可以在感应中洞悉对方的心理,并感受到对方想要说的话。

过了几天,一个去别处放牧的人回到了那仁牧场。他是为了让羊吃到更好的草才离开大家的,到了另一个牧场后,他发现那里的草十分茂盛,羊群从早晨探下头去,一口气吃到了下午才抬头。牧民们放牧时很注意羊抬头的次数,如果羊抬头的次数多了,就说明草不好,羊便一直在寻找好草吃。如果羊一直低着头,则说明草很好,它们吃得很专心,无暇抬头。放过羊的人,都知道这个道理。他很高兴,这么好的草场上只有他一个人的羊群。吃到转场的时候,它们肯定会长得肥壮,回去后就可以多卖几公斤肉,多剪一些羊毛。在高兴的同时,他又有一点担心,毕竟他一个人待在这么遥远的地方,万一遇上狼,后果将不堪设想。不久,他担心的事情果然发生了,一群狼突然包围了羊群。顿时,狼嗥和羊的叫声响成一片。他站在羊群中间不知道如何是好。但很快,羊群就有了变化,它们像听到命令似的,一头挨一头在原地转圈。这样,站在羊群中的他就被保护了起来。但他还是很着急,虽然自己没什么危险了,可羊群暴露在了狼的眼前,如果狼向它们发起进攻,它们就危险了。就在他这样担心的时候,羊群又发生了变化,它们一律头朝里,屁股朝外,又形成了一个保护圈。他明白了,狼咬羊时会先咬羊的脖子,现在羊把屁股对着它们,使它们无从下口。狼围着羊群打转转,过了一会儿嗥叫着走了。羊群合力围起的这个保护圈,使狼无力突破,只好撤走。牧民站在羊群中间,目睹了这一幕,犹如目睹了草原上的神话传说。

第二天,他收拾好东西,赶着羊群回到了那仁牧场。当晚,他做了一个梦,梦见自己变成了一只羊。醒来后,他哭了。

旱　獭

地道战士

　　土地替季节变换着表情，每一个季节都要通过土地的变化，才能够呈现出一眼就可以看见的颜色，譬如春天的绿、秋天的黄、冬天的白。而高原因为土地很少，而且还在很偏僻的地方，所以高原的四季便不分明。有的树木一发芽便已进入夏天，而一场秋风刮起，树叶便枯黄飘零而落，一头坠入寒冷的冬天。但高原的春天会持续得很长，先是空气一点一点变暖，然后是积雪慢慢融化，风也变得温热起来。如此缓慢从容的春天，与沉寂的高原更为契合，也更能让高原的生命悄然生长。譬如树木的表皮也是慢慢泛青，然后才长出叶子；土地先是在温湿的气息里松软，然后才在地面上冒出了一层绿色嫩芽。

　　旱獭在这时已经上路，它们要在春天找到松软的土地打洞穴，开始一年的生活。

　　旱獭又叫土拨鼠。它们的身躯浑圆肥胖，从一座山到另一座山往往要用很长时间。旱獭的记忆力不好，仅仅一个冬天便忘记去年的洞穴，但它们又十分谨慎，不愿轻易放过可供寻找的地方，所以它们的行程十分缓慢，等找到一块中意的土地时，那里已是春意盎然。

旱獭首先选一个隐蔽的地方作为入口，那样的地方往往在石头或树根底下，一般不会被发现。它们的爪无比尖利，泥土会被它们毫不费力地抠下，石头也会被它们轻而易举地挪走。如果遇到无法弄动的大石头，它们不会蛮干，而是巧妙地从旁边绕挖过去，所以它们的洞总是曲径通幽，既防风又安全。最后，它们会在洞穴的另一端开一个出口，其隐蔽程度与入口一模一样。虽然它们把洞中生活视为天堂，但却不得不做好防范工作，以备危险来临时能够逃离。打洞一般需10天左右完成，因为它们有用之不尽的力量，所以它们昼夜劳作，再苦再累也不停止。

每天上午的阳光铺满大地时，旱獭们会走出洞晒太阳。出洞之前，它们会先派出一名"探子"。它探出头小心地向外张望，直到觉得没有危险后才爬出半个身子，向洞中的同类发出叫声。洞中的同类听到叫声后，一边鸣叫一边爬出洞口。在整整一天中，它们除了遇到危险会发出叫声外，其余时间都会保持沉默。它们晒足了太阳后便四处走动，这时候的它们其实是杀手，老鼠、兔子、雪鸡，甚至不知危险从天上落下的鸟儿等，都是旱獭可以轻而易举获得，并拖入洞穴中的捕杀对象。它们往往不动声色地接近那些动物，迅速将它们一口咬住后拖入洞中。杀害将在洞中进行，它们会在洞中把猎物的皮毛处理掉，把肉储存起来吃上数日。它们食量较大，捕获一只猎物往往只够吃三四天，所以它们必须在天气好的日子外出猎食，以备下雨天食用。

它们对天气极为挑剔，下雨天或刮风的日子从不外出。比起外面恶劣的天气，洞穴中的岁月犹如天堂一般舒适。如果下雨天或刮风的日子持续得太长，它们会被憋得难受，可以吃的东西也越来越少，它们开始为生存发愁。忍耐几天后，它们爬到临近洞口的地方，发现外面很冷，而且风正在发出令它们讨厌的呜呜声，由此它们又转身返回。它们耐心等待恶劣的天气过去，但坏天气好像要和它们作对似的一直不结束。它们饿得头晕眼花，本能地向洞口方向移动过去。外面有动静，是一只兔子在不知所措地叫着。它们对天气的挑剔心理顿时消失，代之而来的是不可名状的兴奋。一瞬间，以往固守的规律也被改变，它们一跃而出，迅速将一只兔子咬住拖回了洞中。

洞中的天堂岁月，又开始持续。

苦难守秘

生命在苦难中应该怎样生存，这是一个很难有确切答案的问题。

在这里，我要说一说一只旱獭的苦难。仍是在帕米尔高原，我看见一块石头裂开一条深缝的那一刻，便意识到，生命中到底有着怎样的苦难，这块石头已做了准确的回答。毋庸置疑，这块石头的生命苦难已清晰呈现，一条像被什么切开的裂缝，几乎要把它一分为二，但它没有裂开，变成了一块有裂缝的石头。我想，没有什么能把它切开，它之所以这样醒目，是因为裂缝太过吸引人，好像切开它的那把刀刚刚抽去。我想象不出那是怎样的一次断裂——在一次灾难的降临中，这个裂口迅速被定形，然后硬化成一个黑森森的地狱入口。

灾难是一种不可阻挡的力量。

将这块石头裂缝选择作为家的一只小旱獭，静静地躺在里面，用与我对视的目光，修正了我以为旱獭必须在洞穴才能生存的观念，但我又觉得人们给我讲述的旱獭知识应该不会错，那是人们经过多年观察后得出的结果。那么这只小旱獭就是一个例外，既然是例外便可以打破常规。让人欣喜的是，在这块石头旁有一棵树，它长出了浓密的枝叶，为裂缝中的旱獭投下了一片浓荫。后来才发现，这只小旱獭之所以选择这个裂缝，其实也是因为灾难。不知哪天从山上落下一块石头，不巧压在了它身上，所幸它没有被压死。它顽强地从石头下爬出，但一条腿却断了，它不能弯下腰，只能单爪站立着行走。它走不远便因为行走艰难，不得不回来钻入这块石头的裂缝中。天黑了，它在石缝中睡觉；天亮了，它在石缝中养伤。养好伤后不想走，就留了下来。

看着这只小旱獭，我不由得心生疑惑——四周原本干旱无比，树和野草皆不长，旱獭能够捕获的小动物肯定也曾来过，但缺少一只爪子的小旱獭没有什么捕食的能力，它是靠什么活下来的？这又是一个难解的问题。

离这块石头不远，我看见一只大旱獭要去喝水。它走到河边先给自己搬一块石头，然后蹲上去准备向着河水探下脑袋去。这时候，那块石头滑进了河水里。它惊慌失措地跳到另一侧，用双爪颤抖着把那块石头捞了出来。它再次用双爪把石头压牢，又蹲了上去。唰的一声石头又滑进了河水中，刹那间没有了影子。它有些恐惧，不得不离去。至今我不知道后来是怎样的情景，因为当时我无法再看下去，不得不转身离去。

这之后多少天，我一直怀念那只栖息于石头裂缝中的小旱獭。它身上有苦难，也有理智的选择，更有顽强的精神。我由此坚信，这只小旱獭的选择证明了一点：经历了苦难的生命，必然变得更加从容。

零度火焰

我没想到，目睹了帕米尔的几只旱獭后，却还有更让人感动的事情在等待着我，是在天池的另一侧。我们的攀登已经持续一天，博格达峰越来越清晰，时不时地还会有一束光亮照射过来，让人眼前一亮。这种情景对爬山的人而言就是心灵的召唤，脚步在光亮闪过来的一瞬，不由得迈得更快了。

木那提牵着马走在最前面，他几乎与马同速。洁白的雪山，粗粝的石块，扬头挺进的马匹，构成了一幅独具意味的画面。我们跟在后面，觉得木那提也似乎变成了一匹马。

翻过山坡，就开始往下走了。山坡下是冰湖，冰湖的对面就是三个岔达坂。冰湖和达坂顿时构成了宁静与热烈的对峙。我慢慢往下走着，心想，正是这种对峙才组成了博大而又沉寂的博格达。下到坡底，就到了冰湖的边上。湖对岸长着一大片松树，说来奇怪，这些松树居然都长在背阴的一面，而且越是背阴则越是长得茂密。这里是雪的世界，一切都被阴气养着，所以能呈现的世界仍然是半隐半现，让人长久凝望后仍不知其解。

博格达已经被三个岔达坂遮住了。在它后面，就是高远的蓝天。三个岔达坂在地图上标示为海拔三千二百米，从顶峰向东、西、南延伸而去的三个山峰，像三支出发的队伍，笔直、刚健，直插入天山深处。

大家在湖边休息。

三个岔达坂是目前唯一能看到的一座山，它后面的博格达是绝境，至今很少人能够攀越。所以，就这样眺望一个又一个达坂，其实就已经完成了一种攀越。山有大小，而且境界也是不一样的，有时候的仰望，比真正的攀越更有意义。

我用小榔头去敲湖面的冰，准备从湖中取水。冰结得很厚，一榔头下去只裂开一点。我加大力气一下接一下地敲着，一些冰末溅起飞舞，像有一场雪下了起来。突然，我眼前倏地闪过一个小黑影，是一只旱獭，掠过我正往远处跑去。我来了兴趣，挥舞榔头大叫一声："旱獭。"它听到我的叫声停住奔跑，扭过头看着我。旱獭的眼睛很小，我看不清它看我时的神情。但它提起两只前爪，像准备着还要跑。我又大叫一声"旱獭"。我原以为它会被吓跑，那样的话我就可以目睹一下它奔跑在山坡上的情景。不料，它不但没有要奔跑的意思，反而将两只前爪放在了地上。我再次大叫一声，它扬起头，饶有兴趣地看着我，没有丝毫的惊恐。它看着我挥舞着小榔头又喊又叫，觉得好玩，像看怪物一样看着我。我不知所措地看着它，它也在不知所措地看着我。也许，它希望我再出一些洋相，好让它好好地看一番，但我却因为难堪没有再举起小榔头。过了一会儿，它转身走了。

我准备继续敲冰，一扭头看见我左边的一个冰缝里又有一只旱獭。我走近一看,才发现它早已被冻死了。冰缝不深,下面的湖水已经把它冻住。从它凝固的姿势看,它是因为从冰缝中出不来才被冻死的。它为什么会被冰缝夹住呢?也许,它在焦渴至极的奔跑中突然看见这条冰缝下有水,便迫不及待地将头伸进去畅饮了一番,等到喝足了水,才发现自己被夹在冰缝里了。它蹦着想跳出,却发现四爪因为悬空而无法用力。它绝望至极,不知悲痛地嘶鸣了多长时间,最后没有了声息。也许还有一种可能,就是湖面的冰在阳光里泛起明亮的光芒,四周的景物被光芒映射得很美。它路过这里,也深深地为湖面的景色所迷醉,便一跃而入,欢快地在冰面上玩闹起来。正玩得高兴,一不小心掉入冰缝被死死地卡住了。后来的情景与前一个设想一样,它被冻死了。

我蹲下身仔细观察,一个更让我意想不到的情景出现在我面前。卡住这只旱獭的冰已被什么凿开,从浅往深像要把冰全部弄掉,把它提出来。从冰的痕迹看,这项工作已经进行了很长时间,细碎的挖掘痕迹既表明这项工作的艰难,又显示出了挖掘者的坚强。我想起刚才的那只旱獭,猜想这些就是它干的。也许,这只被冻死的旱獭是它的兄弟,或者它的妻子。当它发现自己的亲人被冻死在一条冰缝中,它就开始了这项艰难的工作。很有可能,在它每天挖掉一点冰时,天空仍在下雪,一夜间冰缝中的冰又恢复了原样,它的努力终是白费。但它将一直坚持下去,直到实现目的。

为了证实我的猜测,我提上水悄悄返回。做饭时,我一直在悄悄观察。两个多小时后,那只旱獭果然返回,轻轻涉过冰面钻入了冰缝。不一会儿,便有冰末甩出,像雪花似的落在冰面上。

冰山下的探视

我们的车子在藏北阿里的小孜达坂上如同云霄飞车,提心吊胆地穿行了两个多小时后,才终于下了达坂。我们悬着的心终于落了地,于是停车在山脚歇息。坐下后才发现,在这么大的山野里,只有一座又矮又粗糙的石头房子,房顶上冒着一丝炊烟,像马上就要消失似的。如果不是刚翻过小孜达坂,想歇息一会儿,大概也不会把车停在这种地方。我们刚把食品袋打开,就看见一团黑影向我们移动过来。待走得近了,才发现是一只旱獭。它身上有雪,小腿上露出一股褐色,不知是长期被太阳晒的,还是被风雪严寒冻的。它不怕人,居然径直走到了我们跟前。它双爪的皮肤黝黑,裂着许多血口子。它的神情更是让人心颤,双目呆滞,欲睁不睁,欲合不合,一副痛苦、麻木的样子。它把脸向我凑近,嘴唇颤抖着,像大风中飘摆的树枝。我拿起一块面包递过去,它不用嘴接。在我纳闷的片刻,它将尾巴歪向一边,从它背后又出现了一个小东西。是一只小旱獭。真是没想到,它居然将一只小旱獭藏在身后。

小旱獭与大旱獭颇为相似,只是它畏怯地不敢看我们,使劲往大旱獭的臂弯里钻。我向小旱獭唤了几声,它吓得不敢理我。我忍不住想把它拉过来,帮它把身上的毛抚整齐。我正这么想着,大旱獭却将小旱獭护在了怀里。它的身子晃了几下,小旱獭便不见了。于是,在寒风中,在我们面前,就只剩下一个大旱獭麻木地站立着。

我们不能再做什么了,将它能吃的东西都放在它面前。同行的一位朋友说,这里的旱獭很多,每天就坐在洞口等过往的行人,过路人因为下了小孜达坂松了口气,都要停车歇息,于是它们就凑过来探视行人,并讨吃的。我问朋友:"它们懂得向人讨要?"朋友说:"懂得,非常有经验。"哦,但愿它们能得到所有过往行人的施舍。

我将面包放在旱獭面前,示意送给它了。它努力抬了抬那似乎永远不能抬起的尾巴,嘴唇动了几下,用眼睛看着我。我看到了,那里面有一丝亲切的神情。

多保重啊,高原的旱獭。少顷,我们上车前行。我回过头,看见那只小旱獭从大旱獭的身后钻了出来,它们趴下身子开始吃我们留下的食品。

在它们身后,小孜达坂上的雪堆积得很厚。

雪　鸡

寒冷的高地

高原的大雪往往在黄昏下起，天色迅速暗下来，山峦和大地变得模糊一片，只有风声越来越大，像在欢呼自己用声音抓住了一个黑暗世界。这时候的动物们都将身子紧缩在窝中，不论外面发生什么都不会动一下。后来，风慢慢变小，动物们打起了哈欠，进入冬夜中的睡眠。除了动物，其他物种都寂静无声，任雪片一层又一层地将自己遮盖。大雪是上苍给万物送来的白色衣裳，万物在短短的时间内便穿戴在身，一起隐藏在了白色世界中。

在一片白光中，雪地上有什么在动，是雪鸡。寒冷是击败很多欲望的天敌，在寒冷的地方，生命的欲望会迅速消减。雪鸡生活在极寒冷的地方，远离一切诱惑，所以说它们可能是最没有欲望的动物。

西部的四川、甘肃、西藏、新疆、青海和内蒙古等地的昆仑山、祁连山、天山、帕米尔和喜马拉雅,海拔从三千米至八千米的区域,都有雪鸡出没。生存在海拔最高处的雪鸡,叫西藏雪鸡或喜马拉雅雪鸡,而生存在海拔最低处的雪鸡,因为太多,便没有特定的称呼。

寒冷和大雪,前者犹如雪鸡永不能背离的命运,而后者则是它们长久赖以依靠的生存环境。

下雪的夜晚是寂静的,地上的雪会泛出一层白光,只有雪鸡在耐心等待这一时刻的来临。它已经全方位观察了这场雪,从风向、落雪的速度和寒冷程度,判断出这将是一场持续很多天的大雪,这场雪落在地上将不会在这个冬天化掉。为此,它在雪地上寻找适合自己过冬的地方。那个地方必须是低于地面的一个凹坑,而且大小和形状也要适合它的形体,它钻进去后一动不动地卧着,任大雪一层层将它盖住,整个冬天都不动一下。我曾以为雪鸡在大雪下面会像蛇一样冬眠,并坚持着清醒的呼吸,询问过好几位哈萨克族牧民,他们皆摇头表示一无所知。但有一点他们却给予了肯定,那就是只有在冬天才可以见到雪鸡,在夏天里是无论如何见不到雪鸡的。牧民们笑着说:"雪鸡身体里有火哩,就是要等到最冷的时候才出来,在雪下面冻一冻,才好受嘛!"后来,我又了解到关于雪鸡的一些知识。它们的肉和血对人是大补的东西,患风寒、关节炎的人吃了它的肉,喝了它的血后,病情会迅速好转。据食用过雪鸡的人讲,吃下雪鸡肉后体内很快就会热起来,好像有火在体内乱窜。热和冷——这两极,在雪鸡身上被统一了起来,而且由于它的行踪极为神秘,所以便让人觉得雪鸡是神物。

整个冬天,没有什么能打扰雪鸡。它们如果酣睡,就可以做一个安静恬然的梦。雪鸡没有任何欲望,事实上它们不需要欲望,它们对寒冷的选择实际上就是一种热烈。

雪地激战

远远地,几座山峰耸入云端。在帕米尔看雪,看山,看天,时间久了,便如那句谚语所说"目光能到达的地方,人和马一定能到达"一样,人就有了想飞翔的愿望。但帕米尔的高度和辽远,人是无法一一去体验的,所以,尽管人到了帕米尔,而帕米尔仍在远处。

那是在明铁盖,雪降数日,我和边防连的战士去河中提水。那条河不大,但流到下游就汇入了有名的叶尔羌河。我们踏着大雪从河中提了水返回。正走着,雪地里传来几声尖厉的叫声。那声音起得突然,前面的几声尚未听清,只听见后面的几声中夹杂着痛苦的呻吟。大家赶过去一看,是一只乌鸦和一只雪鸡在争什么。乌鸦大,雪鸡小,显然雪鸡不是乌鸦的对手,便敏捷地躲避着。乌鸦频频发起攻击,雪鸡退到巢边便无法再躲避。突然,雪鸡背靠着巢沿站了起来,双翅收拢,脖子伸得很直,似乎要奋力一搏。乌鸦被吓得愣住了,它收拢起扑打的双翅立在那儿不动了。雪野上出现了难耐的寂静,我们屏声静气地观察着,原来是乌鸦要抢夺雪鸡巢中的食物,但雪鸡不给,于是便打了起来。雪鸡择雪而居,所以在它的雪窝子里有松子和干果,此时食物被阳光照亮,正泛起一窝黄金般的光亮。可恶的乌鸦,为什么不在入冬前准备好食物？自己如果懒惰的话，就该在冬天挨饿。这时候，我注意到雪鸡的眼睛里有了一种光芒。很快，它用双翅把地上的雪卷起，不停地打向乌鸦。细看，雪鸡是在雪中翻滚着，就在一翻一滚之中把雪用双翅卷了起来。乌鸦遭此攻击，显然慌乱无措，不一会儿浑身就变得黑白杂乱，旷野里响起一声声嘶哑的痛叫。而雪鸡越攻越快，直打得乌鸦狼狈而逃。雪鸡生于雪地，自然知道利用好雪地便能攻无不克，它的泛着黄金般光芒的食物谁也不能夺去。

雪鸡爬进雪窝子，飘落的大雪很快覆盖了它。雪地复又归于寂静，像什么也没有发生。

鸽　子

回家的鸽子

　　傍晚，突然响起的声音会打破村庄的寂静，正在吃晚饭的人们抬起头，就看见天空中有一些黑点由远及近，正向村子里飞来。是鸽子，它们在外不管飞得多远，都要在傍晚时分回家。它们远远地向主人发出鸣叫，让主人知道自己回来了。飞到主人的房顶，它们不再发出声音，用俯冲的姿势落入巢中。

　　新疆人喜欢养鸽子，在南疆但凡进入一户人家的院子，主人一脸笑容迎上来，房顶上亦发出一阵喧闹声。是鸽子，它们似乎也知道来了客人，用它们的方式在致意。往房顶上看去，便发现搭着架子，鸽子黑压压地站成一排，各种各样的鸣叫声不断。有一句谚语说：九只鸽子飞上天，九个影子留在家。说的是鸽子恋家，无论飞多远，最后都会回来。

　　历史上曾经发生过鸽子参与战争的事情，其实鸽子不应该去当信使。它们完成艰巨的任务后，虽然被赞誉为忠诚、勇敢、坚韧的战士，甚至后来又被誉为和平使者，但它们温柔可爱、洁净高雅的一面却被遮蔽，人们始终认为它们应该穿越硝烟战火，应该在伟大使命的高度永不下降。至于它们的内心到底有多少欢乐和痛苦，似乎从来都不应该与它们外在的形象联系在一起。说到底，鸽子在人们心里已成为固定概念，已经很少有人把它们单纯地当成鸟儿。

喀什人喜欢养鸽子，乡村的小屋顶几乎处处可见鸽子架。鸽子回家的时候是极其庄重的，它飞到主人屋顶上空后，缓缓地盘旋几圈，然后才落到屋顶上或鸽笼中。有时候，鸽子的主人是一位老人，他会走上房顶伸出手臂将它们缓缓接住，眯着双眼望着它们。一只鸽子飞了很远，经历了很多磨难，最终仍回到喂养它、爱它的老人身边；它带回的，不光有征服了远天的成功，还有从未改变过的对家的眷恋。老人也许一直在等待它归来，当它终于缓缓落在他的掌心，他脸上浮出舒坦的神情。

这就是家。不远飞的日子，鸽子会在主人的屋子上空飞翔。春天已经到来多日，它们飞着飞着，突然迎着太阳翻转过身子。在那一刻，它们的身子被照得金黄，而且发出亮光。很快，就有另外的一些鸽子飞过来，它们互相追逐，不一会儿便聚成一片，像天空飘洒着金币一样在闪闪发光。

幸福的鸽子，正在享受着太阳赐予它们的欢乐。

走到院中台阶前，我看到的是另一情景。早晨的阳光把台阶照射得无比明亮，屋顶的鸽子受到这束光的影响，"咕咕咕"地欢叫起来，为这一刻间的这束光而欢欣。两个四五岁的孩子听到鸽子的叫声后，觅着叫声望过去，也看到了照亮台阶的阳光。起初，他们只是愣愣地看着，不自觉地停止了游戏。过了一会儿，他们变得兴奋起来，抬起头看了看房顶后便向上爬去。

在于田的一户人家，被问及新疆人为什么喜欢养鸽子，主人说原因只有一个：新疆这么辽阔宽广，鸽子飞起来带劲，人看着舒服，所以就养鸽子嘛！他说得颇为轻松，却引得人浮想联翩：最初养鸽子的人，一定是为辽远天地而心动便养了鸽子。鸽子飞远，他们的目光随之远去，心亦被带走。鸽子回来，便似乎把远天远地也带了回来。

后来也听说了一些养鸽子的事情，居然都那么有趣。有一年秋天，一只飞丢半年的鸽子返回，所有的鸽子皆向它鸣叫。主人则感叹，你都走了半年了，还回来干什么，明天这些鸽子就要被送去餐馆了。他爬上房顶，眼前是令人惊叹的一幕，那只鸽子身边依偎着两只小鸽子。原来它是一只母鸽子，它辗转返回，是为了那两只小鸽子。主人被感动了，第二天便将它和那两只小鸽子留下了。

另有一事，一只鸽子患病，主人不忍一条命就那样殁了，便寻医问药将它治好。数月后的一天晚上他正准备睡觉，听得鸽子一阵慌乱鸣叫，然后又听得有什么东西撞在了窗户上。他忙出门去看，是那只鸽子刚才撞了窗户，现在它落在院子里仍在鸣叫。他刚走出门，房子便塌了。那一刻，他不顾身后倒塌的房子，而是一把握住那只鸽子，嘴里满是感激声。

鸽子灵异，这件事是明证。

刀郎人的鸽子

刀郎人是古代居住在塔里木盆地边缘和叶尔羌流域个别地区的人的自称。他们剽悍豪迈，勤劳爱家。在今天的新疆阿瓦提、巴楚、麦盖提等地，有许多人仍自称为刀郎人。

有一年在麦盖提县，我们寻找到刀郎人依米尔·艾买提时，他刚从田间挖地归来，从肩膀上放下坎土曼（挖地农具），坐在院子里抽莫合烟，对我们的到来没有丝毫表情。

我们是专程来看他跳刀郎舞的，他茫然地看了看大家，脸上呈现出孤僻的神情，始终抽着烟不说话。老人的女儿从房中出来，唤他吃午饭。老人的女儿是一朵花，美得足以使整个塔克拉玛干明亮。她低声对他说了几句话，他脸上仍然没有和悦的表情。少顷，他抬头往房顶上望着，房顶上有一个鸽子架，是用几根杨木搭成的。他望了一会儿，眼睛眯成了一条缝，显示出他那种年龄所特有的专注。又望了一会儿，他起身端起一架梯子搭在房檐前，慢慢爬了上去。他起身时特别有力，仿佛被什么震动，从地上一下子就弹了起来。

我们也跟着爬上了房。依米尔·艾买提打开一个鸽箱，那里面躺着几只白色的鸽子，显得高贵优雅，只是它们太瘦了，低垂着脑袋，双翅紧敛，眼睛紧紧闭合，一副濒临死亡的样子。刀郎人怎么会养这样的鸽子呢？有人拿根树枝探入箱中，意欲惊扰鸽子，让它们动一动。没料到树枝尚未触到，鸽子像早已做好了防备一样，呼的一声躲开了。在慌乱之中，树枝碰到了一只鸽子的爪，它吱地叫了一声，迅速飞出箱子落在了依米尔·艾买提的肩头。他伸手抚摸着那只鸽子，那只鸽子安静下来，站在他肩头不再叫了。但它的双眸中有一股惊恐的神情，很显然刚才的那根树枝惊扰了它，即使它被依米尔·艾买提爱抚着，但仍然很紧张。鸽子与养它的人之间有奇异感应，但对外人则警惕心很强，生怕受到伤害。我想起欧洲的一个故事，说是一个贵族养了一只鸽子，终日好吃好喝侍候，鸽子却没有一点飞入蓝天的本事。后来，贵族一生气，将其弃入一片大森林。谁知一年多以后它回来了，不但长得很漂亮，而且聪明伶俐，在天空中飞翔时能发出好听的声音，还能上下翻飞出优美的姿势。

依米尔·艾买提的这些鸽子也有神秘的气息。如果它们躺着，就将身体收拢在一起，像用了收缩术。它们睁着细眯的眼睛，尽管显得陌生，但很细心地打量着我们。有人想诱惑它们出动，扔进去饼干，它们看也不看一眼。它们仿佛早已将你心里的想法洞察得明明白白，所以从不上当。

依米尔·艾买提很专注地观赏着他的鸽子，脸上有一股迷醉的神情。他身高足有一米八，立在房顶上显得很威武。他的胡须尽管已经发白，但显示出他这个年龄特有的气质。有风吹过来，他的胡须便随风飘拂，很是好看。他的兴趣很快就浓起来，先将鸽子一一唤出，然后大叫一声"哎"，鸽子便一一起飞。那是一种一呼而应、无比轻盈的飞翔。转眼间，鸽子都飞上了天空。依米尔·艾买提望着天空，他的腰微微地弯着，像一张弓。这张弓一旦拉开，就会发挥出惊人的力量。

我知道了，他养的是一群精鸽。精鸽是为数不多的一种名鸽，善于飞翔，速度比一般鸽子快出五六倍。新疆太大，南疆、北疆往返一趟近两千公里，普通鸽子在长途中不堪重负，往往命丧沙漠。而精鸽则不同，它们疾速飞起后穿云破雾，在中间不停歇，不进食，不饮水，有一身一口气能飞到目的地的筋骨。人们敬仰它们，起名为"精鸽"。

我们问依米尔·艾买提："它们要飞到哪里去？"他说："要远就远远地飞，要叫它们回来，它们嘛，马上回来。"这是他第一次开口跟我们说话，一字一顿，颇有自豪感。我问他，天空中已经没有了精鸽的影子，如果让它们回来，是怎样的"它们嘛，马上回来"呢。他微笑着抬起手，将手指弯曲后搭在唇上，一声呼哨震天动地地响起。鸽子们很快便飞了回来，转眼间落入鸽箱里。它们落得干净利落，连一丝尘灰也没有扬起。塔克拉玛干这时候在沉默，也许在默默地观看着正在发生的奇事。精鸽们进入箱中后迅速敛翅，缩头，将整个躯体缩成了一团。

下得房来，我们与依米尔·艾买提共进午餐。这时得知他的女儿叫古丽，意思是鲜艳美丽的花。她在我们面前摆放下抓饭、烤包子、葡萄、西瓜和穆赛莱斯（一种用葡萄酿制的饮料）。我问她麦盖提精鸽多不多，她抿嘴一笑说："就是整个南疆也找不出像我爸爸养的这么多的鸽子。"我悄悄对她说："能不能跟你爸爸说一说，给我们跳一段刀郎舞？"她说："其实我爸爸已经有五年不跳刀郎舞了，就连我们也没有机会看上一次呢。"那我们就更无缘目睹刀郎舞姿了。刚才已经领略了他的脾气，于是我便打消了来时的意愿。

我们向依米尔·艾买提一家告别，他们将我们送到院门外。我们走远后忍不住回头看，发现依米尔·艾买提又站在房顶上，望着在天空中飞翔的精鸽。风吹得他的袷袢摆动飘飞，在鸽子的鸣叫声中，我恍若看到了舞蹈，听到了音乐。

狗

永远的忠诚

院门被打开,院子里传来一声低低的支吾声。如果来人是熟人,那声支吾便是问候;如果来人是陌生人,那声支吾便是警告。但不论怎样,在这支吾声落下后,就会有一条黑影闪至来人身边。那条黑影是狗。来人往往可以从狗的动作上,判断出主人是否在家。

在家畜中,狗接近人的程度与猫相当。猫身体小,性格温顺,因此可以登堂入室,而狗不行,在很多家庭它们只能卧在门槛边向里面张望,即使有机会进去,也只是吃一点主人吃剩的东西,吃完后赶紧出来,不能多做停留。

狗为主人守家,但它却没有家,有时是一个简单的狗舍,有时只能选择在一棵树下卧着过夜。院子是它经常走动的地方,它们在一天之中来回走动数十次。尽管它们对院子里的东西都很熟悉,但它们懂得主人的心思,或者说它们总觉得在主人面前效力不够，所以要让自己忙得不亦乐乎才行。主人在家时它们如此，主人外出后它们便卧在大门外看着过往的行人，如果谁在它面前走动它便会竖起耳朵，并怒目冷对。对待那些要登门入内者，主人不在便是铁一般的命令，它们用吼叫阻止他们向前，有时候它们还会扑过去咬上一口。它们一般会咬人的腿，咬一口后会迅速闪到一边。它们往往用最有伤害力的办法，在最短的时间内阻止陌生人进入主人家。

主人回来了，对狗守家过程中发生的事情一无所知。狗不会有异常的反应，对主人极度的忠诚让它们保持着极度的平静。狗总是让精神高于形象，让勇气重于体力。因此，狗便具备了瞬间的爆发力。平时，它们喜欢匍匐在主人脚边，同时匍匐在主人脚边的还有它的勇气和智慧。它们对主人的眼神心领神会，往往在主人只表露出一个意思的瞬间就能够有所反应。它们的能力其实是很有限的，但它们在一瞬会爆发出意想不到的力量。

被命运安排在狩猎区的狗，被称为猎狗。主人调养它们就是为了有朝一日捕猎，所以它们会经受一番艰辛的训练，那种训练会持续到它们可以猎捕的年龄。一只猎狗开始猎捕的那天应该是在春天，出现在它眼前的是一只兔子或者野鸡，主人嘴里发出呼啸声，这样的场景已被主人训练了很多次，它们像离弦的箭一样向猎物扑去。猎物发出几声惨叫，便被它们叼回主人身边。一只狗成为猎狗的过程，就是它将身体里的恶用扑、咬、撕实施的过程。它们不像守家的普通狗那样温顺，它们必须在捕猎中见血，其牙齿如果不见血便痒得难受。在捕猎中碰到大猎物，比如哈熊、野猪、豹子，或者凶残的狼，主人一声枪响，狗仍然会迅速从主人身边向猎物扑去。它们不会顾及猎物会对自己构成威胁，只管冲上去猛烈撕咬。有时候它们会被对方撕咬得皮破肉烂,甚至断了腿,但它们总会摇摇晃晃地回到主人身边。

　　人对猎狗的态度远不及对待守家狗那么好。有时候它们追丢了猎物,或者一不小心犯了错误,主人会骂它们,如果怒火中烧还会惩罚它们,顺手抄起一根木棒砸在它们身上。木棒断了,它们发出一声惨叫逃离而去。主人不理它们,知道它们迟早会回来,不久它们真的回来了。它们从不背叛主人,无论主人怎样对待它们都毫无怨言,自始至终都忍耐着,并对命运表示出顺服的态度。主人的气已经消得差不多了,见它们回来了便宽容了它们。它们走到在自己身上击断的那根木棒前,伸出舌头舔了起来。

最有灵性的狗

　　"杨贵妃"是巴依木扎边防连的一条狗。巴依木扎在塔尔巴哈台山的腹部,气候宜人,水草茂盛,是个牧民十分看重的牧场。

　　我们到巴依木扎的第一天,在连队的饭堂前见到了"杨贵妃"。当时,战士们正在唱歌,它蹲在旁边扬着头,随着战士们的歌声,呜呜呜地叫着,那样子很是专注。我们走到它跟前,它见我们是生人,头一扭,不好意思地走了。

　　"杨贵妃"浑身洁白,干净,但身材低矮,俗称"板凳狗"。关于"杨贵妃"这个名字的来历,还有一个很有意思的故事：那年，当一位好心的哈萨克族牧民把它送到连队时，战士们见它浑身长着白毛，有一种雍容华贵的气质，便郑重其事地给它取名为"杨贵妃"。事后才知道它是一条公狗。无奈"杨贵妃"一名已叫开，无法更改了。

"杨贵妃"很快就和连队的战士们混熟了。它可以自由出入每一个班排。每天开饭时，它跟在战士的身后进入饭堂，又直直地走到连部的饭桌前。连长和指导员这时候便向它一一报上菜名，说到它想吃的东西时，它就点点头。时间长了，它似乎知道战士们在巴依木扎过着寂寞的生活，于是就经常钻到他们中间，上蹿下跳，惹得战士们开怀大笑。

去年，战士们带着"杨贵妃"到边界上打马草，巧逢哈萨克斯坦的边防军人也带着狗来这里巡逻。"杨贵妃"看见他们带的那只灰狗后，顺着铁丝网来回跑了好几趟，然后朝它叫开了。它的叫声既动情，又有那么点害羞的意思。战士们明白，"杨贵妃"喜欢上了哈方的那条灰狗，正在向它求爱呢！后来，两只狗隔着铁丝网叫了起来。看着它们着急的样子，翻译走到铁丝网跟前，对哈方军人说："尊敬的哈萨克斯坦朋友，我们的'杨贵妃'喜欢上了贵国的这只狗；它们刚才已私订终身，为了成全它们的爱情，我方请求贵方将小灰狗嫁到我方来。"

哈方军人听了之后也很高兴，当天下午通过安检，将那只小灰狗从铁丝网下面放了过来。两只狗立即纠缠在一起，用嘴不停地舔着对方的身子，发出非常快乐的叫声。两国军人看见这美妙动人的场面，都哈哈大笑，边界上顿时弥漫开一股轻松的气氛。

战士们把"杨贵妃"的外国媳妇接回连队，为它们安家，让它们过上了恩恩爱爱的生活。过了几个月，灰狗产下五子，毛色灰白相间。战士们高兴不已,立即为它们重新建造家园,开创更加和谐美满的生活。五只小狗长大以后,战士们从中挑出一只外表上继承了"杨贵妃"特点的小公狗送给哈方军人,以示谢意。

"杨贵妃"与战士们在一起生活,不断给大家带来欢乐。在一次巡逻中,战士们把它们夫妻俩从国门放过去,让它们回去探亲。它们感激似的叫了几声,便狂奔向哈方的边防连。下午,战士们要撤回了,仍不见它们夫妻的身影,大家猜测它们可能被扣住了,或者在路上遇到了什么意外。大家正焦虑不安时,忽然看见"杨贵妃"和妻子一前一后,像走完亲戚一样朝战士们大摇大摆地走来。当时夕阳正洒下浓浓的余晖,它们夫妻走在余晕里,显得无比幸福和美满。回到连队,它们的一群儿女欢呼着簇拥上去,支支吾吾地乱叫着,像是要急于倾听父母讲述省亲的所见所闻。

在"杨贵妃"的生活中,有欢乐,也有烦恼;它对战士们有理解,也有抱怨。一年6月,战士们带它去卡马劳斯执勤。一天,"杨贵妃"在外抓得一只雪鸡,叼回放在战士们面前,一副居功自傲的样子。战士们一看有了雪鸡,非常高兴,忘了说几句表扬它的话。它蹲在一旁不吱声了。那天,战士们将雪鸡炖了,改善了一次生活。他们吃肉时,"杨贵妃"一副老不高兴的样子,但大家没怎么在意,吃完之后,将骨头扔给了它。它生气了,拔腿向连队跑去。它一口气跑了二十二公里回到连队,趴在连队的院子里呜呜地哭。

"杨贵妃"后来染上一个毛病,它老是趁人不注意的时候,偷吃连队的鸡。一天,指导员何光智在院中散步,看见它趴在地上,神情有异。他走上前去,想看个仔细。"杨贵妃"见他直直地走向自己，立刻起身蹿走了。原来它咬死了一只鸡，正准备美餐一顿。一直喂养它的战士艾克帕尔将它牵入地窖，抱着它哭："杨贵妃啊，杨贵妃，我们对你这么好，你怎么能干出那么多的坏事来呢？以后，你可要好好做狗，给我个面子，不要再干一点坏事了啊。""杨贵妃"像听懂了他的话，也哭了。艾克帕尔等到大家的情绪都平静下来之后，请求战友们给"杨贵妃"一个改过自新的机会。说话间，"杨贵妃"长吠一声。大家见"杨贵妃"确有悔过之意，便心软原谅了它。大家都觉得应该给它一个重新做狗的机会。

"杨贵妃"后来果然变好了。最让人感动的是，每当新兵站单哨害怕时，它都善解人意地陪在他们身边，而且每班岗都不误。当一班哨站完的时候，哨兵对它说："'杨贵妃'，你下去叫一下某某某来换哨。"它马上乖乖地跑去叫人，而且准确无误。有一次，战士们带"杨贵妃"出去巡逻。在路过一条小河的时候，战士臧道利的帽子不慎掉入河中。那条河的水流得很急，帽子在水面上漂浮了不一会儿就沉了下去。大家也没有把这件事放在心上，继续执行任务。

回到连队后，大家发现"杨贵妃"没有回来。由于大家一路都在专心致志地巡逻和观察边情，谁也没有留意它在什么时候走失了。但大家都相信它一定会回来的，因为这一带的巡逻路线它很熟悉。

下午，"杨贵妃"用嘴叼着臧道利的帽子回来了，战士们一致对着它鼓掌。

界碑旁的狗

"黑子"是新疆阿勒泰军分区达尔汗的一条狗。1990年的一天，一位战士从吉木乃县城返回，见到一只小黑狗趴在一块石头上发抖，便把它抱回了连队。因为它身上长着黑毛，战士们给它起名为"黑子"。黑子慢慢长大，大家非常喜爱它，经常把自己的馒头省下来给它吃。黑子通人性，战士们出去巡逻时它跟在后面，恍若连队的一员。战士们有时坐车去巡逻，它就跟在后面边跑边叫，逗得大家非常开心。有时候车速快，但人到点位后，不长时间它就到了。边境线一侧经常有牧民的牲畜临近，战士们对黑子说，黑子，上！它就跑上去大声叫着，像指责似的把牲畜赶回，直到进入我国边境线一侧。

达尔汗还有几条狗，但黑子在它们中是长者，别的狗都很尊敬它。晚上，黑子待在院子里，其他狗像分工了一样各自卧在油库、马厩和车库等地方。只要一有动静，黑子就发出一声吠叫，其他狗像听到命令似的迅速向它靠拢。然后，黑子就带着它们向发出声响的地方跑过去。

战士们见黑子机灵，经常训练它。他们对黑子说，黑子，坐。它就坐在地上。让它卧，它马上就卧在地上。后来，黑子学会了冲、跑、扑、抓、拉、撕、扯等动作。它又将这些技能传授给其他狗。很快，达尔汗的狗成了一群身怀绝技的"特殊士兵"。后来人与狗之间更亲切了，连里开饭时，战士们集合起来在饭堂前唱歌。这时候黑子扬起头也随声附和着在唱。

与黑子一起长大的一条公狗与黑子相处得十分友好。黑子到了发情期,它们就形影不离了。后来,黑子的肚子一天天大了起来。之后很快产下了一窝小狗,它每天外出给它们觅食。一天,它的一条后腿被牧民安在山林里夹狐狸的套子夹断了,它忍痛把那个夹子拖回了连里。战士们把夹子取下,给它的腿敷上药,打上石膏,它瘸的腿过了一年多才慢慢长好了。长好之后,黑子每天晚上仍履行着"特殊哨兵"的职责。

后来,与黑子相爱的那只公狗忽然得了病,不停地嗥叫,到处乱咬。它不光把院子里的树皮啃去不少,见了人也往上扑。军医断定它得了狂犬病,而且已经十分严重。连队为了防止它影响大家的身体健康,决定把它除去。一天,当它疯狂地啃咬大树时,副指导员杨国文开枪将它打死了。黑子听到枪响后飞速扑到它跟前,用舌头舔着它伤口上的血。过了一会儿,黑子发现它已经断气了,蹲在一边呜呜地哭了起来。

从此,黑子变了。它温柔的性子变得凶悍起来,经常不声不响地独自外出,回到连队也不再与战士们亲昵。还没等大家弄清楚黑子经常独自外出干什么,牧民便来找边防连的麻烦了。原来,黑子每天跑到外面,躲在山坡上隐蔽的地方,等到牧民的羊群过来时,一口咬住一只羊的脖子拖着往远处跑。羊被连咬带拖,不一会儿就咽气了。连长和指导员给牧民道歉,表示一定要把黑子管教好,别让它再犯错。黑子也许发现了大家的情绪,从此再也不回来了。牧民接二连三地到连队来告状。黑子的罪名越来越大。连队把这个任务交给了副指导员杨国文。但自从连队有了这个想法后,黑子变得更精明了,只要与杨国文一打照面,还没等杨国文把藏在身后的手枪拿出,它便撒腿就跑。杨国文对以前的黑子很有感情。他对它的背影说:"黑子,你难道就不能变好,好好做狗吗?"过了几天,杨国文看见黑子趴在坡上向连队张望,一抬头与他的目光碰在了一起。这次,杨国文没有拿枪,黑子没有跑。黑子盯着杨国文看了很久,它眼中既有惊恐,又有无奈,还有戒备。杨国文看着它这副样子,心里也挺难受。后来,大家对黑子没有了原来那种仇视,只要它一出现,大家都亲切地喊它的名字。黑子听到后本来要转身离去,但又突然停下,扭过头看着大家。但它还是怕连里的人,没等大家走近它就赶快跑远了。不久,黑子改变了叼羊的恶习。大家对黑子越来越热情,经常对着它喊它的名字。慢慢地,黑子不再怕人了,每次听到大家叫它时,都亲切地摇摇头,用一种非常愧疚的目光望着叫它的人。再后来,黑子慢慢地接近战士们,每天早晚,有意识地在院子里走走,一次次地缩短与连部及班排的距离。黑子的变化,杨国文看在眼里。他动员大家要对黑子报以热情,不停地吸引它向连队靠近。

有一天下大雪,天寒地冻。下午开饭时,大家坐在饭桌前刚准备吃饭,忽然听见外面有呜呜的叫声。大家向外一看,是黑子蹲在以前每天唱歌的地方,扬着头正高声唱歌呢!它唱得很专注,与原来一模一样。大家心里都有了一种很热的东西,望着卧在大雪中的黑子,顷刻间觉得这个寒冷的冬天也变得温暖起来。等黑子唱完,大家都跑到门口,对它说:"黑子,回来吧,我们欢迎你。只要你改好,你仍是达尔汗的一员。"第二天早上,大家起床后,见黑子站在连部门口,扬着头望着大家。大家走过去,它没跑。杨国文伸手去抚摸它,它好像惭愧似的低下了头。

黑子在外漂泊了一段时间，明显瘦了，身上的许多骨头都凸了起来。炊事班破例给黑子做了顿丰盛的午餐。谁都为黑子变好而高兴。

黑子又担负起了原先的责任，巡逻、唱歌，每天晚上主动和哨兵一起站岗。它的一帮儿女都已经长大，一个个都变成了小黑子。当年抱黑子回来的那个战士要复员了。黑子追着拉老兵下站的车跑到了吉木乃县城。晚上，黑子趴在院子里哭了一夜。那位老兵被它哭得难受，出来抚摸着它的头说："黑子，回去吧，我有空再来看你。"黑子听了他这话才止住哭声，转身跑回了连队。

从此，守望成了黑子的一桩心事，它每天有事没事总要跑到连队后面的山坡上，朝县城的方向张望。冬天很快就来了，雪花飘飘扬扬地落下来，达尔汗很快就变白了。黑子蹲在山坡上，仍一动不动凝望着县城的方向。

蚂　蚁

地下宫殿

春天，阳光洒落到大地上，每一个角落都被照亮。你如果在这时细细观察，就会发现地面上有什么在轻轻蠕动。不一会儿，一只只蚂蚁举着像刀剑一样的触角，将最后一层土拱开，一个洞穴大功告成。有了光就有了生命，倾听过这句话的人在心里有了一个感念：有了生命就有了在大地上诗意的栖息。蚂蚁的生命是富于诗意的，它们把自己的生存安置到大地底下。在不为人知的土地内层，有它们真实的生命运动，也有它们的穴居岁月。它们在土地深层建造自己的宫殿，组成蚂蚁王国。

因为西部多旷野，加之气候干燥，所以在路上、草丛的树林里，经常能见到蚂蚁。

也许蚂蚁发现生存在大地上太危险，有那么多庞然大物都会对它们构成巨大的威胁，一不留神就会在它们像大山一样的脚板下毙命。于是，它们向土地深处掘进，到远离陆上族群的地方去生存。感谢上帝，让它们的足、嘴和腹都在挖洞时发挥了作用，松软的泥土并不费力就可以掘进。尽管它们很微小，但它们能够持之以恒，地下宫殿一点一点地有了形状。它们天生就是建筑师，对巢穴有一套严密的设计和建造程序。它们往往选择能避雨水、保持阴凉而且见光的地方掘洞；洞的上面要坚固，须禁得住人或动物的踩踏；洞内宽敞洁净，保持着一定的湿度。

蚂蚁王国的内部，往往有四种角色：1. 蚁后：有超强生殖能力的雌性，在群体中体形最大，生殖器官发达。它们的主要职责是产卵、繁殖后代和统管这个群体大家庭。2. 雄蚁：有发达的外生殖器，主要职能是与蚁后交配。3. 工蚁：又称职蚁，是群体中最小的个体，善于步行奔走，但是没有生殖能力，主要职责是建造和扩大巢穴、采集食物、喂养幼蚁和伺候蚁后。4. 兵蚁：最明显的特点是头大，上颚发达，其上颚可以粉碎坚硬的食物，在保卫群体时冲在最前面。

蚂蚁的集体意识很强，是最懂得团结的昆虫。当发现一个庞然大物可以成为食物时，它们便会集体出动，将庞然大物分割成块。它们的颚十分锋利，可将动物的肉轻而易举地切开，就是坚硬的骨头也可以被它们一点一点分开。它们会将这些块状的东西进行划分，肉要拖回巢穴，而骨头则就地享用。它们一拥而上围住骨头啃起来，十几分钟后，骨头上的肉已了无踪迹，只剩下白森森的骨头。通常情况下，每只蚂蚁会搬一块回去，而那些比较大的食物则往往由数只或数十只蚂蚁合力拖回。它们中的一只蚂蚁是指挥者，它一边探路一边向大家发出前行的信号，遇到障碍物就带领大家巧妙地绕过去。有时候会遇到上坡路，蚂蚁会搬来石块，每往上推一点便用石块垫住，如此重复向上，居然把食物推上了山坡。蚂蚁其实是昆虫中的大力士，可以搬动比自己的身体重数十倍的东西。除了搬运食物，蚂蚁在出行时也会排成长长的队伍，弯弯曲曲向前推进。蚂蚁还是昆虫中的"马"，它们行进的速度可谓神速，短时间内便可穿行很远。如果有危险降临，它们会灵活地躲开。一旦危险过去，它们很快会汇聚到一起。它们觉得与集体失散是一件很痛苦的事情，只要不被死亡夺走生命，它们就不会走失。

蚂蚁天生是巫师，虽然隐蔽在大地深处无比舒适地生活着，但它们对大地上的事情有强烈的预测能力。往往天空一片艳阳高照，它们却已经知道要下雨，于是便集体出动开始在洞口筑坝；天刚刚转阴，它们已在洞中进入甜蜜的梦乡。如果是一场暴风雨要来，它们则会早早地从风和空气中做出准确判断，会在暴风雨来临之前从洞中搬出。雨过天晴，土地松软无比，它们又开始掘洞。大地无比宽广，蚁穴无处不在。千里之堤溃于蚁穴，说的就是蚂蚁的洞穴太过密集，最后致使大堤溃决，让洪水造成了灾难。

这微小的生命制造的大事件，谁都无法阻止。

蚂蚁有玄驹和昆蜉的别名，因为叫的人少，鲜为人知。蚂蚁经常被视为微小之物，人们常常忽略它们身上的厉害之处。在阿尔泰山上，一只黄羊误入蚁窝，蚂蚁一拥而上，将它覆盖成了一座蚁山。不久，黄羊便倒下去，地上只剩下一堆白骨。

蚂蚁虽小，但活得很自在。有一次在阿勒泰的一个牧场上，我为那天是个好天气而欣喜，便观察阳光洒落到大地上后，那些被照亮的角落。我突然发现在地上有一长串蚂蚁，正向一个被照亮的角落爬行。很显然，蚂蚁也喜欢阳光。

一位牧民说,蚂蚁住在地底下,谁也不怕。哈萨克族有一句谚语:"猎人的儿子会造子弹,蚂蚁的儿子会掘洞。"说的就是基因在生命繁衍中的作用。

后来,那位牧民带我到一棵松树下,指着一个小洞说,要看蚂蚁就要有耐心等它们出来,不然看不出名堂。我于是保持耐心等,终于看见一只蚂蚁发现一只昆虫可以成为它们的食物后,不知在洞口发出了什么信号,很快便有成群的蚂蚁倾巢而出,将那只昆虫抓住分割成了块。它们似乎发现有人在窥视它们,便迅速拖着战果钻入洞中去了。

后来的一天,我看到了蚂蚁更让人惊心动魄的一幕。一只蚂蚁发现一只死去的虫子,颇为兴奋地钻进了洞中。我猜想它是去向众蚁报告好消息,一只虫子对蚂蚁们来说无疑是一场盛宴,洞中众蚁一定会像那只蚂蚁一样兴奋。但此时在洞外却发生了意想不到的事情,一只鸡路过此地,它用嘴一啄便将虫子吞入了肚内,等蚂蚁们倾巢而出,洞口已空空如也。所有蚂蚁都愤怒地摆动触角,将那只蚂蚁围了起来。我心想坏了,它们一定会认为那只蚂蚁撒了谎,按蚁群的生存规定,那只蚂蚁的死期到了。

众蚁一拥而上,很快,那只蚂蚁便尸骨全无。

对树发脾气

弟弟的手被蚂蚁咬了,他一边痛苦地把手甩来甩去,一边嘴里"嘶嘶嘶"地吸气。显然,咬他的蚂蚁有毒,他的神经受到了蚂蚁毒素的刺激。弟弟的手被他自己定论为"麻酥酥的痛"占据了整整一下午,直到黄昏,他脸上才有了轻松的神情。我们都知道一只蚂蚁的毒不会对人构成生命危险,所以并不把弟弟被蚂蚁噬咬一事放在心上,但我们知道一群蚂蚁就很可怕了,如果一不小心踩入蚂蚁窝中,顷刻间腿上便发出阵痛。蚂蚁会发怒,它们会痛击破坏它们家园的人。老家是林区,蚂蚁颇多,这样的事经常会发生,很多人都有被蚂蚁咬过的记忆。

在我的记忆中,一次对蚂蚁细致的观察,变成了我对"童年"的重要认知。秋天,一棵松树上的松果成熟了,我想爬上树将它们摘下来,让母亲炒熟后慢慢吃。但我十分惊讶地发现,有成群的蚂蚁正在树身上爬动。从它们爬行的方向看,树上的松针是它们要到达的目的地。松树结出了满满当当的松果,到了秋天似乎已经身衰力竭,有不少松针早早地便发黄了。不一会儿,蚂蚁们爬到了那些发黄的松针跟前,它们围成一团久久不散。我不知道它们在干什么,但很快出现的情景让我大吃一惊,那些松针纷纷落雪似的向下飘去。我不敢肯定是蚂蚁使用颚咬断了松针,还是松针在秋天早已与枝干间形成"离层",只不过因为缺少一场风而悬挂不落,直到现在经蚂蚁一碰便落到了地上。从那一刻起,我喜欢上了蚂蚁。在那个年龄,我不知道该如何赞美蚂蚁,但我在心里十分佩服蚂蚁,觉得它们比村里最勤快的孙老汉还能干。

很多天以后,我坐在村小学的教室里仍不能集中精力听课。我知道了蚂蚁的秘密,我的心被它们吸引着,想去探究它们的生活。直到今天,我也无法忘记在九岁那年,我的心被蚂蚁吸引是多么幸福,再也没有什么可以替代。当时,我一定变得很反常,周围的小朋友可能在用怪异的眼光看着我。

几天后终于盼来了星期天，一大早我便去了那棵松树跟前。出现在我眼前的情景让我大吃一惊，蚂蚁们已在树下用松针垒起了一个椭圆形的松针堆，也许它们觉得它还不够大，仍成群结队从四面八方往回拖着松针。松针堆尽管在我眼里很小，但却需要几百只蚂蚁齐心协力才能将其堆积起来。我记得第一次来这里时，树下并没有松针堆。现在我明白了，从它们把松树上发黄的松针弄下来开始，它们的计划已烂熟于心。一棵松树的松针落光后，它们又去别处往回拖一些。几天过去，就有了现在的这个松针堆。过了七八天，我又去了那棵松树跟前，从出出进进的蚂蚁得出一个结论，这个松针堆已变成这群蚂蚁的一个巢穴。

后来观察到的，是人常说的"蚂蚁上树"。长大后，我在餐馆里吃一种叫"蚂蚁上树"的菜，就会想起小时候看到过的蚂蚁上树的情景。那时候，我觉得蚂蚁的脾气很怪，它们经常对树发脾气，将树皮啃下后，从嘴里吐出汁液，在树上一点一点地筑巢。要不了多长时间，树上便会出现一个"独立王国"。开始时，一棵树上只有一个巢，但当蚂蚁群体慢慢变大，一个巢便显然不够用了，这时候就会出现两个巢、三个巢，甚至更多。树上的蚂蚁越来越多，它们用细长的腿在枝叶上奔跑，将小虫子悉数杀死。一棵树上的小虫子被杀光了，它们又把目光投向附近的一棵树。如果这两树相距较近，它们便巧妙地依次咬住后足向下垂吊，等风刮过来时借风荡到另一棵树上去，搭成一条"蚁桥"，让其他蚂蚁在这条桥上畅行无阻。这条桥可以长久地成为两树之间的通途，承担搭桥任务的蚂蚁还可以得到其他伙伴们的替换。当树上的小虫子被捕尽后，蚂蚁们从树上下到地面，捕捉地面上的猎物。地上的猎物往往都比蚂蚁大,很难一下子杀死,蚂蚁们便用螯针刺入它们的身体,致其处于昏迷状态,然后快速分割它们。即使大它们近百倍的螳螂或蚯蚓,也能被它们在短时间内割卸成块,运到树上的巢中储为冬食。

听村里的老人们常说,如果树上有蚂蚁巢,路过时一定要小心。如果惊动了它们,它们会像一张大网一样落下来,十几分钟后,人就被它们吃干净了。但我在那时不相信老人们的话,总想着树上的蚂蚁没那么大的本事。现在我回想起童年,为自己的无知和无畏吃惊。这些年我开始相信老人们的话了,因为人生至此,我发现人其实很脆弱,一不小心便会伤痕累累,而伤害你的,往往是那些渺小的东西。

团结就是力量

我迎着晨光走到这条小溪边,坐在一块石头上等着太阳升起。昨天傍晚我在这里看到夕阳照亮了水面,那一刻,犹如这条小溪蕴藏着金箔,在夕阳即坠的一刻才被水波翻动出来一样。那种金黄的色彩起先是强烈的,把周围的树木映衬得无比明亮,后来它又变得柔和,把小溪从里到外晕染了,让人觉得并不是溪水在流动,而是有一片金光正在向前移动。四周的树林在黄昏中,也像穿上了一件由金色光芒做成的衣裳,静立于河边一动不动。

想着昨天金色的一幕,我心中觉得等待的这一刻无比美好,似乎有一位神秘的少女正在揭去面纱,要露出她美丽的脸庞。过了一会儿,太阳终于升起。我仔细观察水面,发现有一丝银色的光芒从远处延伸而来,像刀剑慢慢掠过水面,直至把水面全部镀亮。太阳慢慢升高,原来的银光便进入了水中。太阳的移动是缓慢的,于是我看见那些银光在水中移动,遇到被石头溅开的水花便游离开去,把溪水映射得像水银。后来太阳升高,那些银光便消失了。我想找到银光的踪迹,但我发现它们已经消失得无影无踪。

这时候,我发现脚下有群蚂蚁。它们显然也发现了我,不时地抬起脑袋望着我。在它们面前我无疑是庞然大物,它们不会知道我在想什么,因为它们看不清我的表情。但我转念一想,我同样也不知道它们在想什么,它们在长途跋涉中见过许多大东西,在它们眼里也许我算不了什么,它们的小脑袋里想的,说不定是无比美好的事情。也许还有一种可能,它们会觉得我很可笑,像根木头似的在这儿傻坐了这么长时间。我低下头仔细观察它们,发现它们一直在这儿打转,有好几次像已经下决心要离开,但走了没多远又不甘心似的回来了。它们的小脑袋里想的事情,我的这颗大脑袋无论如何都想不透。我提醒自己,不要再胡思乱想了,老老实实观察蚂蚁。

但过了很长时间,它们仍在原地徘徊,似乎觉得这个地方弃之可惜,但守之又很为难,便不知道该怎么办。我扭头看见一棵树上有一只麻雀,然后再注视脚下,不由得大吃一惊,不知什么时候已有黑压压的一大群蚂蚁集聚至此。我想,它们肯定有成千上万只。我有些紧张,除了不知道它们要干什么外,我更惊恐于它们团结起来以后的庞大与整齐。它们慢慢移动到河边,以一群蚂蚁为中心,然后抱成一团向河中移去。我仔细观察,发现它们彼此将肢体扭结在一起，形成了一个密不透风的蚂蚁群。那些零乱的蚂蚁一一补上去，这个集群越来越大。最后，刚才选择这个地方时犹豫了很久的那几只蚂蚁补在了外围。一只硕大的蚂蚁从众蚁头顶攀过，站在集群的中心，挥舞着足。在它的指挥下蚂蚁集群向河中移去。

我紧紧盯着它们。

我无法看清集群中的任何一只蚂蚁，只看到一个黑色集体在向前移动。进入河中后，它们抱得更紧了。河流的水波涌动过来，最外层的蚂蚁在水中沉沉浮浮挣扎，不多会儿，它们已无力再动了。但奇怪的是，它们的肢体仍紧紧抓住蚁团，抵挡着水波的冲击。那只立于众蚁之上的蚂蚁仍挥舞足在指挥，蚁群的速度没有慢下来，一直渡到了对岸。我朝四下里望了望，确实没有横卧在河上的树枝可供蚂蚁渡越，它们只能这样渡河过去，而这种渡河方式对它们而言早已成为习惯。到了对岸，蚁团主动散开，那些最外围的蚂蚁都已死去，纷纷躺在沙地上。所有蚂蚁都在原地不动，也许是在致哀，也许是在休息。那些死去的蚂蚁静静地躺在那儿，像进入了睡眠状态。

过了一会儿，一幅令人叹为观止的景象再次在我眼前出现：一些蚂蚁悄无声息地背起同伴的尸体，继续向前走去。

蜜　蜂

巢中帝国

一阵嗡嗡嗡的声音，使平静的树林变得热闹起来。如果你向发出声音的地方望过去，便能看见树上有一个蜂巢。除了悬挂在树上的蜂巢外，在田间地头还有养家蜂的蜂箱。家蜂从箱门透进的光亮中得知，到了该外出采蜜的时候了。

它们外出时会发出更强烈的嗡嗡嗡声，似乎在探讨外出工作的策略，这样便使巢中一片聒噪，但也仅仅是声音的聒噪，蜜蜂们这动着的身体从来都不乱，彼此在来回爬动时巧妙地躲开，从不发生碰撞在一起的事情。这时候似乎是蜜蜂们放声说话的时候，没有哪只蜜蜂会缄口不语，也没有哪只蜜蜂会站出来制止这一聒噪场面。这群可爱的小精灵，它们在出发前似乎在用说话热身。对一天的辛劳工作来说，这样的热身似乎是必不可少的。

不一会儿，巢中安静下来。蜜蜂们保持着整齐的队形，一只挨一只向巢外爬行。它们几乎步调一致，像被一根绳子牵着，使细密的触角划出整齐的节奏。到了巢外,它们一一飞旋而起,从透射着阳光的树枝间隙飞了出去。它们在飞动中会迅速散开,很少有结队成伙的。蜜蜂不光勤劳,而且独立,它们都能够独立完成任务,从不需要别的蜜蜂帮忙。

蜂巢上不再有爬行的蜜蜂,阳光照在上面,使它显得像女人丰满的乳房。蜜蜂似乎总是与性有关,就连蜂巢也隐隐透露出几丝撩人的气息。不知这是崇尚原始情欲的蜜蜂有意为之呢,还是巧妙的暗合。

足下诗行

利奥波德在《沙乡年鉴》中写了这样一段话:

有一天,我俯伏着,
我的眼睛正吸收着沼泽的知识。
一只弗吉尼亚秋秧鸡几乎触着我的鼻子;
一只鹈鹕的影子从水塘上方掠过;
一只黄脚鹬则以颤声鸣啭着,降落在池塘上。
我想起我绞尽脑汁才能"写出"一首诗。
而黄脚鹬只需提起它的脚,
便能"走出"一首更优美的诗。

我觉得利奥波德的这段话很有诗意,便按分行的方式把它排下来，发现是一首好诗。有些鸟儿确实是会写诗的，它们用爪子或双翅舞动的时候，在大地上留下了显眼的痕迹，那就是诗。

我发现，蜜蜂也是诗人。

我自小便熟悉蜜蜂，并经常接触。

我们家养的那些蜜蜂，总是在天气开始热的5月分巢。天一热人的瞌睡就多，所以蜜蜂分巢时，往往人们都在睡午觉。奇怪的是，它们从母巢中飞出后会围着房子嗡嗡叫。平时听到的只是单个蜜蜂的叫声，此时它们有几百只，很快就会把主人吵醒。我叔叔爬起来一看，是蜜蜂分巢了，便高兴地拿起那根长竹竿，挑起一个圆形的蜂罩，伸到它们中间去寻找蜂王。如果蜂王钻进了蜂罩，其他蜜蜂也就跟着飞了进去，并很快抱成一团。有时候蜂王死活不进蜂罩，像要带领它的子民飞走。我按叔叔的吩咐提来一桶水，他用木勺舀起水向它们泼去，嘴里喊着："蜂王进斗，蜂王进斗，白雨来了，白雨来了。"有时候蜂王能被这种办法治住，会带着蜜蜂们钻进蜂罩（就是叔叔说的那个"斗"）。叔叔小心翼翼地降下竹竿，用手将蜂罩提住，放入早已准备好的蜂桶内。有时候蜂王并不被这种从地上下起的"白雨"吓住，带领蜜蜂们展翅飞向远方。叔叔看着那个黑乎乎的集群慢慢没了影子，发出一声叹息，回去继续睡觉。他因为没有收住一窝蜜蜂很失落，睡到太阳落山都不起来。

给我留下深刻印象的是那些进了蜂桶的蜜蜂。叔叔把蜂罩放进蜂桶后，并不急着把蜂桶口关上，而是站在一旁观察。我和弟弟不知道他在观察什么，便也蹲在他身边观看。那种等待是漫长的，蜜蜂一只一只爬出蜂罩，在蜂桶上趴成一片。等到所有的蜜蜂都趴下，蜂王才会出现。它慢慢悠悠地在众蜂背上走着，好像在检阅这个新组成的王国。这是养蜂人唯一能够见到蜂王的时刻，它确实比所有蜜蜂都大。蜂王走过的地方，留下一条湿湿的痕迹，不知是蜜汁还是其他什么东西。那只蜂王在往前走着的时候，有几只蜜蜂起身，吻它留下的那条痕迹。那些身上留下蜂王痕迹的蜜蜂起身跟在蜂王后面。

现在想起来，它们很像西藏的一步一叩首的朝圣者，其缓慢叩拜的身姿，似乎呈现了虔诚的心灵。

为美而落

我在阿勒泰的一个村子里闲走，走到一户人家门口，发现一个被闲置的马鞍子。放得太久，它上面落满灰尘。有一根野草从马鞍子的夹缝中钻出，开出了一朵小花。这家人已彻底遗忘了这个马鞍子，所以懒得拔去它夹缝里的野草。于是，这个马鞍子便在另一种时间里存在——那朵悄无声息开出的小花就是证词。

太阳慢慢升高，让这个被照亮的马鞍子显出硬朗之感，亦让人怀念它昔日被架在马背上时的稳健和坚实。正这样想着，突然看见几只蜜蜂嗡嗡飞来，落在了马鞍子上，转瞬间便像会隐身法似的不见了。仔细一看，才发现马鞍子上有几个小孔。很快又飞来几只蜜蜂，从小孔中钻了进去。在什么时候，是风还是虫子，抑或是雨珠把马鞍子弄出了小洞，后来被蜜蜂们发现了，便在里面筑了巢。小时候在老家时经常跟叔叔捣鼓蜂桶，我知道只要一个地方有几只飞动的蜜蜂，附近便一定有一个巢。这个马鞍子很有意思，被主人用旧后随手扔在这里，但却有一朵小花为它而开，有一群蜜蜂在里面筑巢。这是一些不会引人注目的事情，但却是一种更为平静和持久的存在。

　　主人从牧场回来了，将马拴在栅栏外的马桩上。他出于对马鞍子的珍爱，小心翼翼将其卸下后拎进了屋子。村里人都很珍爱马鞍子。他们把一匹马骑老后，马鞍子却还很新很牢固。据村里的老人说，马鞍子是被一匹又一匹马磨合出来的。一般情况下，三匹马可磨合出一个好马鞍子。有些马鞍子因为磨合不成，就只好被遗弃。我问他被遗弃的马鞍子会放在哪里，他说每个人的脾气不一样，做事的方式也不一样，所以那些被遗弃的马鞍子一定在不同的地方，有的会被风吹，有的会被雨淋，有的会被太阳晒，而有的大概永远躺在黑暗的角落。他用朴素的话道出了一个道理：在生命棋局中，每一个生命变成时间博弈的棋子，无论生死，其实都在归位。

　　之后的一天，我又去看那个马鞍子。那朵花为它绽开。一只蜜蜂从小孔中爬出，嗡嗡叫了几声后，从小孔中便爬出很多只蜜蜂，然后都向远处飞去。我觉得刚才爬出的第一只蜜蜂是一个哨兵或值班员，它先是出来打探一番动静，然后向里面发出信号，里面的蜜蜂得到了外面安全的信息，便爬了出来。它们飞过栅栏，向草场飞去。草正在开花，草场是它们采蜜的好地方。

　　我离开那个村子时，天已经冷了，村后的山在一夜间因下雪变白。那个马鞍子上的花已经凋谢，小孔中也不见蜜蜂爬行或飞动。我想，这个坚实的马鞍子一定让蜜蜂在里面温暖沉睡，还有那株花的根，在明年春天一定又会发芽并长出花蕾，那时蜜蜂就又要去采蜜了。

牛

上帝掏出的爱心

　　草地上的露珠泛出明亮的光芒，像有无数颗珍珠被撒在那里。弥漫过来的雾会把这些露珠遮掩住，但雾有一双匆匆行走的脚，很快就会移动过去。这些露珠于是重放光彩，成为草地上最好看的景致。露珠会激起一些动物啃食青草的食欲，一头牛在下地之前一扭头看见泛着光芒的草地，便走过去吃了起来。牛吃大地上长出的草，然后用力去耕地。牛把取自大地的力量又还给大地。牛坦然和从容，让人觉得它们是所有动物中最可靠的动物。由于牛所肩负的耕种使命与人有着诸多相似之处，所以，人对牛很有感情，在耕劳一天后会给它们一些鲜嫩的青草。

　　牛的童年是无比快活的，随大牛们一起吃草，享受母亲的舐犊恩情。但长到3岁左右时，主人便开始驯服它，让它学会耕地。驯服从某种程度上而言就是制服。它们被套上牛轭，然后被好话哄上一番，就被拉向田地。它们意识到了什么，紧张地在原地打转。这时候，人们会采用引导、食物引诱，甚至鞭子抽打的方法，让它们在痛苦中明白自己的使命，就是拉动犁铧翻开土地，然后由主人播下种子，在秋天收获粮食。主人的额头上已沁出一层汗珠，但神情却很欣悦，因为一头牛已明显被驯服，而被驯服的一头牛从此除了耕地，不会再有其他用途，这就是牛的价值。

一头牛被驯服后，知道自己此生的命运，就是在每天早晨，跟随主人走向土地。也许牛知道从此要在土地上劳作一生，所以第一次耕地对牛来说充满恐惧，它们不肯接近牛轭。主人耐心地用手抚摸它们，嘴里细念着一些似乎只有牛才能听懂的话。旁边有一头已经耕过好几年地的牛在等着它，那头牛的沉默就是它的将来，也是它不可改变的命运。几番折腾，两头牛被主人小心翼翼地套上了同一个牛轭，从此这头牛的耕地生涯便开始了。之后，这头牛在每年春夏都从圈中出发，踏着草叶间的露水走向田间地头。我在农村出生并长大，有很多次出现在我眼前的情景让我叹为观止。在土地上劳动的人，其动作和神情也犹如牛一般沉重和隐忍。他们的脚步间似乎有牛的影子，他们与牛之间有着特殊的感情。

牛对人类的重要性是显而易见的，而且牛还起到了另一种作用，即它们的辛劳往往会被标榜成人的资本，耕种多或耕种得好的人便会在秋天有好收成，而耕种少或耕种得不好的人就要勒紧裤腰带过日子了，是牛让穷人和富人有了区别。但人的贫富对牛来说却无关紧要，它们的耕种从来都是坦然和从容的。牛缓慢地迈动着四肢向前，不会因为主人富而高兴，也不会因为主人穷而忧郁。只有那些从不抱怨的农民，每天紧握犁把，用双眼紧盯着被犁尖划开的泥土。他们的表情颇为沉迷，似乎泥土在此时散发出的味道，无比舒服地沁入了他们的身心。一天的耕种结束后，他们会把牛身上的套绳（西部的陕西、甘肃和宁夏等地多为二牛抬杠耕地，而靠南的四川、重庆、云南、贵州和广西多为单牛拉犁）解开，让它们去吃离地头不远的青草。耕劳一天的牛在这时放松了，低头悠闲地吃草，不时甩一甩尾巴。人坐在地头上抽烟，磕掉鞋子里的土，眯着眼睛望着今天耕出的土地。此时的他们变得更像牛。刚耕完的田地令他们欣慰，他们就那样望着，等着牛吃完草后一起回家。

不久前与一位朋友说起牛，他说："牛是上帝对人类掏出的爱心。"我想，他的这句话应该有两层含义：一是牛善良的形象和忠诚的行为，体现了上帝对人类的关爱，而且这种关爱构成了人类生存的依靠；二是牛用默默无言的耕劳维持着人的生活，虽然从不言语，但对人却情深谊长。上帝要让人类存在，就必须派出像牛这样为人类服务的动物。因为牛善良，忠于人类，所以，它们是上帝对人类掏出的爱心。

因为与上帝有了关系，后来见到牛，我便觉得它们高大伟岸了很多。

童年的记忆

牛对出生在乡村的人来说，构成他们童年时期的独特的快乐。老话说，孩子七岁以前是半兽半仙。孩子的天性中或许有兽性在天然涌动，这时候牛出现在孩子们面前，他们便因为牛产生了内心感应，会主动走近牛，并学牛叫，模仿牛的举动。

我对牛的最深记忆，与一头叫红尖顶的牛有关。小朋友们总是爱玩一个恶作剧：三五个人守在沟口，等下午在沟中吃草的牛出来，就迅速爬到山坡上，扯开喉咙大声喊。

红尖顶，你个儿太大，
一天吃饱不算啥，
明天早上去耕地，
耕不了几行就饿趴下。

红尖顶是村里最大的一头牛，耕地的力气很大。我们也许是对高大的它存有一种说不清的心理，总是喜欢捉弄它。

红尖顶知道自己的名字，一听我们喊叫就有了反应。村子里所有牛都有名字，平时出去放牧或者耕地，喊一声它们的名字，它们便能明白是什么意思。有时候它们贪吃，在树林里吃草到下午也不出来。我们站在沟中大声吆喝几声，它们便一头顶开小树向我们狂奔过来。我们兴起，在山坡上又叫又笑。这可气坏了放牛的急娃子，他迈着一双短腿怒骂着跑过去拦住红尖顶，以防止它一头栽下山去。急娃子身子矮小，大概只有一米二的样子。听说他小时候老不长个子，父母一着急便叫他急娃子，不料这么一叫却再也不长了。急娃子把红尖顶拦回去，指着我们骂，多是恶毒的咒语。但我们已经欢笑着翻过山去，抛下矮小的急娃子在那里慢慢挪动。后来在村里见了急娃子，远远地便躲开，怕他手中的牛鞭抽到我们身上。他的那根牛鞭很厉害，抽到红尖顶身上，它就呼的一声拉着犁向前蹿一大截。如果抽到我们身上，我们非得趴下不可。红尖顶认得我们，在村里见到我们就停下看。我们却不敢看它，一是因为恶作剧后的心理让人胆怯，二是怕它那对又红又尖的角突然顶过来。

没过几年，红尖顶老了，山坡上和田地里再也没有了它的身影。它没有了走出村子的力气，懒得动了。我觉得心里不是滋味，我还没长大，它却这么快就老了。我害怕有一天所有牛突然老了，然后死了，我们又能拿什么去玩。后来，我偷偷看过一次它的眼睛，它的眸子水汪汪的像一个水潭。它看到我在看它，便专注地看我。我与它对视着，我突然觉得它是村里的一个老人，而且是那种没有力气走出村子便懒得动的老人，眸子中充满了和他们一模一样的仁慈和友爱。那一刻，我后悔了，我觉得戏弄过它的自己是坏人。

之后，小伙伴们再恶作剧村中的家畜时，里面没有了我的身影。

燃烧的牧道

农耕地区的牛和牧业地区的牛是不同的。农耕地区的牛已完全被驯服，所以它们是简单的，一生几乎只有牛圈、草地、耕地三点一线的生活。而牧业地区的牛，由于所处地理位置往往在开阔和赤野地带，所以它们的自由也更大一些。在新疆或西北其他牧业地区，每年外出放牧为头等大事。早早地，家里人就要给去放牧的人备好东西。上路的时候，奶壶、奶桶以及放牧用的东西被马驮着，摇摇晃晃如一座移动的山峰。游牧是人们沿袭了几千年的传统生活，走动的羊群、牛群带着一个个走动的家。有的牧民带着妻子去放牧，后来孩子便也在牧场上出生。孩子自小耳闻目睹父辈们骑马、唱歌、喝酒和放牧，长大了，便也成了牧民。

牛在牧区生活的情景颇为动人。早晨，村子上空升起了炊烟。人们起得早，先把牛羊圈打开，让牛羊到山坡上去吃草，然后点燃炉子开始做早饭。游牧者的早饭多以奶为主，所以炊烟在村子上空飘起时，一股股奶香便也在村子里弥漫。早饭是比较简单的包尔萨克（一种油炸面饼）、馕、皮辣红（凉菜）和奶茶。不一会儿人们便吃毕，三三两两出门劳作了。这时候，便发现有一些小牛在村中随意走动，看上去像在散步。大牛都已爬上了山坡，但小牛并不跟去，只是吃房前屋后的草。它们所需不多，所以这些地方的草总是啃不完。早晨，一层明亮的露珠使草地显得更为鲜嫩，这些小家伙低着头慢慢吃，显得怡然自得。我发现每户人家的房前屋后都有一块草地，我想，应该是专门为小牛留出来的。阿尔泰山在夏天的气候很好，草木总是长得喜人，连房前屋后的草地也是绿油油的。如果在别的地方，要整出这么一块草地，不知要费多大的工夫。这样的草地和黄色的木板房映衬在一起，实在是难得的景象。再加上一头小牛在这里散步，一切便诗意化了。

太阳慢慢升起，小牛便停止吃草，在村子里乱转。小家伙们太多，往往就把人们的路挡住了。人们急着要去干活，朝它们吆喝一声，它们闪在一边让人过去。再过一会儿，村里人都出去了，村子便变成它们的世界。这时候，你再看看它们散步的样子，真是令人动容。它们晃晃悠悠地在村中走着，哪个地方有细微的动静，它们便扭过头去看，或者停下来长久注视。有时候它们三五成群，用头互相去抵对方，或用小蹄子踢对方，但总是被对方灵巧地躲开。它们也集群地聚在一起，乱叫着，似乎在商量什么事情。但更多小牛仍喜欢单独走动，从村子的这头走到那头，再从那头走到这头，或者走到十字路口，东看看，西望望，显得无所事事，又怡然自得。

有好多天，我在村子里总是被这些散步的小牛感动。村子是静止不动的，而它们悠闲和从容的步伐，隐隐约约给了村子一种动感。

那些大牛很快就要被人们赶到牧场上去。从村子里出发时，牛走在羊群后面，像压阵的将军。行进的队伍因为有了牛压阵，便显得从容和庄重了许多。到了牧场上，人们选择有水有草的地方搭好毡房。水与草是生存的必要条件。水，可以供人饮用；草，可以供牛羊啃食。人们多年来一直沿袭先祖们选择的生存方式，让牛羊一群一群长大，他们一天一天老去。

牛羊到达牧场，一年的草已经全部长出，它们开始了又一次盛宴。草场都是阔大的天地，牛一边吃一边走向远处。牛在牧场上不多，但也属于游牧牲畜之列。牛喜欢吃山坡上的草，而羊喜欢吃细草，细草一般都长在河滩里，所以羊很少到山坡上去。牛和羊就这样分开，牛每天下午吃到哪里，便在哪里一卧，到了第二天早上爬起来又去吃草。牧民们对羊像对待女儿一般，对牛则关心不多，主要因为牛是大动物，整个牧期放在外面，也不会有事。有时候，牛吃着草便慢慢走到主人的毡房前，像要表什么心意似的朝主人叫几声。主人被它们的叫声感动，伸出手去抚摸它们。它们用身子蹭蹭主人，甩着尾巴高兴地走了。

有一年我到牧场去，一位牧民一大早就来叫我："走，看牛去，有禾木村的牛羊转场要经过这里。"我问他："他们的牛有什么特别的吗？"他笑一笑说："你去了就知道了。"我随他到了山口，果然见一大群牛羊正经过山谷。等羊群走过去后，他用手一指后面的牛群说："看，那头牛。"我顺着他所指一看，好家伙，有一头牛比别的牛高出整整一头，长长的角高扬着，似乎要翘上天去。它行走的姿势更是和别的牛不一样，四蹄迈得很稳健，庞大的身躯似有些沉重，但却不失重心。它的蹄子一下一下稳稳地踩下，似乎踩得大地都在颤抖。

那位牧民说："它就是牛王。"我问他："阿勒泰还有没有像这样大的牛？"他嘿嘿一笑说："有，但还在它妈妈的肚子里。"他告诉我，这头牛留下了很多好听的故事。有一次，它在外十几天没有回来。后来，突然下雪了，主人正要去找它，却见它飞奔着跑了回来。进了牧场，它并不到牛群中去，而是直接跑到主人跟前。主人见它跑得气喘吁吁，再往它背上一看，有一双绿绿的眼睛——啊，是狼！它背上驮着一只狼。狼惊恐地从牛背上跳下，试图逃出牧场，但牧场上人多，很快就把它围住打死了。原来，它在返回牧场的途中遇到了一群狼，一只狼跳上它的背，试图咬它的脖子，它撒开四蹄就跑。狼在它快速的奔跑中既不敢跳下，也咬不着它的脖子，只好紧紧趴在它背上。它便把狼一直驮进了牧场。牧民们觉得它真是厉害，把一只狼驮到了丧命之地。狼在牧区有时候是很厉害的，如果围住一群羊，就呜呜地大声叫。狼的叫声很恐怖，羊群只要一听到狼叫，就惊慌失措，四散而逃。这样便正中狼的下怀，它们扑上去将羊一一咬死。牧民们也曾想了不少办法，但都不能消灭狼，唯独这头牛聪明，在一只狼跳到它背上时，驮起它就跑，最后狼被牧民打死了。

　　人们将消灭了一只狼的功劳归于那头牛。国家曾有规定，在牧区打死一只狼，可奖励一只羊。但给牛奖励什么呢？人们想了一个办法，把一块红布挂到它脖子上去，谁见了都会知道，它是一头挂红的牛。但它却不喜欢那块红布，跑到一棵树跟前使劲往下蹭，几下便把红布蹭了下去。

　　人们又去给它挂，它一见就跑，再也没有办法接近。

驴

卑微者的尊严

平静的水面上倒映着蓝天和白云，没有风，所以水面不起任何涟漪，犹如一面光滑的镜子。这是处于村前的一方小水塘，平时有孩子和家畜经常光顾这里，把塘中的水弄得哗啦作响。当然，小水塘发出声响的时候不多，大多数候它处于安静之中。但任何事情都不是永恒的，安静极有可能预示着不安静即将到来——一阵响动从远处传过来，一个脑袋映在了水面上，是一头驴。驴对饮水很挑剔，只想喝最纯净而且还必须是它熟悉的小溪中的水。它走到这个水塘边，刚要将嘴伸入水中，却因为看见水中有自己的脑袋而迅速退了回去。驴从来不敢看自己耳朵的影子，所以它们喝水时不让水面映出自己的脑袋，直到它调整到水面上再也没有自己脑袋的影子，才开始喝起了水。

在西部的家畜中，驴的憨实首屈一指。无论被人骑、拉磨、驮运东西，它都从来不吭一声。在乡村的早晨，最早出门的是驴；到了傍晚，最后回来的也是驴。

在家畜中，驴的位置在马之后。也许驴认为马爱出风头，加之马在外表上比它有优势，所以，它便把风光的事情都让给了马。马被一圈人围着，赞美声迭起，而驴躲在一个角落不知在想什么。

长期以来，人们都认为驴是最老实的动物。人们之所以这样认为，与人的受益心理有关。譬如驴一直对人忠诚，人让它们到哪里它们就到哪里，从来都不会背叛。但人忽略了驴的内心，从来都不考虑一头驴心里有什么样的想法。人不理解驴，也不尊重驴，常常指责、嘲弄、辱骂和戏弄驴。譬如"驴粪蛋儿外面光"，就是在用与驴相关的意象来讽刺表面光鲜的人。人谦虚时常用成语"九牛一毛"，但不肯比喻自己是驴，因为人觉得驴是愚蠢的。因为十二生肖中有蛇，人们便淡忘了它们的阴冷和剧毒，但十二生肖中没有驴，如果有，想必人们会像接受蛇一样接受驴。在文人笔下，黔驴技穷，驴因小聪明而吃大亏，见了异性便发情，在众目睽睽之下不能自已，丑化和嘲笑驴的文字不胜枚举。

驴之所以受到如此不公正的待遇，与它们的习性有关。它们和马、牛一样经过驯服后，都成为人类的驮、耕依靠，但马和牛在人面前有地位，只有驴没有地位，不被人重视。它们变得缓慢、沉默，以至于从不为自己辩白。时间长了，它们成了马的反面对比，马有多高大健美，驴便有多矮小丑陋；马有多豪迈热烈，驴便有多缓慢拖沓。慢慢地，人便不信任驴了，让它们推磨时怕它们偷吃磨上的粮食，在它们头上蒙一块黑布。

驴因此变得越来越沉默，脾气也似乎越来越古怪，慢慢地便只沉溺于自己的生活,不愿在任何事情上出头露面,而且明显对人和马表现出冷漠的态度。人们因此又造了一个与驴相关的不太好的词——驴脾气。但是我们如果细心观察的话,就会发现驴其实有自己的生活,譬如它们之所以不随大流,而且不合群,是因为它们对自己的生活有要求。它们吃草很节制,从不在大庭广众之下屙屎撒尿,这一点是马和牛所能不能及的。

驴和马一样喜欢打滚,一有打滚的念头,便毫无顾忌地甩掉背上的东西,四蹄一屈,啪的一声倒在地上打滚。在打滚这件事上,马不如驴痛快,马总是要忍受到主人不在,身上没有鞍子时才缓慢地卧下打滚。马太高大了,要想打滚必须得小心翼翼卧倒才可以开始。而且马不懂得保持尊严,在有泥水或有粪便的地方,一卧倒便不管不顾地打滚,弄得浑身又脏又臭。在打滚这件事上,一向显得卑微的驴却坚持了自己的尊严。它们总是要选一个干净平整的地方欢快地打滚,而且一边打滚一边连声欢叫,让人觉得它们像孩子一样快乐。

写到这里,想起西班牙作家希梅内斯的《小毛驴之歌》。该作品是一部经典之作,是一部田园哀歌,我曾看过两遍。书中的小毛驴像一个孩子,与主人倾诉衷肠,与小朋友玩耍,与大自然对话。看完《小毛驴之歌》,我便记住了那个像小男孩一样的小毛驴。世界在它面前打开,它像小男孩一样又叫又闹,显得颇为热情。看完那本书,我在书中写过一句眉批:哪里有小毛驴,哪里就有黄金时代。

带路的草与驴车队

远远地,一位老人骑着毛驴向我走来。像所有新疆老人一样,他身上最醒目的是黑色袷袢,脚蹬长靴,身板有硬朗之感。小毛驴很是高兴,扬着头,撒开四蹄快速向前跑着。那路是沥青路,它的蹄子踩在上面发出清脆的声响。老人可能刚赶巴扎归来,他在驴背上往前挪出一点地方,便腾出放布袋的地方。布袋中所装东西不多,但足够他食用一段时间。老人到了我跟前,见我望着他的驴出神,便用脚轻轻踢了一下驴,驴便加快速度向前走去。

一人一驴,被路带走。

我曾听说过一个人给毛驴指路的事情。有一个人在沙漠中迷了路,他和毛驴乱闯,偶尔被沙丘阻挡,偶尔又陷入泥淖。后来,他根据几座山峰的位置终于确定了方向,但毛驴却仍然被凸凹不平的沙丘弄得很烦,上蹿下跳不好好往前走。他从驴背上下来,拔了一束嫩草绑在一根树枝上,然后骑上去把草伸到驴嘴前。驴因为想吃草,脖子便往前伸,因为他在驴背上把草伸在距驴嘴一尺左右的地方,所以,驴吃不上草便一直一步一步向前。这样,不用再赶驴,它在食欲的驱使下不知不觉向前走去。遇到需要拐弯的地方,他把草往旁边一伸,毛驴自然而然便拐过去了。就那样,他走出了沙漠。

在新疆,驴的主要使命是拉车。那些在沙漠一隅定居下来的人，盖几间黄泥小屋，在屋子周围栽上白杨树，然后置一辆毛驴车，便自在而悠然地生活。因为他们不再游牧，所以马派不上用场，他们只需要能在沙漠中保持耐心、持之以恒往前走的驴。驴车遍布乡村山野，与那些劳动者形影不离。每天下地干活时，毛驴车上拉着劳动工具，傍晚回家时拉着一些梭梭柴。叶城的一位老人说，毛驴车在春天时拉一些种子进地，秋天就拉很多粮食回来。驴在新疆比任何家畜都平和，与它们一起被主人养着的羊、鸽子、鸡等，活着时就知道会被人用来果腹，活不了几年便难逃命中注定的结局。而驴则因为实用，可以放心大胆地活到老。每逢巴扎日，人们会把羊和鸡放到驴车上拉到巴扎上卖掉。赶巴扎的气氛很热闹，羊和鸡禁不住发出一连串欢鸣，但驴却一声不吭，只有它知道羊和鸡将一去不返，很快就要被人吃掉。

  驴车是新疆乡村的记忆。我曾在阿克苏的乌什县见过一个赶巴扎归来的驴车队。那是一个下午，我们在乔戈里峰下的公路上往下走着，远远地，就看见前面突然翻起一股土雾。那一阵还有夕阳的余光在慢慢移动，但那股土雾一经腾起，那丝余光便像战栗着一般忽明忽暗地抖动起来。土雾弥漫到跟前，几声吆喝响起，便从中冲出一条长长的驴车队，上面坐着赶巴扎返回的人们。接下来便是驴车一辆挨一辆，井然有序地向前移动着。在新疆经常会看到这样的情形，人们来赶巴扎时并非一路同来，但回去时却一定会组成庞大的驴车队伍。有的驴车上新买的东西堆得像山，有的驴车上空空如也，很显然空驴车是去巴扎上卖东西的。那天，我们很快便被土雾淹没，只好停下来等它们过去。然而，这一等就是一个多小时，长长的驴车队首尾不见，众多驴的四蹄踩出的声音不停地响着，使我恨不得撒开腿也跟它们奔驰而去。后来,驴车队终于驶完。它们拐入一个小山口后,就悄无声息地不见了。一层尘灰从天空中落下,恢复了这条沙路的原形。从路面上看,再也找不出一队驴车奔跑过的痕迹。这条路在涌过一股驴群组成的洪流之后,又恢复了平静。

路旁有村庄。我看见男人们扛着坎土曼缓缓地进入家门。那些从田间归来的驴,把头急切地伸入草料的一刻,农户的门也关上了。

现在回想那些驴车的情景,那是多么热闹的场面,最美的是那些清脆而又热烈的驴蹄声,一浪高过一浪,把一股只有新疆才拥有的味道浓浓地弥漫开来,让人一时为之震撼,也为之欣悦——这些在平时沉默的家畜,在这一刻像在为新疆大地呐喊。

多年后,那种难得的欢乐时刻,还有那样的呐喊,都变成了我最美好的记忆。

觅着蹄印向前

新疆话中有一句骂人的话——"你是毛驴子"。这是新疆人骂人最重的一句话,一般人如果被这样骂了,非要跟骂他的人翻脸不可。这句骂人的话之所以厉害,原因之一就是骂你不是人,是牲口,就像不听话的毛驴子一样。驴一向都听人话,一旦不听人话了,那会是什么样的?第一次用这句话骂人的那个人,一定遭遇过驴不听话的情景,而且极有可能是驴伤了他的自尊心,所以他才说出这么一句恶毒的话。

时间长了，随着对驴的亲近，我便忘了那句骂人的话。我在帕米尔曾经历了这样一件事：在塔合曼的草滩上，一个十余岁的塔吉克族少年骑着驴狂奔不已，绿色的草地掩映着一人一驴，看上去赏心悦目。我与那少年混熟后，他答应让我骑上他的驴跑一回。等我跨上驴背后，它却死活不动。我用双脚拍打它的肚子，用手打它的屁股，但它就是不动，一番折腾后只好无奈地下来。我问少年这是为什么，他想了半天也说不上为什么。下午，我在草滩中拍照，远远地就见少年骑驴飞奔而来。他告诉我，他去问他爷爷了。他爷爷说，我来帕米尔的时间太短，骑驴不能赶驴，而是要让驴自己走，那样的话就会越走越快；如果赶驴，驴反而越走越慢。说完他就骑着毛驴走了。望着他的背影，我似乎明白了骑驴的要领。

从帕米尔下来，见路边有许多驴车在独自行走，车上的人全都倒头大睡。这是赶巴扎回去的乡下人，驴认识自己的蹄印，从巴扎出来后会一直走到家门口。主人已经赶着它去过巴扎好多次了，来的时候是半夜上路的，主人在车上睡觉，它拉着车径直朝巴扎走去。现在要回去了，主人只管放心睡觉，在晃晃悠悠的驴车上将一天的疲惫散去。

在动物这个大家庭中，驴无疑是一个小人物。但小人物也有小人物的快乐。一次，见一个人用驴车拉了一车胡杨树根从远处走来，我朋友和他说话，他便让驴车停了下来。我看见驴车上的胡杨树根斑驳不已，一定是死了的胡杨的根，被驴拉到一户人家去，很快会被烧掉。而拉车的驴因为走了很长的路，此时大汗淋漓，连脸上也有一层水渍。驴大概是忍耐不了汗水的，趁主人和我们说话的这一时刻，突然甩起四蹄乱蹦。我知道这就是动物们经常会出现的尬蹶子。不一会儿，它身上的汗水果然被抖干净了，它神采焕发地叫了一声，抬头望着远处。

还有更多关于驴的趣事。曾在报纸上看到一条有关驴的消息，一伙犯罪分子偷了一家人的东西，搬出屋时见院内有一头驴，便给它套上车将东西拉走。到了窝点后将东西卸下，没再管驴，驴顺着原路返回到了主人家。警察来破案，在驴车上发现疑点，便把驴牵到路上让它向前走去。它径直走到了那伙犯罪分子的窝点，警察把他们逮个正着。驴立了大功，但人们却不知道用什么办法奖励它。有意思的是，驴一看事已完毕，便把头一扭顺着原路往回走去。

蚊　子

微小的侵略者

　　夏夜，天气闷热，人们渴望能刮过来清凉的风，好让自己变得舒服一些。有时候，内心生出的希望很快会变成事实，即使再闷热，风说刮过来就刮过来了，但随风而来的还有蚊子。它们悄悄落在人的皮肤上，用口器刺入人体内吸血。蚊子是昆虫中的轻功高手，落下时人们常常毫无察觉。蚊子还具有神偷一般的技能，它把口器刺入人的皮肤时将轻重把握得很好，直到它吸人的血吸得让人有了反应，人才知道被蚊子叮了。人们伸出巴掌向发出痒痛的地方拍去，蚊子却早有察觉，迅速起飞离去。

　　人们被蚊子叮了后，心情会莫名其妙地变坏，发脾气，骂娘，但蚊子将它微小的身躯在人眼前画出漂亮的弧线，转瞬间便飞得无影无踪。蚊子是微小的侵略者，但人对它们的进攻却无可奈何，往往在防不胜防的情况下付出血的代价。人恨蚊子，恨不得它们死光灭绝。可以说它们是无处不叮，无血不吸。

蚊子的出生地在沼泽地、臭水沟、烂泥滩、垃圾堆、腐烂物、死水潭和杂草丛中。它们出生后便在原地居住下来，树枝、草叶、腐烂物和垃圾等，都是它们的居所。它们依附于这些不洁的物体上，吸吮对它们有用的营养。它们之所以是昆虫中的轻功高手，大概与它们的身体微小有关系。当它们落到水面，水面居然不起任何波动。它们吸一次人或动物的血可以管很多天，所以它们从不为饮食发愁，更多的时候只需静静地在一个地方待着。

由于它们的身体太过微小，所以对它们来说到处都是庞然大物。一旦有动物或人巨大的脚掌踩入它们的居住地，它们就会很惊恐地飞走，人或动物也变得惊恐不已，害怕它们叮到自己身上。有时候，它们会狠狠叮咬冒犯者，把人或动物咬得抱头鼠窜。时间长了，人或动物会记住有蚊子的地方，尽量避免去那些地方。

黄昏的幽暗光线笼罩大地，此时是蚊子外出觅食的最佳时刻，它们纷纷飞出居住地，在半空中寻觅可袭击的目标。它们的视力很好，不仅会选好目标，而且还会选好部位，一叮即可成功。昆虫中微小的侵略者，在黄昏制造着不可计数的血案。人们难以躲开被袭击的时刻，只能加快脚步快速回家。

秋天不知不觉来临，蚊子的生命已接近尾声。一场凄冷的秋雨哗哗落下，蚊子在寒冷的雨水中不停地发抖，视线越来越模糊。当雨落得更大或天变得更冷，它们便慢慢停止了呼吸。

蚊子的生命很短暂，一生仅仅属于一个夏天。它们死后，亦因为微小，不会在这个世界留下显眼的尸体。

蚊虫王国

北湾是世界四大蚊虫王国之一，每立方米空间有一千七百多只蚊子。对北湾的蚊子，我在二十多年前就有所耳闻。1998年7月，我在克孜乌雍克碰到阿勒泰军分区军务科科长李德鸿。他听说我要去北湾，哈哈一笑说："下午我就去北湾，我已经和那里的蚊子联系了一下，它们在那儿等候我呢！"听他这口气，我心里有些紧张，当时是蚊子猖獗的季节，说不定那里正是一片蚊天蚊地。

第二天，我怀着既惶恐又迫切的心理驱车前往北湾。尽管大家都谈蚊色变，但我还是想去"蚊虫王国"体验一下。

北湾之所以成为世界四大蚊虫地之一，其实与额尔齐斯河有很大关系。额尔齐斯河流到北湾，因地势平坦，便使北湾三面环水，出现了多处沼泽和死水洼。

到了北湾，已于昨天到达的李德鸿科长和连队干部躲在连部朝我们微笑，并用手不停地在脸部周围挥动，一看，就知道是在驱赶蚊子。我们也挥舞着双手在脸的周围扇着，急急进入连部。大家谈论的话题自然还是蚊子。北湾的蚊子大致有三种：小咬、小黑点和小硬壳。小咬身体透明，飞行接近于隐没，常常让人防不胜防；小黑点奇小，其隐秘程度更甚于小咬；小硬壳躯体坚硬，俘获它按久了以为它被按死了，放开却能在顷刻间飞走。蚊子在每年6至8月最为猖狂，人们白天不开门，晚上不开灯；人吃饭，蚊子咬人，绝无躲避的办法。在生活中，皆是戏剧性的情节：战士们很少有闲着的，好像经常处于动态之中；上厕所时，手抓一张旧报纸，一边解决问题，一边用力扇，以防蚊子下口。有时用这种方法仍不顶用，便在身后点燃一堆废纸，就着烟火草草了事。

　　李德鸿坐在连部笑着说："我已经给蚊子'团长'传话过去了，今年我又来了，咱们彼此再体验体验。它还算义气，今天派了几只蚊子来。你们刚才下车时与你们见面的就是被派来的几只。不过还是少啊，中午说不定就没有了。"大家正说话间，一只蚊子落到他胳膊上，他笑着说："叮吧，我喝水。"说着端起茶杯喝了起来。那只蚊子叮了一会儿，李德鸿用两根指头轻轻捏住蚊子，拔出，捏死，扔掉。奇怪，被叮过的地方不肿也不发红。他告诉大家："蚊子刚叮入皮肤时，你不要去打它，因为，一则它防人的警惕性很高，不能轻易得手；二则它把口器刺入皮肤内，其上的毒刚散开，如果你赶它匆忙离去，就将毒汁留到皮肤下面了。等它吸得时间长了，对人失去了戒意，便可以一把捏住。同时，因为被叮的地方血液一时尚未循环过来，还可以快速把毒汁挤出，该处便不会肿胀。"没过一会儿，他唤大家快看，又有一只找他来了。只见一只影子在他右脚的中趾上，它先向四周转了几下，也许它的视力范围很小，没有看到我们正在看着它。它慢慢地将口器贴近了李德鸿的脚面，身体一弓一缩便不动了。李德鸿说："嗯，开始叮了。"又过了一会儿，他说："嗯，开始下嘴了。"他把脚趾来回扭动，蚊子趴在上面纹丝不动。过了一会儿，李德鸿用对付上一只蚊子的办法又消灭了这只蚊子。他说："人类要吃饭，蚊子也要吃饭。共在地球上生存，难道只许人类在蚊虫王国生存，而不许蚊子在人的世界生存吗？好在被蚊子咬上一口，倒也无大碍。说句心里话，每年这时候不到北湾来一回，心里特别着急。你说上帝把蚊子安排在了北湾，如果我们不与它们之间发生些什么事，这个世界不就没意思了吗？我每次想起北湾，想起蚊子，就想喝酒。"李德鸿对待蚊子的态度不乏幽默，但冷静一想，这便是边防军人对待生活的乐观。

有一位将军视察北湾时，全连官兵集合起来听他讲话。那天大家都觉得奇怪，怎么蚊子一个都没有了。是不是蚊子也"溜尻子"。正在思忖之间，就见一只蚊子叮在了将军的脖子上。他似乎感觉到了，抬手要打，但又把手放下了。他接着说："我们北湾的官兵长期受蚊子叮咬，却以一种坚忍的精神在坚持。今天，我到这里来，也应该与蚊子见面。但它们很友好嘛，没出来。现在我知道我脖子上有一只蚊子，这是它们派来的代表；它现在在吸我的血，让它好好吸，吸够，然后让它回去给蚊子'团长'带句话，我们对它们是友好的，我们已经付出很多了，它们也得改变改变态度才对。"他的话，引得战士们会心地笑了，大家的情绪也似乎被调动了起来。后来，将军继续讲工作方面的话。那只蚊子又叮了十几秒钟，肚子已鼓胀起来。全连好几十双眼睛齐刷刷地盯着那只蚊子，但那位将军一直没有伸手去打它。终于，那只蚊子吸够了血，心满意足地飞走了。

叮将军的蚊子只是一只普通的蚊子。对它来说，叮将军跟叮别人一样。而这位将军却通过它向战士们进行了一次精神教育。将军毕竟是老兵，即使忍耐痛苦，也比别人强！

界碑上的蚊子

吃完中午饭,副指导员潘存文带我们到南湾去巡逻。来北湾已经两天了,或许是因为天气颇好,或许蚊子真的已经很少,我们居然没有领略到蚊子的厉害。连长语气很不自然地说,那就到南湾去看看。我们似乎从他的话中听出了另一句话:真要去自找苦吃吗?但我们还是想去,老听别人谈蚊子,听得多了,自己却没经历过,便觉得与蚊子若即若离,并没有体会到它们到底是怎样的一种昆虫。

我们排成一列,以巡逻的形式缓缓向额尔齐斯河走去。额尔齐斯河两岸长满成片的杨柳,河流被夹裹在中间,显得格外安静。河很宽,水流量也大,一团一团的波浪翻滚着,从河底卷起沙子,倏忽一闪便又沉了下去。

乘艇到了南湾,大家上岸进入一片树林。没走几步便觉得脚下有异,一看,林中全是淤泥,让人疑心那里面有可怕的深渊。潘存文腰一猫,便踩着淤泥向林子深处钻去。我们跟随其后正走着,翻译杰克突然说:"怎么下雨了?"大家一愣,还没有回过神来,就见恍若雨点般的蚊子落了来。一名战士高叫蚊子来了,是"蚊网"。我看见一大群蚊子正在向潘存文的脸部飞近,它们先落在他的衣服上,然后向上爬,爬到衣领时很快就将衣领盖住了。潘存文用戴着手套的手去扑打,手套立刻变成了黑色。这时候,我感到自己的脖子一阵阵痛痒。我想,可能是我不会戴防蚊帽，蚊子从后面钻进去了。于是，我便用手把帽带扯了几下，没想到这样反而给蚊子提供了机会，它们大批量钻了进去。我只觉得脖子和脸上有许多东西在爬动，再接着便是一阵麻酥酥的疼痛。我在慌乱扑打之中，只见几个战士正从容不迫地在40号界碑旁察看。虽然蚊子也在猛烈攻击他们，但他们丝毫没有反应。

40号界碑上也落满一层蚊子，潘存文用手把中国这边的蚊子抹去。慢慢地，"中国"二字显现了出来。他的手抹到一半的时候，我被感动了。此时此刻，在我们眼里，界碑、蚊子、军人等三者合为一体，构成了一幅让人感动的图画。

下午一两点钟，我们从南湾返回。蚊子还是那么多，但大家显得非常平静。我想起了爱说俏皮话的李德鸿所说的另一句话。他说，用什么来体现北湾人的精神呢？请跟他们去一趟大河沿就知道了。那地方，每立方米空间不要说有一千七百只蚊子，一万七千只都有。从上面来的人在这样的地方站几分钟，谁不往回跑？但是，当你一回头，发现最后坚守在那里的，仍是北湾的兵。

晚上，战士们要到南湾去巡逻，我不由得为他们心疼。我可以想象出他们将遭遇什么，但他们别无选择，只有默默地去坚持，默默地去忍受。

另一种雨

北湾巡逻的地段有三个：大河沿、南线和河口北线。这三个地方都是蚊子较多的地方。大河沿的蚊子在晚上最为猖狂，一群一群组成蚊子大军；南线的蚊子素以"蚊网"出名，一旦出动就是一张大网；北线的蚊子则以"蚊阵"出名，一旦与它们遭遇，恍若置身于一个迷阵之中，怎么也不能脱身。

  杰克上站不久，就带着战士党金洲等五个人去大河沿潜伏。吃完晚饭，杰克在里面穿上T恤衫，下身穿上线裤，再在外面套上雨衣，做好了防范蚊子的准备。不一会儿，他就感觉到浑身热得难受，汗水接连不断地从额头上涌出，但他知道热总比被蚊子咬好受，于是便忍着。到了大河沿，几个人沿着一个深沟向前行进。他们之所以选这条路线，主要是为了防蚊子。如果沿河沿行进，河边的蚊子就会马上袭击过来，走不多远就招架不住了。额尔齐斯河水在缓缓流淌，伴着柔和的夜风，流水声悦耳动听。但杰克却无暇欣赏那美妙的流水声，他是第一次参加潜伏，因为慑于蚊子的淫威，他甚至觉得此刻哗哗的流水声就是蚊子发出的，有一大片蚊虫正由远而近向他飞来。

  到了点位，夜已经黑了。大家迅速进入点位潜伏起来。没过多久，杰克突然听见雨衣上噼里啪啦响成一片。他以为下雨了，仔细一听并没有下雨。又过了一会儿，响声更大了。他问党金洲："没有下雨，这是什么声音？"党金洲比较熟悉边界的情况，对杰克说是蚊子。杰克尽管对蚊子早有戒备，却没有想到蚊子出现时会是这样。党金洲见他满脸疑惑，就对他说："你如果不信，把手套脱掉试试。"杰克把手套脱掉，刚把手举到半空，便感到一阵钻心的疼。他赶紧把手收回说，蚊子果然来了。过了一会儿，蚊子开始行动了。它们先是一层一层地落下来，然后从大家的衣服上往里咬。也许这些蚊子有很长的嘴，很快，大家就感到有许多地方火烧似的疼了起来。但潜伏时隐蔽和保持安静是第一要求，所以，他们仍静静地趴在地上。蚊子越来越多，在他们身上来回爬动。他们感到如同置身于蚊子的窝里，没有一点躲避的办法。

0时30分，杰克带领战士们撤回。蚊子紧追不舍，在他们身后连成一片追击。夜色很黑，谁也无法看清蚊子是什么样子，到底有多少，只觉得正行进在由蚊子组成的大网里，似乎走到尽头，也摆脱不了它们。走到大河沿中间，杰克忽然发现河沿东侧的麦地里有一个人。他们走过去一看，是附近的农工张大爷，他正在地里寻找什么。杰克跟张大爷打了一声招呼，张大爷伤感地说："我的牛不见了，生产连队的水明天轮到我拉。我必须把它找回来，明天好拉水。"杰克转身对战士们说："咱们帮张大爷找牛。"大家便分开向四处寻找。找了没多远，杰克发现前面的草丛有什么东西在动，他走过去一看是张大爷的牛。原来，这头牛被蚊子咬得受不了，跑进草丛躲了起来。杰克伸手抓住缚在它角上的绳子，但它却死活不动。杰克用力往外拉，牛才走出了草丛。外面的蚊子立刻落在了它身上，它把头一扭乱跳起来。杰克死死拉住绳子，慌乱中手套掉进了草丛中。他顾不上捡手套，拉着牛向地边走去。很快，蚊子就发现了他没戴手套，迫不及待地开始咬他的双手。他痛得直咧嘴，但牛仍在乱跳，他不敢松手。等到把牛牵到地边时，他感到自己的手已经麻木了。

张大爷连声道谢，牵着牛回去了。杰克忍不住去挠刚才被蚊子叮过的地方，没料到一挠反而更痛，有一种皮肉被揭下的感觉。杰克带大家返回，额尔齐斯河仍在哗哗流淌，也许，只有这条河不会受到蚊子的攻击。

青　蛙

隐士的风度

　　天慢慢暖和起来，柳树已经泛青，在枝头挂着嫩嫩的叶芽。春天的阳光也明媚了许多，照得柳树在水面上映出清晰的倒影。这个倒影在很多时候都静止不动，但在一天早晨却变得不平静了。有一些微小的黑点在水中游动，它们体验到了快乐和幸福，有时候会兴奋地浮上去，将头迅速探出水面，又迅速缩回。这样一来，水中的那个倒影便受到了冲撞、撕扯，像站不稳似的在水中左右摇晃。孩子们看见这一幕后大声叫："蝌蚪，蝌蚪。"小蝌蚪似乎并未受到惊吓，仍在水中慢悠悠地游着。过了一会儿，孩子们的小脑袋中产生了大胆的想法，并马上付诸实施——一根被一只小手握着的柳枝伸入水中搅动了几下。水中的小家伙吓坏了，幼小的心灵第一次体验到了恐惧，便慌乱地向四处游开。水中像翻动着细小的黑金箔似的泛出一片暗光。

　　这些小蝌蚪来自青蛙在早春的一次大产卵。青蛙们把一团团的白色卵块排入水中，然后不知去向。也许大批量的产卵成果太过辉煌，完成之后，青蛙们注定要从一个顶点下降，悄悄隐入一个不为人知的角落。它们离开时也许很放心，因为它们选择的产房是静止不动的水潭，那里可以让它们成千上万的儿女平安长大。卵块在水中会一天天变软、裂变，直至腐烂，但卵块中的小黑点——那些被蕴含着的生命却丝毫不受损害，反而借着这样的机会脱颖而出，一个个浸在水中，过了几天便开始动了。它们的母亲早已不知去向，水潭像它们的第二个母亲似的，孕育了它们的生命。也许反常的孕育，使孕育出的生命也变得反常。它们的身体长成的过程，与多数水中生命都不同。先是长出尾巴和脑袋，这是游动时所必需的，然后才长出四条足，一前一后蹬着游动。一个青蛙产下的卵块孵出的蝌蚪不计其数，从这一点上说，青蛙可谓生育力最旺盛的母亲。

　　大概二十多天后，这些小蝌蚪便长成了小青蛙。它们在水中欢乐嬉闹，尽情地让身躯上下穿梭。纯真的童年带出了一生中的黄金时代，内心的快乐向外溢出，让四肢尽情舞蹈。这是它们在一生中待在水里最长的时间，这时候的它们靠鳃呼吸，像鱼一样属于水中一族。但随着气温升高，它们很快便觉得待在水中有些憋闷，于是便把头探出水面想透透气。它们刚把头探出水面，便觉得有一股清爽的感觉沁遍全身。它们无比欣喜地爬上岸，欢快地蹦跳着向四处走开，再也没有回头。意外体验到的快乐让它们的命运发生了变化，亦使它们被幸福之手牵动着，在一瞬间便忘记了水中的故乡，也改变了自己的属性，变成了陆上世界的一员。

唱歌的夜晚

夜幕降临，沉闷酷热的天气像暗自游动的火焰，往万物身上撞击着，似乎要实施一次恣肆的虐行。这无形的火焰当然不会燃烧，也不会蹿升出火苗，但它潜入肉体后，使体内的水分很快升温，有时候甚至近于沸腾。这些生命因而会变得烦躁不安，嘴里不停地喊着热热热，到处找有风的地方避暑。

这暗自游动的无形火焰，同样也使青蛙们很难受。它们不知道该用什么办法才能消解这难受的热气，实在热得不行了，它们便从隐居的地方爬出来，蹲在石头上、荷叶上、道路边和树根上，腮部一鼓一鼓地喘着粗气。它们想通过呼吸的办法解决酷热，但因为太过用力，它们反而更加难受。于是，它们便放开喉咙大声鸣叫起来。不知声音可否起到散热的作用，但青蛙和人都采用了用声音发泄的方式。仔细听听，它们的声音里有一股烦躁、急切的感觉，但就在每一次叫声结束时，却又明显地有了宣泄完毕的轻松感。噢，这暗自游动的无形火焰，它们在内心把它当作恶魔向外驱赶，并体会到了一丝快感。最后，它们把酷热恶魔彻底驱逐出去，亦使那丝快感达到了顶点。月光将大地照得一片明亮，所以，青蛙们的一举一动便都清晰可见。这时候的人也难耐酷热，都躲到有风的地方去了，所以青蛙不会受到干扰。

如果有风刮过来，气温会迅速降低，青蛙在这时的声音介乎喊和唱之间，既有想要表达什么的急切感，又似乎有抒情的意思。它们在暗夜里承受了一场寒冷，起初是无可奈何的忍受，继而是发泄，再接着便因为一场风而诱发了它们的歌喉。于是，一场在黑夜之中隐藏了面容和嘴唇的歌唱开始了。我们可以进行一次大胆的推断，青蛙们的心胸极开阔，而且懂得享乐，当烦躁刚刚过去，它们便为风带来的一股清爽放声歌唱。在这样的时刻，往往是一只青蛙带头一唱，其他青蛙便唱成一片。

后来，我在电视上看到关于青蛙的一个短片，拍了青蛙在晚上唱歌的情形。不得不承认，青蛙的声音很好听——音质清脆，音域宽广。随着腮部一鼓一鼓发出声音，它们似乎是在展示天生的唱歌才能。黑色的夜晚被青蛙的歌声激荡得起起伏伏，无数个自由的音符在空气中飘荡，无数个自由的歌喉在对着夜空诉说心声，似乎月亮和星星是它们最为忠实的听众。此时，近处的河流、田地和草滩只有隐隐约约的影子，就连远处的山也模糊成一片，只有这些起伏的歌声在证明青蛙们的存在。偶尔，它们会从蹲着的地方跳入水中，水面发出哗啦一声响，但并不影响其他青蛙的演唱兴趣。它们似乎充耳不闻，或者已完全沉浸于自己的歌唱，对周围发生的一切都视而不见。

但风很快便停了，那些暗自游动的无形火焰像要报复似的，重新蹿升起来，在寻找一切可以施以虐行的肉体。然而，这个世界是不可复制的，一阵清风不经意间的介入已改变了某些法则。那些企图用老办法施以虐行的无形火焰，却意外地碰壁了。刚才，经青蛙们一番歌唱后，不光所有的青蛙，还有许多歌喉都被打开了，附近的一些昆虫，比如蛐蛐、纺织娘等也被影响得坐卧不安，已亮开喉咙和青蛙一起歌唱。于是，夏夜的歌声响成了一片。

事实证明，这样的时刻容易让心灵发疯，更容易让身体产生发泄的欲望。很快，一些更兴奋的歌声响了起来。歌唱也许只是出于心灵的需要，但如果让歌唱升级，比如在某种感觉下不能自已，甚至灵魂出窍，又会是怎样一种情景呢？疯狂的声音必然来自疯狂的心灵，而疯狂的心灵会让生命做出反常的行为。

到了午夜，气温慢慢降了下来，青蛙们不再发出声音。从后半夜开始，直到天亮，青蛙们似乎都进入了睡梦中，既不发出声响，也不显露踪迹。它们保持着平和的心态，不弄出嘈杂的声音打扰万物。它们就这样维护着自己作为隐士的尊严。

两次观察

第一次观察：

一只青蛙居住在小河里的一块石头下，整整一个夏天只出来过三四次。那块石头不大，上面长着苔藓，将石头覆盖得严严实实，如果不细心看还看不出是一块石头。

那只青蛙当初选择这块石头时，只是随心而为，四足一蹬便从一个缝隙里钻了进去。进去之后发现里面不错，于是便住了下来。它在石头底下静静地趴着，对白天和黑夜都浑然无觉，光明和黑暗对它来说是一样的。它在安宁的地方拥有了整个世界。所以，一块石头底下的方寸之地便是天堂。

它偶尔从石头底下出来，在水底的沙子上慢慢走动，或在水中缓缓游着，这是它的一种散步的方式。走上几个来回后，它停下注视起那块石头。它发现了没被苔藓覆盖的两个棱角，有些愣怔，似乎第一次对自己的生存之地有了清醒的认识。少顷，它一跃而起跳到了那块石头的一个棱角上，蹲在上面一动不动。

它在享受征服的感觉。

第二次观察：

一群青蛙集体从马路上爬过。马路被中午的太阳晒得滚烫，它们似乎有点招架不住，艰难地向前挪动着身子。谁也不知道青蛙们为何要组成一个集群，而且要穿过对它们来说十分危险的马路。附近的人都看见了它们的举动，他们不发出任何声响，想让它们尽快爬过马路去。但它们爬得实在太慢，过了好久，它们中的一些才爬过了马路，另一些还在马路中间。

远处，有一个庞大的钢铁动物正向这边驰来。马路已传来隐隐的震动声，附近的人忍不住发出了惊呼。已爬过马路的那些青蛙回头向后张望，马路中间那些青蛙迅速掉头向后退去。庞大的钢铁动物用四只圆形的脚从马路上快速爬了过去，青蛙们竟无一只受伤。

等那只钢铁动物发出的突突声消失了后，已爬过马路的青蛙转身爬回，从马路中间退回的青蛙也开始向马路中间爬动。过了一会儿，它们在马路中间会合，一起向原定的方向爬去。

沙漠中的青蛙

疏勒在塔克拉玛干的中心，县城旁有一个很大的水池，春天一到便清澈见底。此疏勒非史书中提到的彼疏勒。史书中的疏勒是现在的喀什，东汉时班超率三十六勇士曾在疏勒重开都护府。"逝者如斯夫"，多少曾经在这块土地上建立的王国，多少个在西域书写了男儿风流的人物，都如一枚落叶飘零在岁月的长河中了。而在远古就有的叶尔羌河，多少年来却一直这么涓涓流淌。此等情形，正如古希腊哲人赫拉克利特所言："一切皆如流。"

那个水池就是在这种感觉中出现在我面前的。春天的时候，我在水池旁散步，不经意间发现水中有许多蝌蚪。它们因水中无水草之类的东西，只能围着沙堆游玩。我接连观察了几天，发现那些水中的沙堆是风刮进的沙子堆成的，所以，蝌蚪们每天都能够迎来不同形状的沙堆，在游玩中享受着不同的乐趣。那些沙堆或大或小，或高或低，蝌蚪们对矮小的沙堆一跃而过，就到了另一个平坦的地方。它们似乎总是为跃过沙堆而高兴，不停地摆动着尾巴。我觉得蝌蚪的尾巴是一种话语，它们在碰面时，都要向对方摇摇尾巴，像在致意。有一次，我见一群蝌蚪头挨头扎在一起，久久不动。等到它们动了时，我才发现它们在盯着一块有花纹的石头。过了一会儿，它们一起将头触上去，像要把那块石头推到别处去。无奈那块石头太大，它们费了很大的劲，都没有推动它。

蝌蚪们在后来攀越大沙堆时的情景，给我留下了深刻的印象。那个沙堆很大，几乎要突出水面，蝌蚪们游到跟前便贴在它上面不动了。我盯着它们细看，发现它们在慢慢移动。过了一会儿，我才发现它们在慢慢往上爬着。本来，它们是可以绕过去的，但它们却要征服这个大沙堆。它们爬得很慢，也很吃力。一个多小时后，它们终于爬过了沙堆。它们向下一望，见沙堆的另一面是下坡，并无高度可攀，便摇动着尾巴一拥而下。也许是因为太高兴，它们的尾巴把池底的水搅出了细细的波纹。

那一年春天，我看着池里的蝌蚪，感到阳光特别明媚，生活特别有意思。过了些日子，我被别的事情耽误，没能看见那个水池中的蝌蚪变成青蛙的过程。它们爬过水中沙堆的那一幕，却成为我后来最美好的回忆之一。

到了秋天，我无缘由地为青蛙们伤感起来。我不知道它们怎样度过秋天，怎样进入寒冬。当新疆大地被白雪覆盖，它们又将在何处冬眠？秋末，我从叶城返回疏勒，中途在一片戈壁休息。刚坐下不久，一场大风刮了起来，我们收拾东西要走，一低头，见一只青蛙从一处水洼中爬出，迎着风沙向一个沙丘爬去。风沙很大，沙子和尘土不时地涌过来，很快就会把它淹没。我一阵激动，想把它抓起，放在沙丘避风的一面去。但我脑海里却浮现出蝌蚪们爬过水中沙堆的一幕，我马上住了手，心也变得欣慰起来。我迎着风沙望了一眼那只青蛙，便随同事上车离去了。

老 鼠

神偷的隐身术

西部的秋天，麦子都已收入村中的打麦场，一垛一垛让太阳晒干，等待村里的打麦机来打出麦粒。我们乡一带的人几乎都喜欢将麦子垒成垛子，连不远处的拥有中国四大石窟之一的麦积山，也恍如一个麦垛。过不了几天，太阳便将麦垛晒得干透了，到处都弥漫着一股浓浓的麦香。乡亲们坐在打麦场旁吸着老旱烟，喜形于色地看着这一年的收成。辛苦了好久，只有这会儿的收获才让他们感到踏实。

然而，这时候有一些老鼠正在悄悄接近那些麦垛。它们发现人们吸着旱烟正在谈论什么时，便伏下身子迅速向麦垛跑去。它们的脚步很轻，很快便钻进了麦垛中。老鼠是动物中的神偷，其盗窃技术和良好的心理素质在一切动物之上，而且它们富有冒险精神，只要有东西可偷，哪怕上刀山下火海也要试一试。

进入麦垛中后，它们便开始了紧张而有序的作业。那些饱满的麦穗是它们首选的目标。它们用牙把麦穗上的颖壳除掉,一颗颗金黄的麦粒便显露了出来。所有老鼠都有一个永远不变的信念,那就是只要接近了偷窃的麦垛,总是要为下一次光临准备好麦粒。所以,它们总是在麦垛中把一大堆麦粒存放下来。人们发现有老鼠进入自己的麦垛的同时,便无比痛苦地发现到处是一堆一堆的麦粒。他们诅咒着老鼠,用几乎抚摸过每一株麦子的手将那些麦粒捡了回去。老鼠顺利完成一次偷盗,除了饱餐一顿外,走的时候还要顺便用嘴叼一粒回窝中去,它们必须在秋季储藏好过冬的食物。老鼠是杂食动物,不仅吃肉,还偷食人类的粮食等植物类食粮。

老鼠来无踪去无影,几乎不与人打照面。它们的嗅觉似乎很灵敏,尤其对人的气味更是熟悉,只要一闻到便远远地避开。它们的巢同样也在不为人知的地方,从来不会受到干扰。著名的"泾渭分明"的渭河的发源地在甘肃渭源县境内。人们探寻该发源地时发现,最初从石洞里涌出水的地方居然鸟鼠同穴。这出乎意料的现象,多多少少为一条马上要上路的河注入一些神秘色彩。老鼠平时待在窝中享受着人们辛苦耕劳得来的粮食,似乎它们的享用是理所当然的。它们特别善于搞防范工作,只要选择一个地方,总是要让周围的东西对自己的生存起到伪装作用。

冬天来了,它们躺在窝中呼呼大睡。在它们身体周围,堆放着偷来的粮食,这些粮食足够它度过这个冬天。在老鼠窝中,每只老鼠所拥有的粮食的多少、它身体的肥瘦等,都与它的偷盗技术有关。偷盗技术差的老鼠往往要在冬天饿肚子,而硕鼠因为偷盗技术高超,所以一向都高枕无忧。

饿极了的老鼠会铤而走险,趁人不注意潜入他家去偷窃。它先在街边细细观察了一家人的动向,发现他们家的人都在街上闲逛。此时的情景似乎是"老鼠上街,人人喊打"的反转,稍微改动一下就是"人人上街,老鼠偷窃"。它看着他们走远后,心中无比窃喜地快速潜入了他们家。由于太过饥饿,加之贪食过度,它在房间里弄出了声响,被它忽略的一个人恰巧在家。愤怒的风暴在他的头脑里刮起,他拿着棍子来打它。它仓促逃窜,但它对地形不熟悉,东撞西碰几番后只能向门口奔跑过去。门缝里有几丝光,它觉得有机会逃出去。那人追了过来,他觉得一只老鼠不可能从关得那么严实的门缝逃出去。他已经放慢了脚步,凝神屏息准备向它发出致命的一击。但出现在他眼前的情景让他大吃一惊,老鼠像使出隐身术一般,在门缝跟前一闪便不见了。

那人打开门向外张望,外面已不见老鼠的一丝踪影。

反击的快感

一只猫闪亮登场,它是来收拾老鼠的冷面杀手。为了让它有力气逮老鼠,主人用好吃的东西喂养它,它心安理得地享用,似乎在做战前准备。事实上,它的功夫已经十分厉害,一跃便可跳上房梁的轻功堪称一绝,扑向目标时的快、准、狠等短打功夫也不赖,尤其是它的两只前爪,还有它的牙,像利刃一样锋利。

老鼠们对这个杀手的到来恨得牙痒痒,但它们不能与它正面交锋,以前有同类与它正面交锋,无一不被它用短打功夫扑倒在地,被两只铁爪按倒后再也没有起来。它用嘴叼着老鼠的尸体喜滋滋地在房中走动，成功的喜悦居然使它的脚步有点女性化，每一步都透露着轻柔。每每想到这些，老鼠们便内心恐惧，害怕猫再次出现。现在，这只猫板着面孔，用那双可怕的眼睛巡视着房子里的每一个角落。这座房子里确实有几只老鼠，而且居住了很长时间，对所有角落都很熟悉，所以在这只猫进入这个家后，它们仍藏得十分隐秘，没有让这个冷面杀手发现它们。但隐藏不是长久之计，迟早会被它发现的，要想不被它发现唯一办法就是干掉它。它们冷静衡量了一下当前的形势，内心燃起了仇恨的火焰，而且很快就制定出了干掉那个冷面杀手的实施步骤。它们派出一个精瘦的敢死队员，大摇大摆地在房子中间走动。冷面杀手的眼睛便瞪直了——居然有如此放肆的老鼠！它身体里所有的力量都在向外涌动，它要大打出手。但那个精瘦的敢死队员却迅速蹿进一个角落，冷面杀手扑过去，不见它的影子。一块有些风干的肉出现在它眼前，它有些好奇地咬了一口。嘿，味道挺不错的，于是它便大口吃了起来。美食有时候是可怕的，老鼠们早就知道这块肉中被主人放了毒，所以一直没动，今天它们要用这块肉来干掉这个冷面杀手。过了一会儿，冷面杀手像所有被毒死的老鼠一样身体剧痛，眼睛看不见光明，坠入了一个黑暗世界。

之后，又发生了一次反击事件。一只狗只是偶尔发现家中有老鼠，但它却生出要管管闲事的心，咆哮着在每个角落搜寻老鼠。狗比猫更凶，是狂妄而又残忍的杀手。老鼠们已经有了一次成功反击的经验，现在它们又顺理成章地要收拾这个残忍杀手。它们同样冷静衡量当前的形势，同样制定出干掉这个残忍杀手的实施步骤。它们悄悄接近老鼠夹，从距离、方位、面积等方面仔细计算，最后决定还是让上次那个精瘦的敢死队员出去当诱饵，引得残忍杀手疯狂追逐。到了铁夹前,敢死队员一跃跳起,从铁夹的两根铁棍中间像飞一样跳了过去。残忍杀手怎么能放过,一爪子伸过去抓那个敢死队员,"咣"的一声响,剧痛同样让残忍杀手的喉咙发出了从未有过的惨叫。敢死队员一声欢呼,老鼠们便跑出来看热闹。残忍杀手用三条腿支撑着身躯,提着铁夹从家里跑了出去,它不想让主人看见自己变得如此狼狈。它跑到荒野中,因疼痛难忍辨不清方向,一头栽入阴沟再也没有出来。几天后,有成群的老鼠从阴沟中出出进进。残忍杀手的身躯被它们一点一点啃光,露出了森森白骨。

以上两例,足以说明老鼠具备非凡的智慧和战斗精神。

火中亡狱

一团火越燃越大,已经腾起了炽烈火焰,并发出很大的呼啸声。"这里有老鼠洞。"这个确切的消息激起了人们内心的仇恨,并很快滋生出一个计划——先用烟把老鼠从洞中熏出来,然后用火烧死它们。于是,在老鼠洞口燃起了大火。人们在火周围站成一圈,把捆扎好的麦秆点燃,向老鼠洞口塞进去,然后用木锨往里面扇烟。麦秆冒起的浓烟进入了老鼠洞,像一支一往直前的军队。呛,是这支军队的超强杀伤武器,其所到之处但凡靠呼吸生存的生命,轻则败阵,重则毙命。它还可以模糊你的视线,让你不知该往何处突围。用木锨往老鼠洞里扇烟的人深知这支军队的杀伤力,所以他们不停地扇着,脸上已经有了期待胜利的表情。

在洞里慢慢深入的军队终于抵达了目标——老鼠。老鼠们从来没有遇到过这样的打击，顿时变得不知所措。然而，老鼠们犯了一个致命的错误，它们没有及时逃跑，让那支柔软的军队在时间上占了优势——不到一分钟，它们便觉得胸闷，呼吸变得急促，眼泪止不住地往外流，视线也变得越来越模糊。它们的四只爪子在乱舞，渴望抓到救命的稻草，但什么也没有。无奈之下，它们才向洞外跑动。还好，它们冲出那支军队的包围，跑到了洞外面，但它们的视线仍模糊一片，看不清有许多人手拿着木锨在等它们。很快，木锨便伴着一股股呼呼作响的风声落了下来，它们还没反应过来，木锨击中的剧痛让它们失去了知觉，一个黑暗寒冷的深渊把它们拽了进去。而人们在它们死后仍不愿放过它们，用铁锨将它们的尸体铲进了火中，它们的尸体消失在了大火中。

有一只老鼠在跑出洞后视线恢复得很快，看清眼前的危险形势后，马上掉头向田野方向跑去。它熟知那里的地形，只要跑过去就可以找到藏身之地。但忙活了半天的人们怎么能放过它呢？他们对它紧追不舍，一只大脚照准它踩了下去，它的头被踩压进了土中。它闻到了以前打洞时闻过的土的味道，但很快，它的头便剧烈地痛起来，那只大脚又用力往土里踩了一下，它便失去了知觉。

还有一只老鼠几乎就要逃脱成功，但还是被死亡的大手拽了回去。它从人们的大脚间逃了出去，人们眼见追它无望，便放弃了对它的追打，但它的运气实在太差，狂奔之中不慎掉入一个油桶，那是人们刚才提油来点火时用过的，里面还有半桶油。它从里面挣扎着好不容易爬出，几个大脑袋上的几双眼睛正欣喜地注视着它。它身上沾满了油，有人向它扔出一个烟头，它身上立即燃起了火，慌不择路的它蹿入附近一户茅草农舍。人们大惊失色，但已经拦不住它了。顷刻间，茅草农舍燃起了熊熊大火。

挨　骂

一场雨让老鼠的命运发生了变化。在平时，它们对天气变化掌握得非常准确。像所有穴居的动物一样，老鼠也是天生的天气预报员，天边刚刚出现一朵乌云，老鼠就已经进入窝中不再外出，等大雨落到大地上时，它们已在洞中安然无恙地睡觉了。

有时候雨在下起之前，并不出现任何征兆。正是酷夏，乡里人收了麦子，把黄灿灿的麦粒晒在打麦场上。刚到中午时分，被大家称作"白雨"（暴雨）的雨便突然下起来，于是每家都忙着收麦，与天赛跑。好在收得及时，很多人都将那保命的麦粒收了回去。雨越下越大，大家扭头一看，张二娃家却无人在打麦场上，雨泼洒过来时，眼看着那些麦粒被冲下了打麦场。打麦场下面是陡坡，麦粒钻进了密布于陡坡上的石缝和土渠里。

雨停了后，张二娃的老婆才哭喊着扑到场里。眼前的情景让她顿时傻了眼。少顷，她发出一声惨叫，一屁股跌坐在地上。雨像干了坏事要逃跑的孩子似的，拖着一条白色的雨丝又向别处移去。张二娃的老婆从地上一跃而起，指着那朵云骂开了："瞎了眼吗？专门冲我们家的麦子！"

"瞎了眼吗？把我们家的麦子糟蹋了，你能吃吗？"

"瞎了眼吗？我不活了，连麦子都没有了，几个娃娃吃什么呀！"

"瞎了眼吗？专门来冲我们家的麦子！"

"瞎了眼吗？以后吃什么呀，瞎了眼的雨！"

"瞎了眼吗？呜呜呜——"

她哭喊着，扭头一瞥，看见别人家都及时收了麦子，气更不打一处来了："瞎了眼吗？我们家穷，就专门欺负我们家。咋不去冲别人家的？"

"瞎了眼吗？专门欺负我们家。"

村里人都害怕无缘无故挨她的骂，早就躲到别处去了。张二娃的老婆不好惹，她是一个什么事都敢干的人。有一次，她儿子因为没有完成作业被老师罚站，她气呼呼地冲进教室拉着儿子的手就走。老师要拦她，她一屁股坐在地上，往手掌心吐一口唾沫，啪啪啪地扇自己的脸。老师一见她那样，忙向她赔不是，她才起身走了。还有一次，因她家的牛吃了别人家的庄稼，刚好被乡长碰见了，乡长批评了她几句。事后她高兴地对别人说："乡长骂我了，嘿嘿嘿。"鉴于她这种反常的性格，村里人平时都躲着她，从不与她发生什么冲突。今天，很多人都看见她家的麦子遭殃了，却没有谁上前安慰她。大家都怕她把指着云朵大骂的手指戳到自己身上。

那朵云渐渐往前移去，她的手指随之紧跟，像是要把它戳下来。她的骂声已经无法控制，一声声犹如心被撕碎般痛苦。多少年过去了，想起她骂天的情景，我的心情就复杂起来。多少个辛劳的日子换来的麦子，就那样被一场暴雨轻而易举地弄没了，这才是真正的天灾，是老天爷干了一件恶事。她能理智地控制自己吗？

那些麦粒被冲入石缝和土渠，那里是老鼠的家园。它们等到艳阳重新射下光芒，便集体出来往洞穴中搬运那些麦粒。这么多这么好的麦粒，可以让它们度过一个无比幸福的冬天。

张二娃的老婆看见了那群老鼠，把拿在手中的一块饼子砸向老鼠。老鼠们被吓得四散而逃。她几步跑到打麦场下的山坡上，对着老鼠出现过的地方骂了起来："瞎了眼的老鼠，也来欺负我，你不得好死。"

"瞎了眼的老鼠，吃我的麦子撑死你，让你死在三伏天，浑身的肉都烂掉。"

"瞎了眼的老鼠，也来欺负我们这穷人，让火把你烧死，水把你淹死！"

"瞎了眼的老鼠，地震把你震死。"

"瞎了眼的老鼠，瘟疫把你瘟死。"

"瞎了眼的老鼠，不去吃别人家的麦子，吃我们家的麦子。瞎了眼的老鼠……呜呜呜——"她再也没有了诅咒的话，便哭了起来。

那些老鼠在她诅咒的时候再也没有出来，它们躲到了谁也找不到的地方。但它们却对那些躺在石缝和土渠里的麦粒念念不忘。等张二娃的老婆走后，它们便集体出动，迅速把那些麦粒搬了回去。整整一个冬天，它们享受着这份难得的食粮。这在那些老鼠的一生中是首次，它们感到无比幸福。如果那些老鼠想起张二娃的老婆诅咒时的痛苦，也许能够良心发现，在以后走到张二娃家的地头时，或许会掉转身去。

从院子里走过

目睹一只老鼠的表情反应是很困难的。人和老鼠处于同一事件中，才能有机会细细观察一只老鼠。早晨，我在院子里散步，一只老鼠跑进了院子。等发现自己面前站着一个人时，它被吓得一愣，叼在嘴里的一粒玉米掉了。它顾不上什么，掉头就跑，影子一闪就跑出了门。

我捡起那粒玉米。这是一粒多么好的玉米啊，饱满、金黄，有着熟透了的颜色和质地。这只老鼠也许刚把它叼进嘴里，还没有来得及咀嚼就遇上了我，吓得掉在了地上。我把玉米放在地上后悄悄走开，希望老鼠发现我已经离去，悄悄来把这粒玉米叼回去。但半天时间过去了，它都没有出现。也许，它知道这里有人，对它来说那样做太过危险，它不愿意为一粒玉米冒险。

我想，老鼠叼着一粒玉米出现在我面前时，暴露了它的生活。它的生活和人类一样，有抗争，有沉重，也有顷刻间就会降临的灾难。它也和人一样，知道躲避、忍受和放弃。

下午，它终于出现了。但它只是快速穿过院子，没有去捡那粒玉米，它边跑边向四周张望。我看到它眼睛里充满惶恐和焦灼。我想：在它的惶恐和焦灼背后，会不会才是它对生的期待和爱？

麻　雀

刚烈的小偷

从早晨开始，天空便变得很空旷，几乎不见一丝云彩，连风也似乎不刮了。下地干活的农民抬头向天空张望一下，心想今天是个好天气，可以抓紧时间把地里的活干完。已经到了深秋，田地里一片繁忙的景象。玉米都已经收割完毕，玉米棒被挂起来风干，而玉米秆则捆起来留到冬天烧炕。与玉米同时成熟的黄豆还要留上几日，等它们的叶子落了才能收回，那样在打麦场坝上清理起来也更方便一些。农民们这时候喜欢坐在田间地头望着变得空旷的田地。几个月来，他们在这块地里洒下了许多汗水，现在终于享受到了丰收的喜悦。

但是却有一群麻雀悄悄接近了庄稼。它们很小，快要接近庄稼时也没有人发现它们。它们因此成为微小的偷窃成功者，一声不响地迅速接近玉米和黄豆。

有一群麻雀成功偷食玉米后，在天空中放声喳喳喳叫，并忽上忽下翻飞。所谓欢呼雀跃,大概说的就是这种情景。

但它们不知道,一场灾难即将降临在它们身上。人们的嘴唇不停地动着,精心计划的语言像含毒的刀子,在慢慢伸向它们。终于,一把含毒的刀子被酝酿成功。人们在地上撒下一堆金灿灿的谷物,在谷物上面立一个筐子,将系在筐子上的绳子拉入了屋内,然后耐心等待着麻雀们到来。应该说,人们精心酝酿的含毒的刀子散发出了刺眼的光芒,但人们却并不急着用它,而是将它藏了起来,等待着在能置麻雀于死地的时刻掷出。

在树上放声歌唱的麻雀闻到了那堆谷物的香味,低头一瞥便看见了那堆谷物,于是便迅速俯冲到了那个筐子跟前。但它们没去吃谷物,而是向四处张望,观察有无危险存在。它们十分谨慎,不遗漏每一个疑点,不放过任何一个方向。它们观察了一会儿,断定没危险,便扑向那堆谷物。人们将含毒的刀子藏得很深,现在到了抛出的时候。人们在屋子里将那根绳子一拉,一个黑暗的世界便笼罩住了它们。它们奋力往外冲突,但头被筐子碰得生疼,紧接着几只大手伸了进来,它们被捉进了一个笼子里。

征服者要享受一下胜利的快乐。他们把关着麻雀的笼子挂在屋檐前,那是挂过八哥和鹦鹉的地方。在一个寒流突袭的夜晚,八哥和鹦鹉都被冻死了。现在,人们把关着麻雀的笼子挂在这里,颇有怀旧的意思。人们围在笼子跟前,朝麻雀瞪眼,骂骂咧咧发泄着对它们的愤恨。麻雀在笼子里一声不吭。确实,麻雀干了那么多让人生气的事,现在也该承受后果了。

几天后,人们发现了一个问题,关在笼子里的麻雀因为颗粒未进,被饿得站立不稳,随时会一头栽倒。征服者还想享受胜利的喜悦,于是,他们把水和粮食放进了笼子里,但奇怪的是,麻雀们却不吃不喝，像很生气似的躲到了另一边。人们想起老人们曾说过的话，麻雀是烈鸟，一旦被人捉住，绝不背叛本性苟活，必绝食而亡。

又过了几天，它们果然饿死在了笼子里。

爱的形状

我们向麻雀谷走去。平日里看到麻雀，多是它们的欢叫和上下翻飞的身姿，不知道在常年积雪的天山深处，麻雀又是怎样生存的。

进谷，首先为如此之多的麻雀而惊讶。它们大群大群地在飞，把褐色的山谷渲染成麻雀的海洋。远处的雪地上亦有麻雀在翻飞，让积雪似乎也有了动感。出发之前就听人说，此谷中的麻雀是一奇。现在亲眼见了，不由得由衷叹服。

朋友关萍随一只麻雀飞跑而去。自一进谷，那只麻雀就一直围着她飞动。等她发现了它，才知道它已经跟了她很久。另外几个人东瞧瞧，西看看。这个麻雀的世界，人已慢慢沉醉其中。

有三大群麻雀吸引了我们的目光。它们紧紧地围成团，在三块大石头上一动不动。我们走近，它们并不像其他麻雀一样惊飞而去，而是扭头看着我们。我们不忍打扰它们，便不再向前。少顷，一阵风刮来，它们的翅膀被吹起，翻起了一层灰色的浪花。后来，风变得更大，它们已有被吹飞的危险，但它们仍纹丝不动。

过了一会儿，麻雀们开始起飞。它们连成一片，在空中摆出一个巨大的黑影。它们停留时紧紧团结在一起，飞动时仍然不分开。在孤寂荒芜的天山峡谷，这算是一景，就像经常在新疆见到的奇特现象一样，是风景与现实形成的美妙对照。等麻雀飞走，我低头一看，顿时大吃一惊。这三群麻雀在大风中牢牢守住的三块大石头，是极具形象的三块怪石。第一块像一只乌龟，可以称之为"神龟"。第二块大石头像一峰骆驼，可称之为"骆驼小憩"。第三块石头硕大粗糙，俨然一只蟾蜍，可称之为"蟾蜍出洞"。这几块石头的神态都因石头的断面而得，呈现着抽象和夸张的风格，让人浮想联翩，回味无穷。

离去时，我似乎明白，为什么麻雀群久久抱住这三块石头不放。想必它们也看出了三块怪石的神态，由于内心喜欢，它们便去拥抱。

麻雀的心里有美啊！

"小偷的帽子着火了"

我每天在早上出门和晚上归来时，都能看见这几只麻雀。它们离我们的帐篷很近，有好几次我本来想看看对面的山峰，结果目光被它们吸引了过去。

我仔细观察过它们，从羽毛到肢体，和一般的麻雀都没有区别。不同的是，它们都不喜欢在白天飞动。我们都希望它们能在我们眼前飞一下，哪怕是很随意地飞几下也行。如果它们飞动时正好赶上我们吃饭，我们就会给它们留一些吃的东西；如果它们需要我们的生活用品，我们就会拿过去放到它们落脚的地方。但是，它们好像对我们不屑一顾似的，从来没有要理我们的意思。我们对它们议论纷纷，但所有的观点都只是猜测。最后，大家都认为这是几只夜麻雀，也就是说，可能它们的一切活动都在夜里进行。

为了证实我们的猜测是正确的，我决定选择一个夜晚观察它们。朋友关萍本来想和我一起观察，但被我用"熬夜会长眼袋"的说辞给吓了回去。她是舞蹈演员，自然要比一般人更好地保养自己。

夜色降临时，我搬一个小椅子坐在帐篷前，观察树上的动静。一个小时过去了，树上毫无动静；又过了一个小时，树上还是没有动静。那两个麻雀巢已与黑夜融为一体，要分清它们得费很大的力气，但我耐心等待着。我觉得一个人在麻雀跟前不能显得很急躁，要慢慢地等，慢慢地看，才可以发现它们生命的奥秘。

麻雀的速度除了在飞翔时很快外，在平时都很缓慢。它们一辈子才筑一个巢，每天只需要到大树下去啄食几粒草籽，就可以填饱肚子。它们对这个世界并没有要求多少，只是活着就行了。

又一个小时过去了，还是没有动静。为了不使我的耐心受到影响，我决定两个小时看一次树上。在这两个小时内，我可以想一想其他事情。然而，好几个小时过去了，树上还是没有动静。到了凌晨6点，山中刮起了大风，树枝被吹得来回摆动。我想：这回你们该动一动了吧，难道你们不怕风把树枝吹断，让你们从树上掉下来吗？但我发现，即使是树枝被吹得来回撞碰，发出噼噼啪啪的声响，它们仍然没有反应。风停后，我又坚持等了两个小时，但还是没有动静。直到太阳升起，雪峰上的黑夜像被一双无形的大手撕去，重新显露出白色肌体时，我才收住了心思。

关萍估计它们会在白天活动，便主动请缨观察了一天。结果，在傍晚时她用极其失落的腔调对我说："一整天一点动静都没有！"为了证实这几只麻雀从来都不飞动，我们便轮流值班，不分白天黑夜地观察它们。从我观察的那天晚上开始，直到我们离去，整整五天五夜，它们没有飞动过一次。望一望天山冷峻而圣洁的雪峰，我们便明白，这里的有些东西就是这么神奇。一股敬仰感顿时在心里油然而生。

回到乌鲁木齐，我发现大家对此次观察过的动植物都有记录，唯独对那几只麻雀没有留下只字片语。大家说起它们，一致认为它们不需要飞翔，不需要去觅食，甚至连动一动都不需要。我们为什么希望它动一动呢？是因为我们拿人的观念在衡量它们。人总是在不停地奋斗，不停地追求，在大多数时候几近于挣扎，而这几只麻雀却从不挣扎，它们只要一动不动，就守住了自己的生活。

大家说得有道理，但这只是大家依照人类的生活调性对它们下的定论。它们为什么一动不动，我们还是不得而知。直到有一天，我读到俄罗斯作家米·普里什文的《大自然日历》时，才经由他的一句话理解了那几只麻雀。他说："当他有一天不小心往黄金一样的树林上空看去时，顿时大吃一惊——一棵高大的山杨，把红艳的帽子举到了森林上空，我不知怎的回忆起遥远的童年时代一点也不明白的一句俗语：小偷的帽子着火啦。"

"小偷的帽子着火啦。"我觉得这句话美妙无比。山杨树在偷时间，慢慢长到二十多米高，在秋天时树叶渐红，悄悄地呈现这一番景色。它告诉我们，有些事情一定会有美好的结局，那是一种境遇，一种超脱了世界规则的幸福境遇。就像那几只在天山深处一动不动的麻雀，它们偷走了时间的帽子。终有一天，那顶帽子会着火，它们所有的沉默都会变成语言。这样一想，我顿时释然了。

乌　鸦

最聪明的鸟儿

　　太阳升起后,积雪的高原弥漫开刺眼的光芒,似乎有无数刀子,被太阳的隐形之手一把把摸出,要扎到人的眼睛里来。但在这时,雪地上有黑色的东西在动。走近了才能看清,是几只乌鸦。它们在下雪天里无法飞动,而且大雪已经覆盖了大地,它们很难寻找到有食粮的地方,只好在雪地里乱转,渴望碰上好运气,让自己空空如也的腹腔能够得到填充。

　　但冬天并不能给它们带来好运,不一会儿风刮得更大了,一场大雪又开始下了起来。这时候,从远处移动过来一团更大的黑影。它行走的速度很快,不一会儿就可以看清它是一只狼。它外出捕捉到了一只猎物,此时正叼在嘴里在寻找避风的地方准备美餐一顿。在迷雾中,乌鸦们顿时变成了一群激动的小黑点,从地上一跃而起向狼飞了过去。乌鸦和狼是好朋友,狼在荒野中行进时往往要靠乌鸦侦察前方的情况,它们之间应该有很深的情谊。

但饿急了的乌鸦这次却不顾情谊要夺狼口中的食物。它们飞到狼的头顶时分成了两组，一组俯冲下去啄狼的屁股。狼被老朋友突然反常的举动弄得不知所措，在屁股发出一阵钻心的疼时气愤地扭过头去咬落在背上的乌鸦。它嘴里的猎物掉在了地上，另一组乌鸦迅速叼起猎物飞走了。乌鸦设计夺走了狼的猎物，一顿美餐将在一座雪山后面进行。

从狼嘴里夺来的食物让乌鸦们挨过了一场大雪。雪霁后，它们继续在雪地里寻找食物。乌鸦很聪明，其智商在其他所有鸟儿之上。它们的寻找不会落空，除了利用以往的经验外，它们对周围的气息很敏感，总是能够抓住任何风吹草动的机会。很快，一阵风把积雪吹得四散，一堆核桃露了出来。它们迅速扑到那堆核桃跟前，用嘴衔起核桃放到公路上。载着重物的汽车从公路上驶过，核桃被车胎碾碎，乌鸦们飞过去又开始了一顿美餐。

也许是出于愧疚，它们在后来对狼进行了一次补偿。一只与羊群失散的羊在雪地里孑行而行。它们衔着几颗羊粪"空投"于狼的眼前，狼知道了一只失散的羊就在附近，马上便循着乌鸦的"导航"找到了猎物。咬死饱餐之后狼甩着圆鼓鼓的肚子走了，乌鸦又从空中飞下来把狼留下的"残羹剩饭"饱餐了一顿。

两三个月后，天气慢慢变得暖和，积雪融化，大地上有了一丝丝绿色。乌鸦终于熬过了可怕的冬天，春天的到来让它们欢喜不已。它们经常到公路上活动，汽车对地面的震动使得地下的虫子爬出地面，乌鸦在它们一露头时便伸嘴吃掉。不远处的田地里已经有人开始播种。从地里长出的庄稼虽然是属于人的，但乌鸦总会偷偷地摘取一些食用。上个冬天的惨淡让它们在今年秋天变得更疯狂一些。它们不想再饿肚子了，要为过冬储备更多的食物。当然,在春夏两季它们将会无比幸福,荒滩里、树枝上、野草丛中、渐渐长高的庄稼身上等,都会长出许多虫子。那些虫子疯狂地咬着草叶和树皮,想让甜蜜的树汁给肠胃带来美妙的感觉。但天空中会突然降下黑色飞行物,用一张又尖又硬的嘴把它们拦腰夹住,送进了钢铁齿轮的咀嚼中,使它们顷刻间丧命。乌鸦享用着这些袖珍美味,变成了美食家。

更多时候,它们会悄悄潜入庄稼地,一边吃着虫子,一边看着庄稼一天天长大、成熟。这时候,它们在心中设想的蓝图日渐完美。

乌鸦的凶和吉

A. 凶

乌鸦常常被视为不祥之鸟。

凡是有它们的叫声,或者它们飞临哪个地方,那都是一种凶兆。人们对乌鸦讨厌至极,觉得它们黑色的羽毛、难听的叫声、反常的行为都是那么丑陋,以至于见了它们就打,毫不留情地把它们的窝捣掉,并用难听的话咒骂它们,恨不得让它们从这个世界上消失。

但人骂不死乌鸦,也咒不死乌鸦。乌鸦丝毫不管人的情绪,一如既往地叫,让自己成为最可怕的禁忌符号。有时候它们还在人的头顶鸣叫,让人觉得灾祸马上就要发生。久而久之,便有了"乌鸦头上过,无灾必有祸""老鸦叫,祸事到"等说法。为了躲避乌鸦带来凶兆，民间发明了各种禳解的办法，比如乌鸦在头顶聒噪，便蹬足对它痛骂，随后对着它吐一口唾沫；或者赶紧念一遍"乾元亨利贞"，以求平安。

在传说中，乌鸦是不祥之鸟的记录与后羿射日有关：忽一日，一个"十日并出"的酷热天气骤然降临，当时"焦禾稼，杀草木"（《淮南子》），人也马上要被热死了。这时"羿仰射十日，中其九日。日中九乌皆死，堕其羽翼，故留其一日也"（《淮南子》。人们这才知道太阳是被乌鸦载负着的。"十日并出"的灾难是因为载负太阳运行的十只乌鸦不遵守轮流值班的规定，一齐跑出来在天上各自消遣。后羿射落九日，"留其一日"给人类普降温暖和光明。

另有一种说法似乎更确切些。春秋战国时，鲁国有一个叫公冶长的人能听懂鸟语。他想养鸟，但因贫穷无法给食，只能心向往之而无一实际行动。一天，有一只乌鸦飞临他家门口，叫道："公冶长，公冶长，南山有只大绵羊，你吃肉，我吃肠。"公冶长听后去了南山，果然有一只大绵羊在那里徘徊，便杀了它带回家食用。几天后失主将公冶长告到官府，官府的人不相信鸟会说话，认为是公冶长故意干了那件事，遂将公冶长判罪打入大狱。公冶长蒙受冤屈而无以申诉，人们认为那只老鸦用心不良，给公冶长带来了灾祸。从此，乌鸦便被视为不祥之鸟。

科学得出的结论往往是令人信服的。科学家说，乌鸦之所以是兆凶，其原因大概有三：一是乌鸦喜欢吃动物的尸体。人对死亡是恐惧的，它吃尸体便极为不祥，在人们心中变成了鸦鸣兆凶。二是乌鸦像个贪婪的小偷一样不停地啄食粮食，直接影响人的生活，所以人们觉得它是"不祥之物"。三是因乌鸦对尸体散发出的气味颇为灵敏,而久病垂危的病人身体在临终前会释放出一种气息,所以人还没有死,乌鸦却早已闻着味道飞到那家人附近鸣叫。这便是乌鸦预示死亡的真正原因。

B. 吉

也有乌鸦鸣兆祥的说法。

《教坊记》载:南朝宋彭城王刘义康、衡阳王刘义季被文帝囚于浔阳,后被赦。使者奉赦令未到,义季家人来囚院叩门报喜:"昨夜乌夜啼,官当有赦。"少顷,使者到。还有一个例子,三国时何晏犯事入狱,有两只乌鸦停在何府之上。何晏之女说:"乌有喜声,父必免。"不久,何晏果然洗清罪名出了狱(《乐府诗集·琴曲歌辞》引李勉《琴说》)。在西域少数民族游牧的生存地,还有乌鸦衔食喂幼小的孩子长大的传说,如《论衡·吉验篇》:"乌孙王号昆莫,匈奴攻杀其父,而昆莫生,弃于野,乌衔肉往食之。"另据任骋在《中国民间禁忌》一书中说,在河南方城一带,砖窑业视乌鸦鸣叫为吉祥的征兆,因乌鸦的叫声"嘎啦"与"来啦"语音相近,所以预示窑中货物有人来拉(购买);又有些地区认为乌鸦叫声有凶吉之分,其叫声像呛水时为吉祥,鸣叫一声便戛然而止被视为凶祸,会有狼来祸害村庄或者会有牲畜死亡。

对乌鸦鸣叫有凶吉两种认知的现象,李时珍在《本草纲目》中有两句概括:"北人喜鸦恶鹊,南人喜鹊恶鸦。"有人认为:"此说反映出地域文化的差异,南方向来是农业社会,乌鸦对农业生产的破坏使得乌鸦不祥的观念容易深入人心。北方黄河流域地区虽然农业生产亦有悠久历史,但受游牧文化影响相当大。乌鸦不会对游牧经济造成任何危害，反而会给人提供肉食与羽毛的来源，所以乌鸦在游牧民族那里不会与'不祥'相联系，有时还会成为人们敬重与喜爱的对象。所以乌鸦兆凶具有深刻的农业社会的背景。由于我国南北文化在很长时期内一直处于相互吸收与融会的状态中，随着农业经济和文化逐渐占据主导地位，乌鸦主不吉的观念也蔓延到了北方地区。"（尹荣方《鹊、鸦俗信的发生与直观经验》）

有功之臣

到处都有乌鸦，加之它们大多为留鸟，所以说，乌鸦是我们平时最容易见到的鸟类之一。我见过的有秃鼻乌鸦、达乌里寒鸦、大嘴乌鸦等。它们仅有细微的区别，如果不注意，常会以为它们是同一类。

人们与乌鸦没什么感情，所以人们懒得区分它们，常常以"乌鸦"二字一言概之，让所有乌鸦只有一个名字，多少年就这么叫下来了。

我在新疆见得最多的是寒鸦。它们比别的乌鸦小很多，但胸腹和颈圈两个地方的白色，在浑身黑色羽毛的映衬下，一眼就可以认出。它们喜欢在沙丘和高大的树木上筑巢。新疆多戈壁、沙漠，亦多杨树和胡杨，所以它们在新疆活得逍遥自在。

有一次在白哈巴，我看见一棵大树上有数十只乌鸦，不时飞到树下将什么啄食几口，然后又飞回到树上。闻到一股难闻的味道后才知道，树下有一具动物的腐尸，那些乌鸦是在啄食其腐肉。乌鸦在这一点上是有功之臣。它们把动物腐烂的尸体吃掉，可避免让环境遭受污染，亦可阻止瘟疫传播。

真诚的凝望

它从雪峰方向飞过来，身体的黑与雪峰的白形成强烈对比。所以，我断定它是一只乌鸦。它渐渐飞近，由于天气晴朗，雪光将它的羽毛照亮，它变得更黑了。

它飞到离我不远的地方落下，歪着脑袋看我。我也看它，过了一会儿，它把头扭到了一边。我坐在草地上看书，偶尔从书页间抬起头，发现它仍在看我。也许乌鸦有足够的耐心，不弄明白眼前的这个人是不会飞走的。这样一想，我想做点什么，但我却四顾茫然，草地上什么都没有。如果草地上有一块石头，我就去搬它，乌鸦就会知道，看上去高大的人类也有无能为力的时候；我还幻想着草地上有一棵树，我当着乌鸦的面把折弯的树枝抚正，也许这只乌鸦准备在上面筑巢，我的举动刚好帮了它。让乌鸦认清人类，这是好事。

我这样想着，便站起身往回走。我非常迫切地想干几件事，以便给乌鸦提供一个认识人的机会。但直到回到帐篷，我都两手空空，什么也没有干成。我有些懊丧，倒头便睡。

下午，肆虐的大风把我吵醒。我走出帐篷，只见天地之间已一片迷蒙。天山的风很厉害。一位哈萨克族牧民曾对我讲过，天山大风口的风是刀子，杀人不见血！现在的这场风让我警惕。我招呼大家搬来石头压住帐篷四角，把餐具和其他生活用品都搬到帐篷里去。又有大风刮来，我们装垃圾的塑料袋被刮飞，我追上去一把抓住了它。此次出来前，我们就给自己制定了规定，谁也不能给天山制造垃圾，并严防环境污染。我刚把塑料袋压在一块石头下，帐篷的一角被大风掀了起来。我抓住角上的绳子，将它绑在了一块石头上。

忙完了，我突然发现那只乌鸦蹲在一块石头上看着我们。大风乱刮，它的羽毛被一层一层地掀起，但它却纹丝不动。我想仔细观察一下它，可不知情况的朋友却一把将我拉入帐篷。我挣脱朋友的手爬出帐篷，它已经不见了。

天山在这场大风中已变了模样，一些断裂的树枝和从山上掉下的石块落在我们帐篷前。我急急寻找那只乌鸦，却不见它的一丝踪迹。我在原地走来走去，想吸引它发现我，但好一会儿过去了，它还是没有露面。大家都出来了，默默地把东西摆放好，又用布抹去上面的尘土。等干完这些，我一回头，发现那只乌鸦又悄然落到了原来那块石头上，仍像前两次一样看着我们。我有些不解。这只乌鸦为什么会在我们抗击大风和收拾物品时突然出现，而且饶有兴趣地看着我们？它是对我们抗争命运的场景感兴趣吗？如果真是这样，它就是一只让人敬仰的乌鸦。

大家因为一阵忙乱，都坐在地上休息，四周又安静下来。那只乌鸦从那块石头上飞起，遁入树林。望着它被阳光照亮的羽毛，我想起《诗经·小雅·伐木》中的一句话："嘤其鸣矣，求其友声！"如果乌鸦能够听懂，我愿意对它说出这句话。

界 山

　　汽车爬上一个山头，一块界碑突然出现在眼前。这就是界山达坂。在这里以山为界，一边是新疆，多辽阔的沙漠；一边是西藏，多晶莹的雪山。从这里开始，藏北高原才彻底显示出赤野的轮廓。青藏高原是世界的屋脊，而藏北又是青藏高原的屋脊。从新疆延伸而来的喀喇昆仑山，走到这里似乎已经没有了力气，而界山却突兀地隆起，以一种迅猛之势向西藏延伸而去。

　　我想，名叫"新疆"的那个运动员已经跑完了历程，下面该这位名叫"西藏"的队员接过接力棒开始跑了。远处，冈底斯山影影绰绰，在云雾中显露出几许雪山的轮廓。再往下，有更艰难的路程需要"西藏"这位运动员去跑完。

　　我感到头疼和胸闷，这才想起这里是海拔六千七百米的达坂。车子在界碑前停住，大家下车后神情都有些恍惚。我们已经走出新疆，接下来如何进入西藏，每个人都不知所措。但这时界碑像在召唤，大家的脚步虽然犹豫，但还是走到了界碑跟前。界碑是用水泥浇筑而成的，有好几处已经破损。过往的行人或牧民在界碑上绑了很多经幡。一阵风吹过，经幡便随风弥漫出几分肃穆之感。我们默默地看着界碑，觉得系在界碑上的经幡使它散发出一股神圣的气息，似乎它不是一个划界的碑，而是被用来举行过无数仪式的圣台。在这里被搁置多年，至今还传递着一股圣洁的气息，浸润着人的身心。

站在界碑前，我心里突然冒出一个念头——在这里，似乎仅仅一脚迈过去，就从一种境界进入了另一种境界。一股又喜又忧的滋味在内心蔓延。喜的是，自己终于站在了一个有高度的地方，圣洁的感觉让我觉得自己正在经受一场前所未有的洗礼，似乎自己要在这里开始飞升；而忧的是，在如此一个地方，我到底该把脚步伸向哪一边。如此冥想一番，便觉得界山承载着双重的寓意和象征，而人一时却又说不清楚。

正要离去，突然飞来一群乌鸦。

仔细一看，飞在前面的一只在奋力逃飞，后面的一大群紧追不舍。原来，逃奔的那只乌鸦嘴里叼着一块食物，后面的乌鸦想冲上去抢夺。一场争夺在高原上展开。那只乌鸦不愿舍弃嘴里的食物，灵巧地绕着界碑躲避可恶的同类。而怎么都不放弃的那群乌鸦，发出的哇哇声则响成一片。界碑被那只乌鸦用作掩护，而追逐的那群乌鸦又把界碑当成进攻的领地。这样的情景在界碑旁出现，让人看着不禁惊呼：乌鸦们不经意在新疆和西藏之间打转，毫无顾虑，轻松自如。

不由得感慨，生命陷入紧迫时，从一个地方极速到另一个地方，其实是件很轻松的事情。

附录一：驯鹰

试　探

依布拉音开始了对三只鹰的驯化。他驯鹰的方式是神秘的，所以外人都不能悉知详情。在平时，依布拉音头戴一顶"卡尔帕克"（毡帽），走路时一直低着头，让人觉得他双眼紧盯地面在寻找什么。

有时候，我注视着这个神情淡然、寡言少语的人，觉得他很有意思。这样说吧，他其实就像一只鹰。虽然人人都知道鹰强悍刚烈，但却永远只能看到一个影子，无法细究鹰的内心。依布拉音身上有着与众人不同的气质，他显得既淡然而又执着。他从院子里走过时头垂得很低，似乎非常害羞。有时候他妻子或村里人叫他一声，他会非常惊恐，像受到了惊吓。但他注视某个人或事物时，那种眯着眼睛的样子，却又让人觉得他内心特别强大，有一种从容不迫的气度。我想，这个人深不可测，慢慢与他相处吧，说不定在你不经意间，他就会做出让你震惊的事情。这不，就在我决定与他淡然相处时，他却为我展示出他的另一面。一天早上，我拿出随身携带的韩少功的《马桥词典》，正看得入迷。不知他什么时候走到了我身后，拍了一下我的肩头说："走，驯鹰去。"

我有些意外，按说，驯鹰应该是在宏伟场面下进行的，还应该有极富边疆特色的仪式才对，但依布拉音却随心所欲，像在做一件极为平常的事情。我随他走到那个铁笼子跟前，仔细观察三只小鹰。看来，鹰确实是有刚烈之气的飞禽，吃了几块肉后已经精神抖擞，现在发现有人来了，远远地便用一双警觉的眼睛注视着我们。这么多天了，我还是第一次如此细致地观察这三只鹰。它们的身躯还很小，刚长出一层柔软的毛，被阳光一照便泛起光芒。它们的骨架虽然很瘦小，但给人硬朗和向上挺立的感觉。再看它们的头，呵，这才是最传神的地方。它们把头向上高昂，似乎有什么从体内蔓延而上，要从头中穿越出去。前两天，鹰的头是低垂着的，那是为了在绝望和愤怒中发出嘶鸣。而现在，它们的头扬了起来，而且扬得很高，似乎再也不会低下去。

我想起依布拉音在悬崖上掏鹰时说过的一句话："眼睛里有东西心里一定就有，心里有身体里就一定有。"现在看来，他所言很有道理。从这三只小鹰的神态上就可以断定，它们在以后一定是好鹰。

一只小鹰扭动了一下头，立刻，一幅令人叹为观止的景象出现在我们面前。从侧面看上去，它很像人的面庞。鹰有时候与人是十分相似的。我曾见过新疆的摄影家刘振拍过的一幅塔吉克族男子头像，活脱脱的一个鹰的头。现在，这极具震撼力的一幕又出现在我眼前，可惜我手头没有照相机，否则能拍一幅好照片。

依布拉音将手伸到笼子跟前，摆动着手指意欲吸引小鹰。但它们只是冷漠地看了他一眼，没有任何动静。我想，这三只小鹰还不知道这个人将会成为它们的主人。它们被驯化成猎鹰后，就会与这个人形影不离，经常到荒野去捕猎。那时候，它们的意念将会与主人一致，会在瞬间从主人手臂上飞跃出去，用锋利的爪子死死按住猎物。但现在它们对主人是陌生的，彼此之间还需要沟通。

依布拉音今天的目的是和它们沟通，但它们显然在拒绝依布拉音。也许，它们知道是这个人让它们与母鹰分离，它们被掠夺了当鹰的权利，而被强迫成为人类的工具。所以，它们在内心恨依布拉音，故意不理他。既然我们都认为鹰是心性灵异的飞禽，那么它们有这样的想法便一点也不奇怪。

我对依布拉音说："它们不理人。"

依布拉音笑笑说："哪能那么容易理人呢！老话不是说得好嘛：一叫狗，它就过来；一叫鹰，它就飞走。如果一叫就过来的，那还能叫鹰吗？"

原来是这样，鹰冷漠是因为它们天性刚烈。

依布拉音继续实施他的沟通方案。他打开铁笼子的门，将手伸进去抚摸小鹰。三只小鹰躲闪着，死活不让他抚摸。他瞅准其中一只一把捉住，然后用手轻轻爱抚它的羽毛。这大概是鹰成为猎鹰必须经受的环节。人从抚摸它们开始，渐渐让它们缩短和人的距离。在这样的情况下，鹰是被动的，甚至不明白人的意图。如果被抚摸的是一只心性不怎么刚烈、喜欢依附人的鹰，那么它很快就会被驯服。但那样的鹰被驯服之后，并不会有什么出色的狩猎技术，反倒会遭主人嫌弃。

现在，被依布拉音捉住的这只小鹰却不一般。它大声嘶鸣，扭过头准备用尖尖的喙啄叼依布拉音的手。依布拉音无奈，只好松手放开它。它重新获得了自由，躲到笼子另一侧。这是它有生以来第二次被人捉，前一次是在无知觉的情况下被依布拉音从巢中取出。当时它由于太过幼小，可能并没有什么知觉，而这第二次被捉就不一样了，这些天它已经明白自己的命运发生了怎样的变化，对人有了警觉，同时也有了恐惧心，所以，它极力要从人的手中挣扎出去。

好在它挣扎成功，躲在笼子一侧开始发抖。我以为它是因为恐惧，但仔细一看才发现，它是因为气愤在发抖。它的双眼睁得很大，似乎要冲出笼子一口把依布拉音吃掉。但显然它知道冲不出铁笼子，因为它在先前已经用爪子抠过，用身子撞过。所以，它更加气愤了，浑身的毛几乎要竖立起来，让人觉得它的身躯马上就要爆裂。

一只鹰因为受到屈辱，被气得浑身发抖，那几乎要竖立起来的羽毛就是一把把利刃；那马上就要爆裂的身躯，就是要为自己的尊严而殉身的明证。但它毕竟已被囚禁，即使再气愤，也仍然无济于事。

我对依布拉音说："它生气了，气得快不行了！"

依布拉音嘿嘿一笑说："生气了好！生气了说明它有脾气，有脾气的鹰就是好鹰。"

我知道，依布拉音仍然在与鹰沟通。虽然这种沟通充满残酷、屈辱和愤怒，但他却像身经百战的将领，在观察这三只鹰的变化。由于他熟知鹰的秉性，所以他让它们恼怒、绝望和气愤，然后判断它们是否具有血性。

呵，这其实像一场不动声色的战斗。鹰拒绝人时，人却因为认识了鹰的秉性而进一步接近鹰。这样的情形，虽然不排除驯鹰人的目的在里面，但鹰却在一个高度，以一种圣洁的姿态成全了人的意愿。

人一再试探鹰，鹰却一再拒绝人，不轻易让人接近自己。这是一种绝美的对峙。在对峙中，人被鹰引领，因为鹰而变得欣喜，因为鹰而变得真实。

而鹰，则裸露出高贵的内心。

驯　服

接下来的几天，我亲眼看到了依布拉音驯鹰的详细过程。我由此知道，一只鹰只有经过洗胃、熬鹰、绑绳和叼肉这几个过程，才算是真正变成了猎鹰。

依布拉音的眼睛又眯了起来。我知道，又到了他要做大事的时候。他从笼子里一一取出三只小鹰，用绳子绑住它们的翅膀和双爪。它们虽然挣扎着嘶鸣不已，但最终仍动弹不得。

我看着它们幼小的身躯，有些担忧地问依布拉音："行吗？它们还是小鹰！"

依布拉音坦然一笑说："行，没什么不行的。鹰出生六七天后就跟大鹰没什么区别了。"他一边忙，一边给我讲鹰的故事。他的讲述随意性很大，往往从一个话题跳跃到另一个话题，让我的聆听不得不跟着他的思路跳跃。现在我写稿至此，只能从中挑挑拣拣，捋出一个关于鹰的故事：一只幼鹰出生六七天后，母鹰为了防止它学会爬行，就会对它进行残酷的训练，让它的第一生命反应就是飞翔，而不是爬行，因为爬行对鹰来说是耻辱的，而飞翔则是高贵和勇敢的象征。等幼鹰能飞起身子，母鹰就会把幼鹰带到大树的顶端或悬崖顶上，毫不犹豫地把它们推下去。幼鹰必须在下坠的过程中学会飞翔，否则就会被摔死。有很多幼鹰就是没有挣扎着飞翔起来，坠落到低处摔成一朵血淋淋的骇然之花。

鹰的故事总是能够让人听得惊心动魄，能感受到它们的行为中有扑面而来的强烈气息，但同时又让人觉得鹰的命运总是这么悲怆，似乎要不停地接受生命挑战，并且在极其惨烈的形式中脱胎换骨，才能让自己活下去。

现在，依布拉音也要让这三只鹰来一次脱胎换骨的命运变化。他用布把三只小鹰的头蒙住，用绳子缚住它们双翅，然后让它们站到一根木棍上去。鹰不知道他的用意，便犹豫着站了上去。这时，鹰便开始了变成猎鹰的命运变化。那根棍子其实是专门用来训练它们的。它们一站上去，重力就使棍子两边的绳子互相拉扯，棍子便摇晃不已。鹰在摇晃的棍子上站立不稳，但为了不掉下去，便挣扎着站在上面，发出呜呜的沉闷叫声。棍子不停地摇晃着，鹰终于被摇得头昏脑涨，一头栽了下去。依布拉音手一伸便将它们捡起，又放到棍子上。它们又开始被摇晃，又开始呜呜地叫。

就这样，它们一次次从棍子上栽倒，一次次又被扶上去。依布拉音不分昼夜地守在旁边。有时候他耷拉着脑袋，我以为他睡着了，但只要鹰从棍子上栽下，他总是迅速伸出手将它们又放上去。他像一个老练的打手，从地上将鹰捡起就是在对它们进行打击，他打击的是它们的恐惧和软弱。

一天又一天，接连几天，鹰就这样被折腾着。有时我在屋外听到鹰的呜呜叫声，心想鹰天性坚强，人就用这种方式征服它们，把它们的意志一点一点消磨干净，而后让它们听从人的使唤。

终于，三只鹰被折磨得晕了过去，像一团软软的肉球从棍子上掉到地面，再也起不来了。鹰晕过去之前，一定是内心力量被耗尽，精神先崩溃了，所以掉到地上后，先天生就的鹰便化为一缕魂灵离去，而新生出的魂灵也已悄然潜入身心。

新的魂灵必将让它们用新的生命方式活下去。依布拉音如同要举行圣典仪式似的，给它们来了一次洗礼。他将凉水浇到它们头上，不一会儿，它们便苏醒了过来。但它们显然已经被折腾垮了，没有力气站起来，脑袋低垂，眼中无光。依布拉音用手把它们拨拉到一个方向，它们便无力再转回来，一副听之任之的样子。

这时，才开始了对鹰的驯服。

勒腰或瘦身

三只小鹰就这样慢慢被驯服着。我们平时听到的都是关于鹰刚烈的故事。在这些故事中，鹰因为意志坚毅、精神执着和行为离奇，在人们心目中变成了动物中的神。但我们并不清楚一只鹰的具体生活，也就是说，在它们颇具光环的形象背后，究竟有着怎样的艰难和忍受。这是一个需要深刻认识的问题。

现在，我一面为这三只鹰受折磨而于心不忍，一面又在内心滋生出对它们的希望之情。我希望它们能熬过每一道驯服关，因为只有过关，它们才能变成真正的猎鹰。相对于那些在大自然中自由自在飞翔的鹰来说，这三只鹰因为被人赋予了猎鹰的使命，所以没有退路，不是自由的鹰。因此它们必须过关，才能成为猎鹰。

我是这样想的，但不知依布拉音是如何看待这一问题的。他说话不多，不到我急不可待的地步，他不会轻易发表看法。实施完"不睡觉"这一驯服关后，他又开始了勒腰驯服。在这之前我隐约听说过这一驯服关。所谓勒腰也叫瘦身，就是想办法让鹰把吃进胃里的东西吐出来，以达到让它们减肥的目的。这一关是所有驯服中最难的。当鹰把吃进胃里的东西硬生生吐出来，它们几乎要经受全身心被撕碎般的痛苦。

依布拉音睡了一天一夜，精神头又足了，背着手在三只鹰跟前转了几圈，眼睛里满是欢喜和高兴的神情。看到他的这种神情，我便知道他要实施勒腰驯服了。果然，他很快从屋子里拿出一个装满水的瓶子，对着鹰的嘴往里灌水。三只鹰很久没有喝过水，便咕嘟咕嘟将水喝进了肚子里。

不一会儿，每只鹰几乎都喝了一瓶，而且还不时发出欢快的叫声。我在一旁仔细观看，三只鹰已与以往截然不同。它们把头转来转去，眼睛里有一丝欢快的神情在闪烁。我想，它们眼睛里的这一丝光芒，是它们长久隐匿在身体深处的心灵反应，如果不是被捉来驯服成猎鹰，可能永远都不会暴露。

然而，三只鹰的幸福却很短暂。它们很快又遭受到了磨难。依布拉音将一些芦苇花揉碎，用水和成团捧到了鹰的嘴跟前。鹰这些天一直在挨饿，看见有吃的东西便张嘴吃起来。大概芦苇花的味道很不错，它们吃得津津有味，丝毫不知道吃这些芦苇花是残酷驯服的开始。我因为知道这些芦苇花将发挥怎样的作用，所以看着它们吃得那么高兴，便有些于心不忍，但我又不能阻止依布拉音。我提醒自己不要悲天悯人，猎鹰已经存在了很多年，所以也就有它存在的理由。至于驯鹰的方式，则无可替代，一只鹰只有经过近乎残酷的驯服，才可以成为真正的猎鹰。

依布拉音显得很从容，让三只鹰把揉碎的芦苇花全部吃完后，便坐在院子里抽莫合烟，耐心等待它们的反应。不一会儿，大概芦苇花开始刺激它们的胃了，它们浑身发抖，眼睛里满是痛苦的神情。依布拉音不动声色地看着它们，它们这样的反应是他预料中的，所以他仍然很从容。很快，三只鹰便开始呕吐，吃下去的芦苇花被原原本本吐了出来。每吐一次，它们都发出惨痛的嘶叫，双翅上下抖动，似乎有一把无形的刀子正在切割它们，使它们的身体要四分五裂了。

呕吐了一个多小时，它们才把吃下去的芦苇花吐干净了。呕吐使它们深受折磨，吐到最后已经发不出声了，只是抖动着身体，脖子一扬才能吐出一点东西。吐完后，它们的身体软得似乎已塌了下去，眼睛也无力再睁开。

依布拉音并不管它们，而是仔细察看它们吐出来的东西。后来我才知道，驯鹰人之所以让鹰吃芦苇花并吐出来，是要把它们体内多余的脂肪拖带出来。同时，把胃里的野味洗干净，让它们不再迷恋野味，完全听从人的安排。

我原以为鹰如此遭受磨难的洗胃程序已经结束，不料第二天我才知道，用芦苇花为鹰洗胃仅仅是第一步，接下来还要进行下一道程序——用肉和皮革洗胃。依布拉音拿出早已备好的皮革，将肉包进去递到了鹰的嘴边。鹰大概因为在昨天遭受了芦苇花洗胃的折磨，对依布拉音有些怀疑，迟迟不张嘴，但风让肉散发出的香味还是吸引了它们，不多会儿它们便张嘴将其吞吃了下去。它们的胃早已经空了，所以那些包了肉的皮革被它们囫囵吞进肚里。依布拉音让它们把所有的东西都吃完，便神情颇为严肃地走了。我知道，他神情一严肃，鹰便又要开始遭受磨难了。

整整一天，三只鹰没有异常反应，而我根据依布拉音的神情断定，大概还没有到让它们有反应的时候。给鹰洗胃，如果说芦苇花是猛洗，那么用皮革包肉则可以说是缓洗。

第三天上午，它们开始有反应了。它们疼痛难忍，在笼子里不停地打转。我知道它们消化不了皮革，胃开始疼了。依布拉音仍旧眯着双眼打量着它们。看得出，他对此早已有所预料，所以他不着急。

过了一会儿，三只鹰不约而同地开始吐了。较之于吐芦苇花，它们这次吐得更艰难，几乎是在干呕，吐了好一会儿也不见一丁点皮革的影子。但它们似乎知道只要吐出来就好了，所以并不强忍，而是用力在呕吐。终于，它们向外吐东西了，那些方形的皮革从它们大张的嘴里吐出来，划出一道道黑色弧线落在地上，发出啪啪的声响。

依布拉音的眼睛睁大了，鹰能把皮革吐出来才是他最后的目的，而且这三只鹰能做到这一点，着实让他高兴。他把鹰嘴里吐出来的皮革拿起来细看，上面有血丝，还有一些白色的油腻的东西。皮革把鹰的内腔划破了,同时还带出一些脂肪。但依布拉音却很高兴,像握宝贝似的把皮革握在手里。这个言语很少的驯鹰人,就这样以沉稳、内敛和坚持感动着我,像有股巨大的力量在我面前游动着,把我对三只鹰的怜悯撞击得无影无踪。我在内心彻底佩服他,甚至对他产生了依赖。我相信他不会搞砸,这三只鹰经过他的手一定能变成出色的猎鹰。

晚上,三只鹰大概因为胃疼,每隔一会儿便发出一两声嘶鸣。我虽然知道这是它们生命中必不可少的磨难,也是构成它们荣光必不可少的环节,但不知为何,它们每叫一次,我的身体便一抖,内心抑制不住升起疼痛的感觉。

坚 持

三只小鹰被洗胃后,不光吃进去的东西被弄了出来,似乎连浑身的力量也被抽干净了,站在棍子上半天不见动静,只听见叫声越来越嘶哑,像喉咙里被塞进了一架沉闷的机器。

我仔细观察它们的眼睛,发现它们的眼帘已全部垂落下去,几乎不见一丁点瞳仁,更别说它们的眼神。我想伸手把它们的眼帘往上拉一拉,好让它们把眼睛睁开,并由此振作起来。我觉得鹰不应该是这样,以它们的个性和留给人们的印象,它们应该表现得很刚烈,即使是死,也应该向着天空发出啸鸣才对。但这三只鹰却没有了力气,就这样无可奈何地挨着时间,承受着命运。

相对而言,这是三只苦难中的鹰。我们平时从文学作品和诸多民间传说中了解到的鹰都是阳刚和暴烈的飞禽，但在现实中，我们却可以看到鹰苦难的一面。比如我眼前的这三只鹰，当苦难降临到它们身上时，它们其实也无可奈何，甚至被苦难打败，闭上了在平时放射光芒的眼睛，就连一向显得高贵的头也无力支撑，一再向下垂落，让人担心会从身体上断裂脱离出去。

我隐隐为它们担心，如果它们过不了依布拉音这近乎残酷的驯服关，就会死掉。我不忍心看到那样的一幕在我眼前发生。说老实话，我知道它们正处于生命的关键时刻，如果它们过了这一关，就等于是鹰之涅槃，从此变成鹰中间的专业杀手，而且因为它们是在为人类服务，所以它们身上的荣耀要比别的鹰多得多。但如果它们过不了这一关，它们就远远不如在大自然中没有任何奢望、自由自在生存的鹰。

有了这样的担忧，我变得郁闷，甚至不忍心再在这里看依布拉音驯鹰。我怕自己看到鹰惨烈的结局。那样的话，鹰于我而言就会变成一种隐痛，我心里就会有阴影。我找到正在做马鞭子的依布拉音，他在哼唱一首柯尔克孜民歌，沉浸在忘我的世界里。他心情不错，对三只鹰的生死似乎不管不顾。我对他说："三只鹰看样子好像不行了。"他停下手中的活看着我，眉头皱了皱，似乎觉得我说的这番话挺多余。

我已经很着急了，一股莫名的怒火自心底蹿起，像风暴一样打开了我尚在极力控制的嘴："它们连眼睛都不睁了，呼吸也不行了，恐怕过不了今晚了。要不，给它们一点吃的东西？"

他却一点也不着急，慢条斯理地把马鞭子捋顺放好，用一种颇为不解的眼神看着我。说实话，我就怕这个柯尔克孜族人的这种眼神。他这么一看我，似乎显得我很幼稚，而他却总是深不可测,对什么事情都了如指掌。我承认我与他之间有隔阂——他的经历很丰富,不论事情如何发展,似乎都超不出他的预想。而我却总是从现实出发,而且还时时抱着人道情怀,要给予生命最大的尊重,哪怕它是一只鹰。这样的隔阂虽然不会引起冲突,不会弄得依布拉音把我从他家赶出去,但他却总是用颇为好玩的眼神看我,让我很是着急。

他见我急了,呵呵呵地笑着,用手拍了一下我的肩,然后把我拉进了屋。不知怎的,经他这么一拉我反而变得轻松了,也觉得他于我亲切了很多。这个声名显赫的柯尔克孜族驯鹰人,自从把三只鹰抓来后,每天都眯着眼睛,低着头在院子里走来走去,似乎有很多事情要做。我不知道他那永远做不完的都是一些什么事情,但我承认我和他之间产生隔阂与此有很大的关系。现在,经他这么一拉,我觉得我们之间的隔阂正在消除,我内心产生了希望他呈现出内心、不要再神秘莫测的渴求。

进了屋,他打开一瓶伊力特酒,给我和他分别倒了一杯,然后举起杯子说:"对这三只鹰来说,现在正是最难的时候,它们得熬,而且必须学会怎样熬。"他见我不解,便把酒杯举到我面前,用力与我的酒杯碰了一下,刺溜一声喝干了酒,然后又接着说:"你恐怕不知道吧?等把这三只鹰驯成了,它们就得去捕猎,而捕猎哪能每次都那么顺利呢,很多时候都得等。猎物实际上也是很狡猾的,一有动静它们就会有所反应,所以鹰就得熬,一动不动地待在原地熬,一直熬到猎物放松警惕跑出来,鹰就会一下子飞出去,一下子把猎物逮住,我一下子就有了收获。"他连说了几个"一下子",显得很兴奋。我也经由他这番话而茅塞顿开,倒了一杯酒给他敬了过去。

我们俩边聊边喝,不知不觉干掉了一瓶酒的三分之二。我已有几分醉意,依布拉音也醉眼惺忪,话越来越少了。他见我已有些释然,端起最后一杯酒与我的酒杯一碰,刺溜一声喝干,倒身在床上,嘴里含含糊糊地说:"睡觉,睡觉……"

睡到半夜,我被一阵尖厉的声音惊醒,是鹰在叫。不知什么时候,它们缓过劲了,原来堵塞在喉咙里的沉闷机器不见了,继而有清凉的风拂过,让它们的喉咙恢复了以往的湿润,发出了极其痛快舒畅的欢叫。鹰若高兴,就会发出情不自禁的叫声。这是鹰的秉性。

躺在我身边的依布拉音一跃而起,在黑暗中准确无误地摸到桌子边倒了一杯酒,端起一饮而尽。我听见他喝酒的刺溜声很大,似乎让黑夜在颤抖。

附录二：工业边缘的狼

"90后"女孩与狼

当下有不少企业把狼道引入发展和管理模式，其目的是在商业竞争中发挥团队精神，让员工重责任，有担当，在企业内部形成像狼群一样合力打围、部署周密、敢于进取、勇于拼搏、甘于奉献的模式。狼道本来是在大自然中孕育出的动物的生存法则，但是却被现代文明环境中的企业，尤其是被一些制造高度文明产品的企业所重视，甚至被直接挪用或者模仿运用。这说明了什么？我想，有一个原因不容忽视。所谓的现代文明，在发展到一定的时候，因为丧失了文化传统，忽略了国学的精神精髓，所以在文化建设方面出现了断层，从而导致自身素质在拓展方面变得苍白，很难形成自己的文化品牌。所以，企业注重狼道，实际上是一种恶补，一种自救式的输血。

这个话题经常被人谈论，甚至被写成大量励志类文章，可以说已经讲得非常细致和明确了。而我在一次亲身经历中，也亲眼看到了狼道在企业管理中的应用。乌鲁木齐的一个狼园的经营者，有一个"90后"女儿，我们去那个狼园看狼时见到了她。当时是冬天，远远就看见她坐着一个爬犁在雪地上滑行。我们以为拉爬犁的是狗，就走了过去，结果她马上从爬犁上跳了下来，大声阻止我们过去。我们这才知道拉爬犁的不是狗，而是狼。她与那些狼朝夕相处，狼对她言听计从，但我们是陌生人，一旦接近很有可能会受到狼的攻击。

　　她把狼关好后过来招呼我们。我们很惊讶，她居然到了能够和狼那样相处的地步。她说过一番话后我们才知道，她最初非常怕狼，她爸爸把她推进狼园让她去给狼喂食，然后咣的一声就关上了门。她没有退路，也不敢哭不敢叫，因为她知道只要她出声就会让狼受惊，然后它们就会扑向她。她咬着嘴唇打量那几只狼，最后选中她曾经喂过几次的一只狼，把手中的肉扔了过去。那只狼看了她一眼，低头去吃肉了。她这才转身返回，父亲也及时给她打开了门。事后父亲告诉她，她在狼园已经三个多月了，狼已经熟悉她了，把她推进狼园去给狼喂食，绝对不会有危险。但是女儿在当时不知道这些，在那一刻只能靠她自己战胜心理上的恐惧。她是一个"90后"女孩，父亲把她推进狼园，完全是一种像狼王一样的强迫式举动，而女儿在那一刻的冷静判断，又完全是像独狼一样的自我控制和自我调整。还有一点，父亲把女儿推向狼的举动，与企业管理者激发员工斗志、勇敢地在无序的市场循环中寻求和拓展渠道的形式一模一样。作为狼王，要对狼群的生存负责；作为企业管理者，要为企业的发展负责，而激励员工像狼一样去拼搏，才可以有力地促进企业发展。

　　后来，我们便经常去那个狼园，在闲聊中听女孩说狼的事情。那个女孩虽然是"90后",但基本上是和狼一起长大的。她迎接小狼的出生,然后每天给它们喂食,与小狼对视,跟小狼说话。她说的话小狼都能听懂,并且用叫声或者肢体动作回应她。这个"90后"女孩的成长环境,在他们这一代人中可以说是独一无二。她面对的是狼,所以她必须去琢磨狼和适应狼,在狼身上寻找狼与人,或者说狼与她相通的心灵感应。这个"90后"女孩的处境实际上是充满危险的,如果狼园中的哪一只狼突然暴发天性,她的生命就会受到伤害。但她父亲对她的安置,让她没有任何退路,她必须与狼相处。这件事就像一个人步入处处都是竞争的职场,他必须迎难而上,去琢磨竞争对手,勇敢地用对方的优势与自己做比对,最终从对方身上找到突破口。人在职场是这样,人生在世也是这样。如果一个人在自己内心养一只狼,那么他脚下的路就不会是沙漠,而是一直延伸向远处的一串毫不杂乱的足迹。

  狼与人是能够建立感情的,但狼与人的感情必须经过彼此尊重、心灵沟通和真诚相待才能建立。这一点很像人与人的交往。如果一个人交往到的另一个人,具有人格魅力和高尚情操,那样的话他也会真心付出自己的感情,在善待对方的同时也就获得了对方对自己的尊重。这样的事被草原上的牧民总结出了一句很好的谚语:"如果你给快要饿死的狼一块肉,那么它迟早会回报你。"那个狼园里的狼与那个女孩在后来也发生了极为感人的一件事。那个女孩考上大学要走了,被她喂养大的那几只狼意识到她要离开了,好几天都躁动不安。到了真正离开的那天,那几只狼趴在铁丝网上痛苦地嗥叫。她对它们说:"你们好好地在狼园待着,我过一段时间就回来看你们。"狼一听她那样说才安静了。她走了之后，那几只狼天天趴在铁丝网上，朝着她离去的方向张望，不时发出急躁的叫声。在这件事里，狼的真诚和忠贞，体现得淋漓尽致。人常说狼是凶残的动物，但是当人对它们付出真心，它们回报给人的真情，又是多么让人感动。

狼道或者法则

在当前的社会和职场中，人们越来越强烈地意识到，狼身上有很多东西值得人学习。甚至可以说，人类丧失或者丢失了的一些东西，却被狼保留了下来。这时候的狼，就变成了自身具有精神光芒，会对人类起到启发、感召和引领作用的一种动物。

这样的例子很多，比如狼群包围一只鹿以后，每只狼自觉协作、轮番围攻的策略，便堪称一绝。鹿这种动物的攻击力量不强，但它们的蹄子却很厉害，很灵活，踢出的速度也很快。只要它们盯准了要踢的对象，好像就可以把全身的力气集中到蹄子上，然后一蹄子踢过去，被踢中的动物身上就是一个血洞。但是鹿的这种优势在这样的场景中却无法发挥。一群狼包围了一只鹿以后，知道鹿的蹄子厉害，如果一起扑上去攻击的话，必然会有一只狼被踢死，所以它们采取恐吓的办法。先是发出嗥叫以迷惑鹿，分散鹿的注意力，然后由一只狼猛扑过去咬鹿一口，就迅速返回。狼这样做的目的有两个：一个是避免与鹿纠缠，躲开鹿的蹄子；另一个是每只狼都是出其不意地扑过去咬一口，让鹿不知道该如何防范真正的攻击者。那群狼就那样轮番攻击，虽然扑过去只咬鹿一口,但积少成多,最终那只鹿因为流血过多,轰然倒在了地上。在这件事中,狼采取的攻击方法和发挥的智慧,与军事战争中的分散瓦解和集中击破十分相似。人们会发现狼是最会运用团队精神、协同作战的动物。

在另一件事中,狼发挥出的运筹帷幄之谋略,也让人不得不佩服它们纵观全局、把握时机的本领实在高出一筹。那件事是这样的,一位猎人在打猎时一边追赶一只狼,一边向它开枪。那只狼害怕被击中,于是便从山顶上往山下跑。猎人当然不会放弃,便也就从山顶上往山下追。当他追到山下,不料那只狼却扭头又往山上跑。狼上山的速度很快,但人爬不了几步就累得气喘吁吁。那位猎人才追到半山腰,那只狼却已经到了山顶,他只能眼看着那只狼一晃就不见了影子。从这件事可以看出,狼表现出的智慧,可成为商业竞争或者职场竞争中的有力参照,尤其是在处于得与失、胜与败的关键一刻,人如果学会了狼的策略,不论在什么处境下都可以力挽狂澜,稳操胜券。

狼在捕食时,经常体现出高超的谋略。有一群黄羊要从一个地方迁徙到另一个地方,它们不知道有一群狼早已盯上了它们。当经过一个悬崖时,它们突然发现前面有几只狼堵住了它们的去路。它们想转身返回,一扭头又发现后面也有几只狼堵住了它们的退路。前后都有狼,它们慌了,于是拥挤乱撞,有的掉下悬崖摔死,留下的被两边的狼扑上去咬死了。然后,狼到悬崖底下把摔死的黄羊拖走。那群黄羊一只不剩地都死了,狼完成了一场漂亮的歼灭战。在这件事中,狼把包抄、堵截和突击等环节把握得<u>丝丝入扣</u>,有条不紊。狼的这种表现,体现出了非同一般的踩点能力,同时也让我们看到,它们组织周密,策划能力很强。

在捕杀黄羊的时候，狼还体现出了非同一般的耐心。有一群黄羊，因为下了一场大雪，要下山去找水源喝水。狼对黄羊在大雪后要下山喝水的这一习性了然于胸。它们会埋伏在黄羊经过的地方，耐心等待黄羊下山。有时候，黄羊会很快出现，而有些时候，黄羊却迟迟不会露面。狼为此要在大雪中一动不动地趴着，哪怕落雪在它们身上积了一层又一层，它们也不能动一下，因为在寂静之中弄出声响，会让它们的努力前功尽弃。直到黄羊出现，它们会一跃而起扑向黄羊。经过一番凶猛的撕咬，黄羊倒毙在地上。狼的这种精神，被狙击手运用到军事战争中，往往能将对手一枪毙命。不打无准备之仗，在这一点上，人类的狙击手与狼十分相似。

狼就是这样一种常常让人难以置信的动物。它们的很多策略，都与人类的做法相似，而且在很多时候比人还聪明，让人不得不佩服它们，敬重它们。

两个视频中的狼

每年冬天，在新疆总是能听到一些有关狼的消息。我想，这里面有一个原因：新疆在入冬后的第一场雪，总是不期而遇，常常是树叶还绿着，或者花朵还在鲜艳盛开，一夜之间的一场大雪就让天地一片雪白。这时候的狼实际上还没有做好迁徙或者储备食物的准备，所以它们的生活节奏一下子被打乱了，就会出现一些反常的举动。

有一年冬天,我从两个关于狼的视频中,看到了狼在入冬后的真实处境。第一个视频是这样的,有人开车在巴音布鲁克草原上前行,那条公路是修在草原上的,来往的车辆不多,所以驾车的人把车开得很快。正在向前行驶,突然看见外面有一只狼在奔跑。驾车的人按了一下车喇叭,要把那只狼吓走,但它却不紧不慢地与车保持平行方向跑动,车快它快,车慢它慢,好像要和车赛跑。车里的人觉得很有意思,便向那只狼喊叫,它一扭头,大家才看清它嘴里叼着一只野兔,而且大家看出它前面有铁丝网,它是要越过马路,而马路的另一边就是草原。大家于是让驾车的人减速,好让那只狼穿过马路到另一边的草原上去。汽车放慢了速度,那只狼紧跑了几步之后,终于跑到了车前面,然后它一转身跑到了马路上,几步便蹿到了马路边,但是因为刚才被车耽误了时间,马路边已经有了铁丝网。它腰一弓便跳了起来,要跳过那道铁丝网。可铁丝网太高,它只能跳到一半高度,眼看就要一头栽倒在铁丝网底下。车上的人都有些不好意思,如果早一点停车让狼过马路,就不会出现这么尴尬的事情了。就在大家不知所措的那一刻,谁也没有想到在他们眼前出现了令人叹为观止的一幕:那只狼眼看跳不过铁丝网,突然凌空来了一个二级跳,腰一弓就跳过了铁丝网,四爪一落地就飞快跑向远处去了。大家在车上感叹,狼的爆发力真是不可思议,它们往往在一瞬间像获得神助一样,在身体里爆发出神奇的力量。

这件事被一位朋友用手机录下了视频,后来转发给了我。我对一位自小跟随父亲在阿勒泰护林、很熟悉狼的朋友说起这件事,他说不大可能发生狼凌空二级跳的事情,狼是擅长奔跑,但狼跳跃的本领到底怎么样,还真不好说。他在山里那么多年,没有见过狼有怎样的跳跃本领，更别说凌空二级跳的事情。我拿出手机让他看了那个视频，他很惊讶，最后与我达成一致的看法：狼的力量，狼的神奇，都不可预估，我们不能用人的思维去判断狼。

另外一个有关狼的视频，是一位诗人朋友发在微信朋友圈的，我觉得十分难得，就保存在了手机里。视频中的故事发生在青海的一个地方，与刚才我讲述的那个故事很相似，也是一只狼跳跃铁丝网时遭遇了意想不到的事情。那只狼本来已经借助路基跳过了铁丝网，但是在落下的时候，一只爪子却卡在了铁丝网里。它用力挣扎，没想到越挣扎爪子却被卡得越死。一位藏族妇女看了看被铁丝网卡住爪子的那只狼，先是用手去掰狼的爪子，但掰不下来。于是她让小孩回家拿来一个钳子，一边向铁丝网靠近，一边在嘴里念念有词：拉嘉洛、拉嘉洛、拉嘉洛……旁边的人都安静了下来，就连那只狼也好像听懂了那位妇女的念叨，也不叫了。那么那位妇女念叨的是什么呢？"拉嘉洛"是藏语，翻译过来的意思就是"诸神赐我大胜"。那位妇女顺利用钳子剪断了铁丝，那只狼叫了一声，便飞快地跑向远处去了。

我与朋友们说起那位妇女念叨的拉嘉洛，朋友们说，那只狼在那一刻一定听懂了，明白那位妇女是来救它的，所以它很安静地配合，让她顺利剪断了铁丝。我与朋友谈论一番之后达成一致的看法：这人世间的事情，我们完全没有必要去追究它的对与错，或者它到底是因为什么才发生的。我们只需要相信它，感受它具有的神秘力量，它一定就会滋养我们的心灵。让我们相信这个世界上有很多美好的事情。就像那位念叨拉嘉洛的妇女，只是因为相信神会给予她和狼以力量，所以她才那样从容。这就是我们能够看得见的心灵的力量。

在星空下死去

　　野生的狼因为一直在荒野生存，最多活十六年，而人工饲养的狼因为生存条件好，能活到二十年左右。狼死亡的原因有很多，疾病是其中一大原因。它们捕食时并不知道会被传染，常常被传染上狂犬病、细小病毒病和犬瘟热等流行病，最后在迅疾的奔跑中一头栽倒。

　　让人难以置信的是，狼虽然凶残，但毫不起眼的红蚂蚁能杀死它们。牧场周围长有松树，树下的红蚂蚁是微小的杀手，它们用松针在树下垒起圆圆的蚂蚁窝。林中百兽大多知道红蚂蚁厉害，所以从不接近。曾有一只狼不巧跌倒在一个红蚂蚁窝中，狼群看见它身上爬满红蚂蚁，嗥叫几声便放弃了它。几天后，那只狼只剩下森森白骨，有很多红蚂蚁仍在白骨上爬行。

　　猎人的夹子、布鲁、圈套、格扇，都是能置狼于死地的捕兽器。猎人埋设捕兽器前，常常会对猎物念叨一句话：你死不为罪过，我活不能挨饿。狩猎是一种古老的职业，猎人猎捕动物，自认为是在名正言顺地维系自身生存，所以他们多无情猎捕，少感叹犹豫，但他们说出这句话时，却使人性闪现出了光芒。狼有一个致命的弱点，闻到肉味或看到肉食后，会直接扑过去吞吃。但凡意外出现的肉，其实都是猎人的诱饵。他们会把捕兽器安装在肉下面或旁边，狼张开嘴去吃的一瞬，被夹子把头部夹击得粉碎，当场便毙命。猎人从狼头上取下捕兽器时，看见狼眼中布满惊骇。狼在死去的那一瞬间,心里弥漫过怎样的屈辱和恐惧?对狼来说,那亦是内心的火焰,从内心蹿至瞳眸,最后凝固成了绝望。

猎人若是对狼投毒,首选的是毒性最大的草乌。猎人们为此常说:"狼给人带来一场灾难,人给狼送去一朵草乌。"这句话看似平静,却暗含计谋、布置、诱惑、较量和毒杀。猎人将草乌用于投毒的方法很简单,在狼出没的地方,投放含有草乌的一块肉,或一只兔子。狼吃了两三个小时后,便倒在地上一动不动,口鼻中的白沫凝成骇人的一团。

狼在猎枪下毙命,是最为常见的死亡方式。猎人经过埋伏、设伏或追踪,然后将狼锁死在准星下,最后开枪将狼打死。但是也有意外,有一只狼在面对一位猎人的枪口时,突然笑了一下。那一刻出现了异象,一团黑影笼罩到那猎人身上,紧接着他的猎枪便炸膛了,他脸上满是红色血珠,那只狼倏忽一闪便已消失。另一位猎人背他返回,他说他昨晚做了一个梦,梦见自己被狼诅咒了。背他的那猎人双腿一软,险些跌倒。

大多数狼,在老死之际会大声嗥叫,召唤同类到自己身边来。它们这样做并不是恐惧死亡,而是要将自己知道的巢穴、河水、牧场等分布情况告诉同类。这是每一只狼都会遵守的传承规则。狼死后,同类会把它吃掉,不让它的皮肉和骨头遗失于荒野。这是狼死后最好的葬礼。

它们吃完死去的狼,抬头把眼泪洒向夜空。当时的夜空,一定繁星闪烁,寂静宁谧。

附录三：猎痛

一个传说

在新疆阿勒泰，很多猎人都知道这样一个传说。有一位图瓦猎人，每天都在山中打猎。他的箭法很好，每每能把动物一箭射翻在地。但有一天却出现了意外，他向一只狐狸射出一箭后，狐狸却没有毙命，那支箭在它身上摇晃着，它逃进了山林里。他追了一天一夜，那只狐狸一刻不停地跑着。他的箭射光了，便又拔出腰间的刀子去追。最后，那只狐狸不见了，山林里一片漆黑，他迷路了。又过了一天一夜，他饥肠辘辘，感觉自己马上要倒下了。这时，那只狐狸出现了，对他说："我知道路，让我送你回家吧。"一股求生的强烈欲望让他忘记了自己对它的追杀，他跟着狐狸踏上返回的路途。走了两天两夜，狐狸把他带到一条大路边，告诉他从这里可以回到村庄，然后转身离去。他突然想起自己射出的那支箭还在狐狸身上，便想帮它把箭拔下，但他看见狐狸身上空空如也，那支箭早已不知去向。看着狐狸走远，他的眼泪流了出来。

很多猎人都不喜欢听这个传说。在这个传说中人变得弱小了,狐狸变得高大,并让仍在操持狩猎职业的人在心理上有蒙羞之感。

一位猎人和朋友谈论起这个传说时说:"我不相信会发生那样的事情。"朋友说:"相不相信不重要,传说听着让人感动就行了。"过了很多年,那位猎人对那位朋友说:"我相信会发生那样的事。"朋友想知道原因,他却一言不发。朋友对那位猎人说:"你变了。"他说:"不是我变了,是事情变了。"

到底发生了什么变化?

隐 痛

一只小黄羊用嘴去拱已死于猎人之手的母亲。它不知道死亡已经发生,不停地拱着母亲的嘴,间或还发出以往惯有的亲昵声。这一幕被一位小姑娘无意间看见。她知道小黄羊的母亲早已被猎人打死,而小黄羊的眼神里却没有伤感或恐惧,反之却围着母亲的尸体在欢鸣。三十多年后她想起那一幕,内心仍一阵悸痛。

这是一件真事。三十多年前的一天,他打猎满载而归到了她家。他这一趟出去很顺利,追寻和等待一天后,在当晚便发现了待在沙漠南边的半山坡上的一群黄羊。黄羊在晚上总选南边的半山坡休息,因为南边逆风,不会让自己的气息被风吹入他者鼻孔,而且南边山坡因为受日照时间长,较高的温度更易于让它们进入甜蜜的梦乡。羊群在南坡卧下后,会派一只黄羊站在高处放哨。猎人们掌握了它们的这一规律,只要他们用略带惊喜的语气说出"南坡"这两个字,便预示着一场猎杀马上就要开始。那天晚上,他远远便发现了那个黄羊"哨兵",并获得有黄羊群的准确信息。他打开探照灯,很快便找到了黄羊群。突现的亮光让黄羊的双眼不适,继而又失去方向感,趴在那里一动不动。他扣动扳机扫射,一只只黄羊呜咽着倒地。利用亮光射击是最佳的打猎办法,往往猎获颇丰。

黄羊的致命弱点在白天也暴露得淋漓尽致。它们逃跑时屁股上的白毛总是很显眼,是猎人最佳的瞄准点。至于它们潜藏于树林或草丛中时,往往顾头不顾尾地将屁股高耸于外面,那白毛又会让猎人迅速发现。猎人们为此总结出两句话:"黄羊晚上死在眼睛上,白天死在屁股上。"

猎人,不停地杀戮和制造死亡,但因为满足了人类的饮食需求,不但其残酷被遮蔽,反而凸显出职业意义。他们因为迷恋射击的快感,所以言语简短直接,把很多事情甚至简化到一个字。比如将打猎简称为"打",每次出发前只说那么一句话:"走,出去打一趟。"同行们对此心照不宣,不了解打猎的人对此一无所知。

他将打死的黄羊装到车上,南腔北调地唱着歌开车返回兵团的一个连队。但黄羊那么一大堆,如何存放成了问题。因为那位猎人和小姑娘的父亲是朋友,一番商议后,那些被打死的黄羊堆放在了小姑娘家的鸡舍里。

他是一位职业猎人,负责为单位在野外工作的工人们供给野畜肉。那些年肉食供给不足，单位便自行解决。他五岁时就跟爷爷打猎，拿得动枪时就能把猎物打翻在地，到了十七八岁便是百发百中的神枪手。单位给他办了狩猎证，从此他便开始了职业猎手生涯。慢慢地，他掌握了丰富的打猎经验。比如在戈壁滩上开车打黄羊，人不能边追边打，因为黄羊很灵活，看到车追近会突然拐弯跑向别处，等人把车转过来，它们早已逃之夭夭。为防止黄羊突然拐弯，车要不停地追，直至追到黄羊无力再跑，或因奔跑肺裂瘫倒在地，这时候一枪便可毙命。再比如猎人不能顺风寻找猎物，因为风会把人的气息吹到动物的鼻孔里，人尚未走近，它们早已躲得无影无踪。

枪、子弹、荒野和动物，构成打猎者单调的生活，但射击却让他们兴奋，子弹在瞬间击中目标，让他们享受到了奇异的体验。时间长了，他们的性格也变得有些怪异，甚至不习惯人群中的生活。他们觉得城市会让人变得模糊，而在荒野中的狩猎生活却让他们自由开心。有时候，有人会为他们感叹，痛心地说出两个字：杀生。但因为他们对职业信仰矢志不移，所以他们不会停顿，内心也不做过多的考虑。对一个打猎者来说，他猎得的动物是成绩，是收获，所以他们沉迷其中，乐不可支。

凭借丰富的打猎经验，他每次开车出去打猎都满载而归。为此，他拥有了国家狩猎证。用他的话说，国家狩猎证是一个大本子，比自治区的狩猎证要大很多。

因为古尔班通古特沙漠地域宽阔，加之动物有不固定的生存习性，所以他的打猎范围变化不定，有时在沙漠，有时在河滩，更多的时候则在山谷中。那些年兵团种瓜最犯愁的是刺猬和狐狸之类的小动物，它们会乘人不备钻入瓜地进行大肆侵害。晚上，甚至还会有狼光顾，兵团连队的人会通过关系弄一支小口径步枪放在瓜棚里以备不测。他是猎人，所以人们希望他能打一打侵害庄稼的动物。一来二往，他便和那位小姑娘的父亲成了朋友。

将黄羊打回来后，打猎者要对黄羊剥皮、剖腹和去内脏，然后将净肉拉走。那天他正埋头作业，一只黄羊因为没有被子弹击中要害，从一堆黄羊尸身中翻滚爬起，哀嚎着有意欲逃走。但因为太过惊恐，它只逃出两三米后居然一头栽倒。既然逃脱不了，其结局必然仍是死亡。经验丰富的打猎者不慌不忙，伸出手将黄羊按倒在地，一手扭它的脖子，一手抽出了腰间的"皮夹克"。刚刚目睹了无知的小黄羊的那位小姑娘还没有离去，她看见了那只黄羊的眼睛。它眼中起初是挣扎，之后是无助，最后是绝望。刀子刺进了它的喉咙，它低低地呜咽了几声便不动了。

小姑娘咬紧了嘴唇，眼睛里有泪水要涌动出来。"那一刻我恨他！"多少年后，她说起这件事时表情中隐隐显露出伤感。在她的童年，那是一次刻骨铭心的杀戮。她亲眼看到，虽然内心产生了一种本能的救护欲望，但因为她只是一个六岁的小姑娘，没有实施行动的能力，所以幼小的心灵在那一刻便承受了巨大的伤痛。

那位猎人经常借宿小姑娘家，但却丝毫没有觉察到她的内心反应。他的目光在荒野和沙漠中，加之又是一个职业猎人，所以他不会为什么事分心，至于周围人的反应，则更容易被他忽略。

三十多年后，他和当年的那位小姑娘在同一城市相遇。他或许因为年轻时有过长期在野外生活的经历，所以身体很好，六十多岁的人看上去像四十出头。而当年的那位小姑娘已成为母亲，有一个十六岁的可爱女儿。她教育女儿为人处世要得体大方，与人说话时要看着对方的眼睛，给别人递东西时要用双手，说话要不卑不亢。在生活中，她和女儿是朋友。一天和朋友聚餐，凑巧当年的那位猎人也在，她说起那段记忆。她很聪慧，只是提到那只小黄羊，并没有说出自己当时的情绪。他回忆起那段往事，对她说："当时你小得很，刚断奶嘛。"她马上变得有些冲动，急忙说："不是，我已经六岁了。"之后的交谈似乎有些尴尬，她不再说什么了。

我因为在这之前听她讲过这件事，所以在那一刻我是一个洞察者，知道她突然变得着急的原因。他的回忆让时间错位，由此会否定她当时在场的事实，更会篡改她与那只黄羊对视时的内心之痛。这件事于她而言有三十多年的内心负重，他人回忆的错位又怎能将其改变？

那天我们边吃边聊。无意间，我看见因为窗户的原因，有一片亮光照到了她脸上，让她的脸庞变得洁净素雅。这时餐桌边的话题转向了摄影，大家谈兴正浓。我和她相视一笑，继续吃饭，不再提及打猎的话题。

事后我因为要写这篇文章，打电话确定她当时的年龄，她坚定地说是六岁。从她的语气中我仍能感觉到一种难以平静的情绪。在这件事中没有道德的判官，三十多年前的目睹已被时间的幕布遮掩，但那位猎人回忆的错位却刺激了她，一种难言的情绪犹如被埋下的胚芽，又开始悄然生长。

但他对此一无所知。

戒 猎

一次有人问他:"老赵,你前后打猎多少年?"他回答:"三十多年。"又问,:"能不能数清打了多少只猎物?"他脸上马上有了难堪之色,低声说:"记不清了。"

于是便有人猜测,他是因为有难言之隐,不愿意算一算到底打了多少只猎物。别人的提问让他难堪,而自省却更让他痛苦——到底打了多少只猎物,他真是无法算清了。年轻时无所顾忌,只知道打得越多越好,到了一定的年龄突然警醒要停止了,才发现自己犹如在面对一个黑洞,无论如何都找不到答案。

如果说停止就是忏悔,那么忏悔便一定是有原因的。他的内心转变正如前面我所叙述的那个猎人一样,也是被动物改变了心灵,继而改变了行为。

他第一次为动物心动是在北疆的赛里木湖边,他和一位朋友带着双筒猎枪去打呱呱鸡。到达射击点位后,他们潜伏在一个沙坑中支起了猎枪。天冷,他们为把呱呱鸡归类为飞禽,还是归类为走兽争论开了。呱呱鸡会飞,但它们似乎不喜欢飞翔,往往只在觅食前从半山腰头重脚轻地飞下来,落地后便笨拙地行走,即使遇到危险也选择跑动逃命。所以,他觉得呱呱鸡实际上是走兽。但那位朋友却认为呱呱鸡是鸟类,它们不常飞翔是因为不喜欢,它们是鸟儿中厌倦飞翔的另类。

本来他们的争论是为了消磨时间,但没有想到他们所谈论的呱呱鸡飞与跑的话题,很快就变成了摆在他们面前的一个事实。那位朋友对其心不在焉,他却深受震撼。

很快就有一群呱呱鸡出现了,他和朋友瞄准射击。咣咣,一只又一只呱呱鸡应双筒猎枪沉闷的枪声倒地。但双筒猎枪一次只能装两发子弹,要频繁换弹,所以大部分呱呱鸡受惊逃窜,山坡上像有无数快速移动的小黑点,也有石子发出一阵乱响。在他们看来,那快速逃窜的呱呱鸡或是已经能看得见的钱,或是畅饮美酒时的佳肴,怎能轻易错失。他们俩都是老猎人,换弹速度很快,所以逃脱的呱呱鸡越来越少,而趴在地上一动不动的越来越多。

频频开枪更能刺激猎人。子弹出膛时枪身的震颤、子弹的响声,以及猎物在腾起的尘土中倒下,都是猎人难得的体验,其中的快感外人难以想象。

那天用打猎者的行话说是一场"血热"之猎,十几只呱呱鸡横尸山坡。他们准备将它们收拢后返回,但这时却有一只呱呱鸡嘶哑哀叫着从山后飞了过来,其惊恐慌乱之状不亚于刚才遇到射杀危险时的样子。仔细一看,它身后有一团巨大的黑影,是一只鹰在追它。鹰是呱呱鸡的天敌,往往在一瞬间闪现。笨拙飞翔的呱呱鸡只在它双翅一扑,或双爪一伸之间便不见了影子。现在,眼看鹰就要把呱呱鸡抓住了,但呱呱鸡很聪明,迅速从空中落到山坡上逃窜。它利用改变方位的这一策略虽然赢得了时间,但它的天敌太过强悍,它没逃多远便又被鹰的一双大翅笼罩在一片阴影之中。呱呱鸡看见了他们俩,便迅速跑了过来,直至跑到他们脚下才停住,用一双充满恐惧的眼睛望着他们。他的那位朋友嘴里蹦出一连串的啧啧啧声,好家伙,呱呱鸡在关键时刻又会飞又会跑嘛!

那一刻,不知出于什么原因,他和朋友都不约而同举起枪向鹰瞄准。鹰惧怕人,转身飞走。其实他们知道鹰不好打,从来都没听说过谁能把鹰打死。他们只是想把鹰吓走,把这只呱呱鸡救下来。那一刻他和朋友都被感动了。他们本来是来猎杀呱呱鸡的,而且这只呱呱鸡就是刚刚从死亡线上逃脱的一只,但在天敌逼近的一瞬,它还是跑到了人跟前,寻求人的保护。呱呱鸡信任人类。他用沾血的手摸了摸那只呱呱鸡,只是让它慢慢离去。那一刻他没有产生再添一只猎物的想法。

过了些天,他懵懵懂懂向山谷深处走去。正是黄羊下山喝水的日子,他要去进行开春以来,也是今年的第一次打猎。

很快黄羊便成群出现。他在一个极佳射击点位打死了三只,随即他发现一只高出众黄羊一头的大黄羊,犹如王者,器宇轩昂。想获得更大荣誉的心理让他冲动了,他弃所有黄羊于不顾,掉转枪口向那王者射击。子弹准确击中,但它却挣扎着逃跑了。他骑马狂追,并一再朝其开枪,但都因为王者速度太快而未击中。他预感要失败,但这时候的失败却更能激发人的斗志,他马上改变策略,背上枪打马加快了追赶的速度。他知道黄羊已经中弹,会因为奔跑而大量流血,而急促的追赶无疑会让它更快接近死亡。这一点人能想到,但黄羊无论如何是不懂的。这就是猎人经常谈论的话题,猎人打猎不光凭猎枪和子弹,还要靠智慧。有了打猎智慧,猎物无论如何都逃不出猎人的手掌心。

山谷中,一只黄羊中的王者和一人一马展开了马拉松赛。人与黄羊的对峙已经形成,人在逼近,黄羊在逃跑。二者之间的距离要么缩短,要么拉大。人能否成功,黄羊生死如何,在这变换的距离中马上就要见分晓了。

最后,王者意欲爬上山坡时,终因体力不支滚了下来。他跳下马准备向它开枪,但它发出的一声哀鸣让他心头一颤,扣扳机的手犹豫着停住了。他看见它口吐鲜血,一定是因为刚才疾驰而挣裂了肺,它的命不长了。这是他预谋的死亡方案,一切都在意料之中。它又叫了一声,他的心又一颤。黄羊这要命的叫声,如果换了是人,一定是血泪飞溅的一刻才能发出的。

他下不了手,蹲在它身旁看它抽搐。它已没有一丝挣扎逃跑的力气,只是望着他,在等待死亡。生的希望在它内心如火苗熄灭,死的巨大深渊已张开吞噬的大口。他看见它眼里布满痛苦,那是一种经过较量、挣扎和屈服之后的痛苦,犹如死亡之神正在移动那看不见的手指,并马上会因为它生命的终结而停止。他再次为它的眼睛心颤,它绝对是黄羊中的王者,但此时恐惧的表情让它身上的光彩骤减,并且把一种悲哀迅速放大。所有生命在死亡面前都是脆弱的,谁又能从其深不见底的黑暗中跳出?他也有些悲哀,说实话,他也不想看见这样的死亡,尤其是在死亡边缘的挣扎和滑落。看见这样的死亡,便犹如自己正在经历一样,他感到不祥。

他不打算要它的命了。天很热,他抱来一些野草将它盖住,以起到降温的作用,亦让它缓解伤痛。如果它命好,或许可躲过一劫。他躺在一边休息,刚才的追逐使他疲惫不堪。在黄羊的粗喘声中,他沉沉睡去。

一个多小时后他醒来,掀开野草查看情况。血已在黄羊的唇角结成黑色痂块,它的呼吸也十分微弱,但那双眼睛却睁得更大了,里面是放大的绝望和恐惧。他在它跟前走动,它的眼神随之移动，似乎希望他能够帮助它从死亡的绳索中挣脱。但已经无望了，死亡的绳索已死死将它捆绑，并会越来越紧。

他估计它还得受两天左右的折磨才能死去，但现在一个难题摆在了他面前，晚上会有狼出现，一旦发现它便会围上来一番撕咬。据牧民讲，狼咬黄羊时为防止黄羊逃跑会先咬或抓瞎其眼睛。那样的话，它在死亡的最后一刻又会遭受落入狼口的屈辱。即使没有狼出现，它在两天之中慢慢等死又是多么痛苦。一个念头从心底冒出，他不再犹豫，将枪口对准它的头部，转过脸扣动了扳机。枪响过后，它一动不动地躺在那里，痛苦终结，生命终结，死亡终结。

返回后，他突然宣称戒猎。从此，他彻底远离动物，不再碰触猎枪。

拍　摄

他现在搞摄影，而且专拍动物。猎杀动物和拍摄动物，犹如两个极端，前者是罪恶，后者是救赎。他从罪恶中挣扎而出，渴望拯救心灵。其中有过怎样的心灵嬗变，他经历了怎样的磨难，外人不得而知。

朋友通过QQ给我发来他拍的动物的图片。他有接近动物的丰富经验，更懂得把握动物习性和揣摩动物心理，所以他与动物是零距离接触，所拍摄的作品自然与众不同。

比如一公一母两只鸟儿分别站立于男、女厕所顶上的那一张,可谓天公作美、可遇不可求之作。欣赏照片的人会因为画面有趣而忍俊不禁,问他是不是因为鸟儿长时间观察人,分出了男女,所以一公一母两只鸟儿便很自觉地各站一边。他笑而不答,问话者一时不知所措。

比如一只兔子得到一块瓜皮食之一半后,将另一半拖回穴居处。这个过程让人看到了兔子的生活态度,以及充满智慧的生存能力。

再比如拍一只鸟儿唱歌的一组。它先运气,继而发声,然后放声吟唱,再然后沉醉其中,却不小心从树上掉下,摔在了一堆乱石中。

鹰、狼、骆驼、鱼、马、羊、狗、狐狸、雪豹、旱獭、盘羊、雪鸡、狗熊、鹿等等,数十种动物被他摄入镜头。细看这些照片,皆生动有趣,可爱至极。

十几年过去,昔日的猎手荣耀已不在,他似乎变得越来越模糊,以至于人们都快想不起他的存在。一次,他偶然拍摄到了一张白狐的照片,从此便扔下猎枪拿起照相机,把镜头对准了动物。换了别人,也许可以对外宣布,自己真的见到白狐了,因为有照片为证,但他依然沉默。拍摄动物让他兴趣转换,他由此体会到了难得的快乐。这种快乐犹如在行进中突然停顿下来,发现自己已经走得很远,并看到了好风景,而他人却仍在原地徘徊。

朋友在我看完他的动物照片后,特意问我对其中一张白狐的照片感觉如何。我心里的真实感觉是,照片中的白狐很美,而且因为是正面拍摄的,所以有一种要扑入人怀抱的媚惑之态。但这样的话我说不出口,我只好说美极了,白狐精致得像艺术品。狐媚,于不同的人而言有不同的感受,何况他曾亲眼与之对视,并且心灵受到震撼，个中滋味外人就更不得而知了。

开始拍动物后，他与动物之间便多了很多乐趣。在艾里克湖边，他发现了一只刚出生不久的叫红骨顶的小鸟。凭着丰富的经验，他断定大红骨顶一定在不远处，于是便潜伏起来想拍大红骨顶。在等待过程中，他突然觉得对动物的接近因为没有猎杀，是一种很难得的享受。

过了一会儿，大红骨顶果然回来了。他断定它是那只小红骨顶的妈妈。红骨顶十分灵敏，其警惕性之高堪称鸟类中的佼佼者。它很快便发现了潜伏的他，事实上因为他早已戒猎，所以不再会有杀戮。但大红骨顶仍很警觉，似乎人出现危险马上就要降临。本能的护子意识让它向四周环顾，并很快冷静下来，用嘴咬住小红骨顶的翅向湖边拽去。这时他才发现小红骨顶双爪残疾，没有跑动的能力。当然，因为它刚出生不久，便也就没有飞翔的能力。

但大红骨顶却不能轻易拽走幼子。虽然小家伙刚出生不久，但母亲仅凭嘴巴拽了五六次，实际上只向前挪动了一两米。母亲不放弃，似乎用全身力气连拖带拉，将幼子一点一点向前拽去。他很惊异大红骨顶发现人后居然如此恐惧。他有些难堪，想赶快离开，好让它们不再遭受折磨。但这时的情况发生了变化，也许母性的力量在苦难之中是可以被激发出来的。大红骨顶嘶鸣一声，终于拽走了小红骨顶。他很惊异大红骨顶在一瞬间为何会爆发出那么大的力量，而沉重的幼子在它爆发出力量后变得轻如羽毛，轻而易举就被它弄到了湖边。但湖水很深，犹如一个死亡的深渊，它们逃进湖中又将如何？

接下来的情景让他目瞪口呆。它们到了湖边后，母亲用力将幼子推入湖水中。逃生的本能让小红骨顶突然用双翅浮动，向前游去。小红骨顶因为双爪残疾而无法助跑起飞，但进入湖中后却可以用双翅游走。红骨顶妈妈太聪明了，在生死关头运筹帷幄改变了命运。

他站在湖边愣怔出神，湖水使它们的身影起起伏伏，很快便不见了踪影。周围一片寂静，似乎什么都没有发生。

如今细算一下，他已拍摄动物十余年了，可谓拍动物的优秀摄影家了。朋友们聚餐时有人问他："你拍摄动物十多年了，大概拍了多少种动物？"

他叹息一声说："动物是拍了不少，但还是没有打过的多啊！"

附录四：边地生灵

巴依木扎的燕子

在巴依木扎，我们还看到了一群颇具灵性的燕子。

这群燕子每年春天都要为巴依木扎带来一份幸福和欢乐。4月，一个冬天不见的这群燕子，首先飞回来四只。那天正下着一场大雨，它们在连队的院子上空飞了几个来回之后，马上又飞走了。十几天过去了，仍没有它们的影子。战士们沉不住气了，他们想，每年燕子飞回巴依木扎后，春天就来了，而今年燕子如期而至又悄然消失，是不是预示着春天将来得晚一些。又过了几天，燕子们忽然又回来了。不过，这次回来的不是四只，而是呼呼啦啦的一大群，从数量上看，明显比去年多出了好几倍。

战士们猜想，那四只燕子是先回来探察了一番巴依木扎的情形，回去后把更多燕子引了过来。战士们为更多燕子降临到巴依木扎而欢呼鼓掌，一时间，整个巴依木扎沸腾了，燕子的啾鸣声和战士们的欢呼声响成一片。

附近的牧民听说今年回来的燕子比去年更多了，纷纷拿出一些饲料送到连队给它们吃。

在巴依木扎看见第一批燕子筑巢后来又帮助它们安家的那个战士的姓名，已无从查询，但那段故事却流传下来了。那也是一个春天快要来临的日子，那位已无法查询姓名的战士忽然看见有两只燕子在连队的门楣筑巢。鸟儿在门楣上筑巢通常被视为不祥，但他觉得在巴依木扎有一群燕子生存是件很快乐的事情。别人要将那个快筑好的燕窝捣掉，他立即阻止了他们："鸟有灵性，捣不得。它们也许是专门奔着我们来的。"那几个人放下了竹竿，两只燕子便在连队的门楣上继续筑巢，当年一下子就引来了四十多只燕子，在屋檐下筑了十多个巢。那个战士在每次吃饭时，都节约一个馒头，掐碎了放在燕窝附近的地上，燕子们便从窝里飞出来，欢乐地扑打着翅膀享用，他站在一旁笑嘻嘻地看着。9月，燕子飞回南方去了，他说它们会回来的。第二年4月，竟有近百只燕子飞到巴依木扎筑巢而居，鸣唱之声不绝。燕子们进入繁殖期时，每天屋檐下都要落下厚厚的一层燕子粪，严重影响了战士们的生活。出壳的雏燕十分顽皮，总是趁成年燕出去觅食的机会在窝里闹翻天。因此，每年雏燕生长的日子，便是连队的院落最脏的日子。那位战士便承担起了义务打扫燕粪的任务。每天抽空打扫一下，以便让连队的空气变得清新一些。有时候，雏燕会不小心从窝里掉下来，只要这样的情况一出现，他立刻就能听见响声，赶快过来把掉在地上的雏燕小心翼翼地送回窝里。

那位战士每天要关照燕子，还要参加训练和巡逻等，时间就显得特别紧张了。他往往是参加巡逻或训练回来，就马上去打扫卫生，打扫完毕后，又赶快去参加别的活动。后来，为了不使自己的正常工作和"神圣的义务劳动"发生冲突,他把时间做了一番周密的计划,每天早上比别人早起床四十分钟,把燕窝里的粪便用一个小勺子舀出来,这样,就可以给它们腾出足够一天使用的空间。等他把二十多个燕窝掏完,把地扫一遍,连队就吹响了起床哨。中午和晚上回来,再打扫一遍地,这样,就维持了良好的卫生环境。由于受到他的热心关怀,第二年,燕子来了近百只,筑下二十多个巢。后来每到春天,巴依木扎的院子里便有成群的燕子在房前屋后起舞。翅膀遮天蔽日,歌声此起彼伏。

那年的冬天来得早,燕子们被迫提前迁徙。那位战士知道,那年出生的这批燕子还没有学会飞行,不知道去南方的路有多远。他倚门挥手为燕子们送行。不光是他,全连的战士都有些留恋这些小精灵了,望着燕子们远去,他们都禁不住忧伤。

翌年,燕子们又回来了。在那一年里,那位战士变得更加勤快了,他几乎把所有的业余时间都用在维护燕子们的生活上。同时,他也变得忧伤起来,因为他那年将要退伍离开巴依木扎了,他从心里舍不得与这些燕子分别。燕子们也似乎懂得了他的心思,每当看见他的时候,总要飞到他面前鸣叫。

那年刚入9月,塔尔巴哈台山就降下一场大雪,燕子们不得不再次提前向南迁徙。那位战士再次倚在门框上送它们远走。他的眼里已经满含泪水,送别的手举了好几次都没有举起来。

奇迹就在这时候发生了,已经飞入天空、本该向南飞去的燕子突然掉转方向,向那位战士飞过来,在他头顶的空中低飞鸣叫,一圈又一圈,一声又一声。然后一群群俯冲而下,落在他面前,呆呆地望着他,发出一阵催人泪下的鸣叫。

十几分钟后,燕子们离开巴依木扎,向南飞去……

雀干托盖的"老黄"

雀干托盖的战士为一头牛起名为"老黄"。"老黄"壮实敦厚，浑身淡黄且无一丝杂色。

它为雀干托盖边防连拉了整整十年的水。当时，副连长夏先华和翻译阿力木从兵团161团三连将老黄买回。那时它两岁，但已经长得膘肥体壮，能轻松地拉架子车了。所以，到连队后，它立即担起了拉水的重任。

雀干托盖边防连吃水要到一里外的河中去拉。老黄来了之后，连队配了一辆架子车，上面装了一个水桶，供它专门拉水。

老黄很快熟悉了自己的工作。它每天不光能够按时到位，而且拉起水来显得轻车熟路，毫无吃力之感。负责带老黄拉水的战士见它可以单独将水拉回连队，在把水灌满之后，自己便留在河边，让老黄一趟一趟独自把水拉回去。

老黄把水拉回连队后，按连部、炊事班和其他班排的顺序让大家抽水。它拉的一大桶水刚好能抽十六小桶，因此，每个人该抽多少，都定了量。如果有人贪水，多抽一桶，它就站在原地不动，硬是逼着多抽水的人把水倒回桶里不可。抽水时，它低头听着那哗哗的水声，好像心里特别有数。

冬天到了，雀干托盖变得银装素裹，地上的积雪足有两三尺厚。这时候，拉水显得格外困难。早上，老黄知道要拉水，早早地站在院子里等着。如果天气不好，连队要储备水，战士们就对老黄说:"老黄,你今天得加加班,多拉些水。"它像听懂了似的,点点头。也怪,那天拉的水早已超出了十六桶,每个人抽的水也超出了定量的几倍,它居然一反常态,一直拉到天黑。拉完水之后,卸下绳索,老黄便在连队周围转悠。转到炊事班门口时,总是探头向饭堂内张望。战士们明白了老黄的意思,赶紧用盆子端出一些东西,撒上盐巴,让它吃。它吃完之后,沿炊事班的房子再转一圈,然后进入厩内。

负责拉水和喂养老黄的战士阿地利与老黄相处时间长了,对它有了感情。要是有人说老黄老了,不行了,或者说其他不好的话,不论干部战士、老兵新兵,他都要跟他们吵,非要辩得他们认错才行。阿地利每次吃饭时,都要省下一个馒头,留着晚上喂老黄。每天走到河边拉水时,他先舀一盆水,端着让老黄饮下,然后才开始往桶里端水。夏天的雀干托盖蚊子多,他趴在老黄的身上打蚊子,而自己却被蚊子叮得浑身起包。阿地利经常想着让老黄高兴,把它牵到草地上,割嫩草给它吃。天热时,用水给它洗澡。后来,阿地利给老黄头上挂一块红布,在它脖子上系一串小铃铛,老黄拉水时一路铃声不断。它高兴,人也高兴。

有一位女记者来采访阿地利,他把自己与老黄相处几年来发生的故事,以及老黄的脾气和习性等都讲给她听,女记者被感动得哭了。

阿地利退伍后,马吉新成了老黄新的伙伴。刚开始,马吉新无法与老黄相处,他不清楚老黄的习性。他想拉水时老黄不想拉,老黄想拉水时他又不想拉。后来,每到拉水的时候,老黄都走到马吉新的门口,轻轻鸣叫几声,马吉新便知道该拉水了。再后来,马吉新记住了那个时间。每天,他准时动身,而老黄几乎每次都与他同时走到那辆水车旁。

连队对老黄格外宠爱,引起了它的同类对它的愤恨。一天,老黄正低着头拉着水往前走着,一头蓄谋已久的公牛从斜刺里蹿了出来,用尖利的角顶向它的前肋和肚子。老黄猝不及防,当时就被顶翻在地。但老黄却没有找那头牛的麻烦,伤好以后,表现得通情达理,一如既往地拉水,好像没有发生那件事一样。

十年过去了,老黄老了,终于拉不动水了。于是,在断水的日子,战士们只好自己去背水。以往老黄拉一天的水,现在一个排的人背半天才能背够。大家背着水,在心里想着老黄,想着它长年累月负重蹒跚,都觉得有点对不住它。

那年4月初的一天,老黄随连队的牛群到连队后面的一座小山上去吃草。吃着吃着,忽然一头栽倒在地,再也起不来了。战士们闻讯赶来给它喂吃的,又在它身边点燃一堆火,慢慢烤它的身子。军医还把针扎进它耳朵上的血管里,给它输液,希望它能挺过这一关,重新站起来。当时天已黑下来了,有人提出把它抬下山去,但因为太重,加之怕折腾期间出现意外,最后只好在山上守着它,希望它能好起来。然而就在这一夜,大家眼看着它浑身的肌肉往下陷,皮肤慢慢松弛。

第二天上午,一位战士给老黄喂萝卜。它挣扎着想起来,但刚动了几下,就没力气了。过一会儿,它挣扎着把头朝向拉水的地方,永远闭上了眼睛。

那天正好是清明节,大家都觉得老黄功德圆满,死在了一个让人永远不会忘记的日子。当时,有人提出应该把老黄运下山,把它埋在它长年拉水的那条小路旁,但最后大家觉得还是应该把老黄埋在高处。于是,大家一起动手,把它埋在了它倒下的那个山头上。大家在老黄的墓前立了一块碑，碑上面工工整整地写着四个字：老黄之墓。

淖毛湖的两匹马

淖毛湖边防连有两匹很有意思的马。

以前淖毛湖交通不便，拉水拉菜都用马车，长期担负这一任务的是两匹马。它们对拉水的路途极为熟悉，长期以来，默默工作，任劳任怨。后来，交通方便了，不再用它们去拉水了，它们就闲了下来。忽然有一天，战士们发现它们不见了，便四处去找，结果没有找到它们的一丝踪迹。战士们都有些伤心，觉得在淖毛湖这样的地方，就连马也不愿意待。

然而一年后的一天早晨，两匹马忽然回来了。那天，它们站在院子里，满眼泪水地望着战士们。这一年，它们看起来在外面吃尽了苦头，瘦骨嶙峋，毛长得很长，里面夹杂着脏物，让人看着心疼。战士们马上为它们剪毛，洗澡。它们再一次流下了泪水。战士们精心喂养它们，每天牵着它们在连队的院子里走走。大家都希望它们能够在这里长久地生活下去。但没过多久，它们显得烦躁不安起来，好像受不了这种坐享其成的清闲日子。大家立即意识到以前的老问题又要出现了：它们是两匹具有道德感的好马，根本受不了无以回报的厚爱。大家还隐隐约约意识到，它们可能还会离去。时间不长，它们果然在一天晚上又悄然离开了淖毛湖。

大家开始议论和猜测，它们既然已经回来过一次，那么一年以后肯定还会回来。一年过去了，果然，它们又回来了。而且仍然像第一次回来时的那番模样。战士们仍然用原有的方法喂养它们。只是，这次大家都变得很平静了。他们觉得，这两匹马之所以一年能回来一次，说明它们还惦念着连队，一年回来一次，是来看望大家的。他们还想，既然这两匹马是回来探亲的，那它们一定还会走的。

　　后来发生的事情，再次证明战士们的猜测是正确的：在那天晚上，战士们趴在窗户跟前，清清楚楚地看见，那两匹马重新上路的时候，均带着依依不舍的神态，一步一回头。那天，战士们心里也酸酸的，忍不住想哭。

　　它们又离开了连队。从此，战士们又陷入了漫长的期盼与等待。又一年时间过去了。一天早上，战士们还没有起床，忽然听见院外传来几声马的嘶鸣。那几声嘶鸣显得急切而欣喜，像要在晨光里向战士们说些什么。大家赶紧起床，跑到院子外，就看见站在晨光里的果然是那两匹马。与以往不同的是，这次不光它们回来了，而且还领回了一匹小马。

　　它们见战士们都出来了，非常高兴地用嘴把那匹小马往战士们跟前拱。那匹小马大概一出生就在外流浪，浑身的毛也像它们一样，长得杂乱无章。小马睁着一双陌生而又充满惊恐的眼睛，望着大家。过了一会儿，它也许是害怕人，转身跑到那两匹马的身后躲了起来。大家都为两匹马不但能回来，而且还领回一匹小马而高兴。像以往一样，他们又开始精心地伺候它们。

　　那些天，两匹马不时地在院子里扬头嘶鸣。那匹小马也渐渐与战士们混熟了，一听两匹大马的嘶鸣声，就钻进战士们中间，甩甩蹄子，摇摇尾巴，把气氛弄得非常热闹。

很快，又到了那两匹马要离开淖毛湖的日子。这次，它们选择了一个中午跟大家告别。那两匹马从早上开始就陷入了沉默，既不嘶鸣，也不走动，只是静静地看着那匹小马。那匹小马经过这段时间在连队的生活，变得活泼大方，而且还贪玩起来。那日，它并没有发现它父母的变化。到了中午，那两匹马起身向院外走去。小马像意识到了什么，赶紧跟了上去。那两匹马停住，回过头来，仍像最初带小马回到连队时一样，用嘴把小马往回拱。小马像明白了什么，躲开它们，继续往外走。那两匹马忽然嘶鸣起来，声音极其伤感和无奈。它们继续用嘴拱小马，把它一步步拱到了战士们跟前。小马茫然地看着它们，站在那里不知所措。两匹大马亲昵地用嘴亲了亲小马的鼻梁，然后转身离去了。

走出院子，它们又嘶鸣几声，然后撒开四蹄，向着淖毛湖戈壁深处狂奔起来。

小马看着它们跑远之后，转身跑到战士们跟前。大家看见它的眼睛里有一种非常复杂的光芒。

后 记

这是一本写生物的书,分为植物和动物两部分。

其中植物三十四种,动物二十六种。

在写作过程中,心里一直只有植物和动物的概念,而"生物"二字却始终模糊。可见生物对我来说,只是一个学科称谓,我更愿意感知植物对人的启发,以及动物与人之间的关系。

前后写了两稿,总觉得有不少植物和动物可写,从中享受到越写越不能罢休的快乐。到了第二稿杀青,前后已是三年。如此慢慢写一个书稿,犹如一直在触摸一种事物,那种感觉让人欣慰。

西部十二个省、自治区和直辖市,每一个地方的植物和动物都有其独一无二的物种属性,发生的故事也是多不胜数,但我又能写下多少?一部书稿涉及的植物和动物,是过去和记忆,也是对未来的预示,更应该是对更大空间的质疑,因为质疑也是接近和认知的方式。

植物无言,但植物与人的关系却更微妙,常常在历史最隐秘的地方,有植物闪出光芒,并直指或暗示人类的生存。比如说食物、衣服、器具,乃至人类居住的房屋,都来自植物。植物的功德无处不在,但人类在很多时候都视而不见,仅只看到生根发芽、开花结果的植物。其实,植物是大地上更具生存意味,而且必不可少的在场者,对人类的见证,也许比人类对自身的见证还要多。

动物是具有灵动意识和具体行为的生物,有情感反应,更有与人相通的灵犀感应。动物参与这个世界,改变这个世界,受到这个世界影响之后都有具体而生动的生命反应。无论是在历史还是现实生活中,动物都创造了诸多传奇,并影响或改变了人类的观念、情感和生存方式。人类在久远年代便借助动物的肉果腹,无论是狩猎还是驯养,都经历了漫长而复杂的过程。直至人们走出洞穴或树林,在村庄居住下来,并以农耕方式繁衍生息,人与动物才拉开了距离,那些不愿越过栅栏进入人类生活的动物,则退回森林自由觅食和自在走动。人类以"族群"方式逐渐形成集体,而动物则以"兽界"为名被划分为散游式的种类。无论"族群"和"动物界"被划分得多么清晰,人与动物的关系却始终难以割舍,犹如暗自游动的光彩,不时泛出迷离而冷峻的生命之色。

本书除了描述本部诸多植物和动物的属性外,还呈现了它们的文化。虽然书名中有一个"志"字,但本书并非常见的史志类图书,而是借以"志"去触摸植物和动物的丰富内涵,以及它们久已存在的生命根源。同时,因为这些植物和动物的生存区域皆在西部,所以本书多呈现它们在戈壁、沙漠、雪山、草原、牧场、丘陵、森林、高原、峡谷、河流和湖泊等地发生的事件。具体的场景中,有植物固守一地的风雨承受,也有动物颠沛动荡中的凛凛坚韧。完稿后,我才发现那些被人们长久传颂,或倾听过后不能忘却的细节,就是西部生物的生命法则。

天倾西北。特殊的西部地理,将这些植物和动物养育出了西部秉性,并呈现出了迷幻般的生命色彩。我多年行走西部,今写下此书,悉为记载,亦为交代。

  是为后记。

王族

2020年8月3日于乌鲁木齐

参考书目

[1] 勒内·格鲁塞. 草原帝国 [M]. 蓝琪, 译. 项英杰, 校. 北京: 商务印书馆, 1998.

[2] 玄奘. 大唐西域记 [M]. 周国林, 注译. 长沙: 岳麓书社, 1999.

[3] 阿诺德·汤因比. 历史研究 [M]. 刘北成, 郭小凌, 译. 上海: 上海人民出版社, 2000.

[4] 爱德华·谢弗. 唐代的外来文明 [M]. 吴玉贵, 译. 西安: 陕西师范大学出版社, 2005.

[5] 张承志. 长调: 胸腔里的苍穹 [M]. 乌鲁木齐: 新疆美术摄影出版社, 2006.

[6] 爱新觉罗·玄烨. 康熙几暇格物编译注 [M]. 李迪, 译注. 上海: 上海古籍出版社, 2007.

[7] 孟诜. 食疗本草译注 [M]. 张鼎, 增补. 郑金生, 张同君, 译注. 上海: 上海古籍出版社, 2007.

[8] 亚当·李斯·格尔纳. 水果猎人 [M]. 于是, 译. 上海: 生活·读书·新知三联书店, 2011.

[9] 段成式. 酉阳杂俎 [M]. 曹中孚, 校点. 上海: 上海古

籍出版社，2012.

［10］张华.博物志[M].王根林,校点.上海:上海古籍出版社，2012.

［11］奚密.香[M].北京：北京大学出版社，2013.

［12］井上靖.楼兰[M].赵峻,译.北京:北京十月文艺出版社，2013.

［13］戴维·乔治·哈斯凯尔.看不见的森林[M].熊姣,译.北京：商务印书馆，2014.

［14］科林·塔奇.树的秘密生活[M].姚玉枝，彭文，张海云，译.北京：商务印书馆，2015.

［15］丹·琼斯.金雀花王朝[M].陆大鹏，译.北京：社会科学文献出版社，2015.

［16］浩明.历代西域美文欣赏[M].乌鲁木齐：新疆文化出版社，2017.